Harry Potter y la cámara secreta

J.K. Rowling

HARRY POTTER

y la

cámara secreta

salamandra

Título original: *Harry Potter and the Chamber of Secrets*

Traducción: Adolfo Muñoz García y Nieves Martín Azofra

Ilustración de la cubierta: Tiago da Silva
Tipografía de la cubierta: Becky Chilcott Design Ltd.
Mapa de Tomislav Tomic © J.K. Rowling, 2014

Copyright © J.K. Rowling, 1998
Copyright de la edición en castellano © Ediciones Salamandra, 1999

Wizarding World is a trade mark of Warner Bros. Entertainment Inc.
Wizarding World Publishing and Theatrical Rights © J.K. Rowling

Wizarding World characters, names and related indicia are
TM and © Warner Bros. Entertainment Inc. All rights reserved

Publicaciones y Ediciones Salamandra, S.A.
Almogàvers, 56, 7º 2ª - 08018 Barcelona - Tel. 93 215 11 99
www.salamandra.info

ISBN: 978-84-9838-695-0
Depósito legal: B-3.446-2019

1ª edición, abril de 2015
7ª edición, enero de 2019
Printed in Spain

Impreso y encuadernado en:
RODESA - Pol. Ind. San Miguel. Villatuerta (Navarra)

Para Séan P.F. Harris,
guía en la escapada
y amigo en los malos tiempos

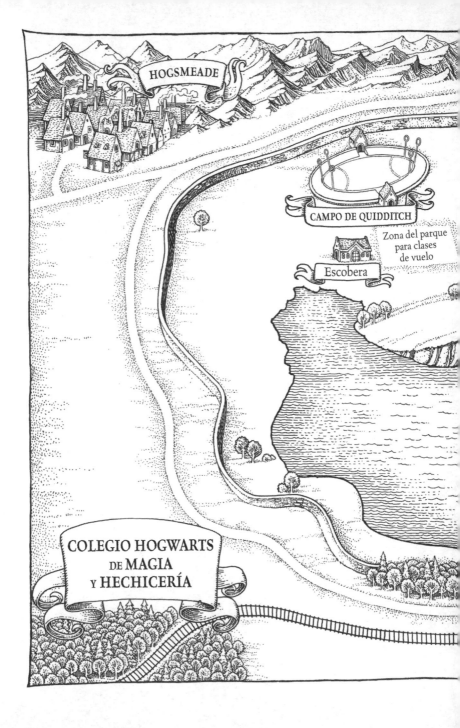

HOGSMEADE

CAMPO DE QUIDDITCH

Zona del parque
para clases
de vuelo

Escobera

COLEGIO HOGWARTS
DE MAGIA
Y HECHICERÍA

CABAÑA DE HAGRID

BOSQUE PROHIBIDO

SAUCE BOXEADOR

INVERNADEROS

CASTILLO DE HOGWARTS

ESTACIÓN DE HOGSMEADE

Harry Potter
y la cámara secreta

1

El peor cumpleaños

No era la primera vez que en el número 4 de Privet Drive estallaba una discusión durante el desayuno. A primera hora de la mañana, un sonoro ulular procedente del dormitorio de su sobrino Harry había despertado al señor Vernon Dursley.

—¡Es la tercera vez esta semana! —se quejó, sentado a la mesa—. ¡Si no puedes dominar a esa lechuza, tendrá que irse a otra parte!

Harry intentó explicarse una vez más.

—Es que se aburre. Está acostumbrada a dar una vuelta por ahí. Si pudiera dejarla salir aunque sólo fuera por la noche...

—¿Acaso tengo cara de idiota? —gruñó tío Vernon, con restos de huevo frito en el poblado bigote—. Ya sé lo que ocurriría si saliera la lechuza.

Intercambió una mirada sombría con su esposa, Petunia.

Harry quería seguir discutiendo, pero un eructo estruendoso y prolongado de Dudley, el hijo de los Dursley, ahogó sus palabras.

—¡Quiero más tocineta!

—Queda más en la sartén, cariño —dijo tía Petunia, volviendo los ojos empañados a su robusto hijo—. Tenemos que alimentarte bien mientras podamos... No me gusta la pinta que tiene la comida del colegio...

—No digas tonterías, Petunia, yo nunca pasé hambre en Smeltings —dijo con énfasis tío Vernon—. Dudley come lo suficiente, ¿verdad que sí, hijo?

Dudley, que estaba tan gordo que el trasero le colgaba por los lados de la silla, hizo una mueca y se volvió hacia Harry.

—Pásame la sartén.

—Se te han olvidado las palabras mágicas —repuso Harry de mal talante.

El efecto que esta simple frase produjo en la familia fue increíble: Dudley ahogó un grito y se cayó de la silla con un estruendo que sacudió la cocina entera; la señora Dursley profirió un débil alarido y se tapó la boca con las manos, y el señor Dursley se puso de pie de un salto, con las venas de las sienes palpitándole.

—¡Me refería a «por favor»! —dijo Harry inmediatamente—. No me refería a...

—¿QUÉ TE HE DICHO —bramó el tío, rociando saliva por toda la mesa— ACERCA DE PRONUNCIAR LA PALABRA CON EME EN ESTA CASA?

—Pero yo...

—¡CÓMO TE ATREVES A ASUSTAR A DUDLEY! —dijo furioso tío Vernon, golpeando la mesa con el puño.

—Yo sólo...

—¡TE LO ADVERTÍ! ¡BAJO ESTE TECHO NO TOLERARÉ NINGUNA MENCIÓN A TU ANORMALIDAD!

Harry miró el rostro encarnado de su tío y la cara pálida de su tía, que trataba de levantar a Dudley del suelo.

—De acuerdo —dijo Harry—, de acuerdo...

Tío Vernon volvió a sentarse, resoplando como un rinoceronte al que le faltara el aire y vigilando estrechamente a Harry con el rabillo de sus ojos pequeños y penetrantes.

Desde que Harry había vuelto a casa para pasar las vacaciones de verano, tío Vernon lo había tratado como si fuera una bomba que pudiera estallar en cualquier momento; porque Harry no era un muchacho normal. De hecho, era lo menos normal posible.

Harry Potter era un mago... un mago que acababa de terminar el primer año en el Colegio Hogwarts de Magia y Hechicería. Y si a los Dursley no les gustaba que Harry pasara con ellos las vacaciones, su desagrado no era nada comparado con el de su sobrino.

Añoraba tanto Hogwarts que estar lejos de allí era como tener un dolor de estómago permanente. Añoraba el castillo, con sus pasadizos secretos y sus fantasmas; las clases (aunque quizá no a Snape, el profesor de Pociones); los búhos que llevaban el correo; los banquetes en el Gran Comedor; dormir en su cama con dosel en el dormitorio de la torre; visitar a Hagrid, el guardabosques, que vivía en una cabaña en las inmediaciones del Bosque Prohibido; y, sobre todo, añoraba el quidditch, el deporte más popular en el mundo mágico, que se jugaba con seis altos postes que hacían de porterías, cuatro balones voladores y catorce jugadores montados en escobas.

En cuanto Harry llegó a la casa, tío Vernon encerró en un baúl bajo llave, en la alacena que había bajo la escalera, todos sus libros de hechizos, la varita mágica, las túnicas, el caldero y la escoba de primerísima calidad, la Nimbus 2000. ¿Qué les importaba a los Dursley si Harry perdía su puesto en el equipo de quidditch de Gryffindor por no haber practicado en todo el verano? ¿Qué más les daba a los Dursley si Harry volvía al colegio sin haber hecho las tareas? Los Dursley eran lo que los magos llamaban muggles, es decir, que no tenían ni una gota de sangre mágica en las venas, y para ellos tener un mago en la familia era algo completamente vergonzoso. Tío Vernon había incluso cerrado con candado la jaula de *Hedwig*, la lechuza de Harry, para que no pudiera llevar mensajes a nadie del mundo mágico.

Harry no se parecía en nada al resto de la familia. Tío Vernon era corpulento, carecía de cuello y llevaba un gran bigote negro; tía Petunia tenía cara de caballo y era huesuda; Dudley era rubio, sonrosado y gordo. Harry, en cambio, era pequeño y flacucho, con ojos de un verde brillante y un pelo negro azabache siempre alborotado. Llevaba gafas redondas y en la frente tenía una delgada cicatriz en forma de rayo.

Era esta cicatriz lo que convertía a Harry en alguien muy especial, incluso entre los magos. La cicatriz era el único vestigio del misterioso pasado de Harry y del motivo por el que lo habían dejado, hacía once años, en la puerta de los Dursley.

A la edad de un año, Harry había sobrevivido milagrosamente a la maldición del hechicero tenebroso más importante de todos los tiempos, lord Voldemort, cuyo nombre muchos magos y brujas aún temían pronunciar. Los padres de Harry habían muerto en el ataque de Voldemort, pero Harry se había librado, quedándole la cicatriz en forma de rayo. Por alguna razón desconocida, Voldemort había perdido sus poderes en el mismo instante en que había fracasado en su intento de matar a Harry. De forma que Harry se había criado con sus tíos maternos. Había pasado diez años con ellos sin comprender por qué motivo sucedían cosas raras a su alrededor, sin que él hiciera nada, y creyendo la versión de los Dursley, que le habían dicho que la cicatriz era consecuencia del accidente de automóvil que se había llevado la vida de sus padres.

Pero más adelante, hacía exactamente un año, Harry había recibido una carta de Hogwarts y así se había enterado de toda la verdad. Ocupó su lugar en el colegio de magia, donde tanto él como su cicatriz se hicieron famosos...; pero el año escolar había acabado y él se encontraba otra vez pasando el verano con los Dursley, quienes lo trataban como a un perro que se hubiera revolcado en algo apestoso.

Los Dursley ni siquiera se habían acordado de que aquel día Harry cumplía doce años. No es que él tuviera muchas esperanzas, porque nunca le habían hecho un regalo como Dios manda, y no digamos una torta... Pero de ahí a olvidarse completamente...

En aquel instante, tío Vernon se aclaró la garganta con afectación y dijo:

—Bueno, como todos sabemos, hoy es un día muy importante.

Harry levantó la mirada, incrédulo.

—Puede que hoy sea el día en que cierre el trato más importante de toda mi vida profesional —dijo tío Vernon.

Harry volvió a concentrar su atención en la tostada. Por supuesto, pensó con amargura, tío Vernon se refería a su estúpida cena. No había hablado de otra cosa en los últimos quince días. Un rico constructor y su esposa irían a cenar, y tío Vernon esperaba obtener un pedido descomunal. La empresa de tío Vernon fabricaba taladros.

—Creo que deberíamos repasarlo todo otra vez —dijo tío Vernon—. Tendremos que estar en nuestros puestos a las ocho en punto. Petunia, ¿tú estarás...?

—En la sala —respondió enseguida tía Petunia—, esperando para darles la bienvenida a nuestra casa.

—Bien, bien. ¿Y Dudley?

—Estaré esperando para abrir la puerta. —Dudley esbozó una sonrisa idiota—. ¿Me permiten sus abrigos, señor y señora Mason?

—¡Les va a parecer adorable! —exclamó embelesada tía Petunia.

—Excelente, Dudley —dijo tío Vernon. A continuación, se volvió hacia Harry—. ¿Y tú?

—Me quedaré en mi dormitorio, sin hacer ruido para que no se note que estoy —dijo Harry, con voz inexpresiva.

—Exacto —corroboró con crueldad tío Vernon—. Yo los haré pasar a la sala, te los presentaré, Petunia, y les serviré algo de beber. A las ocho y quince...

—Anunciaré que está lista la cena —dijo tía Petunia—. Y tú, Dudley, dirás...

—¿Me permite acompañarla al comedor, señora Mason? —dijo Dudley, ofreciendo su grueso brazo a una mujer invisible.

—¡Mi caballerito ideal! —suspiró tía Petunia.

—¿Y tú? —preguntó tío Vernon a Harry con brutalidad.

—Me quedaré en mi dormitorio, sin hacer ruido para que no se note que estoy —recitó Harry.

—Exacto. Bien, deberíamos tener preparados algunos cumplidos para la cena. Petunia, ¿sugieres alguno?

—Vernon me ha asegurado que es usted un jugador de golf excelente, señor Mason... Dígame dónde ha comprado ese vestido, señora Mason...

—Perfecto... ¿Dudley?

—¿Qué tal: «En el colegio nos han mandado escribir una redacción sobre nuestro héroe preferido, señor Mason, y yo la he hecho sobre usted»?

Esto fue más de lo que tía Petunia y Harry podían soportar. Tía Petunia rompió a llorar de la emoción y abrazó a su hijo, mientras Harry escondía la cabeza debajo de la mesa para que no lo vieran reírse.

—¿Y tú, niño?

Al enderezarse, Harry hizo un esfuerzo por mantener serio el semblante.

—Me quedaré en mi dormitorio, sin hacer ruido para que no se note que estoy —repitió.

—Eso espero —dijo el tío duramente—. Los Mason no saben nada de tu existencia y seguirán sin saber nada. Al terminar la cena, tú, Petunia, volverás a la sala con la señora Mason para tomar el café y yo abordaré el tema de los taladros. Con un poco de suerte, cerraremos el trato, y el contrato estará firmado antes del noticiero de las diez. Y mañana a esta misma hora estaremos comprando un apartamento en Mallorca.

A Harry aquello no le emocionaba mucho. No creía que los Dursley fueran a quererlo más en Mallorca que en Privet Drive.

—Bien... voy a la ciudad a recoger los esmóquines para Dudley y para mí. Y tú —gruñó a Harry—, mantente fuera de la vista de tu tía mientras limpia.

Harry salió por la puerta de atrás. Era un día radiante, soleado. Cruzó el césped, se dejó caer en el banco del jardín y canturreó entre dientes: «Cumpleaños feliz... cumpleaños feliz... me deseo yo mismo...»

No había recibido postales ni regalos, y tendría que pasarse la noche fingiendo que no existía. Abatido, fijó la vista en el seto. Nunca se había sentido tan solo. Antes que ninguna otra cosa de Hogwarts, antes incluso que jugar al quidditch, lo que de verdad extrañaba era a sus mejores amigos, Ron Weasley y Hermione Granger. Sin embargo, ellos no parecían acordarse de él. Ninguno de los dos le había escrito en todo el verano, a pesar de que Ron le había dicho que lo invitaría a pasar unos días en su casa.

Un montón de veces había estado a punto de emplear la magia para abrir la jaula de *Hedwig* y enviarla a Ron y a Hermione con una carta, pero no valía la pena correr el riesgo. A los magos menores de edad no les estaba permitido emplear la magia fuera del colegio. Harry no se lo había dicho a los Dursley; sabía que la única razón por la que no lo encerraban en la alacena debajo de la escalera junto con su varita mágica y su escoba voladora era porque temían que pudiera convertirlos en escarabajos. Durante las dos primeras semanas, Harry se había divertido murmurando entre dientes palabras sin sentido y viendo cómo Dudley escapaba de la habitación todo lo deprisa que le permitían sus gordas piernas. Pero el prolongado silencio de Ron y Hermione le había hecho sentirse tan apartado del mundo mágico, que incluso el burlarse de Dudley había perdido la gracia... y ahora Ron y Hermione se habían olvidado de su cumpleaños.

¡Lo que habría dado en aquel momento por recibir un mensaje de Hogwarts! ¡De cualquier bruja o mago! Casi le habría alegrado ver a su mortal enemigo, Draco Malfoy, para convencerse de que aquello no había sido solamente un sueño...

Aunque no todo el año en Hogwarts resultó divertido. Al final del último trimestre, Harry se había enfrentado cara a cara nada menos que con el mismísimo lord Voldemort. Aun cuando no fuera más que una sombra de lo que había sido en otro tiempo, Voldemort seguía resultando terrorífico, era astuto y estaba decidido a recuperar el poder perdido. Por segunda vez, Harry había logrado escapar de las garras de Voldemort, pero por un pelo, y aún ahora, semanas más tarde, continuaba despertándose en mitad de la noche, empapado en un sudor frío, preguntándose dónde estaría Voldemort, recordando su rostro lívido, sus ojos muy abiertos, furiosos...

De pronto, Harry se irguió en el banco del jardín. Se había quedado ensimismado mirando el seto... y el seto le devolvía la mirada. Entre las hojas habían aparecido dos grandes ojos verdes.

Una voz burlona resonó detrás de él en el jardín y Harry se puso de pie de un salto.

—Sé qué día es hoy —canturreó Dudley, acercándosele con andar de pato.

Los ojos grandes se cerraron y desaparecieron.

—¿Qué? —preguntó Harry, sin apartar la vista del lugar por donde habían desaparecido.

—Sé qué día es hoy —repitió Dudley yendo derecho hacia él.

—Felicidades —respondió Harry—. ¡Por fin has aprendido los días de la semana!

—Hoy es tu cumpleaños —dijo con sorna—. ¿Cómo es que no has recibido postales de felicitación? ¿Ni siquiera en aquel monstruoso lugar has hecho amigos?

—Procura que tu mamá no te oiga hablar sobre mi colegio —contestó Harry con frialdad.

Dudley se subió los pantalones, que se escurrían bajo su gordo trasero.

—¿Por qué miras el seto? —preguntó con recelo.

—Estoy pensando cuál sería el mejor conjuro para prenderle fuego —dijo Harry.

Al oírlo, Dudley trastabilló hacia atrás y el pánico se reflejó en su cara gordita.

—No... no puedes... Papá dijo que no harías ma... magia... Ha dicho que te echará de casa... y no tienes otro sitio adonde ir... no tienes amigos con los que quedarte...

—¡Abracadabra! —dijo Harry con voz enérgica—. ¡Pata de cabra! ¡Patatum, patatam!

—¡Mamáaaaaaa! —vociferó Dudley, dando traspiés al salir a toda carrera hacia la casa—, ¡mamáaaaaaa! ¡Harry está haciendo lo que tú sabes!

Harry pagó caro aquel instante de diversión. Como Dudley y el seto estaban intactos, tía Petunia sabía que Harry no había hecho magia en realidad, pero aun así intentó pegarle en la cabeza con la sartén que tenía a medio enjabonar y Harry tuvo que esquivar el golpe. Luego le dio tareas que hacer, asegurándole que no comería hasta que hubiera acabado.

Mientras Dudley no hacía otra cosa que mirarlo y comer helados, Harry limpió las ventanas, lavó el auto, cortó el césped, recortó los arriates, podó y regó los rosales y dio una capa de pintura al banco del jardín. El sol ardiente le abrasaba la nuca. Harry sabía que no tenía que haber picado el anzuelo de Dudley, pero éste le había dicho exactamente lo mismo que él estaba pensando... que quizá tampoco en Hogwarts tuviera amigos.

«Tendrían que ver ahora al famoso Harry Potter», pensaba sin compasión, echando abono a los arriates, con la espalda dolorida y el sudor goteándole por la cara.

Eran las siete de la tarde cuando finalmente, exhausto, oyó que lo llamaba tía Petunia.

—¡Entra! ¡Y pisa sobre los periódicos!

Fue un alivio para Harry entrar en la sombra de la reluciente cocina. Encima de la nevera estaba el pudín de la cena: un montículo de crema batida cubierto con violetas de azúcar. Una pieza de cerdo asado chisporroteaba en el horno.

—¡Come deprisa! ¡Los Mason no tardarán! —le dijo con brusquedad tía Petunia, señalando dos rebanadas de pan y un pedazo de queso que había en la mesa. Ella ya llevaba puesto el vestido de noche de color salmón.

Harry se lavó las manos y engulló su miserable cena. En cuanto hubo terminado, tía Petunia le quitó el plato.

—¡Arriba! ¡Deprisa!

Al cruzar la puerta de la sala de estar, Harry vio a su tío Vernon y a Dudley con esmoquin y corbatín. Acababa de llegar al rellano superior cuando sonó el timbre de la puerta y al pie de la escalera apareció la cara furiosa de tío Vernon.

—Recuerda, muchacho: un solo ruido y...

Harry entró de puntitas en su dormitorio, cerró la puerta y se dejó caer en la cama.

El problema era que ya había alguien sentado en ella.

2

La advertencia de Dobby

Harry no gritó, pero estuvo a punto. La pequeña criatura que yacía en la cama tenía unas grandes orejas, parecidas a las de un murciélago, y unos ojos verdes y saltones del tamaño de pelotas de tenis. En aquel mismo instante, Harry tuvo la certeza de que aquello era lo que había estado vigilándolo por la mañana desde el seto del jardín.

La criatura y él se quedaron mirando uno al otro, y Harry oyó la voz de Dudley proveniente del vestíbulo.

—¿Me permiten sus abrigos, señor y señora Mason?

Aquel pequeño ser se levantó de la cama e hizo una reverencia tan profunda que tocó la alfombra con la punta de su larga y afilada nariz. Harry se dio cuenta de que iba vestido con lo que parecía una funda de almohada vieja con agujeros para sacar los brazos y las piernas.

—Esto... hola —saludó Harry, azorado.

—Harry Potter —dijo la criatura con una voz tan aguda que Harry estaba seguro de que se había oído en el piso de abajo—, hace mucho tiempo que Dobby quería conocerlo, señor... Es un gran honor...

—Gra... gracias —respondió Harry, que avanzando pegado a la pared alcanzó la silla del escritorio y se sentó. A su lado estaba *Hedwig*, dormida en su gran jaula. Quiso preguntar «¿Qué es usted?», pero pensó que sonaría demasiado grosero, así que dijo:

—¿Quién es usted?

—Dobby, señor. Dobby a secas. Dobby, el elfo doméstico —contestó la criatura.

—¿De verdad? —dijo Harry—. Bueno, no quisiera ser descortés, pero no me conviene recibir a un elfo doméstico en mi dormitorio precisamente ahora.

De la sala de estar llegaban las risitas falsas de tía Petunia. El elfo bajó la cabeza.

—Estoy encantado de conocerlo —se apresuró a añadir Harry—. Pero, en fin, ¿ha venido por algún motivo en especial?

—Sí, señor —contestó Dobby con franqueza—. Dobby ha venido a decirle, señor... no es fácil, señor... Dobby se pregunta por dónde empezar...

—Siéntese —dijo Harry educadamente, señalando la cama.

Para consternación suya, el elfo rompió a llorar, y además, ruidosamente.

—¡Sen... sentarme! —gimió—. Nunca, nunca en mi vida...

A Harry le pareció oír que las voces en el piso de abajo decaían.

—Lo siento —murmuró—, no quise ofenderlo.

—¡Ofender a Dobby! —repuso el elfo con voz disgustada—. A Dobby ningún mago le había pedido nunca que se sentara... como si fuera un igual.

Harry, procurando hacer «¡chsss!» sin dejar de parecer hospitalario, indicó a Dobby un lugar en la cama, y el elfo se sentó hipando. Parecía un muñeco grande y muy feo. Por fin consiguió controlarse y se quedó con los ojos fijos en Harry, mirándolo con devoción.

—Se ve que no ha conocido a muchos magos educados —dijo Harry, intentando animarlo.

Dobby negó con la cabeza. A continuación, sin previo aviso, se levantó y se puso a darse golpes con la cabeza contra la ventana, gritando: «¡Dobby malo! ¡Dobby malo!»

—No... ¿qué está haciendo? —Harry dio un bufido, se acercó al elfo de un salto y tiró de él hasta devolverlo a la cama. *Hedwig* se acababa de despertar dando un fortísimo chillido y se puso a batir las alas furiosamente contra las barras de la jaula.

—Dobby tenía que castigarse, señor —explicó el elfo, que se había quedado un poco bizco—. Dobby ha estado a punto de hablar mal de su familia, señor.

—¿Su familia?

—La familia de magos a la que sirve Dobby, señor. Dobby es un elfo doméstico, destinado a servir en una casa y a una familia para siempre.

—¿Y ellos saben que está aquí? —preguntó Harry con curiosidad.

Dobby se estremeció.

—No, no, señor, no... Dobby tendría que castigarse muy severamente por haber venido a verlo, señor. Tendría que machucarse las orejas con la puerta del horno si llegaran a enterarse.

—Pero ¿no advertirían que se ha machucado las orejas con la puerta del horno?

—Dobby lo duda, señor. Dobby siempre se está castigando por algún motivo, señor. Lo dejan de mi cuenta, señor. A veces me recuerdan que tengo que someterme a algún castigo adicional.

—Pero ¿por qué no los abandona? ¿Por qué no huye?

—Un elfo doméstico sólo puede ser libertado por su familia, señor. Y la familia nunca pondrá en libertad a Dobby... Dobby servirá a la familia hasta que muera, señor.

Harry lo miró fijamente.

—Y yo que me consideraba desgraciado por tener que pasar otras cuatro semanas aquí —dijo—. Lo que me cuenta hace que los Dursley parezcan incluso humanos. ¿Y nadie puede ayudarle? ¿Puedo hacer algo?

Casi al instante, Harry deseó no haber dicho nada. Dobby se deshizo de nuevo en gemidos de gratitud.

—Por favor —susurró Harry, desesperado—, por favor, no haga ruido. Si los Dursley le oyen, si se enteran de que está usted aquí...

—Harry Potter pregunta si puede ayudar a Dobby... Dobby estaba al tanto de su grandeza, señor, pero no conocía su bondad...

Harry, consciente de que se estaba ruborizando, dijo:

—Sea lo que fuere lo que ha oído sobre mi grandeza, no son más que mentiras. Ni siquiera soy el primero de la clase en Hogwarts; es Hermione, ella...

Pero se detuvo enseguida, porque le dolía pensar en Hermione.

—Harry Potter es humilde y modesto —dijo Dobby, respetuoso. Le resplandecían los ojos, grandes y redondos—. Harry

Potter no habla de su triunfo sobre El-que-no-debe-ser-nombrado.

—¿Voldemort? —preguntó Harry.

Dobby se tapó los oídos con las manos y gimió:

—¡Señor, no pronuncie ese nombre! ¡No pronuncie ese nombre!

—¡Perdón! —se apresuró a decir—. Sé de muchísima gente a la que no le gusta que se diga... mi amigo Ron...

Se detuvo. También era doloroso pensar en Ron.

Dobby se inclinó hacia Harry, con los ojos tan abiertos como faros.

—Dobby ha oído —dijo con voz quebrada— que Harry Potter tuvo un segundo encuentro con el Señor Tenebroso, hace sólo unas semanas... y que Harry Potter escapó nuevamente.

Harry asintió con la cabeza, y a Dobby se le llenaron los ojos de lágrimas.

—¡Ay, señor! —exclamó, frotándose la cara con una punta de la sucia funda de almohada que llevaba puesta—. ¡Harry Potter es valiente y arrojado! ¡Ha afrontado ya muchos peligros! Pero Dobby ha venido a proteger a Harry Potter, a advertirle, aunque más tarde tenga que machucarse las orejas con la puerta del horno, de que Harry Potter no debe regresar a Hogwarts.

Hubo un silencio, sólo roto por el tintineo de tenedores y cuchillos que venía del piso inferior y el distante rumor de la voz de tío Vernon.

—¿Que... qué? —tartamudeó Harry—. Pero debo volver; el curso empieza el uno de septiembre. Eso es lo único que me ilusiona. Usted no sabe lo que es vivir aquí. Yo no pertenezco a esta casa, pertenezco al mundo de Hogwarts.

—¡No, no, no! —chilló Dobby, sacudiendo la cabeza con tanta fuerza que se daba golpes con las orejas—. Harry Potter debe estar donde no peligre su seguridad. Es demasiado importante, demasiado bueno, para que lo perdamos. Si Harry Potter vuelve a Hogwarts, estará en peligro mortal.

—¿Por qué? —preguntó Harry, sorprendido.

—Hay una conspiración, Harry Potter. Una conspiración para hacer que este año sucedan las cosas más terribles en el Colegio Hogwarts de Magia y Hechicería —susurró Dobby, sintiendo un temblor repentino por todo el cuerpo—. Hace meses que Dobby lo sabe, señor. Harry Potter no debe exponerse al peligro: ¡es demasiado importante, señor!

—¿Qué cosas terribles? —preguntó inmediatamente Harry—. ¿Quién las está tramando?

Dobby hizo un extraño ruido ahogado y acto seguido empezó a golpearse la cabeza furiosamente contra la pared.

—¡Está bien! —gritó Harry, sujetando al elfo del brazo para detenerlo—. No puede decirlo, lo comprendo. Pero ¿por qué ha venido usted a avisarme? —Un pensamiento repentino y desagradable lo sacudió—. ¡Un momento! Esto no tiene nada que ver con Vol... perdón, con Quien-usted-sabe, ¿verdad? Basta con que asienta o niegue con la cabeza —añadió apresuradamente, porque Dobby ya se disponía a golpearse de nuevo contra la pared.

Dobby movió lentamente la cabeza de lado a lado.

—No, no se trata de Aquel-que-no-debe-ser-nombrado, señor.

Pero Dobby tenía los ojos muy abiertos y parecía que trataba de darle una pista. Harry, sin embargo, estaba completamente desorientado.

—Él no tiene hermanos, ¿verdad?

Dobby negó con la cabeza, con los ojos más abiertos que nunca.

—Bueno, siendo así, no puedo imaginar quién más podría provocar que en Hogwarts sucedieran cosas terribles —dijo Harry—. Quiero decir que, además, allí está Dumbledore. ¿Sabe usted quién es Dumbledore?

Dobby hizo una inclinación con la cabeza.

—Albus Dumbledore es el mejor director que ha tenido Hogwarts. Dobby lo sabe, señor. Dobby ha oído que los poderes de Dumbledore rivalizan con los de Aquel-que-no-debe-ser-nombrado. Pero, señor —la voz de Dobby se transformó en un apresurado susurro—, hay poderes que Dumbledore no... poderes que ningún mago honesto...

Y antes de que Harry pudiera detenerlo, Dobby saltó de la cama, cogió la lámpara de la mesa de Harry y empezó a golpearse con ella en la cabeza lanzando unos alaridos que destrozaban los tímpanos.

En el piso inferior se hizo un silencio repentino. Dos segundos después, Harry, con el corazón palpitándole frenéticamente, oyó que tío Vernon se acercaba, explicando en voz alta:

—¡Dudley debe de haber dejado otra vez el televisor encendido, el muy pícaro!

—¡Rápido! ¡Al clóset! —dijo Harry, empujando a Dobby, cerrando la puerta y echándose en la cama en el preciso instante en que giraba el pomo de la puerta.

—¿Qué demonios estás haciendo? —preguntó tío Vernon rechinando los dientes, con la cara espantosamente cerca de la de Harry—. Acabas de arruinar el final de mi chiste sobre el jugador japonés de golf... ¡Un ruido más, y desearás no haber nacido, mocoso!

Tío Vernon salió de la habitación pisando fuerte con sus pies planos.

Harry, temblando, abrió la puerta del armario y dejó salir a Dobby.

—¿Se da cuenta de lo que es vivir aquí? —le dijo—. ¿Ve por qué debo volver a Hogwarts? Es el único lugar donde tengo... bueno, donde creo que tengo amigos.

—¿Amigos que ni siquiera escriben a Harry Potter? —preguntó maliciosamente.

—Supongo que habrán estado,,. ¡Un momento! —dijo Harry, frunciendo el entrecejo—. ¿Cómo sabe usted que mis amigos no me han escrito?

Dobby cambió los pies de posición.

—Harry Potter no debe enfadarse con Dobby. Dobby pensó que era lo mejor...

—¿Ha interceptado usted mis cartas?

—Dobby las tiene aquí, señor —dijo el elfo, y, escapando ágilmente del alcance de Harry, extrajo un fajo de sobres de la funda de almohada que llevaba puesta. Harry pudo distinguir la esmerada caligrafía de Hermione, los irregulares trazos de Ron, y hasta un garabato que parecía salido de la mano de Hagrid, el guardabosques de Hogwarts.

Dobby, inquieto, miró a Harry y parpadeó.

—Harry Potter no debe enfadarse... Dobby pensaba... que si Harry Potter creía que sus amigos lo habían olvidado... Harry Potter no querría volver al colegio, señor.

Harry no escuchaba. Se abalanzó sobre las cartas, pero Dobby lo esquivó.

—Harry Potter las tendrá, señor, si le da a Dobby su palabra de que no volverá a Hogwarts. ¡Señor, es un riesgo que no debe afrontar! ¡Dígame que no irá, señor!

—¡Iré! —dijo Harry, enojado—. ¡Deme las cartas de mis amigos!

—Entonces, Harry Potter no le deja a Dobby otra opción —dijo apenado el elfo.

Antes de que Harry pudiera hacer algún movimiento, Dobby se había lanzado como una flecha hacia la puerta del dormitorio, la había abierto y había bajado la escalera corriendo. Con la boca seca y el corazón en un puño, Harry salió detrás de él, intentando no hacer ruido. Saltó los últimos seis escalones, cayó como un gato sobre la alfombra del vestíbulo y buscó a Dobby. Del comedor venía la voz de tío Vernon que decía:

—...señor Mason, cuéntele a Petunia aquella divertida anécdota de los plomeros norteamericanos, se muere de ganas de oírla...

Harry cruzó el vestíbulo, y al llegar a la cocina, sintió que se le venía el mundo encima.

El pudín magistral de tía Petunia, el montículo de crema y violetas de azúcar, flotaba cerca del techo. Dobby estaba en cuclillas sobre el armario que había en un rincón.

—No —rogó Harry con voz ronca—. Se lo ruego... me matarán...

—Harry Potter debe prometer que no irá al colegio.

—Dobby... por favor...

—Dígalo, señor...

—¡No puedo!

—Entonces, Dobby tendrá que hacerlo, señor, por el bien de Harry Potter.

El pudín cayó al suelo con un estrépito capaz de provocar un infarto. El plato se hizo añicos y la crema salpicó ventanas y paredes. Dando un chasquido como el de un látigo, Dobby desapareció.

Del comedor llegaron unos alaridos y tío Vernon entró de sopetón en la cocina y halló a Harry paralizado por el susto y cubierto de la cabeza a los pies con los restos del pudín de tía Petunia.

Al principio le pareció que tío Vernon aún podría disimular el desastre («nuestro sobrino, ya ven... está muy mal...

se altera al ver a desconocidos, así que lo tenemos en el piso de arriba...»). Llevó a los impresionados Mason de nuevo al comedor, prometió a Harry que, en cuanto se fueran, lo desollaría vivo, y le puso un trapero en las manos. Tía Petunia sacó helado del congelador y Harry, todavía temblando, se puso a limpiar la cocina.

Tío Vernon podría haberlo solucionado de esta manera, si no hubiera sido por la lechuza.

En el preciso instante en que tía Petunia estaba ofreciendo a sus invitados unos caramelos de menta, una lechuza penetró por la ventana del comedor, dejó caer una carta sobre la cabeza de la señora Mason y volvió a salir. La señora Mason gritó como una histérica y huyó de la casa exclamando algo sobre los locos. El señor Mason se quedó sólo lo suficiente para explicarles a los Dursley que su mujer tenía pánico a los pájaros de cualquier tipo y tamaño, y para preguntarles si aquélla era su forma de gastar bromas.

Harry estaba en la cocina, agarrado al trapero para no caerse, cuando tío Vernon avanzó hacia él con un destello demoníaco en sus ojos diminutos.

—¡Léela! —dijo hecho una furia y blandiendo la carta que había dejado la lechuza . ¡Vamos, léela!

Harry la cogió. No se trataba de ninguna felicitación por su cumpleaños.

Estimado Señor Potter:

Hemos recibido la información de que un encantamiento planeador ha sido usado en su lugar de residencia esta misma noche a las nueve y doce minutos.

Como usted sabe, a los magos menores de edad no se les permite realizar conjuros fuera del recinto escolar, y reincidir en el uso de la magia podría acarrearle la expulsión del colegio (Decreto para la moderada limitación de la brujería en menores de edad, 1875, Párrafo C).

Asimismo le recordamos que se considera falta grave realizar cualquier actividad mágica que entrañe un riesgo de ser advertida por miembros de la comunidad no mágica o muggles (Sección decimoter-

cera de la Confederación Internacional del Estatuto
del Secreto de los Brujos).
¡Que disfrute de unas buenas vacaciones!
Afectuosamente,

Mafalda Hopkirk
Oficina Contra el Uso Indebido de la Magia
Ministerio de Magia

Harry levantó la vista de la carta y tragó saliva.

—No nos habías dicho que no se te permitía hacer magia fuera del colegio —dijo tío Vernon, con una chispa de rabia en los ojos—. Olvidaste mencionarlo... Un grave descuido, me atrevería a decir...

Se echaba por momentos encima de Harry como un gran buldog, enseñando los dientes.

—Bueno, muchacho, ¿sabes qué te digo? Te voy a encerrar... Nunca regresarás a ese colegio... Nunca... Y si utilizas la magia para escaparte, ¡te expulsarán!

Y, riéndose como un loco, lo arrastró escaleras arriba.

Tío Vernon fue tan duro con Harry como había prometido. A la mañana siguiente mandó poner una reja en la ventana de su dormitorio e hizo un agujero en la puerta para pasarle tres veces al día una mísera cantidad de comida. Sólo lo dejaban salir por la mañana y por la noche para ir al baño. Aparte de eso, permanecía encerrado en su habitación las veinticuatro horas del día.

Al cabo de tres días no había indicios de que los Dursley se hubieran apiadado de él, y Harry no encontraba la manera de escapar de su situación. Pasaba el tiempo tumbado en la cama, viendo ponerse el sol tras la reja de la ventana y preguntándose entristecido qué sería de él.

¿De qué le serviría utilizar sus poderes mágicos para escapar de la habitación, si luego lo expulsaban de Hogwarts por hacerlo? Por otro lado, la vida en Privet Drive nunca había sido tan penosa. Ahora que los Dursley sabían que no se iban a despertar por la mañana convertidos en murciélagos, había perdido su única defensa. Tal vez Dobby lo había salvado de los horribles sucesos que tendrían lugar en Hogwarts, pero, tal como estaban las cosas, lo más probable era que muriese de inanición.

Se abrió la gatera y apareció la mano de tía Petunia introduciendo en la habitación un plato de sopa de lata. Harry, a quien las tripas le dolían de hambre, saltó de la cama y se abalanzó sobre él. La sopa estaba completamente fría, pero se bebió la mitad de un trago. Luego se fue hasta la jaula de *Hedwig* y le puso en el comedero vacío los trozos de verdura empapados de caldo que quedaban en el fondo del cuenco. La lechuza erizó las plumas y lo miró con expresión de asco intenso.

—No debes despreciarlo, es todo lo que tenemos —dijo Harry con tristeza.

Volvió a dejar el plato vacío en el suelo, junto a la gatera, y se echó otra vez en la cama, casi con más hambre que la que tenía antes de tomarse la sopa.

Suponiendo que siguiera vivo cuatro semanas más tarde, ¿qué sucedería si no se presentaba en Hogwarts? ¿Enviarían a alguien a averiguar por qué no había vuelto? ¿Conseguirían que los Dursley lo dejaran ir?

La habitación estaba cada vez más oscura. Exhausto, con las tripas rugiéndole y el cerebro dando vueltas a aquellas preguntas sin respuesta, Harry concilió un sueño agitado.

Soñó que lo exhibían en un zoológico, dentro de una jaula con un letrero que decía «Mago menor de edad». Por entre los barrotes, la gente lo miraba con ojos asombrados mientras él yacía, débil y hambriento, sobre un jergón. Entre la multitud veía el rostro de Dobby y le pedía ayuda a voces, pero Dobby se excusaba diciendo: «Harry Potter está seguro en este lugar, señor», y desaparecía. Luego llegaban los Dursley, y Dudley repiqueteaba los barrotes de la jaula, riéndose de él.

—¡Para! —dijo Harry, sintiendo el golpeteo en su dolorida cabeza—. Déjame en paz... Basta ya... estoy intentando dormir...

Abrió los ojos. La luz de la luna brillaba por entre los barrotes de la ventana. Y alguien, con los ojos muy abiertos, lo miraba tras la reja: alguien con la cara llena de pecas, el pelo cobrizo y la nariz larga.

Ron Weasley estaba afuera en la ventana.

3

La Madriguera

—¡Ron! —exclamó Harry, encaramándose a la ventana y abriéndola para poder hablar con él a través de la reja—. Ron, ¿cómo has logrado...? ¿Qué...? Harry se quedó boquiabierto al darse cuenta de lo que veía. Ron sacaba la cabeza por la ventanilla trasera de un viejo auto de color azul turquesa que estaba detenido ¡ni más ni menos que en el aire! Sonriendo a Harry desde los asientos delanteros, estaban Fred y George, los hermanos gemelos de Ron, que eran mayores que él.

—¿Todo bien, Harry?

—¿Qué ha pasado? —preguntó Ron—. ¿Por qué no has contestado a mis cartas? Te he pedido unas doce veces que vinieras a pasar unos días con nosotros y luego mi padre vino un día a la casa diciendo que te habían enviado una amonestación oficial por utilizar la magia delante de los muggles.

—No fui yo. Pero ¿cómo se enteró?

—Trabaja en el ministerio —contestó Ron—. Sabes que no podemos hacer ningún conjuro fuera del colegio.

—¡Tiene gracia que tú me lo digas! —repuso Harry, echando un vistazo al auto flotante.

—¡Esto no cuenta! —explicó Ron—. Sólo lo hemos cogido prestado. Es de mi padre, nosotros no lo hemos encantado. Pero hacer magia delante de esos muggles con los que vives...

—No he sido yo, ya te lo he dicho... pero es demasiado largo para explicarlo ahora. Mira, puedes decir en Hogwarts que los Dursley me tienen encerrado y que no podré volver, y está claro que no puedo utilizar la magia para escapar porque el ministerio pensaría que es la segunda vez que utilizo conjuros en tres días, de forma que...

—Deja de decir tonterías —dijo Ron—. Hemos venido para llevarte a casa con nosotros.

—Pero tampoco ustedes pueden utilizar la magia para sacarme...

—No la necesitamos —repuso Ron, señalando con la cabeza hacia los asientos delanteros y sonriendo—. Recuerda a quién he traído conmigo.

—Ata esto a la reja —dijo Fred, arrojándole un cabo de cuerda.

—Si los Dursley se despiertan, me matan —comentó Harry, atando la soga a uno de los barrotes.

Fred aceleró el auto.

—No te preocupes —dijo— y apártate.

Harry se retiró al fondo de la habitación, donde estaba *Hedwig*, que parecía haber comprendido que la situación era delicada y se mantenía inmóvil y en silencio. El auto aceleró más y más, y de pronto, con un sonoro crujido, la reja se desprendió limpiamente de la ventana mientras el vehículo salía volando hacia el cielo. Harry corrió a la ventana y vio que la reja había quedado colgando a sólo un metro del suelo. Entonces Ron fue recogiendo la cuerda hasta que tuvo la reja dentro del auto. Harry escuchó preocupado, pero no oyó ningún sonido que proviniera del dormitorio de los Dursley.

Cuando Ron dejó la reja en el asiento trasero, a su lado, Fred dio marcha atrás para acercarse tanto como pudo a la ventana de Harry.

—Entra —dijo Ron.

—Pero todas mis cosas de Hogwarts... Mi varita mágica, mi escoba...

—¿Dónde están?

—Guardadas bajo llave en la alacena de debajo de la escalera. Y yo no puedo salir de la habitación.

—No te preocupes —dijo George desde el asiento del acompañante—. Apártate de ahí, Harry.

Fred y George entraron en la habitación de Harry trepando con cuidado por la ventana.

«Hay que reconocer que lo hacen muy bien», pensó Harry cuando George se sacó del bolsillo una horquilla del pelo para forzar la cerradura.

—Muchos magos creen que es una pérdida de tiempo aprender estos trucos muggles —observó Fred—, pero nosotros opinamos que vale la pena adquirir estas habilidades, aunque sean un poco lentas.

Se oyó un ligero «clic» y la puerta se abrió.

—Bueno, nosotros bajaremos a buscar tus cosas. Recoge todo lo que necesites de tu habitación y ve dándoselo a Ron por la ventana —susurró George.

—Tengan cuidado con el último escalón, porque cruje —les susurró Harry mientras los gemelos se internaban en la oscuridad.

Harry fue cogiendo sus cosas de la habitación y pasándoselas a Ron a través de la ventana. Luego ayudó a Fred y a George a subir el baúl por las escaleras. Oyó toser al tío Vernon.

Una vez en el rellano, llevaron el baúl a través de la habitación de Harry hasta la ventana abierta. Fred pasó al auto para ayudar a Ron a subir el baúl, mientras Harry y George lo empujaban desde la habitación. Centímetro a centímetro, el baúl fue deslizándose por la ventana.

Tío Vernon volvió a toser.

—Un poco más —dijo jadeando Fred, que desde el auto tiraba del baúl—, empujen con fuerza...

Harry y George empujaron con los hombros, y el baúl terminó de pasar de la ventana al asiento trasero del auto.

—Estupendo, vámonos —dijo George en voz baja.

Pero al subir al alféizar de la ventana, Harry oyó un potente chillido detrás de él, seguido por la atronadora voz de tío Vernon.

—¡ESA MALDITA LECHUZA!

—¡Me olvidaba de *Hedwig*!

Harry cruzó a toda velocidad la habitación al tiempo que se encendía la luz del rellano. Cogió la jaula de *Hedwig*, volvió velozmente a la ventana, y se la pasó a Ron. Harry estaba subiendo al alféizar cuando tío Vernon aporreó la puerta y ésta se abrió de par en par.

Durante una fracción de segundo, tío Vernon se quedó inmóvil en la puerta; luego soltó un mugido como el de un toro furioso y, abalanzándose sobre Harry, lo agarró por un tobillo.

Ron, Fred y George lo asieron a su vez por los brazos, y tiraron de él con todas sus fuerzas.

—¡Petunia! —bramó tío Vernon—. ¡Se escapa! ¡SE ESCAPA!

Pero los Weasley dieron un gran tirón y el tío Vernon tuvo que soltar la pierna de Harry. Tan pronto como éste se encontró dentro del auto y hubo cerrado la puerta con un portazo, Ron gritó:

—¡Fred, aprieta el acelerador!

Y el auto salió disparado en dirección a la luna.

Harry no podía creérselo: estaba libre. Bajó la ventanilla y, con el aire azotándole los cabellos, volvió la vista para ver alejarse los tejados de Privet Drive. Tío Vernon, tía Petunia y Dudley estaban asomados a la ventana de Harry, pasmados.

—¡Hasta el próximo verano! —gritó Harry.

Los Weasley se rieron a carcajadas, y Harry se recostó en el asiento con una sonrisa de oreja a oreja.

—Suelta a *Hedwig* —le dijo a Ron— y que nos siga volando. Lleva un montón de tiempo sin poder estirar las alas.

George le pasó la horquilla a Ron y, en un instante, *Hedwig* salía alborozada por la ventanilla y se quedaba planeando al lado del auto, como un fantasma.

—Entonces, Harry, ¿por qué...? —preguntó Ron, impaciente—. ¿Qué es lo que ha ocurrido?

Harry les explicó lo de Dobby, la advertencia que le había hecho y el desastre del pudín de violetas. Cuando terminó, hubo un silencio prolongado.

—Muy sospechoso —dijo finalmente Fred.

—Me huele mal —corroboró George—. ¿Así que ni siquiera te dijo quién estaba detrás de todo?

—Creo que no podía —dijo Harry—, ya les he dicho que cada vez que estaba a punto de soltar la lengua, empezaba a darse golpes contra la pared.

Vio que Fred y George se miraban.

—¿Creen que me estaba mintiendo? —preguntó Harry.

—Bueno —repuso Fred—, tengamos en cuenta que los elfos domésticos tienen mucho poder mágico, pero normalmente no lo pueden utilizar sin el permiso de sus amos. Me da la impresión de que enviaron al viejo Dobby para impedirte que regresaras a Hogwarts. Una especie de broma. ¿Hay alguien en el colegio que tenga algo contra ti?

—Sí —respondieron Ron y Harry al unísono.

—Draco Malfoy —dijo Harry—. Me odia.

—¿Draco Malfoy? —preguntó George, dándose la vuelta—. ¿No es el hijo de Lucius Malfoy?

—Supongo que sí, porque no es un apellido muy común —contestó Harry—. ¿Por qué lo preguntas?

—He oído a mi padre hablar mucho de él —dijo George—. Fue un destacado partidario de Quien-tú-sabes.

—Y cuando desapareció Quien-tú-sabes —dijo Fred, estirando el cuello para dirigirse a Harry—, Lucius Malfoy regresó negándolo todo. Mentiras... Mi padre piensa que él pertenecía al círculo más próximo a Quien-tú-sabes.

Harry ya había oído estos rumores sobre la familia de Malfoy, y no le habían sorprendido en absoluto. En comparación con Malfoy, Dudley Dursley era un muchacho bondadoso, amable y sensible.

—No sé si los Malfoy poseerán un elfo —dijo Harry.

—Bueno, sea quien sea, tiene que tratarse de una familia de magos de larga tradición, y deben de ser ricos —observó Fred.

—Sí, mamá siempre está diciendo que querría tener un elfo doméstico que le planchase la ropa —dijo George—. Pero lo único que tenemos es un espíritu asqueroso y malvado en el ático, y el jardín lleno de gnomos. Los elfos domésticos están en grandes casas solariegas y en castillos y lugares así, y no en casas como la nuestra.

Harry estaba callado. A juzgar por el hecho de que Draco Malfoy tenía normalmente lo mejor de lo mejor, su familia debía de estar tapada en oro mágico. Podía imaginárselo dándose aires en una gran mansión. También parecía encajar con el tipo de cosas que Malfoy podría hacer el enviar a un criado para que impidiera que Harry volviese a Hogwarts. ¿Había sido un estúpido al dar crédito a Dobby?

—De cualquier manera, estoy muy contento de que hayamos podido rescatarte —dijo Ron—. Me estaba preocupando que no respondieras a mis cartas. Al principio le echaba la culpa a *Errol*...

—¿Quién es *Errol*?

—Nuestro búho. Pero está viejo. No sería la primera vez que le da un colapso al hacer una entrega. Así que intenté pedirle a Percy que me prestara a *Hermes*...

—¿Quién?

—El búho que nuestros padres compraron a Percy cuando lo nombraron prefecto —dijo Fred desde el asiento delantero.

—Pero Percy no quiso prestármelo —añadió Ron—. Dijo que lo necesitaba él.

—Este verano, Percy se está comportando de forma muy rara —dijo George, frunciendo el entrecejo—. Ha estado enviando montones de cartas y pasando muchísimo tiempo encerrado en su habitación... No puede uno estar todo el día sacando brillo a la insignia de prefecto. Te estás desviando hacia el oeste, Fred —añadió, señalando un indicador en el tablero. Fred giró el volante.

—¿Su padre sabe que se han llevado el auto? —preguntó Harry, adivinando la respuesta.

—Esto... no —contestó Ron , esta noche tenía que trabajar. Espero que podamos dejarlo en el garaje sin que nuestra madre se dé cuenta de que nos lo hemos llevado.

—¿Qué hace su padre en el Ministerio de Magia?

—Trabaja en el departamento más aburrido —contestó Ron—: la Oficina Contra el Uso Indebido de Artefactos Muggles.

—¿El qué?

—Se trata de cosas que han sido fabricadas por los muggles pero que alguien encanta, y que terminan de nuevo en una casa o una tienda muggle. Por ejemplo, el año pasado murió una bruja vieja, y vendieron su juego de té a un anticuario. Una mujer muggle lo compró, se lo llevó a su casa e intentó servir el té a sus amigos. Fue una pesadilla. Nuestro padre tuvo que trabajar horas extras durante varias semanas.

—¿Qué ocurrió?

—Pues que la tetera se volvió loca y arrojó un chorro de té hirviendo por toda la sala, y un hombre terminó en el hospital con las pinzas para coger los terrones de azúcar aferradas a la nariz. Nuestro padre estaba desesperado, en el departamento solamente están él y un viejo brujo llamado

Perkins, y tuvieron que hacer encantamientos para borrarles la memoria y otros trucos para que no se acordaran de nada.

—Pero su padre... este auto...

Fred se rió.

—Sí, lo vuelve loco todo lo que tiene que ver con los muggles, tenemos el cobertizo lleno de trastos muggles. Los coge, los hechiza y los vuelve a poner en su sitio. Si viniera a inspeccionar nuestra casa, tendría que arrestarse a sí mismo. A mamá la saca de quicio.

—Ahí está la carretera principal —dijo George, mirando hacia abajo a través del parabrisas—. Llegaremos dentro de diez minutos... Menos mal, porque se está haciendo de día.

Un tenue resplandor sonrosado aparecía en el horizonte, al este.

Fred dejó que el auto fuera perdiendo altura, y Harry vio a la escasa luz del amanecer el mosaico que formaban los campos y los grupos de árboles.

—Vivimos un poco apartados del pueblo —explicó George—. En Ottery Saint Catchpole.

El auto volador descendía más y más. Entre los árboles destellaba ya el borde de un sol rojo y brillante.

—¡Aterrizamos! —exclamó Fred cuando, con una ligera sacudida, tomaron contacto con el suelo. Aterrizaron junto a un garaje en ruinas en un pequeño corral, y Harry vio por vez primera la casa de Ron.

Parecía como si en otro tiempo hubiera sido una gran pocilga de piedra, pero aquí y allá habían ido añadiendo tantas habitaciones que ahora la casa tenía varios pisos de altura y estaba tan torcida que parecía sostenerse en pie por arte de magia, y Harry sospechó que así era probablemente. Cuatro o cinco chimeneas coronaban el tejado. Cerca de la entrada, clavado en el suelo, había un letrero torcido que decía «La Madriguera». En torno a la puerta principal había un revoltijo de botas de caucho y un caldero muy oxidado. Varias gallinas gordas de color marrón picoteaban a sus anchas por el corral.

—No es gran cosa.

—Es una maravilla —repuso Harry, contento, acordándose de Privet Drive.

Salieron del auto.

—Ahora tenemos que subir las escaleras sin hacer el menor ruido —advirtió Fred—, y esperar a que mamá nos llame para el desayuno. Entonces tú, Ron, bajarás dando saltos y diciendo: «¡Mamá, mira quién ha llegado esta noche!» Ella se pondrá muy contenta, y nadie tendrá que saber que hemos cogido el auto.

—Bien —dijo Ron—. Vamos, Harry, yo duermo en el...

De repente, Ron se puso de un color verdoso muy feo y clavó los ojos en la casa. Los otros tres se dieron la vuelta.

La señora Weasley iba por el corral espantando a las gallinas, y para tratarse de una mujer pequeña, rolliza y de rostro bondadoso, era sorprendente lo que podía parecerse a un tigre de enormes colmillos.

—¡Ah! —musitó Fred.

—¡Dios mío! —exclamó George.

La señora Weasley se plantó delante de ellos, con las manos en las caderas, y paseó la mirada de uno a otro. Llevaba un delantal estampado de cuyo bolsillo sobresalía una varita mágica.

—Así que... —dijo.

—Buenos días, mamá —saludó George, poniendo lo que él consideraba que era una voz alegre y encantadora.

—¿Tienen idea de lo preocupada que he estado? —preguntó la señora Weasley en un tono aterrador.

—Perdona, mamá, pero es que, mira, teníamos que...

Aunque los tres hijos de la señora Weasley eran más altos que su madre, se amilanaron cuando descargó su ira sobre ellos.

—¡Las camas vacías! ¡Ni una nota! El auto no estaba... podían haber tenido un accidente... Creía que me volvía loca, pero no les importa, ¿verdad?... Nunca, en toda mi vida... Ya verán cuando llegue a casa su padre, un disgusto como éste nunca me lo dieron Bill, ni Charlie, ni Percy...

—Percy, el perfecto —murmuró Fred.

—¡PUES PODRÍAN SEGUIR SU EJEMPLO! —gritó la señora Weasley, dándole golpecitos en el pecho con el dedo—. Podrían haberse matado o podría haberlos visto alguien, y su padre haberse quedado sin trabajo por su culpa...

Les pareció que la reprimenda duraba horas. La señora Weasley enronqueció de tanto gritar y luego se plantó delante de Harry, que retrocedió asustado.

—Me alegro de verte, Harry, cielo —dijo—. Pasa a desayunar.

La señora Weasley se encaminó hacia la casa y Harry la siguió, después de dirigir una mirada azorada a Ron, que le respondió animándolo con un gesto de la cabeza.

La cocina era pequeña y todo en ella estaba bastante apretujado. En el centro había una mesa de madera que se veía muy restregada, con sillas alrededor. Harry se sentó tímidamente, mirando a todas partes. Era la primera vez que estaba en la casa de un mago.

El reloj de la pared de enfrente sólo tenía una manecilla y carecía de números. En el borde de la esfera había escritas cosas tales como «Hora del té», «Hora de dar de comer a las gallinas» y «Te estás retrasando». Sobre la repisa de la chimenea había unos libros en montones de tres, libros que tenían títulos como *La elaboración de queso mediante la magia*, *El encantamiento en la repostería* o *Por arte de magia: cómo preparar un banquete en un minuto*. Y, a menos que Harry hubiera oído mal, la vieja radio que había al lado del lavaplatos acababa de anunciar que a continuación emitirían el programa «"La hora de las brujas", con la popular cantante hechicera Celestina Warbeck».

La señora Weasley preparaba el desayuno sin poner demasiada atención en lo que hacía, y en el rato que tardó en freír las salchichas echó unas cuantas miradas de desaprobación a sus hijos. De vez en cuando murmuraba: «cómo se les ha podido ocurrir» o «nunca lo hubiera creído».

—Tú no tienes la culpa, cielo —aseguró a Harry, echándole en el plato ocho o nueve salchichas—. Arthur y yo también hemos estado muy preocupados por ti. Anoche mismo estuvimos comentando que si Ron seguía sin tener noticias tuyas el viernes, iríamos a buscarte para traerte aquí. Pero —dijo mientras le servía tres huevos fritos— cualquiera podría haberlos visto atravesar medio país volando en ese auto e infringiendo la ley...

Entonces, como si fuera lo más natural, dio un golpecito con la varita mágica en el montón de platos sucios del lavaplatos, y éstos comenzaron a lavarse solos, produciendo un suave tintineo.

—¡Estaba nublado, mamá! —dijo Fred.

—¡No hables mientras comes! —le interrumpió la señora Weasley.

—¡Lo estaban matando de hambre, mamá! —dijo George.

—¡Cállate tú también! —atajó la señora Weasley, pero cuando se puso a cortar unas rebanadas de pan para Harry y a untarlas con mantequilla, la expresión se le enterneció.

En aquel momento apareció en la cocina una personita bajita y pelirroja, que llevaba puesto un largo camisón y que, dando un grito, se volvió corriendo.

—Es Ginny —dijo Ron a Harry en voz baja—, mi hermana. Se ha pasado el verano hablando de ti.

—Sí, debe de estar esperando que le firmes un autógrafo, Harry —dijo George con una sonrisa, pero se dio cuenta de que su madre lo miraba y hundió la vista en el plato sin decir ni una palabra más. No volvieron a hablar hasta que hubieron terminado todo lo que tenían en el plato, lo que les llevó poquísimo tiempo.

—Estoy que reviento —dijo Fred, bostezando y dejando finalmente el cuchillo y el tenedor—. Creo que me iré a la cama y...

—De eso nada —interrumpió la señora Weasley—. Si te has pasado toda la noche por ahí, ha sido culpa tuya. Así que ahora vete a desgnomizar el jardín, que los gnomos se están volviendo a salir de control.

—Pero, mamá...

—Y ustedes dos, vayan con él —dijo ella, mirando a Ron y George—. Tú sí puedes irte a la cama, cielo —dijo a Harry—. Tú no les pediste que te llevaran volando en ese maldito auto.

Pero Harry, que no tenía nada de sueño, dijo con presteza:

—Ayudaré a Ron, nunca he presenciado una desgnomización.

—Eres muy amable, cielo, pero es un trabajo aburrido —dijo la señora Weasley—. Veamos lo que Lockhart dice sobre el particular.

Y cogió un pesado volumen de la repisa de la chimenea. George se quejó.

—Mamá, ya sabemos desgnomizar un jardín.

Harry echó una mirada a la cubierta del libro de la señora Weasley. Llevaba escritas en letras doradas de fantasía las palabras «*Guía de las plagas en el hogar*, de Gilderoy Lockhart». Ocupaba casi toda la portada una fotografía de un mago muy guapo de pelo rubio ondulado y ojos azules y vivarachos. Como todas las fotografías en el mundo de la magia, ésta también se movía: el mago, que Harry supuso que era Gilderoy Lockhart, guiñó un ojo a todos con descaro. La señora Weasley le sonrió abiertamente.

—Es muy bueno —dijo ella—, conoce a la perfección todas las plagas del hogar, es un libro estupendo...

—A mamá le gusta —dijo Fred, en voz baja pero bastante audible.

—No digas tonterías, Fred —dijo la señora Weasley, ruborizándose—. Muy bien, si crees que sabes más que Lockhart, ponte ya a ello; pero ¡ay de ti si queda un solo gnomo en el jardín cuando yo salga!

Entre quejas y bostezos, los Weasley salieron arrastrando los pies, seguidos por Harry. El jardín era grande y a Harry le pareció que era exactamente como tenía que ser un jardín. A los Dursley no les habría gustado; estaba lleno de maleza y el césped necesitaba un recorte, pero había árboles de tronco nudoso junto a los muros, y en los arriates, plantas exuberantes que Harry no había visto nunca, y un gran estanque de agua verde lleno de ranas.

—Los muggles también tienen gnomos en sus jardines, ¿sabes? —dijo Harry a Ron mientras atravesaban el césped.

—Sí, ya he visto esas cosas que ellos piensan que son gnomos —dijo Ron, inclinándose sobre una mata de peonías—. Como una especie de papás Noel gorditos con cañas de pescar...

Se oyó el ruido de un forcejeo, la peonía se sacudió y Ron se levantó, diciendo en tono grave:

—Esto es un gnomo.

—¡Suéltame! ¡Suéltame! —chillaba el gnomo.

Desde luego, no se parecía a papá Noel: era pequeño y de piel curtida, con una cabeza grande y huesuda, parecida a una papa. Ron lo sujetó con el brazo estirado, mientras el gnomo le daba patadas con sus fuertes piececitos. Ron lo cogió por los tobillos y lo puso cabeza abajo.

—Esto es lo que tienes que hacer —explicó. Levantó al gnomo en lo alto («¡Suéltame!», decía éste) y comenzó a voltearlo como si fuera un lazo. Viendo el espanto en el rostro de Harry, Ron añadió—: No les duele. Pero los tienes que dejar muy mareados para que no puedan volver a encontrar su madriguera.

Entonces soltó al gnomo y éste salió volando por el aire y cayó en el campo que había al otro lado del seto, a unos siete metros, con un ruido sordo.

—¡Lamentable! —dijo Fred—. ¿Qué apuestas a que lanzo el mío más allá de aquel tronco?

Harry aprendió enseguida que no había que sentir compasión por los gnomos y decidió lanzar al otro lado del seto al primero que capturó, pero éste, percibiendo su indecisión, le hundió sus afiladísimos dientes en un dedo, y le costó mucho trabajo sacudírselo...

—Caramba, Harry... eso habrán sido casi veinte metros...

Pronto el aire se llenó de gnomos volando.

—Ya ves que no son muy listos —observó George, cogiendo cinco o seis gnomos a la vez—. En cuanto se enteran de que estamos desgnomizando, salen a curiosear. Ya deberían haber aprendido a quedarse escondidos en su sitio.

Al poco rato vieron que los gnomos que habían aterrizado en el campo, que eran muchos, empezaban a alejarse andando en grupos, con los hombros caídos.

—Volverán —dijo Ron mientras contemplaban cómo se internaban en el seto del otro lado del campo—. Les gusta este sitio... Papá es demasiado blando con ellos, porque piensa que son divertidos...

En aquel momento se oyó la puerta principal de la casa.

—¡Ya ha llegado! —dijo George—. ¡Papá está en casa!

Y corrieron a su encuentro.

El señor Weasley estaba sentado en una silla de la cocina, con las gafas quitadas y los ojos cerrados. Era un hombre delgado, bastante calvo, pero el escaso pelo que le quedaba era tan rojo como el de sus hijos. Llevaba una larga túnica verde polvorienta y estropeada de viajar.

—¡Qué noche! —farfulló, cogiendo la tetera mientras los muchachos se sentaban a su alrededor—. Nueve redadas. ¡Nueve! Y el viejo Mundungus Fletcher ha intentado hacerme un maleficio cuando le di la espalda.

El señor Weasley tomó un largo sorbo de té y suspiró.

—¿Encontraste algo, papá? —preguntó Fred con interés.

—Sólo unas llaves que encogen y una tetera que muerde —respondió el señor Weasley en un bostezo—. Han ocurrido, sin embargo, algunas cosas bastante feas que no afectaban a mi departamento. Se han llevado a Mortlake para interrogarlo sobre unos hurones muy raros, pero eso incumbe al Comité de Encantamientos Experimentales, gracias a Dios.

—¿Para qué sirve que unas llaves encojan? —preguntó George.

—Para atormentar a los muggles —suspiró el señor Weasley—. Se les vende una llave que encoge hasta hacerse diminuta para que no la puedan encontrar nunca cuando la necesitan... Naturalmente, es muy difícil dar con el culpable porque ningún muggle quiere admitir que sus llaves encogen; siempre insisten en que las han perdido. ¡Jesús! No sé de lo que serían capaces para negar la existencia de la magia, aunque la tuvieran delante de los ojos... Pero no se creerán las cosas que a nuestra gente le ha dado por encantar...

—¿COMO AUTOS, POR EJEMPLO?

La señora Weasley había aparecido blandiendo un atizador como si fuera una espada. El señor Weasley abrió los ojos de golpe y dirigió a su mujer una mirada de culpabilidad.

—¿A... autos, Molly, cielo?

—Sí, Arthur, autos —dijo la señora Weasley, con los ojos brillándole—. Imagínate que un mago se compra un viejo auto oxidado y le dice a su mujer que quiere llevárselo para ver cómo funciona, cuando en realidad lo está encantando para que vuele.

El señor Weasley parpadeó.

—Bueno, querida, creo que estarás de acuerdo conmigo en que no ha hecho nada en contra de la ley, aunque quizá debería haberle dicho la verdad a su mujer... Verás, existe una laguna jurídica... Siempre y cuando él no tenga la intención de usar el auto para volar, el hecho de que el auto pueda volar no constituye en sí...

—¡Arthur Weasley, tú te encargaste personalmente de que existiera una laguna jurídica cuando redactaste esa ley! —gritó la señora Weasley—. ¡Sólo para poder seguir jugando con todos esos cachivaches muggles que tienes en el cobertizo! ¡Y, para que lo sepas, Harry ha llegado esta mañana en ese auto en el que tú no tenías intención de volar!

—¿Harry? —dijo el señor Weasley mirando a su esposa sin comprender—. ¿Qué Harry?

Al darse la vuelta, vio a Harry y se sobresaltó.

—¡Dios mío! ¿Es Harry Potter? Encantado de conocerte. Ron nos ha hablado mucho de ti...

—¡Esta noche, tus hijos han ido volando en el auto hasta la casa de Harry y han vuelto! —gritó la señora Weasley—. ¿No tienes nada que comentar al respecto?

—¿Es verdad que han hecho eso? —preguntó el señor Weasley, nervioso—. ¿Ha ido bien la cosa? Qui... quiero decir —titubeó, al ver que su esposa echaba chispas por los ojos—, que eso ha estado muy mal, muchachos, pero muy mal...

—Dejémoslos que lo arreglen entre ellos —dijo Ron a Harry en voz baja, al ver que su madre estaba a punto de estallar—. Ven, quiero enseñarte mi habitación.

Salieron sigilosamente de la cocina y, siguiendo un estrecho pasadizo, llegaron a una escalera torcida que subía atravesando la casa en zigzag. En el tercer rellano había una puerta entrecerrada. Antes de que se cerrara de un golpe, Harry pudo ver un instante un par de ojos castaños que estaban es piando.

—Ginny —dijo Ron—. No sabes lo raro que es que se muestre así de tímida. Normalmente nunca se esconde.

Subieron dos tramos más de escalera hasta llegar a una puerta con la pintura descascarada y una placa pequeña que decía «Habitación de Ronald».

Cuando Harry entró, con la cabeza casi tocando el techo inclinado, tuvo que cerrar un instante los ojos. Le pareció que entraba en un horno, porque casi todo en la habitación era de color naranja intenso: la colcha, las paredes, incluso el techo. Luego se dio cuenta de que Ron había cubierto prácticamente cada centímetro del viejo papel pintado con afiches iguales en que se veía a un grupo de siete magos y brujas que llevaban túnicas de color naranja brillante, sostenían escobas en la mano y saludaban con entusiasmo.

—¿Tu equipo de quidditch favorito? —le preguntó Harry.

—Los Chudley Cannons —confirmó Ron, señalando la colcha naranja, en la que había estampadas dos ces gigantes y una bala de cañón saliendo disparada—. Van novenos en la liga.

Ron tenía los libros de magia del colegio amontonados desordenadamente en un rincón, junto a una pila de cómics que parecían pertenecer todos a la serie *Las aventuras de Martin Miggs, el muggle loco*. Su varita mágica estaba en el alféizar de la ventana, encima de una pecera llena de huevos de rana y al lado de *Scabbers*, la gorda rata gris de Ron, que dormitaba en la parte donde daba el sol.

Harry echó un vistazo por la diminuta ventana, tras pisar involuntariamente una baraja de cartas autobarajables que se hallaba esparcida por el suelo. Abajo, en el campo, podía ver un grupo de gnomos que volvían a entrar de uno en uno, a hurtadillas, en el jardín de los Weasley a través del seto. Luego se volvió hacia Ron, que lo miraba con impaciencia, esperando que Harry emitiera su opinión.

—Es un poco pequeña —se apresuró a decir Ron—, a diferencia de la habitación que tenías en casa de los muggles. Además, justo aquí arriba está el espíritu del desván, que se pasa todo el tiempo golpeando las tuberías y gimiendo...

Pero Harry le dijo con una amplia sonrisa:

—Es la mejor casa que he visto nunca.

Ron se ruborizó hasta las orejas.

4

En Flourish y Blotts

La vida en La Madriguera no se parecía en nada a la de Privet Drive. Los Dursley lo querían todo limpio y ordenado; la casa de los Weasley estaba llena de sorpresas y cosas asombrosas. Harry se llevó un buen susto la primera vez que se miró en el espejo que había sobre la chimenea de la cocina y éste le gritó: «¡Qué pinta! ¡Métete bien la camisa!» El espíritu del desván aullaba y golpeaba las tuberías cada vez que le parecía que reinaba demasiada tranquilidad en la casa. Y las explosiones en el cuarto de Fred y George se consideraban completamente normales. Lo que Harry encontraba más raro en casa de Ron, sin embargo, no era el espejo parlante ni el espíritu que hacía ruidos, sino el hecho de que allí, al parecer, todos lo querían.

La señora Weasley se preocupaba por el estado de sus medias e intentaba hacerle comer cuatro raciones en cada comida. Al señor Weasley le gustaba que Harry se sentara a su lado en la mesa para someterlo a un interrogatorio sobre la vida con los muggles, y le preguntaba cómo funcionaban cosas tales como los enchufes o el servicio de correos.

—¡Fascinante! —decía cuando Harry le explicaba cómo se usaba el teléfono—. Son ingeniosas de verdad las cosas que inventan los muggles para arreglárselas sin magia.

Una mañana soleada, cuando llevaba más o menos una semana en La Madriguera, Harry los oyó hablar sobre Hogwarts. Cuando Ron y él bajaron a desayunar, encontraron al señor y a la señora Weasley sentados con Ginny a la mesa de la cocina. Al ver a Harry, Ginny dio sin querer un golpe al plato de hojuelas y éste se cayó al suelo con gran estrépito. Ginny solía tirar las cosas cada vez que Harry entraba en la habitación donde ella estaba. Se metió debajo de la mesa para recoger el plato y se levantó con la cara tan colorada y brillante como un tomate. Haciendo como que no se había dado cuenta, Harry se sentó y cogió la tostada que le pasaba la señora Weasley.

—Han llegado cartas del colegio —dijo el señor Weasley, entregando a Harry y a Ron dos sobres idénticos de pergamino amarillento, con la dirección escrita en tinta verde—. Dumbledore ya sabe que estás aquí, Harry; a ése no se le escapa una. También han llegado cartas para ustedes dos —añadió al ver entrar tranquilamente a Fred y a George, todavía en pijama.

Hubo unos minutos de silencio mientras leían las cartas. A Harry le indicaban que cogiera el tren a Hogwarts el 1 de septiembre, como de costumbre, en la estación de King's Cross. Se adjuntaba una lista de los libros de texto que necesitaría para el curso siguiente:

> Los estudiantes de segundo año necesitarán:
> —*Libro reglamentario de hechizos, segundo año*, Miranda Goshawk.
> —*Recreo con la banshee*, Gilderoy Lockhart.
> —*Una vuelta con los espíritus malignos*, Gilderoy Lockhart.
> —*Vacaciones con las brujas*, Gilderoy Lockhart.
> —*Recorridos con los trols*, Gilderoy Lockhart.
> —*Viajes con los vampiros*, Gilderoy Lockhart.
> —*Paseos con los hombres lobo*, Gilderoy Lockhart.
> —*Un año con el Yeti*, Gilderoy Lockhart.

Después de leer su lista, Fred echó un vistazo a la de Harry.

—¡También a ti te han mandado todos los libros de Lockhart! —exclamó—. El nuevo profesor de Defensa Contra las Artes Oscuras debe de ser un fan suyo; apuesto a que es una bruja.

En ese instante, Fred vio que su madre lo miraba severamente, y trató de disimular untando mermelada en el pan.

—Todos estos libros no resultarán baratos —observó George, mirando de reojo a sus padres—. De hecho, los libros de Lockhart son muy caros...

—Bueno, ya nos las arreglaremos —repuso la señora Weasley, aunque parecía preocupada—. Espero que a Ginny le puedan servir muchas de sus cosas.

—¿Es que ya vas a empezar en Hogwarts este curso? —preguntó Harry a Ginny.

Ella asintió con la cabeza, enrojeciendo hasta la raíz del pelo, que era de color rojo encendido, y metió el codo en el plato de la mantequilla. Afortunadamente, el único que se dio cuenta fue Harry, porque Percy, el hermano mayor de Ron, entraba en aquel preciso instante. Ya se había vestido y lucía la insignia de prefecto de Hogwarts en el chaleco de lana.

—Buenos días a todos —saludó Percy con voz segura—. Hace un hermoso día.

Se sentó en la única silla que quedaba, pero inmediatamente se levantó dando un brinco, y quitó del asiento un plumero gris medio desplumado. O al menos eso es lo que Harry pensó que era, hasta que vio que respiraba.

—¡Errol! —exclamó Ron, cogiendo al maltratado búho y sacándole una carta que llevaba debajo del ala—. ¡Por fin! Aquí está la respuesta de Hermione. Le escribí contándole que íbamos a rescatarte de los Dursley.

Ron llevó a *Errol* hasta una percha que había junto a la puerta de atrás e intentó que se sostuviera en ella, pero *Errol* volvió a caerse, así que Ron lo dejó en el escurridor de platos, murmurando: «Patético.» Luego rasgó el sobre y leyó la carta de Hermione en voz alta.

Querido Ron, y Harry, si estás ahí:

Espero que todo saliera bien y que Harry esté estupendamente, y que no hayas tenido que saltarte las normas para sacarlo, Ron, porque eso traería problemas también a Harry. He estado muy preocupada y, si Harry está bien, te ruego que me escribas lo antes posible para contármelo, aunque quizá sería mejor que usaras otro búho, porque creo que éste no aguantará un viaje más.

Por supuesto, estoy muy ocupada con las tareas escolares («¿Cómo puede ser?», se preguntó Ron horrorizado. «¡Si estamos en vacaciones!»)*, y el próximo miércoles nos vamos a Londres a comprar los nue-*

vos libros. ¿Por qué no nos encontramos en el callejón Diagon?
Cuéntame qué ha pasado en cuanto puedas.
Un beso de

Hermione

—Bueno, no estaría mal, podríamos ir también a comprar su material —dijo la señora Weasley, comenzando a recoger la mesa—. ¿Qué van a hacer hoy?

Harry, Ron, Fred y George planeaban subir la colina hasta un pequeño prado que tenían los Weasley. Como estaba rodeado de árboles que lo protegían de las miradas indiscretas del pueblo que había abajo, allí podían practicar el quidditch, con tal de que tuvieran cuidado de no volar muy alto. Aunque no podían usar verdaderas pelotas de quidditch, porque si se les escaparan y llegaran a sobrevolar el pueblo, la gente lo vería como un fenómeno de difícil explicación; en su lugar, se arrojaban manzanas. Se turnaban para montar en la Nimbus 2000 de Harry, que era con mucho la mejor escoba; a la vieja Estrella Fugaz de Ron incluso la adelantaban las mariposas.

Cinco minutos después se encontraban subiendo la colina, con las escobas al hombro. Habían preguntado a Percy si quería ir con ellos, pero les había dicho que estaba ocupado. Harry sólo había visto a Percy a las horas de comer; el resto del tiempo lo pasaba encerrado en su cuarto.

—Me gustaría saber qué se trae entre manos —dijo Fred, frunciendo el entrecejo—. No parece el mismo. Recibió los resultados de sus exámenes el día antes de que llegaras tú; tuvo doce M.H.B. y apenas se alegró.

—Matrículas de Honor en Brujería —explicó George, viendo la cara de incomprensión de Harry—. Bill también sacó doce. Si no andamos con cuidado, tendremos otro delegado en la familia. Creo que no podría soportar la vergüenza.

Bill era el mayor de los hermanos Weasley. Él y el segundo, Charlie, habían terminado ya en Hogwarts. Harry no había visto nunca a ninguno de los dos, pero sabía que Charlie estaba en Rumania estudiando a los dragones, y Bill en Egipto, trabajando para Gringotts, el banco de los magos.

—No sé cómo se las van a arreglar papá y mamá para comprarnos todo lo que necesitamos en este año —dijo George después de una pausa—. ¡Cinco lotes de los libros de Lockhart! Y Ginny necesitará una túnica y una varita mágica, entre otras cosas.

Harry no decía nada. Se sentía un poco incómodo. En una cámara acorazada subterránea de Gringotts, en Londres, tenía guardada una pequeña fortuna que le habían dejado sus padres. Naturalmente, ese dinero sólo servía en el mundo mágico; no se podían utilizar galeones, sickles ni knuts en las tiendas muggles. A los Dursley nunca les había dicho una palabra sobre su cuenta bancaria en Gringotts. Y la verdad es que no creía que su aversión a todo lo relacionado con el mundo de la magia se hiciera extensiva a un buen montón de oro.

El miércoles siguiente, la señora Weasley los despertó a todos temprano. Después de tomarse rápidamente media docena de sándwiches de tocineta cada uno, se pusieron las chaquetas y la señora Weasley, cogiendo una maceta de la repisa de la chimenea de la cocina, echó un vistazo dentro.

—Ya casi no nos queda, Arthur —dijo con un suspiro—. Tenemos que comprar un poco más... ¡bueno, los huéspedes primero! ¡Después de ti, Harry, cielo!

Y le ofreció la maceta.

Harry vio que todos lo miraban.

—¿Q... qué es lo que tengo que hacer? —tartamudeó.

—Él nunca ha viajado con polvos flu —dijo Ron de pronto—. Lo siento, Harry, no me acordaba.

—¿Nunca? —le preguntó el señor Weasley—. Pero ¿cómo llegaste al callejón Diagon el año pasado para comprar las cosas que necesitabas?

—En metro...

—¿De verdad? —inquirió interesado el señor Weasley—. ¿Había escaleras mecánicas? ¿Cómo son exactamente...?

—Ahora no, Arthur —lo interrumpió la señora Weasley—. Los polvos flu son mucho más rápidos, pero la verdad es que si no los has usado nunca...

—Lo hará bien, mamá —dijo Fred—. Harry, primero míranos a nosotros.

Cogió de la maceta un pellizco de aquellos polvos brillantes, se acercó al fuego y los arrojó a las llamas.

Produciendo un estruendo atronador, las llamas se volvieron de color verde esmeralda y se hicieron más altas que Fred. Éste se metió en la chimenea, gritando: «¡Al callejón Diagon!», y desapareció.

—Tienes que pronunciarlo claramente, cielo —dijo a Harry la señora Weasley, mientras George introducía la mano en la maceta—, y ten cuidado de salir por la chimenea correcta.

—¿Qué? —preguntó Harry, nervioso, al tiempo que la hoguera volvía a tronar y se tragaba a George.

—Bueno, ya sabes, hay una cantidad tremenda de chimeneas de magos entre las que escoger, pero con tal de que pronuncies claro...

—Lo hará bien, Molly, no te apures —le dijo el señor Weasley, sirviéndose también polvos flu.

—Pero, querido, si Harry se perdiera, ¿cómo se lo íbamos a explicar a sus tíos?

—A ellos les daría igual —la tranquilizó Harry—. Si yo me perdiera aspirado por una chimenea, a Dudley le parecería una broma estupenda, así que no se preocupe por eso.

—Bueno, está bien... ve después de Arthur —dijo la señora Weasley—. Y cuando entres en el fuego, di adónde vas.

—Y mantén los codos pegados al cuerpo —le aconsejó Ron.

—Y los ojos cerrados —le dijo la señora Weasley—. El hollín...

—Y no te muevas —añadió Ron—. O podrías salir por una chimenea equivocada...

—Pero no te asustes y vayas a salir demasiado pronto. Espera a ver a Fred y a George.

Haciendo un considerable esfuerzo para acordarse de todas estas cosas, Harry cogió un pellizco de polvos flu y se acercó al fuego. Respiró hondo, arrojó los polvos a las llamas y dio unos pasos hacia delante. El fuego se percibía como una brisa cálida. Abrió la boca y un montón de ceniza caliente se le metió en la boca.

—Ca... ca... llejón Diagon —dijo tosiendo.

Le pareció que lo succionaban por el agujero de un enchufe gigante y que estaba girando a gran velocidad... El bramido era ensordecedor... Harry intentaba mantener los ojos abiertos, pero el remolino de llamas verdes lo mareaba...

Algo duro lo golpeó en el codo, así que él se lo sujetó contra el cuerpo, sin dejar de dar vueltas y vueltas... Luego fue como si unas manos frías le pegaran bofetadas en la cara. A través de las gafas, con los ojos entrecerrados, vio una borrosa sucesión de chimeneas y vislumbró imágenes de las salas que había al otro lado... Los sándwiches de tocineta se le revolvían en el estómago. Cerró los ojos de nuevo deseando que aquello cesara, y entonces... cayó de bruces sobre una fría piedra y las gafas se le rompieron.

Mareado, magullado y cubierto de hollín, se puso de pie con cuidado y se quitó las gafas rotas. Estaba completamente solo, pero no tenía ni idea de dónde. Lo único que sabía era que estaba en la chimenea de piedra de lo que parecía ser la tienda de un mago, apenas iluminada, pero no era probable que lo que vendían en ella se encontrara en la lista de Hogwarts.

En una vitrina de cristal cercana había una mano cortada puesta sobre un cojín, una baraja de cartas manchada de sangre y un ojo de cristal que miraba fijamente. Unas máscaras de aspecto diabólico lanzaban miradas malévolas desde lo alto. Sobre el mostrador había una gran variedad de huesos humanos y del techo colgaban unos instrumentos herrumbrosos, llenos de pinchos. Y, lo que era peor, el oscuro callejón que Harry podía ver a través de la polvorienta luna del escaparate no podía ser el callejón Diagon.

Cuanto antes saliera de allí, mejor. Con la nariz aún dolorida por el golpe, Harry fue rápida y sigilosamente hacia la puerta, pero antes de que hubiera salvado la mitad de la distancia, aparecieron al otro lado del escaparate dos personas, y una de ellas era la última a la que Harry habría querido encontrarse en su situación: perdido, cubierto de hollín y con las gafas rotas. Era Draco Malfoy.

Harry repasó apresuradamente con los ojos lo que había en la tienda y encontró a su izquierda un gran armario negro, se metió en él y cerró las puertas, dejando una pequeña rendija para echar un vistazo. Unos segundos más tarde sonó un timbre y Malfoy entró en la tienda.

El hombre que iba detrás de él no podía ser sino su padre. Tenía la misma cara pálida y puntiaguda, y los mismos ojos de un frío color gris. El señor Malfoy cruzó la tienda, mirando vagamente los artículos expuestos, y pulsó un timbre que había en el mostrador antes de volver la vista hacia su hijo y decirle:

—No toques nada, Draco.

Malfoy, que estaba mirando el ojo de cristal, le dijo:

—Creía que me ibas a comprar un regalo.

—Te dije que te compraría una escoba de carreras —le dijo su padre, tamborileando con los dedos en el mostrador.

—¿Y para qué la quiero si no estoy en el equipo de la casa? —preguntó Malfoy, enfurruñado—. Harry Potter tenía el año pasado una Nimbus 2000. Y obtuvo un permiso especial de Dumbledore para poder jugar en el equipo de Gryffindor. Ni siquiera es muy bueno, sólo porque es famoso... Famoso por tener esa ridícula cicatriz en la frente...

Malfoy se inclinó para examinar un estante lleno de calaveras.

—A todos les parece que Potter es muy inteligente sólo porque tiene esa maravillosa cicatriz en la frente y una escoba mágica...

—Me lo has dicho ya una docena de veces por lo menos —repuso su padre dirigiéndole una mirada fulminante—, y te quiero recordar que sería mucho más... prudente dar la impresión de que tú también lo admiras, porque en la clase todos lo ven como el héroe que hizo desaparecer al Señor Tenebroso... ¡Ah, señor Borgin!

Tras el mostrador había aparecido un hombre encorvado, alisándose el grasiento cabello.

—¡Señor Malfoy, qué placer verlo de nuevo! —respondió el señor Borgin con una voz tan pegajosa como su cabello—. ¡Qué honor!... Y ha venido también el señor Malfoy hijo. Encantado. ¿En qué puedo servirles? Precisamente hoy puedo enseñarles, y a un precio muy razonable...

—Hoy no vengo a comprar, señor Borgin, sino a vender —dijo el padre de Malfoy.

—¿A vender? —La sonrisa desapareció gradualmente de la cara del señor Borgin.

—Usted habrá oído, por supuesto, que el ministro está preparando más redadas —empezó el padre de Malfoy, sacando un pergamino del bolsillo interior de la chaqueta y desenrollándolo para que el señor Borgin lo leyera—. Tengo en casa algunos... artículos que podrían ponerme en un aprieto, si el ministerio fuera a llamar a...

El señor Borgin se puso unas gafas y examinó la lista.

—Pero me imagino que el ministerio no se atreverá a molestarle, señor.

El padre de Malfoy frunció los labios.

—Aún no me han visitado. El apellido Malfoy todavía inspira un poco de respeto, pero el ministerio cada vez se entromete más. Incluso corren rumores sobre una nueva Ley de defensa de los muggles... Sin duda ese rastrero Arthur Weasley, ese defensor a ultranza de los muggles, anda detrás de todo esto...

Harry sintió que lo invadía la ira.

—Y, como ve, algunas de estas cosas podrían hacer que saliera a la luz...

—¿Puedo quedarme con esto? —interrumpió Draco, señalando la mano cortada que estaba sobre el cojín.

—¡Ah, la Mano de la Gloria! —dijo el señor Borgin, olvidando la lista del padre de Malfoy y encaminándose hacia donde estaba Draco—. ¡Si se introduce una vela entre los dedos, alumbrará las cosas sólo para el que la sostiene! ¡El mejor aliado de los ladrones y saqueadores! Su hijo tiene un gusto exquisito, señor.

—Espero que mi hijo llegue a ser algo más que un ladrón o un saqueador, Borgin —repuso fríamente el padre de Malfoy.

Y el señor Borgin se apresuró a decir:

—No he pretendido ofenderle, señor, en absoluto...

—Aunque si no mejoran sus notas en el colegio —añadió el padre de Malfoy, aún más fríamente—, puede, claro está, que sólo sirva para eso.

—No es culpa mía —replicó Draco—. Todos los profesores tienen alumnos preferidos. Esa Hermione Granger mismo...

—Vergüenza debería darte que una chica que no viene de una familia de magos te supere en todos los exámenes —dijo el señor Malfoy bruscamente.

—¡Ja! —se le escapó a Harry por lo bajo, encantado de ver a Draco tan avergonzado y furioso.

—En todas partes pasa lo mismo —dijo el señor Borgin, con su voz almibarada—. Cada vez tiene menos importancia pertenecer a una estirpe de magos.

—No para mí —repuso el señor Malfoy, resoplando de enfado.

—No, señor, ni para mí, señor —convino el señor Borgin, con una inclinación.

—En ese caso, quizá podamos volver a fijarnos en mi lista —dijo el señor Malfoy, lacónicamente—. Tengo un poco de prisa, Borgin, me esperan importantes asuntos que atender en otro lugar.

Se pusieron a regatear. Harry espiaba poniéndose cada vez más nervioso conforme Draco se acercaba a su escondite, curioseando los objetos que estaban a la venta. Se detuvo a examinar un rollo grande de cuerda de ahorcado y luego leyó, sonriendo, la tarjeta que estaba apoyada contra un magnífico collar de ópalos:

Cuidado: no tocar. Collar embrujado.
Hasta la fecha se ha cobrado las vidas de diecinueve
muggles que lo poseyeron.

Draco se volvió y reparó en el armario. Se dirigió hacia él, alargó la mano para coger la manilla...

—De acuerdo —dijo el señor Malfoy en el mostrador—. ¡Vamos, Draco!

Cuando Draco se volvió, Harry se secó el sudor de la frente con la manga.

—Que tenga un buen día, señor Borgin. Le espero en mi mansión mañana para recoger las cosas.

En cuanto se cerró la puerta, el señor Borgin abandonó sus modales afectados.

—Quédese los buenos días, *señor* Malfoy, y si es cierto lo que cuentan, usted no me ha vendido ni la mitad de lo que tiene oculto en su mansión.

Y se metió en la trastienda mascullando. Harry aguardó un minuto por si volvía, y luego, con el máximo sigilo, salió del armario y, pasando por delante de las vitrinas, se fue de la tienda por la puerta delantera.

Sujetándose delante de la cara las gafas rotas, miró a su alrededor. Había salido a un lúgubre callejón que parecía estar lleno de tiendas dedicadas a las artes oscuras. La que acababa de abandonar, Borgin y Burkes, parecía la más grande, pero enfrente había un horroroso escaparate con cabezas reducidas y, dos puertas más abajo, tenían expuesta en la calle una jaula plagada de arañas negras gigantes. Dos brujos de aspecto miserable lo miraban desde el umbral y murmuraban algo entre ellos. Harry se apartó asustado, procurando sujetarse bien las gafas y salir de allí lo antes posible.

Un letrero viejo de madera que colgaba en la calle sobre una tienda en la que vendían velas envenenadas le indicó que estaba en el callejón Knockturn. Esto no le podía servir de gran ayuda, dado que Harry no había oído nunca el nombre de aquel callejón. Con la boca llena de cenizas, no debía de haber pronunciado claramente las palabras cuando estaba en la chimenea de los Weasley. Intentó tranquilizarse y pensar qué debía hacer.

—¿No estarás perdido, cariño? —le dijo una voz al oído, haciéndole dar un salto.

Tenía ante él a una bruja decrépita que sostenía una bandeja de algo que se parecía horriblemente a uñas humanas enteras. Lo miraba de forma malévola, enseñando sus dientes sarrosos. Harry se echó atrás.

—Estoy bien, gracias —respondió—. Yo sólo...

—¡HARRY! ¿Qué demonios estás haciendo aquí?

El corazón de Harry dio un brinco, y la bruja también, con lo que se le cayeron al suelo casi todas las uñas que llevaba en la bandeja, y le echó una maldición mientras la mole de Hagrid, el guardián de Hogwarts, se acercaba con paso decidido y sus ojos de un negro azabache destellaban sobre la hirsuta barba.

—¡Hagrid! —dijo Harry, con la voz ronca por la emoción—. Me perdí... y los polvos flu...

Hagrid cogió a Harry por el pescuezo y lo separó de la bruja, con lo que consiguió que a ésta se le cayera la bandeja definitivamente al suelo.

Los gritos de la bruja los siguieron a lo largo del retorcido callejón hasta que llegaron a un lugar iluminado por la luz del sol. Harry vio en la distancia un edificio que le resultaba conocido, de mármol blanco como la nieve: era el banco Gringotts. Hagrid lo había conducido hasta el callejón Diagon.

—¡No tienes remedio! —le dijo Hagrid de mala gana, sacudiéndole el hollín con tanto ímpetu que casi lo tira contra un barril de excrementos de dragón que había a la entrada de una farmacia—. Merodeando por el callejón Knockturn... No sé, Harry, es un mal sitio... Será mejor que nadie te vea por allí.

—Ya me di cuenta —dijo Harry, agachándose cuando Hagrid hizo ademán de volver a sacudirle el hollín—. Ya te he dicho que me perdí. ¿Y tú, qué hacías?

—Buscaba un repelente contra las babosas carnívoras —gruñó Hagrid—. Están echando a perder los repollos. ¿Estás solo?

—He venido con los Weasley, pero nos hemos separado —explicó Harry—. Tengo que buscarlos...

Bajaron juntos por la calle.

—¿Por qué no has respondido a ninguna de mis cartas? —preguntó a Harry, que se veía obligado a trotar a su lado (tenía que dar tres pasos por cada zancada que Hagrid daba con sus grandes botas). Harry se lo explicó todo sobre Dobby y los Dursley.

»¡Condenados muggles! —gruñó Hagrid—. Si hubiera sabido...

—¡Harry! ¡Harry! ¡Aquí!

Harry vio a Hermione Granger en lo alto de las escaleras de Gringotts. Ella bajó corriendo a su encuentro, con su espesa cabellera castaña al viento.

—¿Qué les ha pasado a tus gafas? Hola, Hagrid. ¡Cuánto me alegro de volver a verlos! ¿Vienes a Gringotts, Harry?

—Tan pronto como encuentre a los Weasley —respondió.

—No tendrás que esperar mucho —dijo Hagrid con una sonrisa.

Harry y Hermione miraron alrededor. Corriendo por la abarrotada calle llegaban Ron, Fred, George, Percy y el señor Weasley.

—Harry —dijo el señor Weasley jadeando—. Esperábamos que sólo te hubieras pasado una chimenea. —Se frotó su brillante calva—. Molly está desesperada... ahora viene.

—¿Dónde has salido? —preguntó Ron.

—En el callejón Knockturn —respondió Harry con voz triste.

—¡Fenomenal! —exclamaron Fred y George a la vez.

—A nosotros nunca nos han dejado entrar —añadió Ron, con envidia.

—Y han hecho bien —gruñó Hagrid.

La señora Weasley apareció en aquel momento a todo correr, agitando el bolso con una mano y sujetando a Ginny con la otra.

—Ay, Harry... Ay, cielo... Podías haber salido en cualquier parte...

Respirando aún con dificultad, sacó del bolso un cepillo grande para la ropa y se puso a quitarle a Harry el hollín con el que no había podido Hagrid. El señor Weasley le cogió las gafas, les dio un golpecito con la varita mágica y se las devolvió como nuevas.

—Bueno, tengo que irme —dijo Hagrid, a quien la señora Weasley estaba estrujando la mano en ese instante («¡El callejón Knockturn! ¡Menos mal que usted lo ha encontrado, Hagrid!», le decía)—. ¡Los veré en Hogwarts! —dijo, y se alejó a zancadas, con la cabeza y los hombros sobresaliendo en la concurrida calle.

—¿A que no adivinan a quién he visto en Borgin y Burkes? —preguntó Harry a Ron y Hermione mientras subían las escaleras de Gringotts—. A Malfoy y a su padre.

—¿Y compró algo Lucius Malfoy? —preguntó el señor Weasley, con acritud.

—No, quería vender.

—Así que está preocupado —comentó el señor Weasley con satisfacción, a pesar de todo—. ¡Cómo me gustaría coger a Lucius Malfoy!

—Ten cuidado, Arthur —le dijo severamente la señora Weasley mientras entraban en el banco y un duende les hacía reverencias en la puerta—. Esa familia es peligrosa, no vayas a dar un paso en falso.

—¿Así que no crees que un servidor esté a la altura de Lucius Malfoy? —preguntó indignado el señor Weasley, pero en aquel momento se distrajo al ver a los padres de Hermione, que estaban ante el mostrador que se extendía a lo largo de todo el gran salón de mármol, esperando nerviosos a que su hija los presentara.

»Pero ¡ustedes son muggles! —observó encantado el señor Weasley—. ¡Esto tenemos que celebrarlo con una copa! ¿Qué tienen ahí? ¡Ah, están cambiando dinero muggle! ¡Mira, Molly! —dijo, señalando emocionado el billete de diez libras esterlinas que el señor Granger tenía en la mano.

—Nos veremos aquí luego —dijo Ron a Hermione, cuando otro duende de Gringotts se disponía a conducir a los Weasley y a Harry a las cámaras acorazadas donde se guardaba el dinero. Para llegar a las cámaras tenían que subir en unos carros pequeños, conducidos por duendes, que circulaban velozmente sobre unos rieles en miniatura por los túneles que había debajo del banco. Harry disfrutó del vertiginoso descenso hasta la cámara acorazada de los Weasley, pero cuando la abrieron se sintió mal, mucho peor que en el callejón Knockturn. Dentro no había más que un montoncito de sickles de plata y un galeón de oro. La señora Weasley repasó los rincones de la cámara antes de echar todas las monedas en su bolso. Harry aún se sintió peor cuando llegaron a la suya. Intentó impedir que vieran el contenido metiendo a toda prisa en una bolsa de cuero unos puñados de monedas.

Cuando salieron a las escaleras de mármol, el grupo se separó. Percy musitó vagamente que necesitaba otra pluma. Fred y George habían visto a su amigo de Hogwarts, Lee Jordan. La señora Weasley y Ginny fueron a una tienda de túnicas de segunda mano. Y el señor Weasley insistía en invitar a los Granger a tomar algo en el Caldero Chorreante.

—Nos veremos dentro de una hora en Flourish y Blotts para comprarles los libros de texto —dijo la señora Weasley, yéndose con Ginny—. ¡Y no se acerquen al callejón Knockturn! —gritó a los gemelos, que ya se alejaban.

Harry, Ron y Hermione pasearon por la tortuosa calle adoquinada. Las monedas de oro, plata y bronce que tintineaban alegremente en la bolsa dentro del bolsillo de Harry estaban pidiendo a gritos que se les diera uso, así que compró tres grandes helados de fresa y mantequilla de maní, que devoraron con avidez mientras subían por el callejón, contemplando los fascinantes escaparates. Ron se quedó mirando un conjunto completo de túnicas de los jugadores del Chudley Cannon en el escaparate de Artículos de Calidad para el Juego de Quidditch, hasta que Hermione se los llevó a rastras a la puerta de la tienda de al lado, donde debían comprar tinta y pergamino. En la tienda de artículos de broma Gambol y Japes encontraron a Fred, George y Lee Jordan, que se estaban abasteciendo de las «Fabulosas bengalas del doctor Filibuster, que no necesitan fuego porque se prenden con la humedad», y en una tienda muy pequeña de trastos usados, repleta de varitas rotas, balanzas de bronce torcidas y capas viejas llenas de manchas de pociones, encontraron a Percy, completamente absorto en la lectura de un libro aburridísimo que se titulaba *Prefectos que conquistaron el poder.*

—«Estudio sobre los prefectos de Hogwarts y sus trayectorias profesionales» —leyó Ron en voz alta de la contracubierta—. Suena fascinante...

—Váyanse —les dijo Percy de mal humor.

—Desde luego, Percy es muy ambicioso, lo tiene todo planeado; quiere llegar a ministro de Magia... —dijo Ron a Harry y Hermione en voz baja, cuando salieron dejando allí a Percy.

Una hora después se encaminaban a Flourish y Blotts. No eran, ni mucho menos, los únicos que iban a la librería. Al acercarse, vieron para su sorpresa a una multitud que se apretujaba en la puerta, tratando de entrar. El motivo de tal aglomeración lo proclamaba una gran pancarta colgada de las ventanas del primer piso:

GILDEROY LOCKHART
firmará hoy ejemplares de su autobiografía
EL ENCANTADOR
de 12.30 a 16.30 horas

—¡Podremos conocerlo en persona! —chilló Hermione—. ¡Es el que ha escrito casi todos los libros de la lista!

La multitud estaba formada principalmente por brujas de la edad de la señora Weasley. En la puerta había un mago con aspecto abrumado, que decía:

—Por favor, señoras, tengan calma... no empujen... cuidado con los libros...

Harry, Ron y Hermione lograron al fin entrar. En el interior de la librería, una larga cola serpenteaba hasta el fondo, donde Gilderoy Lockhart estaba firmando libros. Cada uno cogió un ejemplar de *Recreo con la banshee* y se unieron con disimulo al grupo de los Weasley, que estaban en la cola junto con los padres de Hermione.

—¡Qué bien, ya están aquí! —dijo la señora Weasley. Parecía que le faltaba el aliento, y se retocaba el cabello—. Enseguida nos tocará.

A medida que la cola avanzaba, podían ver mejor a Gilde-roy Lockhart. Estaba sentado frente a una mesa, rodeado de grandes fotografías con su rostro, fotografías en las que gui-ñaba un ojo y exhibía su deslumbrante dentadura. El Lock-hart de carne y hueso vestía una túnica de color añil, que combinaba perfectamente con sus ojos; llevaba su sombrero puntiagudo de mago desenfadadamente ladeado sobre el pelo ondulado.

Un hombre pequeño e irritable merodeaba por allí sacan-do fotos con una gran cámara negra que echaba humaredas de color púrpura a cada destello cegador del flash.

—Fuera de aquí —gruñó a Ron, retrocediendo para lograr una toma mejor—. Es para el diario *El Profeta*.

—¡Vaya cosa! —exclamó Ron, frotándose el pie en el sitio en que el fotógrafo lo había pisado.

Gilderoy Lockhart lo oyó y levantó la vista. Vio a Ron y luego a Harry, y se fijó en él. Entonces se levantó de un salto y gritó con rotundidad:

—¿No será ése Harry Potter?

La multitud se hizo a un lado, cuchicheando emocionada. Lockhart se dirigió hacia Harry y cogiéndolo del brazo lo llevó hacia delante. La multitud aplaudió. Harry se notaba la cara encendida cuando Lockhart le estrechó la mano ante el fotó-grafo, que no paraba un segundo de sacar fotos, ahumando a los Weasley.

—Y ahora sonríe, Harry —le pidió Lockhart con su sonri-sa deslumbrante—. Tú y yo juntos nos merecemos la primera página.

Cuando le soltó la mano, Harry tenía los dedos entume-cidos. Quiso volver con los Weasley, pero Lockhart le pasó el brazo por los hombros y lo retuvo a su lado.

—Señoras y caballeros —dijo en voz alta, pidiendo silen-cio con un gesto de la mano—. ¡Éste es un gran momento! ¡El momento ideal para que les anuncie algo que he mantenido hasta ahora en secreto! Cuando el joven Harry entró hoy en Flourish y Blotts, sólo pensaba comprar mi autobiografía, que estaré muy contento de regalarle. —La multitud aplaudió de nuevo—. Él no sabía —continuó Lockhart, zarandeando a Harry de tal forma que las gafas le resbalaron hasta la punta de la nariz— que en breve iba a recibir de mí mucho más que mi libro *El encantador*. Harry y sus compañeros de colegio contarán con mi presencia. ¡Sí, señoras y caballeros, tengo el gran placer y el orgullo de anunciarles que desde este mes de septiembre seré el profesor de Defensa Contra las Artes Oscuras en el Colegio Hogwarts de Magia y Hechicería!

La multitud aplaudió y vitoreó al mago, y Harry fue obsequiado con las obras completas de Gilderoy Lockhart. Tambaleándose un poco bajo el peso de los libros, logró abrirse camino desde la mesa de Gilderoy, en que se centraba la atención del público, hasta el fondo de la tienda, donde Ginny aguardaba junto a su caldero nuevo.

—Tenlos tú —le farfulló Harry, metiendo los libros en el caldero—. Yo compraré los míos...

—¿Te gusta, eh, Potter? —dijo una voz que Harry no tuvo ninguna dificultad en reconocer. Se puso derecho y se encontró cara a cara con Draco Malfoy, que exhibía su habitual aire despectivo—. El famoso Harry Potter. Ni siquiera en una librería puedes dejar de ser el protagonista.

—¡Déjalo en paz, él no lo ha buscado! —replicó Ginny. Era la primera vez que hablaba delante de Harry. Estaba fulminando a Malfoy con la mirada.

—¡Vaya, Potter, tienes novia! —dijo Malfoy arrastrando las palabras. Ginny se puso roja mientras Ron y Hermione se acercaban, con sendos montones de los libros de Lockhart.

—¡Ah, eres tú! —dijo Ron, mirando a Malfoy como se mira un chicle que se le ha pegado a uno en la suela del zapato—. ¿Verdad que te sorprende ver aquí a Harry, eh?

—No me sorprende tanto como verte a ti en una tienda, Weasley —replicó Malfoy—. Supongo que tus padres pasarán hambre durante un mes para pagarte esos libros.

Ron se puso tan rojo como Ginny. Dejó los libros en el caldero y se fue hacia Malfoy, pero Harry y Hermione lo agarraron de la chaqueta.

—¡Ron! —dijo el señor Weasley, abriéndose camino a duras penas con Fred y George—. ¿Qué haces? Vamos afuera, que aquí no se puede estar.

—Vaya, vaya... ¡si es el mismísimo Arthur Weasley!

Era el padre de Draco. El señor Malfoy había cogido a su hijo por el hombro y miraba con la misma expresión de desprecio que él.

—Lucius —dijo el señor Weasley, saludándolo fríamente.

—Mucho trabajo en el ministerio, me han dicho —comentó el señor Malfoy—. Todas esas redadas... Supongo que al menos te pagarán las horas extras, ¿no? —Se acercó al caldero de Ginny y sacó de entre los libros nuevos de Lockhart un ejemplar muy viejo y estropeado de la *Guía de transformación para principiantes*—. Es evidente que no —rectificó—. Querido amigo, ¿de qué sirve deshonrar el nombre de mago si ni siquiera te pagan bien por ello?

El señor Weasley se puso aún más rojo que Ron y Ginny.

—Tenemos una idea diferente de qué es lo que deshonra el nombre de mago, Malfoy —contestó.

—Es evidente —dijo Malfoy, mirando de reojo a los padres de Hermione, que lo miraban con aprensión—, por las compañías que frecuentas, Weasley... Creía que ya no podías caer más bajo.

Entonces el caldero de Ginny saltó por los aires con un estruendo metálico; el señor Weasley se había lanzado sobre el señor Malfoy, y éste fue a dar de espaldas contra un estante. Docenas de pesados libros de conjuros les cayeron sobre la cabeza. Fred y George gritaban: «¡Dale, papá!», y la señora Weasley exclamaba: «¡No, Arthur, no!» La multitud retrocedió en desbandada, derribando a su vez otros estantes.

—¡Caballeros, por favor, por favor! —gritó un empleado.

Y luego, más alto que las otras voces, se oyó:

—¡Basta ya, caballeros, basta ya!

Hagrid vadeaba el río de libros para acercarse a ellos. En un instante, separó a Weasley y Malfoy. El primero tenía un labio partido, y al segundo, una *Enciclopedia de setas no comestibles* le había dado en un ojo. Malfoy todavía sujetaba en la mano el viejo libro sobre transformación. Se lo entregó a Ginny, con la maldad brillándole en los ojos.

—Toma, niña, ten tu libro, que tu padre no tiene nada mejor que darte.

Librándose de Hagrid, que lo agarraba del brazo, hizo una seña a Draco y salieron de la librería.

—No debería hacerle caso, Arthur —dijo Hagrid, ayudándolo a levantarse del suelo y a ponerse bien la túnica—. En esa familia están podridos hasta las entrañas, lo sabe todo el mundo. Son una mala raza. Vamos, salgamos de aquí.

Dio la impresión de que el empleado quería impedirles la salida, pero a Hagrid apenas le llegaba a la cintura, y se lo pensó mejor. Se apresuraron a salir a la calle. Los padres de Hermione todavía temblaban del susto y la señora Weasley, que iba a su lado, estaba furiosa.

—¡Qué buen ejemplo para tus hijos... peleando en público! ¿Que habrá pensado Gilderoy Lockhart?

—Estaba encantado —repuso Fred—. ¿No lo oyeron cuando salíamos de la librería? Le preguntaba al tipo ese de *El Profeta* si podría incluir la pelea en el reportaje. Decía que todo es publicidad.

Los ánimos ya se habían calmado cuando el grupo llegó a la chimenea del Caldero Chorreante, donde Harry, los Weasley y todo lo que habían comprado volvieron a La Madriguera utilizando los polvos flu. Antes se despidieron de los Granger, que abandonaron el bar por la otra puerta, hacia la calle muggle que había al otro lado. El señor Weasley iba a preguntarles cómo funcionaban las paradas de autobús, pero se detuvo en cuanto vio la cara que ponía su mujer.

Harry se quitó las gafas y se las guardó en el bolsillo antes de utilizar los polvos flu. Decididamente, aquél no era su medio de transporte favorito.

5

El sauce boxeador

El final del verano llegó más rápido de lo que Harry habría querido. Estaba deseando volver a Hogwarts, pero por otro lado, el mes que había pasado en La Madriguera había sido el más feliz de su vida. Le resultaba difícil no sentir envidia de Ron cuando pensaba en los Dursley y en la bienvenida que le darían cuando volviera a Privet Drive.

La última noche, la señora Weasley hizo aparecer, por medio de un conjuro, una cena suntuosa que incluía todos los manjares favoritos de Harry y que terminó con un suculento pudín de melaza. Fred y George redondearon la noche con una exhibición de las bengalas del doctor Filibuster, y llenaron la cocina con chispas azules y rojas que rebotaban del techo a las paredes durante al menos media hora. Después de esto, llegó el momento de tomar una última taza de chocolate caliente e ir a la cama.

A la mañana siguiente, les llevó mucho rato ponerse en marcha. Se levantaron con el canto del gallo, pero parecía que quedaban muchas cosas por preparar. La señora Weasley, de mal humor, iba de aquí para allá como una exhalación, buscando tan pronto unas medias como una pluma. Algunos chocaban en las escaleras, medio vestidos, sosteniendo en la mano un trozo de tostada, y el señor Weasley, al llevar el baúl de Ginny al auto a través del patio, casi se rompe el cuello cuando tropezó con una gallina despistada.

A Harry no le entraba en la cabeza que ocho personas, seis baúles grandes, dos búhos y una rata pudieran caber en un pequeño Ford Anglia. Claro que no había contado con las comodidades especiales que le había añadido el señor Weasley.

—No le digas a Molly ni media palabra —susurró a Harry al abrir el maletero y enseñarle cómo lo había ensanchado mágicamente para que pudieran caber los baúles con toda facilidad.

Cuando por fin estuvieron todos en el auto, la señora Weasley echó un vistazo al asiento trasero, en el que Harry, Ron, Fred, George y Percy estaban confortablemente sentados, uno al lado de otro, y dijo:

—Los muggles saben más de lo que parece, ¿verdad? —Ella y Ginny iban en el asiento delantero, que había sido alargado hasta tal punto que parecía un banco del parque—. Quiero decir que desde fuera uno nunca diría que el auto es tan espacioso, ¿verdad?

El señor Weasley arrancó el vehículo y salieron del patio. Harry se volteó para echar una última mirada a la casa. Apenas le había dado tiempo a preguntarse cuándo volvería a verla, cuando tuvieron que devolverse, porque a George se le había olvidado su caja de bengalas del doctor Filibuster. Cinco minutos después, el auto tuvo que detenerse en el corral para que Fred pudiera entrar a coger su escoba. Y cuando ya estaban en la autopista, Ginny gritó que se había olvidado su diario y retrocedieron otra vez. Cuando Ginny subió al auto, después de recoger el diario, llevaban muchísimo retraso y los ánimos estaban alterados.

El señor Weasley miró primero su reloj y luego a su mujer.

—Molly, querida...

—No, Arthur.

—Nadie nos vería. Este botón de aquí es un accionador de invisibilidad que he instalado. Ascenderíamos en el aire, luego volaríamos por encima de las nubes y llegaríamos en diez minutos. Nadie se daría cuenta...

—He dicho que no, Arthur, no a plena luz del día.

Llegaron a King's Cross a las once y cuarenta y cinco. El señor Weasley cruzó la calle a toda velocidad para coger unos carritos para cargar los baúles, y entraron todos corriendo en la estación. Harry ya había cogido el expreso de Hogwarts el año anterior. La dificultad estaba en llegar al andén nueve y tres cuartos, que no era visible para los ojos de los muggles. Lo que había que hacer era atravesar caminando la gruesa barrera que separaba el andén nueve del diez. No era doloroso, pero había que hacerlo con cuidado para que ningún muggle notara la desaparición.

—Percy primero —dijo la señora Weasley, mirando con inquietud el reloj que había en lo alto, que indicaba que sólo tenían cinco minutos para desaparecer disimuladamente a través de la barrera.

Percy avanzó deprisa y desapareció. A continuación fue el señor Weasley. Lo siguieron Fred y George.

—Yo pasaré con Ginny, y ustedes dos nos siguen —dijo la señora Weasley a Harry y Ron, cogiendo a Ginny de la mano y empezando a caminar. En un abrir y cerrar de ojos ya no estaban.

—Vamos juntos, sólo nos queda un minuto —dijo Ron a Harry.

Harry se aseguró de que la jaula de *Hedwig* estuviera bien sujeta encima del baúl, y empujó el carrito contra la barrera. No le daba miedo; era mucho más seguro que usar los polvos flu. Se inclinaron sobre la barra de sus carritos y se encaminaron con determinación hacia la barrera, cogiendo velocidad. A un metro de la barrera, empezaron a correr y...

¡PATAPUM!

Los dos carritos chocaron contra la barrera y rebotaron. El baúl de Ron saltó y se estrelló contra el suelo con gran estruendo, Harry se cayó y la jaula de *Hedwig*, al dar en el suelo, rebotó y salió rodando, con la lechuza dentro dando unos terribles chillidos. Todo el mundo los miraba, y un guardia que había allí cerca les gritó:

—¿Qué demonios están haciendo?

—He perdido el control del carrito —dijo Harry entre jadeos, sujetándose las costillas mientras se levantaba.

Ron salió corriendo detrás de la jaula de *Hedwig*, que estaba provocando tal escena que la multitud hacía comentarios sobre la crueldad con los animales.

—¿Por qué no hemos podido pasar? —preguntó Harry a Ron.

—Ni idea.

Ron miró furioso a su alrededor. Una docena de curiosos todavía los estaban mirando.

—Vamos a perder el tren —se quejó—. No comprendo por qué se nos ha cerrado el paso.

Harry miró el reloj gigante de la estación y sintió náuseas en el estómago. Diez segundos... nueve segundos... Avanzó con el carrito, con cuidado, hasta que llegó a la barrera, y empujó a continuación con todas sus fuerzas. La barrera permaneció allí, infranqueable.

Tres segundos... dos segundos... un segundo...

—Ha partido —dijo Ron, atónito—. El tren ya ha partido. ¿Qué pasará si mis padres no pueden volver a recogernos? ¿Tienes algo de dinero muggle?

Harry soltó una risa irónica.

—Hace seis años que los Dursley no me dan la mesada.

Ron pegó la cabeza a la fría barrera.

—No oigo nada —dijo preocupado—. ¿Qué vamos a hacer? No sé cuánto tardarán mis padres en volver por nosotros.

Echaron un vistazo a la estación. La gente todavía los miraba, principalmente a causa de los alaridos incesantes de *Hedwig*.

—A lo mejor tendríamos que ir al auto y esperar allí —dijo Harry—. Estamos llamando demasiado la aten...

—¡Harry! —dijo Ron, con los ojos refulgentes—. ¡El auto!

—¿Qué pasa con él?

—¡Podemos llegar a Hogwarts volando!

—Pero yo creía...

—Estamos en un apuro, ¿verdad? Y tenemos que llegar al colegio, ¿verdad? E incluso a los magos menores de edad se les permite hacer uso de la magia si se trata de una verdadera emergencia, sección decimonovena o algo así de la moderada limitación de la brujería...

El pánico que sentía Harry se convirtió de repente en emoción.

—¿Sabes hacerlo volar?

—Por supuesto —dijo Ron, dirigiendo su carrito hacia la salida—. Ven, vamos, si nos damos prisa, podremos seguir al expreso de Hogwarts.

Y abriéndose paso a través de la multitud de muggles curiosos, salieron de la estación y regresaron a la calle lateral donde habían parqueado el viejo Ford Anglia. Ron abrió el gran maletero con unos golpes de varita mágica. Metieron dentro los baúles, dejaron a *Hedwig* en el asiento de atrás y se acomodaron delante.

—Comprueba que no nos ve nadie —le pidió Ron, arrancando el auto con otro golpe de varita.

Harry sacó la cabeza por la ventanilla; el tráfico retumbaba por la avenida que tenían delante, pero su calle estaba despejada.

—Vía libre —dijo Harry.

Ron pulsó un diminuto botón plateado que había en el tablero y el auto desapareció con ellos. Harry notaba el asiento vibrar debajo de él, oía el motor, sentía sus propias manos en las rodillas y las gafas en la nariz, pero, a juzgar por lo que veía, se había convertido en un par de ojos que flotaban a un metro del suelo en una lúgubre calle llena de vehículos parqueados.

—¡En marcha! —dijo a su lado la voz de Ron.

Fue como si el pavimento y los sucios edificios que había a cada lado empezaran a caer y se perdieran de vista al ascender el auto; al cabo de unos segundos, tenían todo Londres bajo sus pies, impresionante y neblinoso.

Entonces se oyó un ligero estallido y reaparecieron el auto, Ron y Harry.

—¡Vaya! —dijo Ron, pulsando el botón del accionador de invisibilidad—. Se ha estropeado.

Los dos se pusieron a darle golpes. El auto desapareció, pero luego empezó a aparecer y desaparecer de forma intermitente.

—¡Agárrate! —gritó Ron, y apretó el acelerador.

Como una bala, penetraron en las nubes algodonosas y todo se volvió neblinoso y gris.

—¿Y ahora qué? —preguntó Harry, pestañeando ante la masa compacta de nubes que los rodeaba por todos lados.

—Tendríamos que ver el tren para saber qué dirección seguir —dijo Ron.

—Vuelve a descender, rápido.

Descendieron por debajo de las nubes, y se asomaron mirando hacia abajo con los ojos entornados.

—¡Ya lo veo! —gritó Harry—. ¡Todo recto, por allí!

El expreso de Hogwarts corría debajo de ellos, parecido a una serpiente roja.

—Derecho hacia el norte —dijo Ron, comprobando el indicador del tablero—. Bueno, tendremos que comprobarlo cada media hora más o menos. Agárrate. —Y volvieron a internarse en las nubes. Un minuto después, salían al resplandor de la luz solar.

Aquél era un mundo diferente. Las ruedas del auto rozaban el océano de esponjosas nubes y el cielo era una extensión inacabable de color azul intenso bajo un cegador sol blanco.

—Ahora sólo tenemos que preocuparnos de los aviones —dijo Ron.

Se miraron el uno al otro y rieron. Tardaron mucho en poder parar de reír.

Era como si hubieran entrado en un sueño maravilloso. Aquélla, pensó Harry, era seguramente la manera ideal de viajar: pasando copos de nubes que parecían de nieve, en un auto inundado de luz solar cálida y luminosa, con una gran bolsa de dulces en la guantera e imaginando las caras de envidia que pondrían Fred y George cuando aterrizaran con suavidad en la amplia explanada de césped delante del castillo de Hogwarts.

Comprobaban regularmente el rumbo del tren a medida que avanzaban hacia el norte, y cada vez que bajaban por debajo de las nubes veían un paisaje diferente. Londres quedó atrás enseguida y fue reemplazado por campos verdes que dieron paso a brezales de color púrpura, a aldeas con diminutas iglesias en miniatura y a una gran ciudad animada por automóviles que parecían hormigas de variados colores.

Sin embargo, después de varias horas sin sobresaltos, Harry tenía que admitir que parte de la diversión se había esfumado. Los dulces les habían dado una sed tremenda y no tenían nada que beber. Harry y Ron se habían despojado de sus suéteres, pero al primero se le pegaba la camiseta al respaldo del asiento y a cada momento las gafas le resbalaban hasta la punta de la nariz empapada de sudor. Había dejado de maravillarse con las sorprendentes formas de las nubes y se acordaba todo el tiempo del tren que circulaba miles de metros más abajo, donde se podía comprar jugo de calabaza muy frío del carrito que llevaba una bruja gordita. ¿Por qué motivo no habrían podido entrar en el andén nueve y tres cuartos?

—No puede quedar muy lejos ya, ¿verdad? —dijo Ron, con la voz ronca, horas más tarde, cuando el sol se hundía en el lecho de nubes, tiñéndolas de un rosa intenso—. ¿Listo para otra comprobación del tren?

Éste continuaba debajo de ellos, abriéndose camino por una montaña coronada de nieve. Se veía mucho más oscuro bajo el dosel de nubes.

Ron apretó el acelerador y volvieron a ascender, pero al hacerlo, el motor empezó a chirriar.

Harry y Ron intercambiaron miradas nerviosas.

—Seguramente es porque está cansado —dijo Ron—, nunca había hecho un viaje tan largo...

Y ambos hicieron como que no se daban cuenta de que el chirrido se hacía más intenso al tiempo que el cielo se oscurecía. Las estrellas iban apareciendo en el firmamento. Se hacía de noche. Harry volvió a ponerse el suéter, tratando de no dar importancia al hecho de que los parabrisas se movían despacio, como si protestaran.

—Ya queda poco —dijo Ron, dirigiéndose más al auto que a Harry—, ya queda muy poco —repitió, dando unas palmadas en el tablero con aire preocupado. Cuando, un poco más adelante, volvieron a descender por debajo de las nubes, tuvieron que aguzar la vista en busca de algo que pudieran reconocer.

—¡Allí! —gritó Harry de forma que Ron y *Hedwig* dieron un bote—. ¡Allí delante mismo!

En lo alto del acantilado que se elevaba sobre el lago, las numerosas torres y atalayas del castillo de Hogwarts se recortaban contra el oscuro horizonte.

Pero el auto había empezado a dar sacudidas y a perder velocidad.

—¡Vamos! —dijo Ron para animar al auto, dando una ligera sacudida al volante—. ¡Vamos, que ya llegamos!

El motor chirriaba. Del capó empezaron a salir delgados chorros de vapor. Harry se agarró muy fuerte al asiento cuando se orientaron hacia el lago.

El auto osciló de manera preocupante. Mirando por la ventanilla, Harry vio la superficie calma, negra y cristalina del agua, un par de kilómetros por debajo de ellos. Ron aferraba el volante con tanta fuerza que se le pusieron blancos los nudillos de las manos. El auto volvió a tambalearse.

—¡Vamos! —dijo Ron.

Sobrevolaban el lago. El castillo estaba justo delante de ellos. Ron pisó el pedal a fondo.

Oyeron un estruendo metálico, seguido de un chisporroteo, y el motor se paró completamente.

—¡Oh! —exclamó Ron, en medio del silencio.

La trompa del auto se inclinó irremediablemente hacia abajo. Caían, cada vez más rápido, directos contra el sólido muro del castillo.

—¡Noooooo! —gritó Ron, girando el volante.

Esquivaron el muro por unos centímetros y el auto viró describiendo un pronunciado arco y planeó sobre los invernaderos y luego sobre la huerta y el oscuro césped, perdiendo altura sin cesar.

Ron soltó el volante y se sacó del bolsillo de atrás la varita mágica.

—¡ALTO! ¡ALTO! —gritó, dando unos golpes en el tablero y el parabrisas, pero todavía estaban cayendo en picada, y el suelo se precipitaba contra ellos...

—¡CUIDADO CON EL ÁRBOL! —gritó Harry, cogiendo el volante, pero era demasiado tarde.

¡¡¡PAF!!!

Con gran estruendo, chocaron contra el grueso tronco del árbol y se dieron un gran golpe en el suelo. Del abollado capó salió más humo; *Hedwig* daba chillidos de terror; a Harry le había salido un chichón del tamaño de una bola de golf en la cabeza, tras golpearse contra el parabrisas; y, a su lado, Ron emitía un gemido ahogado de desesperación.

—¿Estás bien? —le preguntó Harry inmediatamente.

—¡Mi varita mágica! —dijo Ron con voz temblorosa—. ¡Mira mi varita!

Se había partido prácticamente en dos pedazos, y la punta oscilaba, sujeta sólo por unas pocas astillas.

Harry abrió la boca para decir que estaba seguro de que podrían recomponerla en el colegio, pero no llegó a decir nada. En aquel mismo momento, algo golpeó contra su lado del auto con la fuerza de un toro que los embistiera y arrojó a Harry sobre Ron, al mismo tiempo que el techo del vehículo recibía otro golpe igualmente fuerte.

—¿Qué ha pasado?

Ron ahogó un grito al mirar por el parabrisas, y Harry sacó la cabeza por la ventanilla en el preciso momento en que una rama, gruesa como una serpiente pitón, golpeaba en el auto destrozándolo. El árbol contra el que habían chocado los atacaba. El tronco dobló su inclinación inicial, y azotaba con sus nudosas ramas pesadas como el plomo cada centímetro del auto que tenía a su alcance.

—¡Aaaaag! —gritó Ron cuando una rama retorcida golpeó en su puerta produciendo otra gran abolladura.

El parabrisas tembló entonces bajo una lluvia de golpes de ramitas, y una rama gruesa como un ariete aporreó con tal furia el techo que pareció que éste se hundía.

—¡Escapemos! —gritó Ron, empujando la puerta con toda su fuerza, pero inmediatamente el salvaje latigazo de otra rama lo arrojó hacia atrás, contra el regazo de Harry.

—¡Estamos perdidos! —gimió, viendo combarse el techo.

De repente, el suelo del auto comenzó a vibrar: el motor se ponía de nuevo en funcionamiento.

—¡Marcha atrás! —gritó Harry, y el auto salió disparado. El árbol aún trataba de golpearlos, y pudieron oír el crujido de sus raíces cuando, en un intento de arremeter contra el auto que escapaba, casi se arranca del suelo.

—Por poco —dijo Ron jadeando—. ¡Así se hace, auto!

El auto, sin embargo, había agotado sus fuerzas. Con dos golpes secos, las puertas se abrieron. Harry sintió que su asiento se inclinaba hacia un lado y de pronto se encontró sentado en el húmedo césped. Unos ruidos sordos le indicaron que el auto estaba expulsando el equipaje del maletero; la jaula de *Hedwig* salió volando por los aires y se abrió de golpe, y la lechuza salió emitiendo un fuerte chillido de enojo y voló apresuradamente y sin parar en dirección al castillo. A continuación, el automóvil, abollado y echando humo, se perdió en la oscuridad, emitiendo un ruido sordo y con las luces traseras encendidas como en un gesto de enfado.

—¡Vuelve! —le gritó Ron, blandiendo la varita rota—. ¡Mi padre me matará!

Pero el auto desapareció de la vista con un último bufido del tubo de escape.

—¿Es posible que tengamos esta suerte? —preguntó Ron embargado por la tristeza mientras se inclinaba para recoger a *Scabbers*, la rata—. De todos los árboles con los que podíamos haber chocado, tuvimos que dar contra el único que devuelve los golpes.

Se dio la vuelta para mirar el viejo árbol, que todavía agitaba sus ramas pavorosamente.

—Vamos —dijo Harry, cansado—. Lo mejor que podemos hacer es ir al colegio.

No era la llegada triunfal que habían imaginado. Con el cuerpo agarrotado, frío y magullado, cada uno cogió su baúl por el aro del extremo, y los arrastraron por la ladera cubierta de césped, hacia arriba, donde los esperaban las inmensas puertas de roble de la entrada principal.

—Me parece que ya ha comenzado el banquete —dijo Ron, dejando su baúl al pie de los escalones y acercándose sigilosamente para echar un vistazo a través de una ventana iluminada—. ¡Eh, Harry, ven a ver esto... es la Selección!

Harry se acercó a toda prisa, y juntos contemplaron el Gran Comedor.

Sobre cuatro mesas abarrotadas de gente, se mantenían en el aire innumerables velas, haciendo brillar los platos y las copas. Encima de las cabezas, el techo encantado que siempre reflejaba el cielo exterior estaba cuajado de estrellas.

A través de la confusión de los sombreros negros y puntiagudos de Hogwarts, Harry vio una larga hilera de alumnos de primer año que, con caras asustadas, iban entrando en el comedor. Ginny estaba entre ellos; era fácil de distinguir por el color intenso de su pelo, que revelaba su pertenencia a la familia Weasley. Mientras tanto, la profesora McGonagall, una bruja con gafas y con el pelo recogido en un apretado moño, ponía el famoso Sombrero Seleccionador de Hogwarts sobre un taburete, delante de los recién llegados.

Cada año, este sombrero viejo, remendado, raído y sucio, distribuía a los nuevos estudiantes en cada una de las cuatro casas de Hogwarts: Gryffindor, Hufflepuff, Ravenclaw y Slytherin. Harry se acordaba bien de cuando se lo había puesto, un año antes, y había esperado muy quieto la decisión que el sombrero le murmuró al oído. Durante unos escasos y horribles segundos, había temido que lo fuera a destinar a Slytherin, la casa que había dado más magos y brujas tenebrosos que ninguna otra, pero había acabado en Gryffindor, con Ron, Hermione y el resto de los Weasley. En el último trimestre, Harry y Ron habían contribuido a que Gryffindor ganara el campeonato de las casas, venciendo a Slytherin por primera vez en siete años.

Habían llamado a un niño muy pequeño, de pelo castaño, para que se pusiera el sombrero. Harry desvió la mirada hacia el profesor Dumbledore, el director, que se hallaba contemplando la Selección desde la mesa de los profesores, con su larga barba plateada y sus gafas de media luna brillando a la luz de las velas. Varios asientos más allá, Harry vio a Gilderoy Lockhart, vestido con una túnica color aguamarina. Y al final estaba Hagrid, grande y peludo, apurando su copa.

—Espera... —dijo Harry a Ron en voz baja—. Hay una silla vacía en la mesa de los profesores. ¿Dónde está Snape?

Severus Snape era el profesor que menos le gustaba a Harry. Y Harry resultó ser el alumno que menos le gustaba a Snape, que daba clase de Pociones y era cruel, sarcástico y sentía aversión por todos los alumnos que no fueran de Slytherin, la casa a la que pertenecía.

—¡A lo mejor está enfermo! —dijo Ron, esperanzado.

—¡Quizá se haya ido —dijo Harry— porque tampoco esta vez ha conseguido el puesto de profesor de Defensa Contra las Artes Oscuras!

—O quizá lo han echado —dijo Ron con entusiasmo—. Como todo el mundo lo odia...

—O tal vez —dijo una voz glacial detrás de ellos— quiera averiguar por qué no han llegado ustedes dos en el tren escolar.

Harry se dio media vuelta. Allí estaba Severus Snape, con su túnica negra ondeando a la fría brisa. Era un hombre delgado de piel cetrina, nariz ganchuda y pelo negro y grasiento que le llegaba hasta los hombros, y en aquel momento sonreía de tal modo que Ron y Harry comprendieron inmediatamente que se habían metido en un buen lío.

—Síganme —dijo Snape.

Sin atreverse a mirarse el uno al otro, Harry y Ron siguieron a Snape escaleras arriba hasta el gran vestíbulo iluminado con antorchas, donde las palabras producían eco. Un delicioso olor de comida flotaba en el Gran Comedor, pero Snape los alejó de la calidez y la luz y los condujo abajo por la estrecha escalera de piedra que llevaba a las mazmorras.

—¡Adentro! —dijo, abriendo una puerta que se encontraba a mitad del frío corredor, y señalando su interior.

Entraron temblando en la oficina de Snape. Los sombríos muros estaban cubiertos por estantes con grandes tarros de cristal, dentro de los cuales flotaban cosas verdaderamente asquerosas, cuyo nombre en aquel momento a Harry no le interesaba en absoluto. La chimenea estaba apagada y vacía. Snape cerró la puerta y volvió la mirada hacia ellos.

—Así que el tren no es un medio de transporte digno para el famoso Harry Potter y su fiel compañero Weasley —dijo con voz melosa—. Quieren hacer una llegada a lo grande, ¿eh, muchachos?

—No, señor, fue la barrera en la estación de King's Cross lo que...

—¡Silencio! —dijo Snape con frialdad—. ¿Qué han hecho con el auto?

Ron tragó saliva. No era la primera vez que a Harry le daba la impresión de que Snape era capaz de leer el pensamiento. Pero enseguida comprendió, cuando Snape desplegó un ejemplar de *El Profeta Vespertino* de aquel mismo día.

—Los han visto —les dijo enfadado, enseñándoles el titular:

MUGGLES DESCONCERTADOS
POR UN FORD ANGLIA VOLADOR

Y comenzó a leer en voz alta:

—«En Londres, dos muggles están convencidos de haber visto un auto viejo sobrevolando la torre del edificio de Correos (...) al mediodía en Norfolk, la señora Hetty Bayliss, al tender la ropa (...) y el señor Angus Fleet, de Peebles, informaron a la policía, etcétera.» En total, seis o siete muggles. Tengo entendido que tu padre trabaja en la Oficina Contra el Uso Indebido de Artefactos Muggles —dijo, mirando a Ron y sonriendo de manera aún más desagradable—. Vaya, vaya... su propio hijo...

Harry sintió como si una de las ramas más grandes del árbol furioso acabara de golpearlo en el estómago. Si alguien averiguara que el señor Weasley había encantado el auto... No se le había ocurrido pensar en eso...

—He percibido, en mi examen del parque, que un ejemplar muy valioso de sauce boxeador parece haber sufrido daños considerables —prosiguió Snape.

—Ese árbol nos ha hecho más daño a nosotros que nosotros a... —se le escapó a Ron.

—¡Silencio! —interrumpió de nuevo Snape—. Por desgracia, ustedes no pertenecen a mi casa, y la decisión de expulsarlos no me corresponde a mí. Voy a buscar a las personas a quienes compete esa grata decisión. Esperen aquí.

Ron y Harry se miraron, palideciendo. Harry ya no sentía hambre, sino un tremendo mareo. Trató de no mirar hacia el estante que había detrás del escritorio de Snape, donde en un gran tarro con líquido verde flotaba una cosa muy larga y delgada. Si Snape había ido en busca de la profesora McGonagall, jefa de la casa de Gryffindor, su situación no iba a mejorar mucho. Ella podía ser mejor que Snape, pero era muy estricta.

Diez minutos después, Snape volvió, y se confirmó que era la profesora McGonagall quien lo acompañaba. Harry había visto en varias ocasiones a la profesora McGonagall enfadada, pero, o bien había olvidado lo tensos que podía poner los labios, o es que nunca la había visto tan enfadada. Ella levantó su varita al entrar. Harry y Ron se estremecieron, pero ella simplemente apuntaba hacia la chimenea, donde las llamas empezaron a brotar al instante.

—Siéntense —dijo, y los dos se retiraron a dos sillas que había al lado del fuego—. Explíquense —añadió. Sus gafas brillaban inquietantemente.

Ron comenzó a narrar toda la historia, empezando por la barrera de la estación, que no los había dejado pasar.

—...así que no teníamos otra opción, profesora, no pudimos coger el tren.

—¿Y por qué no enviaron una carta por medio de un búho? Imagino que tienen alguno —dijo fríamente la profesora McGonagall a Harry.

Harry se quedó mirándola con la boca abierta. Ahora que la profesora lo mencionaba, parecía obvio que aquello era lo que tenían que haber hecho.

—No... no lo pensé...

—Eso —observó la profesora McGonagall— es evidente.

Llamaron a la puerta de la oficina y Snape la abrió, contentísimo. Era el director, el profesor Dumbledore.

Harry tenía todo el cuerpo agarrotado. La expresión de Dumbledore era de una severidad inusitada. Miró de tal forma a los dos alumnos que tenía debajo de su gran nariz aguileña, que en aquel momento Harry habría preferido estar con Ron recibiendo los golpes del sauce boxeador.

Hubo un prolongado silencio, tras el cual Dumbledore dijo:

—Por favor, explíquenme por qué lo han hecho.

Habría sido preferible que hubiera gritado. A Harry le pareció horrible el tono decepcionado que había en su voz. No sabía por qué, pero no podía mirar a Dumbledore a los ojos, y habló con la mirada clavada en sus rodillas. Se lo contó todo, salvo lo de que el señor Weasley era el propietario del auto encantado, simulando que Ron y él se habían encontrado un auto volador a la salida de la estación. Supuso que Dumbledore los interrogaría inmediatamente al respecto, pero no preguntó nada sobre el vehículo. Cuando Harry acabó, el director simplemente siguió mirándolos a través de sus gafas.

—Iremos a recoger nuestras cosas —dijo Ron en un tono de voz desesperado.

—¿Qué quieres decir, Weasley? —bramó la profesora McGonagall.

—Bueno, van a expulsarnos, ¿no? —dijo Ron.

Harry miró a Dumbledore.

—Hoy no, señor Weasley —dijo el director—. Pero quiero dejar claro que lo que han hecho es muy grave. Esta noche escribiré a sus familias. He de advertirles también que si vuelven a hacer algo parecido, no tendré más remedio que expulsarlos.

Por la expresión de Snape, parecía como si sólo se hubieran suprimido las Navidades. Se aclaró la garganta y dijo:

—Profesor Dumbledore, estos muchachos han transgredido el decreto para la restricción de la magia en menores de edad, han causado daños graves a un árbol muy antiguo y valioso... Creo que actos de esta naturaleza...

—Corresponderá a la profesora McGonagall imponer el castigo a estos muchachos, Severus —dijo Dumbledore con tranquilidad—. Pertenecen a su casa y están por tanto bajo su responsabilidad. —Se dio la vuelta hacia la profesora McGonagall—. Tengo que regresar al banquete, Minerva, he de comunicarles unas cuantas cosas. Vamos, Severus, hay una torta de crema que tiene muy buena pinta y quiero probarla.

Al salir de la oficina, Snape dirigió a Ron y Harry una mirada envenenada. Se quedaron con la profesora McGonagall, que todavía los miraba como un águila enfurecida.

—Lo mejor será que vayas a la enfermería, Weasley, estás sangrando.

—No es nada —dijo Ron, frotándose enseguida con la manga la herida que tenía en la ceja—. Profesora, quisiera ver la Selección de mi hermana.

—La Ceremonia de Selección ya ha concluido —dijo la profesora McGonagall—. Tu hermana está también en Gryffindor.

—¡Bien! —dijo Ron.

—Y hablando de Gryffindor... —empezó a decir severamente la profesora McGonagall.

Pero Harry la interrumpió.

—Profesora, cuando nosotros cogimos el auto, el año aún no había comenzado, así que, en realidad, a Gryffindor no habría que quitarle puntos, ¿no? —dijo, mirándola con temor.

La profesora McGonagall le dirigió una mirada penetrante, pero Harry estaba seguro de que había estado a punto de sonreír. Tenía los labios menos tensos, eso era evidente.

—No quitaremos puntos a Gryffindor —dijo ella, y Harry se sintió muy aliviado—. Pero ustedes dos serán castigados.

Eso era menos malo de lo que Harry se había temido. En cuanto a que Dumbledore escribiera a los Dursley, le daba lo mismo. Harry sabía perfectamente que ellos lamentarían que el sauce boxeador no lo hubiera aplastado.

La profesora McGonagall volvió a levantar su varita y apuntó con ella al escritorio de Snape. Sonó un ¡plop! y apareció un gran plato de sándwiches, dos copas de plata y una jarra de jugo frío de calabaza.

—Comerán aquí y luego se irán directamente al dormitorio —indicó—. Yo también tengo que volver al banquete.

Cuando la puerta se cerró detrás de ella, Ron profirió un silbido bajo y prolongado.

—Creí que no nos salvábamos —dijo, cogiendo un sándwich.

—Y yo también —contestó Harry, haciendo lo mismo.

—Pero ¿cómo es posible que tengamos tan mala suerte? —dijo Ron con la boca llena de jamón y pollo—. Fred y George deben de haber volado en ese auto cinco o seis veces y nunca los ha visto ningún muggle. —Tragó y volvió a dar otro bocado—. ¿Y por qué no pudimos atravesar la barrera?

Harry se encogió de hombros.

—Tendremos que andarnos con mucho cuidado de ahora en adelante —dijo, y tomó un refrescante trago de jugo de calabaza—. Si al menos hubiéramos podido subir al banquete...

—Ella no quería que hiciéramos ningún alarde —dijo Ron inteligentemente—. No quiere que nadie llegue a pensar que está bien eso de llegar volando en un auto.

Cuando hubieron comido todos los sándwiches que podían (en el plato iban apareciendo más, conforme los engullían), se levantaron y salieron del despacho, y tomaron el camino que llevaba a la torre de Gryffindor. El castillo estaba en calma, parecía que el banquete había concluido. Pasaron por delante de retratos parlantes y armaduras que chirriaban, y subieron por la escalera de piedra hasta que llegaron finalmente al corredor donde, oculta detrás de una pintura al óleo que representaba a una mujer gorda vestida con un vestido de seda rosa, estaba la entrada secreta a la torre de Gryffindor.

—La contraseña —exigió ella, al verlos acercarse.

—Esto... —dijo Harry.

No conocían la contraseña del nuevo año, porque aún no habían visto a ningún prefecto, pero casi al instante les llegó la ayuda; detrás de ellos oyeron unos pasos veloces y al darse la vuelta vieron a Hermione que corría a ayudarles.

—¡Están aquí! ¿Dónde se habían metido? Corren los rumores más absurdos... Alguien decía que los habían expulsado por haber tenido un accidente con un auto volador.

—Bueno, no nos han expulsado —le garantizó Harry.

—¿Quieres decir que han venido hasta aquí volando? —preguntó Hermione, en un tono de voz casi tan duro como el de la profesora McGonagall.

—Ahórrate el sermón —dijo Ron impaciente— y dinos cuál es la nueva contraseña.

—Es «somormujo» —dijo Hermione deprisa—, pero ésa no es la cuestión...

No pudo terminar lo que estaba diciendo, sin embargo, porque el retrato de la Señora Gorda se abrió y se oyó una repentina ovación. Al parecer, en la casa de Gryffindor todos estaban despiertos y abarrotaban la sala circular común, de pie sobre las mesas revueltas y las mullidas butacas, esperando a que ellos llegaran. Unos cuantos brazos aparecieron por el hueco de la puerta secreta para tirar de Ron y Harry hacia dentro, y Hermione entró detrás de ellos.

—¡Formidable! —gritó Lee Jordan—. ¡Soberbio! ¡Qué llegada! Han volado en un auto hasta el sauce boxeador. ¡La gente hablará de esta proeza durante años!

—¡Bravo! —dijo un estudiante de quinto año con quien Harry no había hablado nunca.

Alguien le daba palmadas en la espalda como si acabara de ganar una maratón. Fred y George se abrieron camino hasta la primera fila de la multitud y dijeron al mismo tiempo:

—¿Por qué no nos llamaron?

Ron estaba azorado y sonreía sin saber qué decir. Harry se fijó en alguien que no estaba en absoluto contento. Al otro lado de la multitud de emocionados estudiantes de primero, vio a Percy que trataba de acercarse para reñirlos. Harry le dio a Ron con el codo en las costillas y señaló a Percy con la cabeza. Inmediatamente, Ron entendió lo que le quería decir.

—Tenemos que subir... estamos algo cansados —dijo, y los dos se abrieron paso hacia la puerta que había al otro lado de la estancia, que daba a una escalera de caracol y a los dormitorios.

—Buenas noches —dijo Harry a Hermione, dándose la vuelta. Ella tenía la misma cara de enojo que Percy.

Consiguieron alcanzar el otro extremo de la sala común, recibiendo palmadas en la espalda, y al fin llegaron a la tranquilidad de la escalera. La subieron deprisa, derechos hasta el final, hasta la puerta de su antiguo dormitorio, que ahora lucía un letrero que indicaba «Segundo año». Penetraron en la estancia que ya conocían: tenía forma circular, con sus cinco camas adoseladas con terciopelo rojo y sus ventanas elevadas y estrechas. Les habían subido los baúles y los habían dejado a los pies de sus camas respectivas.

Ron sonrió a Harry con una expresión de culpabilidad.

—Sé que no tendría que haber disfrutado de este recibimiento, pero la verdad es que...

La puerta del dormitorio se abrió y entraron los demás chicos del segundo año de la casa de Gryffindor: Seamus Finnigan, Dean Thomas y Neville Longbottom.

—¡Increíble! —dijo Seamus sonriendo.

—¡Formidable! —dijo Dean.

—¡Alucinante! —dijo Neville, sobrecogido.

Harry no pudo evitarlo. Él también sonrió.

6

Gilderoy Lockhart

Al día siguiente, sin embargo, Harry apenas sonrió ni una vez. Las cosas fueron de mal en peor desde el desayuno en el Gran Comedor. Bajo el techo encantado, que aquel día estaba de un triste color gris, las cuatro grandes mesas correspondientes a las cuatro casas estaban repletas de soperas con avena cocida, bandejas de arenques ahumados, montones de tostadas y platos con huevos y tocineta. Harry y Ron se sentaron en la mesa de Gryffindor junto a Hermione, que tenía su ejemplar de *Viajes con los vampiros* abierto y apoyado contra una taza de leche. La frialdad con que ella dijo «Buenos días» hizo pensar a Harry que todavía les reprochaba la manera en que habían llegado al colegio. Neville Longbottom, por el contrario, los saludó alegremente. Neville era un muchacho de cara redonda, propenso a los accidentes, y era la persona con peor memoria de entre todas las que Harry había conocido nunca.

—El correo llegará en cualquier momento —comentó Neville—; supongo que mi abuela me enviará las cosas que me he olvidado.

Efectivamente, Harry acababa de empezar su avena cuando un centenar de búhos penetraron con gran estrépito en la sala, volando sobre sus cabezas, dando vueltas por la estancia y dejando caer cartas y paquetes sobre la alborotada multitud. Un gran paquete de forma irregular rebotó en la cabeza de Neville, y un segundo después, una cosa gris cayó sobre la taza de Hermione, salpicándolos a todos de leche y plumas.

—¡*Errol*! —dijo Ron, sacando por las patas al empapado búho. *Errol* se desplomó, sin sentido, sobre la mesa, con las patas hacia arriba y un sobre rojo y mojado en el pico.

»¡No...! —exclamó Ron.

—No te preocupes, no está muerto —dijo Hermione, tocando a *Errol* con la punta del dedo.

—No es por eso... sino por esto.

Ron señalaba el sobre rojo. A Harry no le parecía que tuviera nada de particular, pero Ron y Neville lo miraban como si pudiera estallar en cualquier momento.

—¿Qué pasa? —preguntó Harry.

—Me han enviado un vociferador —dijo Ron con un hilo de voz.

—Será mejor que lo abras, Ron —dijo Neville, en un tímido susurro—. Si no lo hicieras, sería peor. Mi abuela una vez me envió uno, pero no lo abrí y... —tragó saliva— fue horrible.

Harry contempló los rostros aterrorizados y luego el sobre rojo.

—¿Qué es un vociferador? —preguntó.

Pero Ron fijaba toda su atención en la carta, que había empezado a humear por las esquinas.

—Ábrela —urgió Neville—. Será cuestión de unos pocos minutos.

Ron alargó una mano temblorosa, le quitó a *Errol* el sobre del pico con mucho cuidado y lo abrió. Neville se tapó los oídos con los dedos. Harry no comprendió por qué lo había hecho hasta una fracción de segundo después. Por un momento, creyó que el sobre había estallado; en el salón se oyó un bramido tan potente que desprendió polvo del techo.

—...ROBAR EL AUTO, NO ME HABRÍA EXTRAÑADO QUE TE EXPULSARAN; ESPERA A QUE TE COJA, SUPONGO QUE NO TE HAS PARADO A PENSAR LO QUE SUFRIMOS TU PADRE Y YO CUANDO VIMOS QUE EL AUTO NO ESTABA...

Los gritos de la señora Weasley, cien veces más fuertes de lo normal, hacían tintinear los platos y las cucharas en la mesa y reverberaban en los muros de piedra de manera ensordecedora. En el salón, la gente se daba la vuelta hacia todos lados para ver quién era el que había recibido el vociferador y Ron se encogió tanto en el asiento que sólo se le veía la frente colorada.

—...ESTA NOCHE LA CARTA DE DUMBLEDORE, CREÍ QUE TU PADRE SE MORÍA DE LA VERGÜENZA, NO TE HEMOS CRIADO PARA QUE TE COMPORTES ASÍ, HARRY Y TÚ PODRÍAN HABERSE MATADO...

Harry se había estado preguntando cuándo aparecería su nombre. Trataba de hacer como que no oía la voz que le estaba perforando los tímpanos.

—...COMPLETAMENTE DISGUSTADO, EN EL TRABAJO DE TU PADRE ESTÁN HACIENDO INDAGACIONES, TODO POR CULPA TUYA, Y SI VUELVES A HACER OTRA, POR PEQUEÑA QUE SEA, TE SACAREMOS DEL COLEGIO.

Se hizo un silencio en el que resonaban aún las palabras de la carta. El sobre rojo, que había caído al suelo, ardió y se convirtió en cenizas. Harry y Ron se quedaron aturdidos, como si un maremoto les hubiera pasado por encima. Algunos se rieron y, poco a poco, el habitual alboroto retornó al salón.

Hermione cerró el libro *Viajes con los vampiros* y miró a Ron, que seguía encogido.

—Bueno, no sé lo que esperabas, Ron, pero tú...

—No me digas que me lo merezco —atajó Ron.

Harry apartó su plato de hojuelas. El sentimiento de culpabilidad le revolvía las tripas. El señor Weasley afrontaría una investigación en su trabajo. Después de todo lo que los padres de Ron habían hecho por él durante el verano...

Pero Harry no tuvo demasiado tiempo para pensar en aquello, porque la profesora McGonagall recorría la mesa de Gryffindor entregando los horarios. Harry cogió el suyo y vio que tenían en primer lugar dos horas de Herbología con los de la casa de Hufflepuff.

Harry, Ron y Hermione abandonaron juntos el castillo, cruzaron la huerta por el camino y se dirigieron a los invernaderos donde crecían las plantas mágicas. El vociferador había tenido al menos un efecto positivo: parecía que Hermione consideraba que ya habían tenido suficiente castigo y volvía a mostrarse amable con ellos.

Al dirigirse a los invernaderos, vieron al resto de la clase congregada en la puerta, esperando a la profesora Sprout. Harry, Ron y Hermione acababan de llegar cuando la vieron acercarse con paso decidido a través de la explanada, acompañada por Gilderoy Lockhart. La profesora Sprout llevaba un montón de vendas en los brazos, y sintiendo otra punzada de remordimiento, Harry vio a lo lejos que el sauce boxeador tenía varias de sus ramas en cabestrillo.

La profesora Sprout era una bruja pequeña y rechoncha que llevaba un sombrero remendado sobre la cabellera suelta. Generalmente, sus ropas siempre estaban manchadas de tierra, y si tía Petunia hubiera visto cómo llevaba las uñas, se habría desmayado. Gilderoy Lockhart, sin embargo, iba inmaculado con su túnica amplia color turquesa y su pelo dorado que brillaba bajo un sombrero igualmente turquesa con ribetes de oro, perfectamente colocado.

—¡Hola, qué hay! —saludó Lockhart, sonriendo al grupo de estudiantes—. Estaba explicando a la profesora Sprout la manera en que hay que curar a un sauce boxeador. Pero ¡no quiero que piensen que sé más que ella de botánica! Lo que pasa es que en mis viajes me he encontrado varias de estas especies exóticas y...

—¡Hoy iremos al Invernadero Tres, muchachos! —dijo la profesora Sprout, que parecía claramente disgustada, lo cual no concordaba en absoluto con el buen humor habitual en ella.

Se oyeron murmullos de interés. Hasta entonces, sólo habían trabajado en el Invernadero 1. En el Invernadero 3 había plantas mucho más interesantes y peligrosas. La profesora Sprout cogió una llave grande que llevaba al cinto y abrió con ella la puerta. A Harry le llegó el olor de la tierra húmeda y el abono mezclado con el perfume intenso de unas flores gigantes, del tamaño de un paraguas, que colgaban del techo. Se disponía a entrar detrás de Ron y Hermione cuando Lockhart lo detuvo sacando la mano rapidísimamente.

—¡Harry! Quería hablar contigo... Profesora Sprout, no le importa si retengo a Harry un par de minutos, ¿verdad?

A juzgar por la cara que puso la profesora Sprout, sí le importaba, pero Lockhart añadió:

—Sólo un momento. —Y le cerró la puerta del invernadero en las narices.

—Harry —dijo Lockhart. Sus grandes dientes blancos brillaban al sol cuando movía la cabeza—. Harry, Harry, Harry.

Harry no dijo nada. Estaba completamente perplejo. No tenía ni idea de qué se trataba. Estaba a punto de decírselo, cuando Lockhart prosiguió:

—Nunca nada me había impresionado tanto como esto, ¡llegar a Hogwarts volando en un auto! Claro que enseguida supe por qué lo habías hecho. Se veía a la legua. Harry, Harry, Harry.

Era increíble cómo se las arreglaba para enseñar todos los dientes incluso cuando no estaba hablando.

—Te metí el gusanito de la publicidad, ¿eh? —dijo Lockhart—. Le has encontrado el gusto. Te viste compartiendo conmigo la primera página del periódico y no pudiste resistir salir de nuevo.

—No, profesor, verá...

—Harry, Harry, Harry —dijo Lockhart, cogiéndolo por el hombro—. Lo comprendo. Es natural querer probar un poco más una vez que uno le ha cogido el gusto. Y me avergüenzo de mí mismo por habértelo hecho probar, porque era lógico que se te subiera a la cabeza. Pero mira, muchacho, no puedes ir volando en auto para convertirte en noticia. Tienes que tomártelo con calma, ¿de acuerdo? Ya tendrás tiempo para estas cosas cuando seas mayor. Sí, sí, ya sé lo que estás pensando: «¡Es muy fácil para él, siendo ya un mago de fama internacional!» Pero cuando yo tenía doce años, era tan poco importante como tú ahora. ¡De hecho, creo que era menos importante! Quiero decir que hay gente que ha oído hablar de ti, ¿no?, por todo ese asunto con El-que-no-debe-ser-nombrado. —Contempló la cicatriz en forma de rayo que Harry tenía en la frente—. Lo sé, lo sé, no es tanto como ganar cinco veces seguidas el Premio a la Sonrisa más Encantadora, concedido por la revista *Corazón de bruja*, como he hecho yo, pero por algo hay que empezar.

Le guiñó un ojo a Harry y se alejó con paso seguro. Harry se quedó atónito durante unos instantes, y luego, recordando que tenía que estar ya en el invernadero, abrió la puerta y entró.

La profesora Sprout estaba en el centro del invernadero, detrás de una mesa montada sobre caballetes. Sobre la mesa había unas veinte orejeras. Cuando Harry ocupó su sitio entre Ron y Hermione, la profesora dijo:

—Hoy nos dedicaremos a replantar mandrágoras. Veamos, ¿quién puede decirme qué propiedades tiene la mandrágora?

Sin que nadie se sorprendiera, Hermione fue la primera en alzar la mano.

—La mandrágora, o mandrágula, es un reconstituyente muy eficaz —dijo Hermione en un tono que daba la impresión, como de costumbre, de que se había tragado el libro de texto—. Se utiliza para volver a su estado original a la gente que ha sido transformada o encantada.

—Excelente, diez puntos para Gryffindor —dijo la profesora Sprout—. La mandrágora es un ingrediente esencial en muchos antídotos. Pero, sin embargo, también es peligrosa. ¿Quién me puede decir por qué?

Al levantar de nuevo velozmente la mano, Hermione casi se lleva por delante las gafas de Harry.

—El llanto de la mandrágora es fatal para quien lo oye —dijo Hermione instantáneamente.

—Exacto. Diez puntos más —dijo la profesora Sprout—. Bueno, las mandrágoras que tenemos aquí son aún muy jóvenes.

Mientras hablaba, señalaba una fila de bandejas hondas, y todos se echaron hacia delante para ver mejor. Un centenar de pequeñas plantas con sus hojas de color verde violáceo crecían en fila. A Harry, que no tenía ni idea de lo que Hermione había querido decir con lo de «el llanto de la mandrágora», le parecían completamente vulgares.

—Pónganse unas orejeras cada uno —dijo la profesora Sprout.

Hubo un forcejeo porque todos querían coger las únicas que no eran ni de peluche ni de color rosa.

—Cuando les diga que se las pongan, asegúrense de que sus oídos queden completamente tapados —dijo la profesora Sprout—. Cuando se las puedan quitar, levantaré el pulgar. De acuerdo, pónganse las orejeras.

Harry se las puso rápidamente. Insonorizaban completamente los oídos. La profesora Sprout se puso unas de color rosa, se remangó, cogió firmemente una de las plantas y tiró de ella con fuerza.

Harry dejó escapar un grito de sorpresa que nadie pudo oír.

En lugar de raíces, surgió de la tierra un niño recién nacido, pequeño, lleno de barro y extremadamente feo. Las hojas le salían directamente de la cabeza. Tenía la piel de un color verde claro con manchas, y se veía que estaba llorando con toda la fuerza de sus pulmones.

La profesora Sprout cogió una maceta grande de debajo de la mesa, metió dentro la mandrágora y la cubrió con una tierra abonada, negra y húmeda, hasta que sólo quedaron visibles las hojas. La profesora Sprout se sacudió las manos, levantó el pulgar y se quitó ella también las orejeras.

—Como nuestras mandrágoras son sólo plantones pequeños, sus llantos todavía no son mortales —dijo con toda tranquilidad, como si lo que acababa de hacer no fuera más impresionante que regar una begonia—. Sin embargo, los dejarían inconscientes durante varias horas, y como estoy segura de que ninguno de ustedes quiere perderse su primer día de clase, asegúrense de ponerse bien las orejeras para hacer el trabajo. Ya les avisaré cuando sea hora de recoger.

»Cuatro por bandeja. Hay suficientes macetas aquí. La tierra abonada está en aquellos sacos. Y tengan mucho cuidado con las *Tentacula venenosa*, porque les están saliendo los dientes.

Mientras hablaba, dio un fuerte manotazo a una planta roja con espinas, haciendo que retirara los largos tentáculos que se habían acercado a su hombro muy disimulada y lentamente.

Harry, Ron y Hermione compartieron su bandeja con un muchacho de Hufflepuff que Harry conocía de vista, pero con quien no había hablado nunca.

—Justin Finch-Fletchley —dijo alegremente, dándole la mano a Harry—. Claro que sé quién eres, el famoso Harry Potter. Y tú eres Hermione Granger, siempre la primera en todo. —Hermione sonrió al estrecharle la mano—. Y Ron Weasley. ¿No era tuyo el auto volador?

Ron no sonrió. Obviamente, todavía se acordaba del vociferador.

—Ese Lockhart es famoso, ¿verdad? —dijo contento Justin, cuando empezaban a llenar sus macetas con estiércol de dragón—. ¡Qué tipo más valiente! ¿Han leído sus libros? Yo me habría muerto de miedo si un hombre lobo me hubiera acorralado en una cabina de teléfonos, pero él se mantuvo sereno y ¡zas! Formidable.

»Me habían reservado cupo en Eton, pero estoy muy contento de haber venido aquí. Naturalmente, mi madre estaba algo disgustada, pero desde que le hice leer los libros de Lockhart, empezó a comprender lo útil que puede resultar tener en la familia a un mago bien instruido...

Después ya no tuvieron muchas posibilidades de charlar. Se habían vuelto a poner las orejeras y tenían que concentrarse en las mandrágoras. Para la profesora Sprout había resultado muy fácil, pero en realidad no lo era. A las mandrágoras no les gustaba salir de la tierra, pero tampoco parecía que quisieran volver a ella. Se retorcían, pataleaban, sacudían sus pequeños puños y rechinaban los dientes. Harry se pasó diez minutos largos intentando meter una particularmente gorda en la maceta.

Al final de la clase, Harry, al igual que los demás, estaba empapado en sudor, le dolían varias partes del cuerpo y estaba lleno de tierra. Volvieron al castillo para lavarse un poco, y los de Gryffindor se fueron corriendo a la clase de Transformaciones.

Las clases de la profesora McGonagall eran siempre muy duras, pero aquel primer día resultó especialmente difícil. Todo lo que Harry había aprendido el año anterior parecía habérsele ido de la cabeza durante el verano. Tenía que convertir un escarabajo en un botón, pero lo único que lograba era cansar al escarabajo, porque cada vez que éste esquivaba la varita mágica, se caía del pupitre.

A Ron aún le iba peor. Había recompuesto su varita con un poco de cinta adhesiva que le habían dado, pero parecía que la reparación no había sido suficiente. Crujía y echaba chispas en los momentos más raros, y cada vez que Ron intentaba transformar su escarabajo, quedaba envuelto en un espeso humo gris que olía a huevos podridos. Incapaz de ver lo que hacía, aplastó el escarabajo con el codo sin querer y tuvo que pedir otro. A la profesora McGonagall no le hizo mucha gracia.

Harry se sintió aliviado al oír la campana de la comida. Sentía el cerebro como una esponja escurrida. Todos salieron ordenadamente de la clase salvo él y Ron, que todavía estaba dando golpes furiosos en el pupitre con la varita.

—¡Trasto inútil, que no sirves para nada!

—Pídeles otra a tus padres —sugirió Harry cuando la varita produjo una descarga de disparos, como si fueran petardos.

—Ya, y recibiré como respuesta otro vociferador —dijo Ron, metiendo en la bolsa la varita, que en aquel momento estaba silbando—, que dirá: «Es culpa tuya que se te haya partido la varita.»

Bajaron a comer, pero el humor de Ron no mejoró cuando Hermione le enseñó el puñado de botones que había conseguido en la clase de Transformaciones.

—¿Qué hay esta tarde? —dijo Harry, cambiando de tema rápidamente.

—Defensa Contra las Artes Oscuras —dijo Hermione en el acto.

—¿Por qué —preguntó Ron, cogiéndole el horario— has rodeado todas las clases de Lockhart con corazoncitos?

Hermione le quitó el horario. Se había puesto roja.

Terminaron de comer y salieron al patio. Estaba nublado. Hermione se sentó en un peldaño de piedra y volvió a hundir las narices en *Viajes con los vampiros*. Harry y Ron se pusieron a hablar de quidditch, y pasaron varios minutos antes de que Harry se diera cuenta de que alguien lo vigilaba estrechamente. Al levantar la vista, vio al muchacho pequeño de pelo castaño que la noche anterior se había puesto el Sombrero Seleccionador. Lo miraba como paralizado. Tenía en las manos lo que parecía una cámara de fotos muggle normal y corriente, y cuando Harry miró hacia él, se ruborizó en extremo.

—¿Me dejas, Harry? Soy... soy Colin Creevey —dijo entrecortadamente, dando un indeciso paso hacia delante—. Estoy en Gryffindor también. ¿Podría... me dejas... que te tome una foto? —dijo, levantando la cámara esperanzado.

—¿Una foto? —repitió Harry sin comprender.

—Con ella podré demostrar que te he visto —dijo Colin Creevey con impaciencia, acercándose un poco más, como si no se atreviera—. Lo sé todo sobre ti. Todos me lo han contado: cómo sobreviviste cuando Quien-tú-sabes intentó matarte y cómo desapareció él, y toda esa historia, y que conservas en la frente la cicatriz en forma de rayo. —Con los ojos recorrió la línea del pelo de Harry—. Y me ha dicho un compañero del dormitorio que si revelo el negativo en la poción adecuada, la foto saldrá con movimiento. —Colin exhaló un soplido de emoción y continuó—: Esto es estupendo, ¿verdad? Yo no tenía ni idea de que las cosas raras que hacía eran magia, hasta que recibí la carta de Hogwarts. Mi padre es lechero y tampoco podía creérselo. Así que me dedico a tomar montones de fotos para enviárselas a casa. Y sería estupendo hacerte una. —Miró a Harry casi rogándole—. Tal vez tu amigo querría sacárnosla para que pudiera salir yo a tu lado. ¿Y me la podrías firmar luego?

—¿Firmar fotos? ¿Te dedicas a firmar fotos, Potter?

En todo el patio resonó la voz potente y cáustica de Draco Malfoy. Se había puesto detrás de Colin, flanqueado, como siempre en Hogwarts, por Crabbe y Goyle, sus amigotes.

—¡Todo el mundo a la fila! —gritó Malfoy a la multitud—. ¡Harry Potter firma fotos!

—No es verdad —dijo Harry de mal humor, apretando los puños—. ¡Cállate, Malfoy!

—Lo que pasa es que le tienes envidia —dijo Colin, cuyo cuerpo entero no era más grueso que el cuello de Crabbe.

—¿Envidia? —dijo Malfoy, que ya no necesitaba seguir gritando, porque la mitad del patio lo escuchaba—. ¿De qué? ¿De tener una asquerosa cicatriz en la frente? No, gracias. ¿Desde cuándo uno es más importante por tener la cabeza rajada por una cicatriz?

Crabbe y Goyle se estaban riendo con una risita idiota.

—Échate al inodoro y tira de la cadena, Malfoy —dijo Ron con cara de malas pulgas. Crabbe dejó de reír y empezó a restregarse de manera amenazadora los nudillos, que eran del tamaño de castañas.

—Weasley, ten cuidado —dijo Malfoy con un aire despectivo—. No te metas en problemas o vendrá tu mamá y te sacará del colegio. —Luego imitó un tono de voz chillón y amenazante—. «Si vuelves a hacer otra...»

Varios alumnos de quinto año de la casa de Slytherin que había por allí cerca rieron la gracia a carcajadas.

—A Weasley le gustaría que le firmaras una foto, Potter —sonrió Malfoy—. Pronto valdrá más que la casa entera de su familia.

Ron sacó su varita reparada con cinta adhesiva, pero Hermione cerró *Viajes con los vampiros* de un golpe y susurró:

—¡Cuidado!

—¿Qué pasa aquí? ¿Qué es lo que pasa aquí? —Gilderoy Lockhart caminaba hacia ellos a grandes zancadas, y la túnica color turquesa se le arremolinaba por detrás—. ¿Quién firma fotos?

Harry quería hablar, pero Lockhart lo interrumpió pasándole un brazo por los hombros y diciéndole en voz alta y tono jovial:

—¡No sé por qué lo he preguntado! ¡Volvemos a las andadas, Harry!

Sujeto por Lockhart y muerto de vergüenza, Harry vio que Malfoy se mezclaba sonriente con la multitud.

—Vamos, señor Creevey —dijo Lockhart, sonriendo a Colin—. Una foto de ambos será mucho mejor. Y te la firmaremos los dos.

Colin buscó la cámara a tientas y sacó la foto al mismo tiempo que la campana señalaba el inicio de las clases de la tarde.

—¡Adentro todos, vamos, por ahí! —gritó Lockhart a los alumnos, y se dirigió al castillo llevando de los hombros a Harry, que hubiera deseado disponer de un buen hechizo desvanecedor.

»Quisiera darte un consejo, Harry —le dijo Lockhart paternalmente al entrar en el edificio por una puerta lateral—. Te he ayudado a pasar desapercibido con el joven Creevey, porque si me fotografiaba también a mí, tus compañeros no pensarían que te querías dar tanta importancia.

Sin hacer caso a las protestas de Harry, Lockhart lo llevó por un pasillo lleno de estudiantes que los miraban, y luego subieron por una escalera.

—Déjame que te diga que repartir fotos firmadas en este estadio de tu carrera puede que no sea muy sensato. Para serte franco, Harry, parece un poco engreído. Bien puede llegar el día en que necesites tener un montón de fotos a mano adondequiera que vayas, como me ocurre a mí, pero —rió— no creo que hayas llegado ya a ese punto.

Habían alcanzado el aula de Lockhart y éste dejó libre por fin a Harry, que se arregló la túnica y buscó un asiento al final del aula, donde se parapetó detrás de los siete libros de Lockhart, de forma que se evitaba la contemplación del Lockhart de carne y hueso.

El resto de la clase entró en el aula ruidosamente, y Ron y Hermione se sentaron a ambos lados de Harry.

—Se podría haber frito un huevo en tu cara —dijo Ron—. Más te vale que Creevey y Ginny no se conozcan, porque fundarían el club de fans de Harry Potter.

—Cállate —le interrumpió Harry. Lo único que le faltaba es que a oídos de Lockhart llegaran las palabras «club de fans de Harry Potter».

Cuando todos estuvieron sentados, Lockhart se aclaró sonoramente la garganta y se hizo el silencio. Se acercó a Neville Longbottom, cogió el ejemplar de *Recorridos con los trols* y lo levantó para enseñar la portada, con su propia fotografía que guiñaba un ojo.

—Yo —dijo, señalando la foto y guiñando el ojo él también— soy Gilderoy Lockhart, Caballero de la Orden de Merlín, de tercera clase, Miembro Honorario de la Liga para la Defensa Contra las Fuerzas Oscuras, y ganador en cinco ocasiones del Premio a la Sonrisa más Encantadora, otorgado por la revista *Corazón de bruja*, pero no quiero hablar de eso. ¡No fue con mi sonrisa con lo que me libré de la banshee que presagiaba la muerte!

Esperó que se rieran todos, pero sólo hubo alguna sonrisa.

—Veo que todos han comprado mis obras completas; bien hecho. He pensado que podíamos comenzar hoy con un pequeño cuestionario. No se preocupen, sólo es para comprobar si los han leído bien, cuánto han asimilado...

Cuando terminó de repartir los folios con el cuestionario, volvió a la cabecera de la clase y dijo:

—Disponen de treinta minutos. Pueden empezar... ¡ya!

Harry miró el papel y leyó:

1. *¿Cuál es el color favorito de Gilderoy Lockhart?*
2. *¿Cuál es la ambición secreta de Gilderoy Lockhart?*
3. *¿Cuál es, en tu opinión, el mayor logro hasta la fecha de Gilderoy Lockhart?*

Así seguía y seguía, a lo largo de tres páginas, hasta:

54. *¿Qué día es el cumpleaños de Gilderoy Lockhart, y cuál sería su regalo ideal?*

Media hora después, Lockhart recogió los folios y los hojeó delante de la clase.

—Vaya, vaya. Muy pocos recuerdan que mi color favorito es el lila. Lo digo en *Un año con el Yeti*. Y algunos tienen que volver a leer con mayor detenimiento *Paseos con los hombres lobo*. En el capítulo doce afirmo con claridad que mi regalo de cumpleaños ideal sería la armonía entre las comunidades mágica y no mágica. ¡Aunque tampoco le haría el feo a una botella mágnum de whisky de fuego añejo de Ogden!

Volvió a guiñarles un ojo pícaramente. Ron miraba a Lockhart con una expresión de incredulidad en el rostro; Seamus Finnigan y Dean Thomas, que se sentaban delante, se convulsionaban en una risa silenciosa. Hermione, por el contrario, escuchaba a Lockhart con embelesada atención y dio un respingo cuando éste mencionó su nombre.

—...pero la señorita Hermione Granger sí conoce mi ambición secreta, que es librar al mundo del mal y comercializar mi propia gama de productos para el cuidado del cabello, ¡buena chica! De hecho —dio la vuelta al papel—, ¡está perfecto! ¿Dónde está la señorita Hermione Granger?

Hermione alzó una mano temblorosa.

—¡Excelente! —dijo Lockhart con una sonrisa—, ¡excelente! ¡Diez puntos para Gryffindor! Y en cuanto a...

De debajo de la mesa sacó una jaula grande, cubierta por una funda, y la puso encima de la mesa, para que todos la vieran.

—Ahora, ¡cuidado! Es mi misión dotarlos de defensas contra las más horrendas criaturas del mundo mágico. Puede que en esta misma aula tengan que encarar a las cosas que más temen. Pero sepan que no les ocurrirá nada malo mientras yo esté aquí. Todo lo que les pido es que conserven la calma.

En contra de lo que se había propuesto, Harry asomó la cabeza por detrás del montón de libros para ver mejor la jaula. Lockhart puso una mano sobre la funda. Dean y Seamus habían dejado de reír. Neville se encogía en su asiento de la primera fila.

—Tengo que pedirles que no griten —dijo Lockhart en voz baja—. Podrían enfurecerse.

Cuando toda la clase estaba con el corazón en un puño, Lockhart levantó la funda.

—Sí —dijo con entonación teatral—, duendecillos de Cornualles recién cogidos.

Seamus Finnigan no pudo controlarse y soltó una carcajada que ni siquiera Lockhart pudo interpretar como un grito de terror.

—¿Sí? —Lockhart sonrió a Seamus.

—Bueno, es que no son... muy peligrosos, ¿verdad? —se explicó Seamus con dificultad.

—¡No estés tan seguro! —dijo Lockhart, apuntando a Seamus con un dedo acusador—. ¡Pueden ser unos seres endemoniadamente engañosos!

Los duendecillos eran de color azul eléctrico y medían unos veinte centímetros de altura, con rostros afilados y voces tan agudas y estridentes que era como oír a un montón de periquitos discutiendo. En el instante en que había levantado la funda, se habían puesto a parlotear y a moverse como locos, golpeando los barrotes para meter ruido y haciendo muecas a los que tenían más cerca.

—Está bien —dijo Lockhart en voz alta—. ¡Veamos qué hacen con ellos! —Y abrió la jaula.

Se armó un pandemónium. Los duendecillos salieron disparados como cohetes en todas direcciones. Dos cogieron a Neville por las orejas y lo alzaron en el aire. Algunos salieron volando y atravesaron las ventanas, llenando de cristales rotos a los de la última fila. El resto se dedicó a destruir la clase más rápidamente que un rinoceronte en estampida. Cogían los tinteros y rociaban de tinta la clase, hacían trizas los libros y los folios, rasgaban los carteles de las paredes, le daban vuelta a la papelera y cogían bolsas y libros y los arrojaban por las ventanas rotas. Al cabo de unos minutos, la mitad de la clase se había refugiado debajo de los pupitres y Neville se balanceaba colgado de la lámpara del techo.

—¡Vamos ya, rodéenlos, rodéenlos, sólo son duendecillos...! —gritaba Lockhart.

Se remangó, blandió su varita mágica y gritó:

—¡*Peskipiksi Pesternomi*!

No sirvió absolutamente de nada; uno de los duendecillos le arrebató la varita y la tiró por la ventana. Lockhart tragó saliva y se escondió debajo de su mesa, a tiempo de evitar ser aplastado por Neville, que cayó al suelo un segundo más tarde, al ceder la lámpara.

Sonó la campana y todos corrieron hacia la salida. En la calma relativa que siguió, Lockhart se irguió, vio a Harry, a Ron y a Hermione y les dijo:

—Bueno, ustedes tres meterán en la jaula los que quedan. —Salió y cerró la puerta.

—¿Han visto? —bramó Ron, cuando uno de los duendecillos que quedaban lo mordió en la oreja haciéndole daño.

—Sólo quiere que adquiramos experiencia práctica —dijo Hermione, inmovilizando a dos duendecillos a la vez con un útil hechizo congelador y metiéndolos en la jaula.

—¿Experiencia práctica? —dijo Harry, intentando atrapar a uno que bailaba fuera de su alcance sacando la lengua—. Hermione, él no tenía ni idea de lo que hacía.

—Mentira —dijo Hermione—. Ya has leído sus libros, fíjate en todas las cosas asombrosas que ha hecho...

—Que él dice que ha hecho —añadió Ron.

7

Los Sangre sucia
y una voz misteriosa

Durante los días siguientes, Harry pasó bastante tiempo esquivando a Gilderoy Lockhart cada vez que lo veía acercarse por un corredor. Pero más difícil aún era evitar a Colin Creevey, que parecía saberse de memoria el horario de Harry. Nada le hacía tan feliz como preguntar «¿Va todo bien, Harry?» seis o siete veces al día, y oír «Hola, Colin» en respuesta, a pesar de que la voz de Harry en tales ocasiones sonaba irritada.

Hedwig seguía enfadada con Harry a causa del desastroso viaje en auto, y la varita de Ron, que todavía no funcionaba correctamente, se superó a sí misma el viernes por la mañana al escaparse de la mano de Ron en la clase de Encantamientos y dispararse contra el profesor Flitwick, que era viejo y bajito, y golpearle directamente entre los ojos, produciéndole un gran chichón verde y doloroso en el lugar del impacto. Así que, entre unas cosas y otras, Harry se alegró muchísimo cuando llegó el fin de semana, porque Ron, Hermione y él habían planeado hacer una visita a Hagrid el sábado por la mañana.

Pero el capitán del equipo de quidditch de Gryffindor, Oliver Wood, despertó a Harry con un zarandeo varias horas antes de lo que él habría deseado.

—¿Qué pasa? —preguntó Harry, aturdido.

—¡Entrenamiento de quidditch! —respondió Wood—. ¡Vamos!

Harry miró por la ventana, entornando los ojos. Una neblina flotaba en el cielo de color rojizo y dorado. Una vez

despierto, se preguntó cómo había podido dormir con semejante alboroto de pájaros.

—Oliver —observó Harry con voz ronca—, si todavía está
amaneciendo...

—Exacto —respondió Wood. Era un muchacho alto y for-
nido de sexto año y, en aquel momento, tenía los ojos brillantes
de entusiasmo—. Forma parte de nuestro nuevo programa de
entrenamiento. Ven, coge tu escoba y andando —dijo con decisión—. Ningún equipo ha empezado a entrenar todavía. Este
año vamos a ser los primeros en empezar...

Bostezando y un poco tembloroso, Harry saltó de la cama
e intentó buscar su túnica de quidditch.

—¡Así me gusta! —dijo Wood—. Nos veremos en el campo
dentro de quince minutos.

Encima de la túnica roja del equipo de Gryffindor se puso
la capa para no pasar frío, garabateó a Ron una nota en la
que le explicaba adónde había ido y bajó a la sala común por
la escalera de caracol, con la Nimbus 2000 sobre el hombro.
Al llegar al retrato por el que se salía, oyó tras él unos pasos
y vio que Colin Creevey bajaba la escalera corriendo, con la
cámara colgada del cuello, que se balanceaba como loca, y
llevaba algo en la mano.

—¡Oí que alguien pronunciaba tu nombre en las escaleras, Harry! ¡Mira lo que tengo aquí! La he revelado y quería
enseñártela...

Desconcertado, Harry miró la fotografía que Colin sostenía delante de su nariz.

Un Lockhart móvil en blanco y negro tiraba de un brazo
que Harry reconoció como suyo. Le complació ver que en la fotografía él aparecía ofreciendo resistencia y rehusando entrar
en la foto. Al mirarlo Harry, Lockhart soltó el brazo, jadeando,
y se desplomó contra el margen blanco de la fotografía con
gesto teatral.

—¿Me la firmas? —le pidió Colin con fervor.

—No —dijo Harry rotundamente, mirando en torno para
comprobar que realmente no había nadie en la sala—. Lo
siento, Colin, pero tengo prisa. Tengo entrenamiento de quidditch.

Y salió por el retrato.

—¡Eh, espérame! ¡Nunca he visto jugar al quidditch!

Colin se metió apresuradamente por el agujero, detrás de Harry.

—Será muy aburrido —dijo Harry enseguida, pero Colin no le hizo caso. Los ojos le brillaban de emoción.

—Tú has sido el jugador más joven de la casa en los últimos cien años, ¿verdad, Harry? ¿Verdad que sí? —le preguntó Colin, corriendo a su lado—. Tienes que ser estupendo. Yo no he volado nunca. ¿Es fácil? ¿Ésa es tu escoba? ¿Es la mejor que hay?

Harry no sabía cómo librarse de él. Era como tener una sombra habladora, extremadamente habladora.

—No sé cómo es el quidditch, en realidad —reconoció Colin, sin aliento—. ¿Es verdad que hay cuatro bolas? ¿Y que dos van por ahí volando, tratando de derribar a los jugadores de sus escobas?

—Sí —contestó Harry de mala gana, resignado a explicarle las complicadas reglas del juego del quidditch—. Se llaman bludgers. Hay dos golpeadores en cada equipo, con bates para golpear las bludgers y alejarlas de sus compañeros. Los golpeadores de Gryffindor son Fred y George Weasley.

—¿Y para qué sirven las otras pelotas? —preguntó Colin, dando un tropiezo porque iba mirando a Harry con la boca abierta.

—Bueno, la quaffle, que es una pelota grande y roja, es con la que se marcan los goles. Tres cazadores en cada equipo se pasan la quaffle de uno a otro e intentan introducirla en las metas que están en el extremo del campo, tres postes largos con aros al final.

—¿Y la cuarta bola?

—Es la snitch —dijo Harry—, es dorada, muy pequeña, rápida y difícil de atrapar. Ésa es la misión de los buscadores, porque el juego del quidditch no finaliza hasta que se atrapa la snitch. Y el equipo cuyo buscador la haya atrapado gana ciento cincuenta puntos.

—Y tú eres el buscador de Gryffindor, ¿verdad? —preguntó Colin, emocionado.

—Sí —dijo Harry mientras dejaban el castillo y pisaban el césped empapado de rocío—. También está el guardián, el que guarda los postes. Prácticamente, en eso consiste el quidditch.

Pero Colin no descansó un momento y fue haciendo preguntas durante todo el camino ladera abajo, hasta que llegaron al campo de quidditch y Harry pudo deshacerse de él al entrar en los vestuarios. Colin le gritó en voz alta:

—¡Voy a buscar un buen sitio, Harry! —Y se fue corriendo a las gradas.

El resto del equipo de Gryffindor ya estaba en los vestuarios. El único que parecía realmente despierto era Wood. Fred y George Weasley estaban sentados, con los ojos hinchados y el pelo sin peinar, junto a Alicia Spinnet, de cuarto año, que parecía que se estaba quedando dormida apoyada en la pared. Sus compañeras cazadoras, Katie Bell y Angelina Johnson, sentadas una junto a otra, bostezaban enfrente de ellos.

—Por fin, Harry, ¿por qué te has entretenido? —preguntó Wood enérgicamente—. Veamos, quiero decirles unas palabras antes de que saltemos al campo, porque me he pasado el verano diseñando un programa de entrenamiento completamente nuevo, que estoy seguro de que nos hará mejorar.

Wood sostenía un plano de un campo de quidditch, lleno de líneas, flechas y cruces en diferentes colores. Sacó la varita mágica, dio con ella un golpe en la tabla y las flechas comenzaron a moverse como orugas. En el momento en que Wood se lanzaba a soltar el discurso sobre sus nuevas tácticas, a Fred Weasley se le cayó la cabeza sobre el hombro de Alicia Spinnet y empezó a roncar.

Le llevó casi veinte minutos a Wood explicar los esquemas de la primera tabla, pero a continuación hubo otra, y después una tercera. Harry se adormecía mientras el capitán seguía hablando y hablando.

—Bueno —dijo Wood al final, sacando a Harry de sus fantasías sobre los deliciosos manjares que podría estar desayunando en ese mismo instante en el castillo—. ¿Ha quedado claro? ¿Alguna pregunta?

—Yo tengo una pregunta, Oliver —dijo George, que acababa de despertar dando un respingo—. ¿Por qué no nos contaste todo esto ayer cuando estábamos despiertos?

A Wood no le hizo gracia.

—Escúchenme todos —les dijo, con el entrecejo fruncido—, tendríamos que haber ganado la Copa de Quidditch el año pasado. Éramos el mejor equipo con diferencia. Pero, por desgracia, y debido a circunstancias que escaparon a nuestro control...

Harry se removió en el asiento, con un sentimiento de culpa. Durante el partido final del año anterior, había permanecido inconsciente en la enfermería, y debido a ello Gryffindor había contado con un jugador menos y había sufrido su peor derrota de los últimos trescientos años.

Wood tardó un momento en recuperar el dominio. Era evidente que la última derrota todavía lo atormentaba.

—De forma que este año entrenaremos más que nunca... ¡Vamos, salgan y pongan en práctica las nuevas teorías! —gritó Wood, cogiendo su escoba y saliendo el primero de los vestuarios.

Con las piernas entumecidas y bostezando, lo siguió el equipo.

Habían permanecido tanto tiempo en los vestuarios, que el sol ya estaba bastante alto, aunque sobre el estadio quedaban restos de niebla. Cuando Harry saltó al terreno de juego, vio a Ron y Hermione en las gradas.

—¿Aún no han terminado? —preguntó Ron, perplejo.

—Aún no hemos empezado —respondió Harry, mirando con envidia las tostadas con mermelada que Ron y Hermione se habían traído del Gran Comedor—. Wood nos ha estado enseñando nuevas estrategias.

Montó en la escoba y, dando una patada en el suelo, se elevó en el aire. El frío aire de la mañana le azotaba el rostro, consiguiendo despertarlo bastante más que la larga exposición de Wood. Era maravilloso regresar al campo de quidditch. Dio una vuelta por el estadio a toda velocidad, haciendo una carrera con Fred y George.

—¿Qué es ese ruido? —preguntó Fred cuando doblaban la esquina a toda velocidad.

Harry miró a las gradas. Colin estaba sentado en uno de los asientos superiores, con la cámara levantada, sacando una foto tras otra, y el sonido de la cámara se ampliaba extraordinariamente en el estadio vacío.

—¡Mira hacia aquí, Harry! ¡Aquí! —chilló.

—¿Quién es ése? —preguntó Fred.

—Ni idea —mintió Harry, acelerando para alejarse lo máximo posible de Colin.

—¿Qué pasa? —dijo Wood frunciendo el entrecejo y volando hacia ellos—. ¿Por qué saca fotos aquél? No me gusta.

Podría ser un espía de Slytherin que intentara averiguar en qué consiste nuestro programa de entrenamiento.

—Es de Gryffindor —dijo rápidamente Harry.

—Y los de Slytherin no necesitan espías, Oliver —observó George.

—¿Por qué dices eso? —preguntó Wood con irritación.

—Porque están aquí en persona —dijo George, señalando hacia un grupo de personas vestidas con túnicas verdes que se dirigían al campo, con las escobas en la mano.

—¡No puedo creerlo! —dijo Wood, indignado—. ¡He reservado el campo para hoy! ¡Veremos qué pasa!

Wood se dirigió velozmente hacia el suelo. Debido al enojo, aterrizó más bruscamente de lo que habría querido y al desmontar se tambaleó un poco. Harry, Fred y George lo siguieron.

—¡Flint! —gritó Wood al capitán del equipo de Slytherin—, es nuestro turno de entrenamiento. Nos hemos levantado a propósito. ¡Así que ya pueden largarse!

Marcus Flint aún era más corpulento que Wood. Con una expresión de astucia digna de un trol, replicó:

—Hay suficiente lugar para todos, Wood.

Angelina, Alicia y Katie también se habían acercado. No había chicas entre los del equipo de Slytherin, que estaban parados, hombro con hombro, frente a los de Gryffindor, como un solo hombre.

—Pero ¡yo he reservado el campo! —dijo Wood, escupiendo con rabia—. ¡Lo he reservado!

—¡Ah! —dijo Flint—, pero nosotros traemos una hoja firmada por el profesor Snape. «Yo, el profesor S. Snape, concedo permiso al equipo de Slytherin para entrenar hoy en el campo de quidditch debido a su necesidad de dar entrenamiento al nuevo buscador.»

—¿Tienen un buscador nuevo? —preguntó Wood, preocupado—. ¿Quién es?

Detrás de seis corpulentos jugadores, apareció un séptimo, más pequeño, que sonreía con su cara pálida y afilada: era Draco Malfoy.

—¿No eres tú el hijo de Lucius Malfoy? —preguntó Fred, mirando a Malfoy con desagrado.

—Es curioso que menciones al padre de Malfoy —dijo Flint, mientras el conjunto de Slytherin sonreía aún más—.

Déjame que te enseñe el generoso regalo que ha hecho al equipo de Slytherin.

Los siete presentaron sus escobas. Siete mangos muy pulidos, completamente nuevos, y siete placas de oro que decían «Nimbus 2001» brillaron ante las narices de los de Gryffindor al temprano sol de la mañana.

—Ultimísimo modelo. Salió el mes pasado —dijo Flint con un ademán de desprecio, quitando una mota de polvo del extremo de la suya—. Creo que deja muy atrás la vieja serie 2000. En cuanto a las viejas Barredoras —sonrió mirando desdeñosamente a Fred y George, que sujetaban sendas Barredora 5—, mejor que las utilicen para borrar la pizarra.

Durante un momento, a ningún jugador de Gryffindor se le ocurrió qué decir. Malfoy sonreía con tantas ganas que tenía los ojos casi cerrados.

—Miren —dijo Flint—. Invaden el campo.

Ron y Hermione cruzaban el césped para enterarse de qué pasaba.

—¿Qué ha ocurrido? —preguntó Ron a Harry—. ¿Por qué no juegan? ¿Y qué está haciendo ése aquí?

Miraba a Malfoy, vestido con su túnica del equipo de quidditch de Slytherin.

—Soy el nuevo buscador de Slytherin, Weasley —dijo Malfoy con petulancia—. Estamos admirando las escobas que mi padre ha comprado para todo el equipo.

Ron miró boquiabierto las siete soberbias escobas que tenía delante.

—Son buenas, ¿eh? —dijo Malfoy con sorna—. Pero quizá el equipo de Gryffindor pueda conseguir oro y comprar también escobas nuevas. Podrían subastar las Barredora 5. Cualquier museo pagaría por ellas.

El equipo de Slytherin estalló de risa.

—Al menos en el equipo de Gryffindor nadie ha tenido que comprar su acceso —observó Hermione agudamente—. Todos han entrado por su valía.

Del rostro de Malfoy se borró su mirada petulante.

—Nadie ha pedido tu opinión, asquerosa Sangre sucia —espetó.

Harry comprendió enseguida que lo que había dicho Malfoy era algo realmente grave, porque sus palabras provocaron de repente una reacción tumultuosa. Flint tuvo que ponerse rápidamente delante de Malfoy para evitar que Fred y George saltaran sobre él. Alicia gritó «¡Cómo te atreves!», y Ron se metió una mano en la túnica, sacó su varita mágica gritando «¡Pagarás por esto, Malfoy!» y, pasándola por debajo del brazo de Flint, la dirigió al rostro de Malfoy.

Un estruendo resonó en todo el estadio, y del extremo equivocado de la varita de Ron surgió un rayo de luz verde que, dándole en el estómago, lo derribó sobre el césped.

—¡Ron! ¡Ron! ¿Estás bien? —chilló Hermione.

Ron abrió la boca para decir algo, pero no salió ninguna palabra. En cambio, emitió un tremendo eructo y le salieron de la boca varias babosas que le cayeron en el regazo.

El equipo de Slytherin se partía de risa. Flint se desternillaba, apoyado en su escoba nueva. Malfoy, a cuatro patas, golpeaba el suelo con el puño. Los de Gryffindor rodeaban a Ron, que seguía vomitando babosas grandes y brillantes. Nadie se atrevía a tocarlo.

—Lo mejor es que lo llevemos a la cabaña de Hagrid, que está más cerca —dijo Harry a Hermione, quien asintió valerosamente, y entre los dos cogieron a Ron por los brazos.

—¿Qué ha ocurrido, Harry? ¿Qué ha ocurrido? ¿Está enfermo? Pero podrás curarlo, ¿no? —Colin había bajado corriendo de su puesto e iba dando saltos junto a ellos mientras salían del campo.

Ron tuvo una horrible arcada y más babosas le cayeron por el pecho.

—¡Ah! —exclamó Colin, fascinado y levantando la cámara—. ¿Puedes sujetarlo un poco para que no se mueva, Harry?

—¡Fuera de aquí, Colin! —dijo Harry enfadado. Entre él y Hermione sacaron a Ron del estadio y se dirigieron al bosque a través de la explanada.

—Ya casi llegamos, Ron —dijo Hermione, cuando vieron a lo lejos la cabaña del guardabosques—. Dentro de un minuto estarás bien. Ya falta poco.

Los separaban siete metros de la casa de Hagrid cuando se abrió la puerta. Pero no fue Hagrid el que salió por ella, sino Gilderoy Lockhart, que aquel día llevaba una túnica de color malva muy claro. Se les acercó con paso decidido.

—Rápido, aquí detrás —dijo Harry, escondiendo a Ron detrás de un arbusto. Hermione los siguió de mala gana.

—¡Es muy sencillo si sabes hacerlo! —decía Lockhart a Hagrid en voz alta—. ¡Si necesitas ayuda, ya sabes dónde estoy! Te dejaré un ejemplar de mi libro. Pero me sorprende que no lo tengas ya. Te firmaré uno esta noche y te lo enviaré. ¡Bueno, adiós! —Y se fue hacia el castillo a grandes zancadas.

Harry esperó a que Lockhart se perdiera de vista y luego sacó a Ron del arbusto y lo llevó hasta la puerta principal de la casa de Hagrid. Llamaron a toda prisa.

Hagrid apareció inmediatamente, con aspecto de estar de mal humor, pero se le iluminó la cara cuando vio de quién se trataba.

—Me estaba preguntando cuándo vendrían a verme... Entren, entren. Creía que era el profesor Lockhart que volvía.

Harry y Hermione introdujeron a Ron en la cabaña, donde había una gran cama en un rincón y una chimenea encendida en el otro extremo. Hagrid no pareció preocuparse mucho por el problema de las babosas de Ron, cuyos detalles explicó Harry apresuradamente mientras lo sentaban en una silla.

—Es preferible que salgan a que entren —dijo ufano, poniéndole delante una palangana grande de cobre—. Vomítalas todas, Ron.

—No creo que se pueda hacer nada salvo esperar a que la cosa acabe —dijo Hermione apurada, contemplando a Ron inclinado sobre la palangana—. Es un hechizo difícil de realizar aun en condiciones óptimas, pero con la varita rota...

Hagrid estaba ocupado preparando un té. *Fang*, su perro jabalinero, llenaba a Harry de babas.

—¿Qué quería Lockhart, Hagrid? —preguntó Harry, rascándole las orejas a *Fang*.

—Enseñarme cómo me puedo librar de los duendes del pozo —gruñó Hagrid, quitando de la mesa limpia un gallo a medio pelar y poniendo en su lugar la tetera—. Como si no lo supiera. Y también hablaba sobre una banshee a la que venció. Si en todo eso hay una palabra de cierto, me como la tetera.

Era muy raro que Hagrid criticara a un profesor de Hogwarts, y Harry lo miró sorprendido. Hermione, sin embargo, dijo en voz algo más alta de lo normal:

—Creo que son injustos. Obviamente, el profesor Dumbledore ha juzgado que era el mejor para el puesto y...

—Era el único para el puesto —repuso Hagrid, ofreciéndoles un plato de caramelos *toffee*, mientras Ron tosía ruidosamente sobre la palangana—. Y quiero decir el único. Es muy difícil encontrar profesores que den Artes Oscuras, porque a nadie le hace mucha gracia. Da la impresión de que la asignatura está maldita. Ningún profesor ha durado mucho. Díganme —preguntó Hagrid mirando a Ron—, ¿a quién intentaba hechizar?

—Malfoy le llamó algo a Hermione —respondió Harry—. Tiene que haber sido algo muy fuerte, porque todos se pusieron furiosos.

—Ha sido muy fuerte —dijo Ron con voz ronca, incorporándose sobre la mesa, con el rostro pálido y sudoroso—. Malfoy la llamó «Sangre sucia».

Ron se apartó cuando volvió a salirle una nueva tanda de babosas. Hagrid parecía indignado.

—¡No! —bramó volviéndose a Hermione.

—Sí —dijo ella—. Pero yo no sé qué significa. Claro que podría decir que fue muy grosero...

—Es lo más insultante que se le podría ocurrir —dijo Ron, volviendo a incorporarse—. Sangre sucia es un nombre realmente repugnante con el que llaman a los hijos de muggles, ya sabes, de padres que no son magos. Hay algunos magos, como la familia de Malfoy, que creen que son mejores que nadie porque tienen lo que ellos llaman sangre limpia. —Soltó un leve eructo y una babosa solitaria le cayó en la palma de la mano. La arrojó a la palangana y prosiguió—. Desde luego, el resto de nosotros sabe que eso no tiene ninguna importancia. Mira a Neville Longbottom... es de sangre limpia y apenas es capaz de sujetar el caldero correctamente.

—Y no han inventado un conjuro que nuestra Hermione no sea capaz de realizar —dijo Hagrid con orgullo, haciendo que Hermione se pusiera colorada.

—Es un insulto muy desagradable de oír —dijo Ron, secándose el sudor de la frente con la mano—. Es como decir «sangre podrida» o «sangre vulgar». Son idiotas. Además, la mayor parte de los magos de hoy día tienen sangre mezclada. Si no nos hubiéramos casado con muggles, nos habríamos extinguido.

A Ron le dieron arcadas y volvió a inclinarse sobre la palangana.

—Bueno, no te culpo por intentar hacerle un hechizo, Ron —dijo Hagrid con una voz fuerte que ahogaba los golpes de las babosas al caer en la palangana—. Pero quizá haya sido una suerte que tu varita mágica fallara. Si hubieras conseguido hechizarlo, Lucius Malfoy se habría presentado en la escuela. Así no tendrás ese problema.

Harry quiso decir que el problema no habría sido peor que estar echando babosas por la boca, pero no pudo hacerlo porque el caramelo *toffee* se le había pegado a los dientes y no podía separarlos.

—Harry —dijo Hagrid de improviso, como acometido por un pensamiento repentino—, tengo que ajustar cuentas contigo. Me han dicho que has estado repartiendo fotos firmadas. ¿Por qué no me has dado una?

Harry, furioso, al final logró separar los dientes.

—No he estado repartiendo fotos —dijo enfadado—. Si Lockhart aún va diciendo eso por ahí...

Pero entonces vio que Hagrid se reía.

—Sólo bromeaba —explicó, dándole a Harry unas palmadas amistosas en la espalda que lo arrojaron contra la mesa—. Sé que no es verdad. Le he dicho a Lockhart que no te hacía falta, que sin proponértelo eras más famoso que él.

—Apuesto a que no le hizo ninguna gracia —dijo Harry, levantándose y frotándose la barbilla.

—Supongo que no —admitió Hagrid, parpadeando—. Luego le dije que no había leído nunca ninguno de sus libros, y se fue. ¿Un caramelo *toffee*, Ron? —añadió cuando éste volvió a incorporarse.

—No, gracias —dijo Ron con debilidad—. Es mejor no correr riesgos.

—Vengan a ver lo que he estado cultivando —dijo Hagrid cuando Harry y Hermione apuraron su té.

En la pequeña huerta situada detrás de la casa de Hagrid había una docena de las calabazas más grandes que Harry hubiera visto nunca. Más bien parecían grandes rocas.

—Van bien, ¿verdad? —dijo Hagrid, contento—. Son para la fiesta de Halloween. Deberán haber crecido lo bastante para entonces.

—¿Qué les has echado? —preguntó Harry.

Hagrid miró hacia atrás para comprobar que estaban solos.

—Bueno, les he echado... ya sabes... un poco de ayuda.

Harry vio el paraguas rosa estampado de Hagrid apoyado contra la pared trasera de la cabaña. Ya antes, Harry había sospechado que aquel paraguas no era lo que parecía; de hecho, tenía la impresión de que la vieja varita mágica de Hagrid estaba oculta dentro. Según las normas, Hagrid no podía hacer magia, porque lo habían expulsado de Hogwarts en el tercer año, pero Harry no sabía por qué. Cualquier mención del asunto bastaba para que Hagrid carraspeara sonoramente y sufriera de pronto una misteriosa sordera que le duraba hasta que se cambiaba de tema.

—¿Un hechizo fertilizante, tal vez? —preguntó Hermione, entre la desaprobación y el regocijo—. Bueno, has hecho un buen trabajo.

—Eso es lo que dijo tu hermana pequeña —observó Hagrid, dirigiéndose a Ron—. Ayer me la encontré. —Hagrid miró a Harry de soslayo y vio que le temblaba la barbilla—. Dijo que estaba contemplando el campo, pero me da la impresión de que esperaba encontrar a alguien más en mi casa. —Guiñó un ojo a Harry—. Si quieres mi opinión, creo que ella no rechazaría una foto fir...

—¡Cállate! —dijo Harry. A Ron le dio risa y llenó la tierra de babosas.

—¡Cuidado! —gritó Hagrid, apartando a Ron de sus queridas calabazas.

Ya casi era la hora de comer, y como Harry sólo había tomado un caramelo *toffee* en todo el día, tenía prisa por regresar al colegio para la comida. Se despidieron de Hagrid y regresaron al castillo, con Ron hipando de vez en cuando, pero vomitando sólo un par de babosas pequeñas.

Apenas habían puesto un pie en el fresco vestíbulo cuando oyeron una voz.

—Conque están aquí, Potter y Weasley. —La profesora McGonagall caminaba hacia ellos con gesto severo—. Cumplirán su castigo esta noche.

—¿Qué vamos a hacer, profesora? —preguntó Ron, asustado, reprimiendo un eructo.

—Tú limpiarás la plata de la sala de trofeos con el señor Filch —dijo la profesora McGonagall—. Y nada de magia, Weasley... ¡frotando!

Ron tragó saliva. Argus Filch, el conserje, era detestado por todos los estudiantes del colegio.

—Y tú, Potter, ayudarás al profesor Lockhart a responder a las cartas de sus admiradoras —dijo la profesora McGonagall.

—Oh, no... ¿no puedo ayudar con la plata? —preguntó Harry desesperado.

—Desde luego que no —dijo la profesora McGonagall, arqueando las cejas—. El profesor Lockhart ha solicitado que seas precisamente tú. A las ocho en punto, tanto uno como el otro.

Harry y Ron pasaron al Gran Comedor completamente abatidos, y Hermione entró detrás de ellos, con su expresión de «no-haber-infringido-las-normas-del-colegio». Harry no disfrutó tanto como esperaba con su torta de carne y papas. Tanto Ron como él pensaban que les había tocado la peor parte del castigo.

—Filch me tendrá allí toda la noche —dijo Ron, apesadumbrado—. ¡Sin magia! Debe de haber más de cien trofeos en esa sala. Y la limpieza muggle no se me da bien.

—Te lo cambiaría de buena gana —dijo Harry con voz apagada—. He hecho muchas prácticas con los Dursley. Pero responder a las admiradoras de Lockhart... será una pesadilla.

La tarde del sábado pasó en un santiamén, y antes de que se dieran cuenta, eran las ocho menos cinco. Harry se dirigió a la oficina de Lockhart por el pasillo del segundo piso, arrastrando los pies. Llamó a la puerta a regañadientes.

La puerta se abrió de inmediato. Lockhart lo recibió con una sonrisa.

—¡Aquí está el pillo! —dijo—. Vamos, Harry, entra.

Dentro había un sinfín de fotografías de Lockhart enmarcadas, que relucían en los muros a la luz de las velas. Algunas estaban incluso firmadas. Tenía otro montón grande en la mesa.

—¡Tú puedes poner las direcciones en los sobres! —dijo Lockhart a Harry, como si se tratara de un placer irresistible—. El primero es para la adorable Gladys Gudgeon, gran admiradora mía.

Los minutos pasaron tan despacio como si fueran horas. Harry dejó que Lockhart hablara sin hacerle ningún caso, diciendo de cuando en cuando «ajá» o «ya» o «vaya». Algunas veces captaba frases del tipo «La fama es una amiga veleidosa, Harry» o «Serás célebre si te comportas como alguien célebre, que no se te olvide».

Las velas se fueron consumiendo y la agonizante luz desdibujaba las múltiples caras que ponía Lockhart ante Harry. Éste pasaba su dolorida mano sobre lo que le parecía que tenía que ser el milésimo sobre y anotaba en él la dirección de Veronica Smethley.

«Debe de ser casi hora de acabar», pensó Harry, derrotado. «Por favor, que falte poco...»

Y en aquel momento oyó algo, algo que no tenía nada que ver con el chisporroteo de las mortecinas velas ni con la cháchara de Lockhart sobre sus admiradoras.

Era una voz, una voz capaz de helar la sangre en las venas, una voz ponzoñosa que dejaba sin aliento, fría como el hielo.

—*Ven... ven a mí... Deja que te desgarre... Deja que te despedace... Déjame matarte...*

Harry dio un salto, y un manchón grande de color lila apareció sobre el nombre de la calle de Veronica Smethley.

—¿Qué? —gritó.

—Pues eso —dijo Lockhart—: ¡seis meses enteros encabezando la lista de los más vendidos! ¡Batí todos los récords!

—¡No! —dijo Harry asustado—. ¡La voz!

—¿Cómo dices? —preguntó Lockhart, extrañado—. ¿Qué voz?

—La... la voz que ha dicho... ¿No la ha oído?

Lockhart miró a Harry desconcertado.

—¿De qué hablas, Harry? ¿No te estarías quedando dormido? ¡Por Dios, mira la hora que es! ¡Llevamos con esto casi cuatro horas! Ni lo imaginaba... El tiempo vuela, ¿verdad?

Harry no respondió. Aguzaba el oído tratando de captar de nuevo la voz, pero no oyó otra cosa que a Lockhart diciéndole que, otra vez que lo castigaran, no tendría tanta suerte como aquélla. Harry salió, aturdido.

Era tan tarde que la sala común de Gryffindor estaba prácticamente vacía y Harry se fue derecho al dormitorio. Ron no había regresado todavía. Se puso la pijama y se echó en la cama a esperar. Media hora después llegó Ron, con el brazo derecho dolorido y llevando con él un fuerte olor a limpiametales.

—Tengo todos los músculos agarrotados —se quejó, echándose en la cama—. Me ha hecho sacarle brillo catorce veces a una copa de quidditch antes de darle el visto bueno. Y vomité otra tanda de babosas sobre el Premio Especial por los Servicios al Colegio. Me ha llevado un siglo quitar las babas. Bueno, ¿y tú qué tal con Lockhart?

En voz baja, para no despertar a Neville, Dean y Seamus, Harry le contó a Ron con toda exactitud lo que había oído.

—¿Y Lockhart dice que no ha oído nada? —preguntó Ron. A la luz de la luna, Harry podía verlo fruncir el entrecejo—. ¿Piensas que miente? Pero no lo entiendo... Aunque fuera alguien invisible, tendría que haber abierto la puerta.

—Lo sé —dijo Harry, recostándose en la cama y contemplando el dosel—. Yo tampoco lo entiendo.

8

El cumpleaños de muerte

Llegó octubre y un frío húmedo se extendió por los campos y penetró en el castillo. La señora Pomfrey, la enfermera, estaba atareadísima debido a una repentina epidemia de gripa entre profesores y alumnos. Su poción pimentónica tenía efectos instantáneos, aunque dejaba al que la tomaba echando humo por las orejas durante varias horas. Como Ginny Weasley tenía mal aspecto, Percy le insistió hasta que la probó. El vapor que le salía de debajo del pelo producía la impresión de que toda su cabeza estaba ardiendo.

Gotas de lluvia del tamaño de balas repicaron contra las ventanas del castillo durante días y días; el nivel del lago subió, los arriates de flores se transformaron en arroyos de agua sucia y las calabazas de Hagrid adquirieron el tamaño de cobertizos. El entusiasmo de Oliver Wood, sin embargo, no se enfrió, y por este motivo Harry, a última hora de una tormentosa tarde de sábado, cuando faltaban pocos días para Halloween, se encontraba volviendo a la torre de Gryffindor, empapado y salpicado de barro.

Aunque no hubiera habido ni lluvia ni viento, aquella sesión de entrenamiento tampoco habría sido agradable. Fred y George, que espiaban al equipo de Slytherin, habían comprobado por sí mismos la velocidad de las nuevas Nimbus 2001. Dijeron que lo único que podían describir del juego del equipo de Slytherin era que los jugadores cruzaban el aire como centellas y no se les veía de tan rápido como volaban.

Harry caminaba por el corredor desierto con los pies mojados, cuando se encontró a alguien que parecía tan preocupado como él. Nick Casi Decapitado, el fantasma de la torre de Gryffindor, miraba por una ventana, murmurando para sí: «No cumplo con las características... Un centímetro... Si eso...»

—Hola, Nick —dijo Harry.

—Hola, hola —respondió Nick Casi Decapitado, dando un respingo y mirando alrededor.

Llevaba un sombrero de plumas muy elegante sobre su largo pelo ondulado, y una túnica con gorguera, que disimulaba el hecho de que su cuello estaba casi completamente seccionado. Tenía la piel pálida como el humo, y a través de él Harry podía ver el cielo oscuro y la lluvia torrencial del exterior.

—Parece preocupado, joven Potter —dijo Nick, plegando una carta transparente mientras hablaba, y metiéndosela bajo el jubón.

—Igual que usted —dijo Harry.

—¡Bah! —Nick Casi Decapitado hizo un elegante gesto con la mano—, un asunto sin importancia... No es que realmente tuviera interés en pertenecer... aunque lo solicitara, pero por lo visto «no cumplo con las características». —A pesar de su tono displicente, tenía amargura en el rostro—. Pero cualquiera pensaría, ¡cualquiera! —estalló de repente, volviendo a sacar la carta del bolsillo—, que cuarenta y cinco hachazos en el cuello dados con un hacha mal afilada serían suficientes para permitirle a uno pertenecer al Club de Cazadores Sin Cabeza.

—Desde luego —dijo Harry, que se dio cuenta de que el otro esperaba que le diera la razón.

—Por supuesto, nadie tenía más interés que yo en que todo resultase limpio y rápido, y habría preferido que mi cabeza se hubiera desprendido adecuadamente, quiero decir que eso me habría ahorrado mucho dolor y ridículo. Sin embargo... —Nick Casi Decapitado abrió la carta y leyó indignado:

Sólo nos es posible admitir cazadores cuya cabeza esté separada del correspondiente cuerpo. Comprenderá que, en caso contrario, a los miembros del club les resultaría imposible participar en actividades tales como los Juegos Malabares de Cabeza sobre el

Caballo o el Cabeza Polo. Lamentándolo profunda-
mente, por tanto, es mi deber informarle que usted no
cumple con los requisitos necesarios para pertenecer
al club. Con mis mejores deseos,
                              Sir Patrick Delaney-Podmore

Indignado, Nick Casi Decapitado volvió a guardar la carta.
—¡Un centímetro de piel y tendón sostiene la cabeza,
Harry! La mayoría de la gente pensaría que estoy bastante
decapitado, pero no, eso no es suficiente para Sir Bien Deca-
pitado-Podmore.
Nick Casi Decapitado respiró varias veces y dijo después,
en un tono más tranquilo:
—Bueno, ¿y a usted qué le pasa? ¿Puedo ayudarle en algo?
—No —dijo Harry—. A menos que sepa dónde puedo
conseguir siete escobas Nimbus 2001 gratuitas para nuestro
partido contra Sly...
El resto de la frase de Harry no se pudo oír porque lo
ahogó un maullido estridente que llegó de algún lugar cercano
a sus tobillos. Bajó la vista y se encontró un par de ojos amarillos que brillaban como luces. Era la *Señora Norris*, la gata
gris y esquelética que el conserje, Argus Filch, utilizaba como
una especie de segundo de a bordo en su guerra sin cuartel
contra los estudiantes.
—Será mejor que se vaya, Harry —dijo Nick apresuradamente—. Filch no está de buen humor. Tiene gripa y unos de
tercero, por accidente, ensuciaron con cerebro de rana el techo
de la mazmorra 5; se ha pasado la mañana limpiando, y si lo
ve manchando el suelo de barro...
—Bien —dijo Harry, alejándose de la mirada acusadora
de la *Señora Norris*.
Pero no se dio la prisa necesaria. Argus Filch penetró repentinamente por un tapiz que había a la derecha de Harry,
llamado por la misteriosa conexión que parecía tener con su
repugnante gata, a buscar como un loco y sin descanso a cualquier infractor de las normas. Llevaba al cuello una gruesa
bufanda de tela escocesa, y su nariz estaba de un color rojo
que no era el habitual.
—¡Suciedad! —gritó, con la mandíbula temblando y los
ojos fuera de las órbitas, al tiempo que señalaba el charco de

agua sucia que había goteado de la túnica de quidditch de Harry—. ¡Suciedad y mugre por todas partes! ¡Hasta aquí podíamos llegar! ¡Sígueme, Potter!

Así que Harry hizo un gesto de despedida a Nick Casi Decapitado y siguió a Filch escaleras abajo, duplicando el número de huellas de barro.

Harry no había entrado nunca en la conserjería de Filch. Era un lugar que evitaban la mayoría de los estudiantes, una habitación lóbrega y desprovista de ventanas, iluminada por una solitaria lámpara de aceite que colgaba del techo, y en la cual persistía un vago olor a pescado frito. En las paredes había archivadores de madera. Por las etiquetas, Harry imaginó que contenían detalles de cada uno de los alumnos que Filch había castigado en alguna ocasión. Fred y George Weasley tenían para ellos solos un cajón entero. Detrás de la mesa de Filch, en la pared, colgaba una colección de cadenas y esposas relucientes. Todos sabían que siempre pedía a Dumbledore que lo dejara colgar del techo por los tobillos a los alumnos.

Filch cogió una pluma de un tarro que había en la mesa y empezó a revolver por allí buscando pergamino.

—Cuánta porquería —se quejaba, furioso—: mocos secos de lagarto silbador gigante... cerebros de rana... intestinos de ratón... Estoy harto... Hay que dar un escarmiento... ¿Dónde está el formulario? Ajá...

Encontró un pergamino en el cajón de la mesa y lo extendió ante sí, y a continuación mojó en el tintero su larga pluma negra.

—*Nombre:* Harry Potter. *Delito:* ...

—¡Sólo es un poco de barro! —dijo Harry.

—Sólo es un poco de barro para ti, muchacho, pero ¡para mí es una hora extra fregando! —gritó Filch. Una gota temblaba en la punta de su protuberante nariz—. *Delito:* ensuciar el castillo. *Castigo propuesto:* ...

Secándose la nariz, Filch miró con desagrado a Harry, que aguardaba su sentencia conteniendo la respiración.

Pero cuando Filch bajó la pluma, se oyó un golpe tremendo en el techo de la conserjería, que hizo temblar la lámpara de aceite.

—¡PEEVES! —bramó Filch, tirando la pluma en un acceso de ira—. ¡Esta vez te voy a agarrar, esta vez te agarro!

Y, olvidándose de Harry, salió de la oficina corriendo con sus pies planos y con la *Señora Norris* galopando a su lado.

Peeves era el poltergeist del colegio, burlón y volador, que sólo vivía para causar problemas y embrollos. A Harry, Peeves no le gustaba en absoluto, pero en aquella ocasión no pudo evitar sentirse agradecido. Era de esperar que lo que Peeves hubiera hecho (y, a juzgar por el ruido, esta vez debía de haber destrozado algo realmente grande) sería suficiente para que Filch se olvidase de Harry.

Pensando que tendría que aguardar a que Filch regresara, Harry se sentó en una silla apolillada que había junto a la mesa. Aparte del formulario a medio rellenar, sólo había otra cosa en la mesa: un sobre grande, rojo y brillante con unas palabras escritas con tinta plateada. Tras echar a la puerta una fugaz mirada para comprobar que Filch no volvía en aquel momento, Harry cogió el sobre y leyó:

EMBRUJORRÁPID
Curso de magia por correspondencia
para principiantes

Intrigado, Harry abrió el sobre y sacó el fajo de pergaminos que contenía. En la primera página, la misma escritura color de plata con adornos decía:

¿Se siente perdido en el mundo de la magia moderna? ¿Busca usted excusas para no llevar a cabo sencillos conjuros? ¿Ha provocado alguna vez la hilaridad de sus amistades por su torpeza con la varita mágica?
¡Aquí tiene la solución!
Embrujorrápid es un curso completamente nuevo, infalible, de rápidos resultados y fácil de estudiar. ¡Cientos de brujas y magos se han beneficiado ya del método Embrujorrápid!

La señora Z. Nettles, de Topsham, nos ha escrito lo siguiente:
«¡Me había olvidado de todos los conjuros, y mi familia se reía de mis pociones! ¡Ahora, gracias al curso Embrujorrápid, soy el centro de atención en las

reuniones, y mis amigos me ruegan que les dé la receta de mi *Solución Chispeante!*»

El brujo D.J. Prod, de Didsbury, escribe:
«Mi mujer decía que mis encantamientos eran muy flojos, pero después de seguir durante un mes su fabuloso curso *Embrujorrápid*, ¡la he convertido en una vaca! ¡Gracias, *Embrujorrápid!*»

Extrañado, Harry hojeó el resto del contenido del sobre. ¿Para qué demonios quería Filch un curso de Embrujorrápid? ¿Quería esto decir que no era un mago de verdad? Harry leía «Lección primera: Cómo sostener la varita. Consejos útiles», cuando un ruido de pasos arrastrados le indicó que Filch regresaba. Metiendo los pergaminos en el sobre, lo volvió a dejar en la mesa y en aquel preciso momento se abrió la puerta.

Filch parecía triunfante.

—¡Ese armario evanescente era muy valioso! —decía con satisfacción a la *Señora Norris*—. Esta vez Peeves es nuestro, querida.

Sus ojos tropezaron con Harry y luego se dirigieron como una bala al sobre de Embrujorrápid que, como Harry comprendió demasiado tarde, estaba a medio metro de distancia de donde se encontraba antes.

La cara pálida de Filch se puso roja. Harry se preparó para acometer un maremoto de furia. Filch se acercó a la mesa cojeando, cogió el sobre y lo metió en un cajón.

—¿Has... lo has leído? —farfulló.

—No —se apresuró a mentir.

Filch se retorcía las manos nudosas.

—Si has leído mi correspondencia privada... bueno, no es mía... es para un amigo... es que claro... bueno, pues...

Harry lo miraba alarmado; nunca había visto a Filch tan alterado. Los ojos se le salían de las órbitas y en una de sus hinchadas mejillas había aparecido un tic que la bufanda de tejido escocés no lograba ocultar.

—Muy bien, vete... y no digas una palabra... No es que... sin embargo, si no lo has leído... Vete, tengo que escribir el informe sobre Peeves... Vete...

Asombrado de su buena suerte, Harry salió de la conserjería a toda prisa, subió por el corredor y volvió a las escaleras. Salir de la conserjería de Filch sin haber recibido ningún castigo era seguramente un récord.

—¡Harry! ¡Harry! ¿Funcionó?

Nick Casi Decapitado salió de un aula deslizándose. Tras él, Harry podía ver los restos de un armario grande, de color negro y dorado, que parecía haber caído de una gran altura.

—Convencí a Peeves para que lo estrellara justo encima de la conserjería de Filch —dijo Nick, emocionado—; pensé que eso podría distraerlo.

—¿Ha sido usted? —dijo Harry, agradecido—. Claro que funcionó, ni siquiera me van a castigar. ¡Gracias, Nick!

Se fueron andando juntos por el corredor. Nick Casi Decapitado, según notó Harry, sostenía aún la carta con la negativa de Sir Patrick.

—Me gustaría poder hacer algo para ayudarlo en el asunto del club —dijo Harry.

Nick Casi Decapitado se detuvo sobre sus huellas, y Harry pasó a través de él. Lamentó haberlo hecho; fue como pasar por debajo de una ducha de agua fría.

—Sí hay algo que podría hacer por mí —dijo Nick, emocionado—. Harry, ¿sería mucho pedir...? No, no va a querer...

—¿Qué es? —preguntó Harry.

—Bueno, el próximo día de Todos los Santos se cumplen quinientos años de mi muerte —dijo Nick Casi Decapitado, irguiéndose y poniendo aspecto de importancia.

—¡Ah! —exclamó Harry, no muy seguro de si tenía que alegrarse o entristecerse—. ¡Bueno!

—Voy a dar una fiesta en una de las mazmorras más amplias. Vendrán amigos míos de todas partes del país. Para mí sería un gran honor que usted pudiera asistir. Naturalmente, el señor Weasley y la señorita Granger también están invitados. Pero me imagino que prefiere ir a la fiesta del colegio. —Miró a Harry con inquietud.

—No —dijo Harry enseguida—, iré...

—¡Mi estimado muchacho! ¡Harry Potter en mi cumpleaños de muerte! Y... —dudó, emocionado—. ¿Tal vez podría mencionarle a Sir Patrick lo horrible y espantoso que le resulto?

—Por supuesto —contestó Harry.

Nick Casi Decapitado le dirigió una sonrisa.

—¿Un cumpleaños de muerte? —dijo Hermione, entusiasmada, cuando Harry se hubo cambiado de ropa y reunido con ella y Ron en la sala común—. Estoy segura de que hay muy poca gente que pueda presumir de haber estado en una fiesta como ésta. ¡Será fascinante!

—¿Para qué quiere uno celebrar el día en que ha muerto? —dijo Ron, que iba por la mitad de su tarea de Pociones y estaba de mal humor—. Me suena a aburrimiento mortal.

La lluvia seguía azotando las ventanas, que se veían oscuras, aunque dentro todo parecía brillante y alegre. La luz de la chimenea iluminaba las mullidas butacas en que los estudiantes se sentaban a leer, a hablar, a hacer las tareas o, en el caso de Fred y George Weasley, a intentar averiguar qué es lo que sucede si se le da de comer a una salamandra una bengala del doctor Filibuster. Fred había «rescatado» aquel lagarto de color naranja, habitante del fuego, de una clase de Cuidado de Criaturas Mágicas, y ahora ardía lentamente sobre una mesa, rodeado de un corro de curiosos.

Harry estaba a punto de comentar a Ron y Hermione el caso de Filch y el curso Embrujorrápid, cuando de pronto la salamandra pasó por el aire zumbando, arrojando chispas y produciendo estallidos mientras daba vueltas por la sala. La imagen de Percy riñendo a Fred y George hasta enronquecer, la espectacular exhibición de chispas de color naranja que salían de la boca de la salamandra, y su caída en el fuego, con acompañamiento de explosiones, hicieron que Harry olvidara por completo a Filch y el sobre de Embrujorrápid.

Cuando llegó Halloween, Harry ya estaba arrepentido de haberse comprometido a ir a la fiesta de cumpleaños de muerte. El resto del colegio estaba preparando la fiesta de Halloween; habían decorado el Gran Comedor con los murciélagos vivos de costumbre; las enormes calabazas de Hagrid habían sido convertidas en lámparas tan grandes que tres hombres habrían podido sentarse dentro, y corrían rumores de que

Dumbledore había contratado una compañía de esqueletos bailarines para el espectáculo.

—Lo prometido es deuda —recordó Hermione a Harry en tono autoritario—. Y tú le prometiste ir a su fiesta de cumpleaños de muerte.

Así que a las siete en punto, Harry, Ron y Hermione atravesaron el Gran Comedor, que estaba lleno a rebosar y donde brillaban tentadoramente los platos dorados y las velas, y dirigieron sus pasos hacia las mazmorras.

También estaba iluminado con hileras de velas el pasadizo que conducía a la fiesta de Nick Casi Decapitado, aunque el efecto que producían no era alegre en absoluto, porque eran velas largas y delgadas, de color negro azabache, con una llama azul brillante que arrojaba una luz oscura y fantasmal incluso al iluminar las caras de los vivos. La temperatura descendía a cada paso que daban. Al tiempo que se ajustaba la túnica, Harry oyó un sonido como si mil uñas arañasen una pizarra.

—¿A esto le llaman música? —se quejó Ron. Al doblar una esquina del pasadizo, encontraron a Nick Casi Decapitado ante una puerta con colgaduras negras.

—Queridos amigos —dijo con profunda tristeza—, bienvenidos, bienvenidos... Les agradezco que hayan venido...

Hizo una reverencia con su sombrero de plumas señalando hacia el interior.

Lo que vieron les pareció increíble. La mazmorra estaba llena de cientos de personas transparentes, de color blanco perla. La mayoría se movían sin ánimo por una sala de baile abarrotada, bailando el vals al horrible y trémulo son de las treinta sierras musicales de una orquesta instalada sobre un escenario vestido de tela negra. Del techo colgaba una lámpara que daba una luz azul medianoche. Al respirar les salía humo de la boca; aquello era como estar en una nevera.

—¿Damos una vuelta? —propuso Harry, con la intención de calentarse los pies.

—Cuidado no vayas a atravesar a nadie —advirtió Ron, algo nervioso, mientras empezaban a bordear la sala de baile. Pasaron por delante de un grupo de monjas fúnebres, de una figura harapienta que arrastraba cadenas y del Fraile Gordo, un alegre fantasma de Hufflepuff que hablaba con un caballero que tenía clavada una flecha en la frente. Harry no se sorprendió de que los demás fantasmas evitaran al Barón Sanguinario, un fantasma de Slytherin adusto, de mirada impertinente y que exhibía manchas de sangre plateadas.

—Oh, no —dijo Hermione, parándose de repente—. Volvamos, volvamos, no quiero hablar con Myrtle *la Llorona*.

—¿Con quién? —le preguntó Harry, retrocediendo rápidamente.

—Ronda siempre el baño de chicas del segundo piso —dijo Hermione.

—¿El baño?

—Sí. No los hemos podido utilizar en todo el año porque siempre le dan tales berrinches que lo deja todo inundado. De todas maneras, nunca entro en él si puedo evitarlo, es horroroso ir al baño mientras la oyes llorar.

—¡Mira, comida! —dijo Ron.

Al otro lado de la mazmorra había una mesa larga, cubierta también con terciopelo negro. Se acercaron con entusiasmo, pero ante la mesa se quedaron inmóviles, horrorizados. El olor era muy desagradable. En unas preciosas bandejas de plata había unos pescados grandes y podridos; los pasteles, completamente quemados, se amontonaban en las bandejas; había un pastel de vísceras con gusanos, un queso cubierto de un esponjoso moho verde y, como plato estrella de la fiesta, un gran pastel gris en forma de lápida funeraria, decorado con unas letras que parecían de alquitrán y que componían las palabras:

Sir Nicholas de Mimsy-Porpington,
fallecido el 31 de octubre de 1492

Harry contempló, asombrado, que un fantasma corpulento se acercaba y, avanzando en cuclillas para ponerse a la altura de la comida, atravesaba la mesa con la boca abierta para meter en ella un salmón hediondo.

—¿Le encuentras el sabor de esa manera? —le preguntó Harry.

—Casi —contestó con tristeza el fantasma, y se alejó sin rumbo.

—Supongo que lo habrán dejado pudrirse para que tenga más sabor —dijo Hermione con aire de entendida, tapándose la nariz e inclinándose para ver más de cerca el pastel de vísceras podrido.

—Vámonos, me dan náuseas —dijo Ron.

Pero apenas se habían dado la vuelta cuando un hombrecito surgió de repente de debajo de la mesa y se detuvo frente a ellos, suspendido en el aire.

—Hola, Peeves —dijo Harry con precaución.

A diferencia de los fantasmas que había alrededor, Peeves el poltergeist no era ni gris ni transparente. Llevaba sombrero de fiesta de color naranja brillante, corbatín giratorio y exhibía una gran sonrisa en su cara ancha y malvada.

—¿Pican? —invitó amablemente, ofreciéndoles un plato de maní recubierto de moho.

—No, gracias —dijo Hermione.

—Los he oído hablar de la pobre Myrtle —dijo Peeves, moviendo los ojos—. No has sido muy amable con la pobre Myrtle. —Tomó aliento y gritó—: ¡EH! ¡MYRTLE!

—No, Peeves, no le digas lo que he dicho, le afectará mucho —susurró Hermione, desesperada—. No quería decir eso, no me importa que ella... Eh, hola, Myrtle.

Hasta ellos se había deslizado el fantasma de una chica rechoncha. Tenía la cara más triste que Harry hubiera visto nunca, medio oculta por un pelo lacio y basto y unas gruesas gafas de carey.

—¿Qué? —preguntó enfurruñada.

—¿Cómo estás, Myrtle? —dijo Hermione, fingiendo un tono animado—. Me alegro de verte fuera del baño.

Myrtle sollozó.

—Ahora mismo la señorita Granger estaba hablando de ti —dijo Peeves a Myrtle al oído, maliciosamente.

—Sólo comentábamos... comentábamos... lo guapa que estás esta noche —dijo Hermione, mirando a Peeves.

Myrtle dirigió a Hermione una mirada recelosa.

—Te estás burlando de mí —dijo, y unas lágrimas plateadas asomaron inmediatamente a sus ojos pequeños, detrás de las gafas.

—No, lo digo en serio... ¿Verdad que estaba comentando lo guapa que está Myrtle esta noche? —dijo Hermione, dándoles fuertemente a Harry y a Ron con los codos en las costillas.

—Sí, sí.

—Claro.

—No me mientan —dijo Myrtle entre sollozos, con las lágrimas cayéndole por la cara, mientras Peeves, que estaba encima de su hombro, se reía entre dientes—. ¿Creen que no sé cómo me llama la gente a mis espaldas? ¡Myrtle la gorda! ¡Myrtle la fea! ¡Myrtle la desgraciada, la llorona, la triste!

—Se te ha olvidado «la granos» —le dijo Peeves al oído.

Myrtle *la Llorona* estalló en sollozos angustiados y salió de la mazmorra corriendo. Peeves corrió detrás de ella, tirándole maníes mohosos y gritándole: «¡La granos! ¡La granos!»

—¡Dios mío! —dijo Hermione con tristeza.

Nick Casi Decapitado iba hacia ellos entre la multitud.

—¿La están pasando bien?

—¡Sí! —mintieron.

—Ha venido bastante gente —dijo con orgullo Nick Casi Decapitado—. Mi Desconsolada Viuda ha venido de Kent. Bueno, ya es casi la hora de mi discurso, así que voy a avisar a la orquesta.

La orquesta, sin embargo, dejó de tocar en aquel mismo instante. Se había oído un cuerno de caza y todos los que estaban en la mazmorra quedaron en silencio, a la expectativa.

—Ya estamos —dijo Nick Casi Decapitado con cierta amargura.

A través de uno de los muros de la mazmorra penetraron una docena de caballos fantasma, montados por sendos jinetes sin cabeza. Los asistentes aplaudieron con fuerza; Harry también empezó a aplaudir, pero se detuvo al ver la cara fúnebre de Nick.

Los caballos galoparon hasta el centro de la sala de baile y se detuvieron encabritándose; un fantasma grande que iba delante, y que llevaba bajo el brazo su cabeza barbada y soplaba el cuerno, descabalgó de un brinco, levantó la cabeza en el aire para poder mirar por encima de la multitud, con lo que todos se rieron, y se acercó con paso decidido a Nick Casi Decapitado, ajustándose la cabeza en el cuello.

—¡Nick! —dijo con voz ronca—, ¿cómo estás? ¿Todavía te cuelga la cabeza?

Rompió en una sonora carcajada y dio a Nick Casi Decapitado unas palmadas en el hombro.

—Bienvenido, Patrick —dijo Nick con frialdad.

—¡Vivos! —dijo Sir Patrick, al ver a Harry, a Ron y a Hermione. Dio un salto tremendo de sorpresa fingida y la cabeza volvió a caérsele.

La gente se rió otra vez.

—Muy divertido —dijo Nick Casi Decapitado con voz apagada.

—¡No se preocupen por Nick! —gritó desde el suelo la cabeza de Sir Patrick—. ¡Aunque se enfade, no lo dejaremos entrar en el club! Pero quiero decir... miren al amigo...

—Creo —dijo Harry a toda prisa, en respuesta a una mirada elocuente de Nick— que Nick es terrorífico y esto... eh...

—¡Ja! —gritó la cabeza de Sir Patrick—, apuesto a que Nick te pidió que dijeras eso.

—¡Si me conceden su atención, ha llegado el momento de mi discurso! —dijo en voz alta Nick Casi Decapitado, caminando hacia el estrado con paso decidido y colocándose bajo un foco de luz de un azul glacial.

»Mis difuntos y afligidos señores y señoras, es para mí una gran tristeza...

Pero nadie le prestaba atención. Sir Patrick y el resto del Club de Cazadores Sin Cabeza acababan de comenzar un juego de Cabeza Hockey y la gente se agolpaba para mirar. Nick Casi Decapitado trató en vano de recuperar la atención, pero desistió cuando la cabeza de Sir Patrick le pasó al lado entre vítores.

Harry sentía mucho frío, y no digamos hambre.

—No aguanto más —dijo Ron, con los dientes castañeteando, cuando la orquesta volvió a tocar y los fantasmas volvieron al baile.

—Vámonos —dijo Harry.

Fueron hacia la puerta, sonriendo e inclinando la cabeza a todo el que los miraba, y un minuto más tarde subían a toda prisa por el pasadizo lleno de velas negras.

—Quizá aún quede pudín —dijo Ron con esperanza, abriendo el camino hacia la escalera del vestíbulo.

Y entonces Harry lo oyó.

—...Desgarrar... Despedazar... Matar...

Era la misma voz, la misma voz fría, asesina, que había oído en la oficina de Lockhart.

Trastabilló al detenerse, y tuvo que sujetarse al muro de piedra. Escuchó lo más atentamente que pudo, al tiempo que miraba con los ojos entrecerrados a ambos lados del pasadizo pobremente iluminado.

—Harry, ¿qué...?

—Es de nuevo esa voz... Callen un momento...

—...*deseado... durante tanto tiempo...*

—¡Escuchen! —dijo Harry, y Ron y Hermione se quedaron inmóviles, mirándolo.

—...*matar... Es la hora de matar...*

La voz se fue apagando. Harry estaba seguro de que se alejaba... hacia arriba. Al mirar al oscuro techo, se apoderó de él una mezcla de miedo y emoción. ¿Cómo podía irse hacia arriba? ¿Se trataba de un fantasma, para quien no era obstáculo un techo de piedra?

—¡Por aquí! —gritó, y se puso a correr escaleras arriba hasta el vestíbulo. Allí era imposible oír nada, debido al ruido de la fiesta de Halloween que tenía lugar en el Gran Comedor. Harry apretó el paso para alcanzar rápidamente el primer piso. Ron y Hermione lo seguían.

—Harry, ¿qué estamos...?

—¡Chsss!

Harry aguzó el oído. En la distancia, proveniente del piso superior, y cada vez más débil, oyó la voz: ...*huelo sangre...* ¡*HUELO SANGRE!*

El corazón le dio un vuelco.

—¡Va a matar a alguien! —gritó, y sin hacer caso de las caras desconcertadas de Ron y de Hermione, subió el siguiente tramo saltando los escalones de tres en tres, intentando oír a pesar del ruido de sus propios pasos.

Harry recorrió a toda velocidad el segundo piso, y Ron y Hermione lo seguían jadeando. No pararon hasta que doblaron la esquina del último corredor, también desierto.

—Harry, ¿qué pasaba? —le preguntó Ron, secándose el sudor de la cara. Yo no he oído nada...

Pero Hermione dio de repente un grito ahogado, y señaló al corredor.

—¡Miren!

Delante de ellos, algo brillaba en el muro. Se aproximaron, despacio, intentando ver en la oscuridad con los ojos entornados. En el espacio entre dos ventanas, brillando a la luz que arrojaban las antorchas, había en el muro unas palabras pintadas de más de un palmo de altura.

LA CÁMARA DE LOS SECRETOS HA SIDO ABIERTA.
TEMAN, ENEMIGOS DEL HEREDERO

—¿Qué es lo que cuelga ahí debajo? —preguntó Ron, con un leve temblor en la voz.

Al acercarse más, Harry casi resbala por un gran charco de agua que había en el suelo. Ron y Hermione lo sostuvieron, y juntos se acercaron despacio a la inscripción, con los ojos fijos en la sombra negra que se veía debajo. Los tres comprendieron a la vez lo que era, y dieron un brinco hacia atrás.

La *Señora Norris*, la gata del conserje, estaba colgada por la cola en una argolla de las que se usaban para sujetar antorchas. Estaba rígida como una tabla, con los ojos abiertos y fijos.

Durante unos segundos, no se movieron.

Entonces Ron dijo:

—Vámonos de aquí.

—¿No deberíamos intentar...? —comenzó a decir Harry, sin encontrar las palabras.

—Háganme caso —dijo Ron—; mejor que no nos encuentren aquí.

Pero era demasiado tarde. Un ruido, como un trueno distante, indicó que la fiesta acababa de terminar. De cada extremo del corredor en que se encontraban, llegaba el sonido de cientos de pies que subían las escaleras y la charla sonora y alegre de gente que había comido bien. Un momento después, los estudiantes irrumpían en el corredor por ambos lados.

La charla, el bullicio y el ruido se apagaron de repente cuando vieron la gata colgada. Harry, Ron y Hermione estaban solos, en medio del corredor, cuando se hizo el silencio entre la masa de estudiantes, que empujaban para ver el truculento espectáculo.

Luego, alguien gritó en medio del silencio:

—¡Teman, enemigos del heredero! ¡Los próximos serán los Sangre sucia!

Era Draco Malfoy, que había avanzado hasta la primera fila. Tenía una expresión alegre en los ojos, y la cara, habitualmente pálida, se le enrojeció al sonreír ante el espectáculo de la gata que colgaba inmóvil.

9

La inscripción en el muro

—¿Qué pasa aquí? ¿Qué pasa?

Atraído sin duda por el grito de Malfoy, Argus Filch se abría paso a empujones. Vio a la *Señora Norris* y se echó atrás, llevándose horrorizado las manos a la cara.

—¡Mi gata! ¡Mi gata! ¿Qué le ha pasado a la *Señora Norris*? —chilló. Con los ojos fuera de las órbitas, se fijó en Harry—. ¡Tú! —chilló—. ¡Tú! ¡Tú has asesinado a mi gata! ¡Tú la has matado! ¡Y yo te mataré a ti! ¡Te...!

—¡Argus!

Había llegado Dumbledore, seguido de otros profesores. En unos segundos, pasó por delante de Harry, Ron y Hermione y descolgó a la *Señora Norris* de la argolla.

—Ven conmigo, Argus —dijo a Filch—. Ustedes también, señor Potter, señor Weasley y señorita Granger.

Lockhart se adelantó impaciente.

—Mi oficina es la más próxima, director, nada más subir la escalera. Puede disponer de ella.

—Gracias, Gilderoy —respondió Dumbledore.

La silenciosa multitud se apartó para dejarles paso. Lockhart, nervioso y dándose importancia, siguió a Dumbledore a paso rápido; lo mismo hicieron la profesora McGonagall y el profesor Snape.

Cuando entraron en la oscura oficina de Lockhart, hubo gran revuelo en las paredes; Harry se dio cuenta de que algunas de las fotos de Lockhart se escondían de la vista porque llevaban los rulos puestos. El Lockhart de carne y hueso encendió las velas de su mesa y se apartó. Dumbledore dejó a la *Señora Norris* sobre la pulida superficie y se puso a examinarla. Harry, Ron y Hermione intercambiaron tensas miradas y, echando una ojeada a los demás, se sentaron fuera de la zona iluminada por las velas para mirar.

Dumbledore acercó la punta de su nariz larga y ganchuda a una distancia de apenas dos centímetros de la piel de la *Señora Norris*. Examinó el cuerpo de cerca con sus lentes de media luna, dándole golpecitos y reconociéndolo con sus largos dedos. La profesora McGonagall estaba casi tan inclinada como él, con los ojos entrecerrados. Snape estaba muy cerca detrás de ellos, con una expresión peculiar, como si estuviera haciendo grandes esfuerzos para no sonreír. Y Lockhart rondaba alrededor del grupo, haciendo sugerencias.

—Puede concluirse que fue un hechizo lo que le produjo la muerte... quizá la Tortura Metamórfica. He visto muchas veces sus efectos. Es una lástima que no me encontrara allí, porque conozco el contrahechizo que la habría salvado.

Los sollozos sin lágrimas, convulsivos, de Filch acompañaban los comentarios de Lockhart. El conserje se desplomó en una silla junto a la mesa, con la cara entre las manos, incapaz de dirigir la vista a la *Señora Norris*. Pese a lo mucho que detestaba a Filch, Harry no pudo evitar sentir compasión por él, aunque no tanta como la que sentía por sí mismo. Si Dumbledore creía a Filch, lo expulsarían sin ninguna duda.

Dumbledore murmuraba ahora extrañas palabras en voz casi inaudible. Golpeó a la *Señora Norris* con su varita, pero no sucedió nada; parecía como si acabaran de disecarla.

—...Recuerdo que sucedió algo muy parecido en Uagadugú —dijo Lockhart—, una serie de ataques. La historia completa está en mi autobiografía. Pude proveer al poblado de varios amuletos que acabaron con el peligro inmediatamente.

Todas las fotografías de Lockhart que había en las paredes asintieron con la cabeza confirmando lo que éste decía. A una se le había olvidado quitarse la redecilla del pelo.

Finalmente, Dumbledore se incorporó.

—No está muerta, Argus —dijo con cautela.

Lockhart interrumpió de repente su cálculo del número de asesinatos que había evitado.

—¿Que no está muerta? —preguntó Filch entre sollozos, mirando por entre los dedos a la *Señora Norris*—. ¿Y por qué está rígida y fría?

—La han petrificado —explicó Dumbledore.

—Ah, ya me parecía a mí... —dijo Lockhart.

—Pero no podría decir cómo...

—¡Pregúntele! —chilló Filch, volviendo hacia Harry su cara con manchas y llena de lágrimas.

—Ningún estudiante de segundo año podría haber hecho esto —dijo Dumbledore con firmeza—. Es magia oscura muy avanzada.

—¡Lo ha hecho él! —saltó Filch, y su hinchado rostro enrojeció—. ¡Ya ha visto lo que escribió en el muro! Él encontró... en la conserjería... Sabe que soy, que soy un... —Filch hacía unos gestos horribles—. ¡Sabe que soy un squib! —concluyó.

—¡No he tocado a la *Señora Norris*! —dijo Harry con voz potente, sintiéndose incómodo al notar que todos lo miraban, incluyendo los Lockhart que había en las paredes—. Y ni siquiera sé lo que es un squib.

—¡Mentira! —gruñó Filch—. ¡Él vio la carta de Embrujorrápid!

—Si se me permite hablar, señor director —dijo Snape desde la penumbra, y Harry se asustó aún más, porque sabía que Snape no diría nada que pudiera beneficiarle—, Potter y sus amigos podrían haberse encontrado en el lugar menos adecuado en el momento menos oportuno —dijo, aunque con una leve expresión de desprecio en los labios, como si lo pusiera en duda—; sin embargo, aquí tenemos una serie de circunstancias sospechosas: ¿por qué se encontraban en el corredor del piso superior? ¿Por qué no estaban en la fiesta de Halloween?

Harry, Ron y Hermione se pusieron a dar a la vez una explicación sobre la fiesta de cumpleaños de muerte.

—...había cientos de fantasmas que podrán testificar que estábamos allí.

—Pero ¿por qué no se unieron a la fiesta después? —preguntó Snape. Los ojos negros le brillaban a la luz de las velas—. ¿Por qué subieron al corredor?

Ron y Hermione miraron a Harry.

—Porque... porque... —dijo Harry, con el corazón latiéndole a toda prisa; algo le decía que parecería muy rebuscado si explicaba que lo había conducido hasta allí una voz que no salía de ningún sitio y que nadie sino él había podido oír—, porque estábamos cansados y queríamos ir a la cama —dijo.

—¿Sin cenar? —preguntó Snape. Una sonrisa de triunfo había aparecido en su adusto rostro—. No sabía que los fantasmas dieran en sus fiestas comida buena para los vivos.

—No teníamos hambre —dijo Ron con voz potente, y las tripas le rugieron en aquel preciso instante.

La desagradable sonrisa de Snape se ensanchó más.

—Tengo la impresión, señor director, de que Potter no está siendo completamente sincero —dijo—. Podría ser una buena idea privarlo de determinados privilegios hasta que se avenga a contarnos toda la verdad. Personalmente, creo que debería ser apartado del equipo de quidditch de Gryffindor hasta que decida ser sincero.

—Francamente, Severus —dijo la profesora McGonagall bruscamente—, no veo razón para que el muchacho deje de jugar al quidditch. Este gato no ha sido golpeado en la cabeza con el palo de una escoba. No tenemos ninguna prueba de que Potter haya hecho algo malo.

Dumbledore miraba a Harry de forma inquisitiva. Ante los vivos ojos azul claro del director, Harry se sentía como si lo examinaran por rayos X.

—Es inocente hasta que se demuestre lo contrario, Severus —dijo con firmeza.

Snape parecía furioso. Igual que Filch.

—¡Han petrificado a mi gata! —gritó. Tenía los ojos desorbitados—. ¡Exijo que se castigue a los culpables!

—Podremos curarla, Argus —dijo Dumbledore armándose de paciencia—. La profesora Sprout ha conseguido mandrágoras recientemente. En cuanto hayan crecido, haré una poción con la que reviviré a la *Señora Norris*.

—La haré yo —intervino Lockhart—. Creo que la he preparado unas cien veces, podría hacerla hasta dormido.

—Disculpe —dijo Snape con frialdad—, pero creo que el profesor de Pociones de este colegio soy yo.

Hubo un silencio incómodo.

—Pueden irse —dijo Dumbledore a Harry, Ron y Hermione.

Se fueron deprisa pero sin correr. Cuando estuvieron un piso por encima de la oficina de Lockhart, entraron en un aula vacía y cerraron la puerta con cuidado. Harry miró las caras ensombrecidas de sus amigos.

—¿Creen que tendría que haberles hablado de la voz que oí?

—No —dijo Ron sin dudar—. Oír voces que nadie puede oír no es buena señal, ni siquiera en el mundo de los magos.

Había algo en la voz de Ron que hizo que Harry le preguntase:

—Tú me crees, ¿verdad?

—Por supuesto —contestó Ron rápidamente—. Pero... tienes que admitir que es raro...

—Sí, ya sé que es raro —admitió Harry—. Todo el asunto es muy raro. ¿Qué era lo que estaba escrito en el muro? «La cámara ha sido abierta.» ¿Qué querrá decir?

—El caso es que me suena un poco —dijo Ron despacio—. Creo que alguien me contó una vez una historia de que había una cámara secreta en Hogwarts...; a lo mejor fue Bill.

—¿Y qué demonios es un squib? —preguntó Harry.

Para sorpresa de Harry, Ron ahogó una risita.

—Bueno, no es que sea divertido realmente... pero tal como es Filch... —dijo—. Un squib es alguien nacido en una familia de magos, pero que no tiene poderes mágicos. Todo lo contrario a los magos hijos de familia muggle, sólo que los squibs son casos muy raros. Si Filch está tratando de aprender magia mediante un curso de Embrujorrápid, seguro que es un squib. Eso explica muchas cosas, como que odie tanto a los estudiantes. —Ron sonrió con satisfacción—. Es un amargado.

De algún lugar llegó el sonido de un reloj.

—Es medianoche —señaló Harry—. Es mejor que nos vayamos a dormir antes de que Snape nos encuentre y quiera acusarnos de algo más.

Durante unos días, en la escuela no se habló de otra cosa que de lo que le habían hecho a la *Señora Norris*. Filch mantenía vivo el recuerdo en la memoria de todos haciendo guardia en el punto en que la habían encontrado, como si pensara que el culpable volvería al escenario del crimen. Harry lo había visto fregar la inscripción del muro con el *Quitamanchas mágico multiusos de la señora Skower*, pero no había servido de nada: las palabras seguían tan brillantes como el primer día. Cuando Filch no vigilaba el escenario del crimen, merodeaba por los corredores con los ojos enrojecidos, ensañándose con estudiantes que no tenían ninguna culpa e intentando castigarlos por faltas imaginarias como «respirar demasiado fuerte» o «estar contento».

Ginny Weasley parecía muy afectada por el destino de la *Señora Norris*. Según Ron, era una gran amante de los gatos.

—Pero si no conocías a la *Señora Norris* —le dijo Ron para animarla—. La verdad es que estamos mucho mejor sin ella.

—A Ginny le tembló el labio—. Cosas como éstas no suelen suceder en Hogwarts. Atraparán al chiflado que lo haya hecho y lo echarán de aquí inmediatamente. Sólo espero que le den tiempo para petrificar a Filch antes de que lo expulsen. Esto es broma...

—añadió apresuradamente, al ver que Ginny se ponía blanca.

Aquel acto vandálico también había afectado a Hermione. Ya era habitual en ella pasar mucho tiempo leyendo, pero ahora prácticamente no hacía otra cosa. Cuando le preguntaban qué buscaba, no obtenían respuesta, y tuvieron que esperar al miércoles siguiente para enterarse.

Harry se había tenido que quedar después de la clase de Pociones, porque Snape le había mandado limpiar los gusanos de los pupitres. Tras comer apresuradamente, subió para encontrarse con Ron en la biblioteca, donde vio a Justin Finch-Fletchley, el chico de la casa de Hufflepuff con el que coincidían en Herbología, que se le acercaba. Harry acababa de abrir la boca para decir «hola» cuando Justin lo vio, cambió de repente de rumbo y se fue deprisa en sentido opuesto.

Harry encontró a Ron al fondo de la biblioteca, midiendo sus tareas de Historia de la Magia. El profesor Binns les había mandado un trabajo de un metro de largo sobre «La Asamblea Medieval de Magos de Europa».

—No puede ser, todavía me quedan veinte centímetros...

—dijo furioso Ron soltando el pergamino, que recuperó su forma de rollo— y Hermione ha llegado al metro y medio con su letra diminuta.

—¿Dónde está? —preguntó Harry, cogiendo el metro y desenrollando su trabajo.

—En algún lado por allá —respondió Ron, señalando hacia las estanterías—. Buscando otro libro. Creo que quiere leerse la biblioteca entera antes de Navidad.

Harry le contó a Ron que Justin Finch-Fletchley lo había esquivado y se había alejado de él a toda prisa.

—No sé por qué te preocupa, si siempre has pensado que era un poco idiota —dijo Ron, escribiendo con la letra más grande que podía—. Todas esas tonterías sobre lo maravilloso que es Lockhart...

Hermione surgió de entre las estanterías. Parecía disgustada pero dispuesta a hablarles por fin.

—No queda ni uno de los ejemplares que había en el colegio; se han llevado la *Historia de Hogwarts* —dijo, sentándose junto a Harry y Ron—. Y hay una lista de espera de dos semanas. Lamento haber dejado en casa mi ejemplar, pero con todos los libros de Lockhart, no me cabía en el baúl.

—¿Para qué lo quieres? —le preguntó Harry.

—Para lo mismo que el resto de la gente —contestó Hermione—: para leer la leyenda de la Cámara de los Secretos.

—¿Qué es eso? —preguntó Harry al instante.

—Eso quisiera yo saber. Pero no lo recuerdo —contestó Hermione, mordiéndose el labio—. Y no consigo encontrar la historia en ningún otro lado.

—Hermione, déjame leer tu trabajo —le pidió Ron desesperado, mirando el reloj.

—No, no quiero —dijo Hermione, repentinamente severa—. Has tenido diez días para acabarlo.

—Sólo me faltan seis centímetros, por favor.

Sonó la campana. Ron y Hermione se encaminaron al aula de Historia de la Magia, discutiendo.

Historia de la Magia era la asignatura más aburrida de todas. El profesor Binns, que la impartía, era el único profesor fantasma que tenían, y lo más emocionante que sucedía en sus clases era su entrada en el aula, a través de la pizarra. Viejo y consumido, mucha gente decía de él que no se había dado cuenta de que se había muerto. Simplemente, un día se había levantado para ir a dar clase, y se había dejado el cuerpo en una butaca, delante de la chimenea de la sala de profesores. Desde entonces, había seguido la misma rutina sin la más leve variación.

Aquel día fue igual de aburrido. El profesor Binns abrió sus apuntes y los leyó con un sonsonete monótono, como el de una aspiradora vieja, hasta que casi toda la clase hubo entrado en un sopor profundo, sólo alterado de vez en cuando el tiempo suficiente para tomar nota de un nombre o de una fecha, y volver a adormecerse. Llevaba una media hora hablando cuando ocurrió algo insólito: Hermione alzó la mano.

El profesor Binns, levantando la vista a mitad de una lección horrorosamente aburrida sobre la Convención Internacional de Brujos de 1289, pareció sorprendido.

—¿Señorita...?

—Granger, profesor. Pensaba que quizá usted pudiera hablarnos sobre la Cámara de los Secretos —dijo Hermione con voz clara.

Dean Thomas, que había permanecido boquiabierto, mirando por la ventana, salió de su trance dando un respingo. Lavender Brown levantó la cabeza y a Neville le resbaló el codo de la mesa.

El profesor Binns parpadeó.

—Mi disciplina es la Historia de la Magia —dijo con su voz seca, jadeante—. Me ocupo de los hechos, señorita Granger, no de los mitos ni de las leyendas. —Se aclaró la garganta con un pequeño ruido que fue como un chirrido de tiza, y prosiguió—: En septiembre de aquel año, un subcomité de hechiceros sardos...

Balbució y se detuvo. De nuevo, en el aire, se agitaba la mano de Hermione.

—¿Señorita Grant?

—Disculpe, señor, ¿no tienen siempre las leyendas una base real?

El profesor Binns la miraba con tal estupor, que Harry adivinó que ningún estudiante lo había interrumpido nunca, ni estando vivo ni estando muerto.

—Veamos —dijo lentamente el profesor Binns—, sí, creo que eso se podría discutir. —Miró a Hermione como si nunca hubiera visto bien a un estudiante—. Sin embargo, la leyenda por la que usted me pregunta es una patraña hasta tal punto exagerada, yo diría incluso absurda...

La clase entera estaba ahora pendiente de las palabras del profesor Binns; éste miró a sus alumnos y vio que todas las caras estaban vueltas hacia él. Harry notó que el profesor se quedaba completamente desconcertado al ver unas muestras de interés tan inusitadas.

—Muy bien —dijo despacio—. Veamos... la Cámara de los Secretos... Todos ustedes saben, naturalmente, que Hogwarts fue fundado hace unos mil años (no sabemos con certeza la fecha exacta) por los cuatro brujos más importantes de la época. Las cuatro casas del colegio reciben su nombre de ellos: Godric Gryffindor, Helga Hufflepuff, Rowena Ravenclaw y Salazar Slytherin. Los cuatro juntos construyeron este castillo, lejos de las miradas indiscretas de los muggles, dado que aquélla era una época en que la gente tenía miedo a la magia, y los magos y las brujas sufrían persecución.

Se detuvo, miró a la clase con los ojos empañados y continuó:

—Durante algunos años, los fundadores trabajaron conjuntamente en armonía, buscando jóvenes que dieran muestras de aptitud para la magia y trayéndolos al castillo para educarlos. Pero luego surgieron desacuerdos entre ellos y se produjo una ruptura entre Slytherin y los demás. Slytherin deseaba ser más selectivo con los estudiantes que se admitían en Hogwarts. Pensaba que la enseñanza de la magia debería reservarse para las familias de magos. Le desagradaba tener alumnos de familia muggle, porque no los creía dignos de confianza. Un día se produjo una seria disputa al respecto entre Slytherin y Gryffindor, y Slytherin abandonó el colegio.

El profesor Binns se detuvo de nuevo y frunció la boca, como una tortuga vieja llena de arrugas.

—Esto es lo que nos dicen las fuentes históricas fidedignas —dijo—, pero estos simples hechos quedaron ocultos tras la leyenda fantástica de la Cámara de los Secretos. La leyenda nos dice que Slytherin había construido en el castillo una cámara oculta, de la que no sabían nada los otros fundadores.

»Slytherin, según la leyenda, selló la Cámara de los Secretos para que nadie la pudiera abrir hasta que llegara al colegio su auténtico heredero. Sólo el heredero podría abrir la Cámara de los Secretos, desencadenar el horror que contiene y usarlo para librar al colegio de todos los que no tienen derecho a aprender magia.

Cuando terminó de contar la historia se hizo el silencio, pero no era el silencio habitual, soporífero, de las clases del profesor Binns. Flotaba en el aire un desasosiego, y todo el mundo lo seguía mirando, esperando que continuara. El profesor Binns parecía levemente molesto.

—Por supuesto, esta historia es un completo disparate —añadió—. Naturalmente, el colegio entero ha sido registrado varias veces en busca de la cámara por los magos mejor preparados. No existe. Es un cuento inventado para asustar a los crédulos.

Hermione volvió a levantar la mano.

—Profesor... ¿a qué se refiere usted exactamente al decir «el horror que contiene» la cámara?

—Se cree que es algún tipo de monstruo, al que sólo podrá dominar el heredero de Slytherin —explicó el profesor Binns con su voz seca y aflautada.

La clase intercambió miradas nerviosas.

—Pero ya les digo que no existe —añadió el profesor Binns, revolviendo en sus apuntes—. No hay tal cámara ni tal monstruo.

—Pero, profesor —comentó Seamus Finnigan—, si sólo el auténtico heredero de Slytherin puede abrir la cámara, nadie más podría encontrarla, ¿no?

—Tonterías, O'Flaherty —repuso el profesor Binns en tono algo airado—, si una larga sucesión de directores de Hogwarts no la han encontrado...

—Pero, profesor —intervino Parvati Patil—, probablemente haya que emplear magia oscura para abrirla...

—El hecho de que un mago no utilice la magia oscura no quiere decir que no pueda emplearla, señorita Patati —la interrumpió el profesor Binns—. Insisto, si los predecesores de Dumbledore...

—Pero tal vez sea preciso estar relacionado con Slytherin, y por eso Dumbledore no podría... —apuntó Dean Thomas, pero el profesor Binns ya estaba harto.

—Ya basta —dijo bruscamente—. ¡Es un mito! ¡No existe! ¡No hay el menor indicio de que Slytherin construyera semejante cuarto secreto! Me arrepiento de haberles relatado una leyenda tan absurda. Ahora volvamos, por favor, a la historia, a los hechos evidentes, creíbles y comprobables.

Y en cinco minutos, la clase se sumergió de nuevo en su sopor habitual.

—Ya sabía que Salazar Slytherin era un viejo chiflado y retorcido —dijo Ron a Harry y Hermione, mientras se abrían camino por los abarrotados corredores al término de las clases, para dejar las mochilas en la habitación antes de ir a cenar—. Pero lo que no sabía es que hubiera sido él quien empezó todo este asunto de la limpieza de sangre. No me quedaría en su casa aunque me pagaran. Sinceramente, si el Sombrero Seleccionador hubiera querido mandarme a Slytherin, yo me habría vuelto derecho a casa en el tren.

Hermione asintió entusiasmada con la cabeza, pero Harry no dijo nada. Tenía el corazón encogido de la angustia.

Harry no había dicho nunca a Ron y Hermione que el Sombrero Seleccionador había considerado seriamente la posibilidad de enviarlo a Slytherin. Recordaba, como si hubiera ocurrido el día anterior, la vocecita que le había hablado al oído cuando, un año antes, se había puesto el Sombrero Seleccionador.

Podrías ser muy grande, ¿sabes?, lo tienes todo en tu cabeza y Slytherin te ayudaría en el camino hacia la grandeza. No hay duda...

Pero Harry, que ya conocía la reputación de la casa de Slytherin por los brujos de magia oscura que salían de ella, había pensado desesperadamente «¡Slytherin no!», y el sombrero había terminado diciendo:

Bueno, si estás seguro, mejor que seas ¡GRYFFINDOR!

Mientras caminaban empujados por la multitud, pasó Colin Creevey.

—¡Eh, Harry!

—¡Hola, Colin! —dijo Harry sin darse cuenta.

—Harry, Harry... en mi clase un niño ha estado diciendo que eres...

Pero Colin era demasiado pequeño para luchar contra la marea de gente que lo llevaba hacia el Gran Comedor. Le oyeron chillar:

—¡Hasta luego, Harry! —Y desapareció.

—¿Qué es lo que dice sobre ti un niño de su clase? —preguntó Hermione.

—Que soy el heredero de Slytherin, supongo —dijo Harry, y el corazón se le encogió un poco más al recordar cómo lo había rehuido Justin Finch-Fletchley a la hora de la comida.

—La gente aquí es capaz de creerse cualquier cosa —dijo Ron con disgusto.

La masa de alumnos se aclaró, y consiguieron subir sin dificultad al siguiente rellano.

—¿Crees que realmente hay una Cámara de los Secretos? —preguntó Ron a Hermione.

—No lo sé —respondió ella, frunciendo el entrecejo—. Dumbledore no fue capaz de curar a la *Señora Norris*, y eso me hace sospechar que quienquiera que la atacase no debía de ser... bueno... humano.

Al doblar la esquina se encontraron en un extremo del mismo corredor en que había tenido lugar la agresión. Se detuvieron y miraron. El lugar estaba tal como lo habían encontrado aquella noche, salvo que ningún gato tieso colgaba de la argolla en que se fijaba la antorcha, y que había una silla apoyada contra la pared del mensaje: «La cámara ha sido abierta.»

—Aquí es donde Filch ha estado haciendo guardia —dijo Ron.

Se miraron unos a otros. El corredor se encontraba desierto.

—No hay nada malo en echar un vistazo —dijo Harry, dejando la mochila en el suelo y poniéndose a gatear en busca de alguna pista.

—¡Esto está chamuscado! —dijo—. ¡Aquí... y aquí!

—¡Ven y mira esto! —dijo Hermione—. Es extraño.

Harry se levantó y se acercó a la ventana más próxima a la inscripción de la pared. Hermione señalaba al cristal superior, por donde una veintena de arañas estaban escabulléndose, según parecía tratando de penetrar por una pequeña grieta en el cristal. Un hilo largo y plateado colgaba como una soga, y daba la impresión de que las arañas lo habían utilizado para salir apresuradamente.

—¿Habían visto alguna vez que las arañas se comportaran así? —preguntó Hermione, perpleja.

—Yo no —dijo Harry—. ¿Y tú, Ron? ¿Ron?

Volvió la cabeza hacia su amigo. Ron había retrocedido y parecía estar luchando contra el impulso de salir corriendo.

—¿Qué pasa? —le preguntó Harry.

—No... no me gustan... las arañas —dijo Ron, nervioso.

—No lo sabía —dijo Hermione, mirando sorprendida a Ron—. Has usado arañas muchas veces en la clase de Pociones...

—Si están muertas no me importa —explicó Ron, quien tenía la precaución de mirar a cualquier parte menos a la ventana—. No soporto la manera en que se mueven.

Hermione soltó una risita tonta.

—No tiene nada de divertido —dijo Ron impetuosamente—. Si quieres saberlo, cuando yo tenía tres años, Fred convirtió mi... mi osito de peluche en una araña grande y asquerosa porque yo le había roto su escoba de juguete. A ti tampoco te harían gracia si, estando con tu osito, le hubieran salido de repente muchas patas y...

Dejó de hablar, estremecido. Era evidente que Hermione seguía aguantándose la risa. Pensando que sería mejor cambiar de tema, Harry dijo:

—¿Recuerdan toda aquella agua en el suelo? ¿De dónde vendría? Alguien ha pasado el trapero.

—Estaba por aquí —dijo Ron, recobrándose y caminando unos pasos más allá de la silla de Filch para indicárselo—, a la altura de esta puerta.

Asió el pomo metálico de la puerta, pero retiró la mano inmediatamente, como si se hubiera quemado.

—¿Qué pasa? —preguntó Harry.

—No puedo entrar ahí —dijo Ron bruscamente—, es un baño de chicas.

—Pero, Ron, si no habrá nadie dentro —dijo Hermione, poniéndose derecha y acercándose—; aquí es donde está Myrtle *la Llorona*. Vamos, echemos un vistazo.

Y sin hacer caso del letrero de «No funciona», Hermione abrió la puerta.

Era el cuarto de baño más triste y deprimente en que Harry había puesto nunca los pies. Debajo de un espejo grande, quebrado y manchado, había una fila de lavamanos de piedra en muy mal estado. El suelo estaba mojado y reflejaba la luz triste que daban las llamas de unas pocas velas que se consumían en sus candelabros. Las puertas de los escusados estaban rayadas y rotas, y una colgaba fuera de las bisagras. Hermione les pidió silencio con un dedo en los labios y se fue hasta el último escusado. Cuando llegó, dijo:

—Hola, Myrtle, ¿qué tal?

Harry y Ron se acercaron a ver. Myrtle *la Llorona* estaba sobre la cisterna del inodoro, reventándose un grano de la barbilla.

—Esto es un baño de chicas —dijo, mirando con recelo a Harry y Ron—. Y ellos no son chicas.

—No —confirmó Hermione—. Sólo quería enseñarles lo... lo bien que se está aquí.

Con la mano, indicó vagamente el espejo viejo y sucio, y el suelo húmedo.

—Pregúntale si vio algo —pidió Harry a Hermione en silencio, sólo moviendo los labios.

—¿Qué murmuras? —le preguntó Myrtle, mirándole.

—Nada —se apresuró a decir Harry—. Queríamos preguntar...

—¡Me gustaría que la gente dejara de hablar a mis espaldas! —dijo Myrtle, con la voz ahogada por las lágrimas—. Tengo sentimientos, ¿saben?, aunque esté muerta.

—Myrtle, nadie quiere molestarte —dijo Hermione—. Harry sólo...

—¡Nadie quiere molestarme! ¡Ésta sí que es buena! —gimió Myrtle—. ¡Mi vida en este lugar no fue más que miseria, y ahora la gente viene aquí a amargarme la muerte!

—Queríamos preguntarte si habías visto últimamente algo raro —dijo Hermione dándose prisa—. Porque la noche de Halloween agredieron a un gato justo al otro lado de tu puerta.

—¿Viste a alguien por aquí aquella noche? —le preguntó Harry.

—No me fijé —dijo Myrtle con afectación—. Me dolió tanto lo que dijo Peeves, que vine aquí e intenté suicidarme. Luego, claro, recordé que estoy... que estoy...

—Ya muerta —dijo Ron, con la intención de ayudar.

Myrtle sollozó trágicamente, se elevó en el aire, se dio la vuelta y se sumergió de cabeza en la taza del inodoro, salpicándolos, y desapareció de la vista; a juzgar por la procedencia de sus sollozos ahogados, debía de estar en algún lugar del sifón.

Harry y Ron se quedaron con la boca abierta, pero Hermione, que ya estaba harta, se encogió de hombros y les dijo:

—Tratándose de Myrtle, esto es casi estar alegre. Bueno, vámonos...

Harry acababa de cerrar la puerta a los sollozos gorjeantes de Myrtle, cuando una potente voz les hizo dar un respingo a los tres.

—¡RON!

Percy Weasley, con su resplandeciente insignia de prefecto, se había detenido al final de la escalera, con una expresión de susto en la cara.

—¡Ése es un baño de chicas! —gritó—. ¿Qué estás haciendo?

—Sólo echaba un vistazo —dijo Ron, encogiéndose de hombros—. Buscando pistas, ya sabes...

Percy parecía a punto de estallar. A Harry le recordó mucho a la señora Weasley.

—Váyanse... fuera... de aquí... —dijo, caminando hacia ellos con paso firme y agitando los brazos para echarlos—. ¿No se dan cuenta de lo que esto parece? Volver a este lugar mientras todos están cenando...

—¿Por qué no podemos estar aquí? —repuso Ron acaloradamente, parándose de pronto y enfrentándose a Percy—. ¡Escucha, nosotros no le hemos tocado un pelo a ese gato!

—Eso es lo que dije a Ginny —dijo Percy con contundencia—, pero ella todavía cree que te van a expulsar. No la he visto nunca tan afectada, llorando amargamente. Podrías pensar un poco en ella, y además, todos los de primero están asustados.

—A ti no te preocupa Ginny —replicó Ron, enrojeciendo hasta las orejas—, a ti sólo te preocupa que yo eche a perder tus posibilidades de ser Representante del Colegio.

—¡Cinco puntos menos para Gryffindor! —dijo Percy secamente, llevándose una mano a su insignia de prefecto—. ¡Y espero que esto te enseñe la lección! ¡Se acabó el hacer de detective, o de lo contrario escribiré a mamá!

Y se fue con el paso firme y la nuca tan colorada como las orejas de Ron.

• • •

Aquella noche, en la sala común, Harry, Ron y Hermione escogieron los asientos más alejados del de Percy. Ron estaba todavía de muy mal humor y seguía emborronando sus tareas de Encantamientos. Cuando, sin darse cuenta, cogió su varita mágica para quitar las manchas, el pergamino empezó a arder. Casi echando tanto humo como sus tareas, Ron cerró de golpe el *Libro reglamentario de hechizos, segundo año*. Para sorpresa de Harry, Hermione lo imitó.

—Pero ¿quién podría ser? —dijo con voz tranquila, como si continuara una conversación que hubieran estado manteniendo—. ¿Quién querría echar de Hogwarts a todos los squibs y los de familia muggle?

—Pensemos —dijo Harry con simulado desconcierto—. ¿Conocemos a alguien que piense que los que vienen de familia muggle son escoria?

Miró a Hermione. Hermione miró hacia atrás, poco convencida.

—Si te refieres a Malfoy...

—¡Naturalmente! —dijo Ron—. Ya lo oyeron: «¡Los próximos serán los Sangre sucia!» Vamos, no hay más que ver su asquerosa cara de rata para saber que es él...

—¿Malfoy, el heredero de Slytherin? —dijo escépticamente Hermione.

—Fíjate en su familia —dijo Harry, cerrando también sus libros—. Todos han pertenecido a Slytherin, él siempre alardea de ello. Podrían perfectamente ser descendientes del mismo Slytherin. Su padre es un verdadero malvado.

—¡Podrían haber conservado durante siglos la llave de la Cámara de los Secretos! —dijo Ron—. Pasándosela de padres a hijos...

—Bueno —dijo cautamente Hermione—, supongo que puede ser.

—Pero ¿cómo podríamos demostrarlo? —preguntó Harry, en tono de misterio.

—Habría una manera —dijo Hermione hablando despacio, bajando aún más la voz y echando una fugaz mirada a Percy—. Por supuesto, sería difícil. Y peligroso, muy peligroso. Calculo que quebrantaríamos unas cincuenta normas del colegio.

144

—Sí, dentro de un mes más o menos, te parece que podrías empezar a explicárnoslo, háznoslo saber, ¿bueno? —dijo Ron, airado.

—De acuerdo —repuso fríamente Hermione—. Lo que tendríamos que hacer es entrar en la sala común de Slytherin y hacerle a Malfoy algunas preguntas sin que sospeche que somos nosotros.

—Pero eso es imposible —dijo Harry, mientras Ron se reía.

—No, no lo es —repuso Hermione—. Lo único que nos haría falta es una poción multijugos.

—¿Qué es eso? —preguntaron a la vez Harry y Ron.

—Snape la mencionó en clase hace unas semanas.

—¿Piensas que no tenemos nada mejor que hacer en la clase de Pociones que escuchar a Snape? —dijo Ron.

—Esa poción lo transforma a uno en otra persona. ¡Piensen en ello! Nos podríamos convertir en tres estudiantes de Slytherin. Nadie nos reconocería. Y seguramente Malfoy nos lo revelaría todo. Lo más probable es que ahora mismo esté alardeando de ello en la sala común de Slytherin.

—Esto del multijugos me parece un poco peligroso —dijo Ron, frunciendo el entrecejo—. ¿Y si nos quedamos para siempre convertidos en tres de Slytherin?

—El efecto se pasa después de un rato —dijo Hermione, haciendo un gesto con la mano como para descartar ese inconveniente—, pero lo realmente difícil será conseguir la receta. Snape dijo que se encontraba en un libro llamado *Moste Potente Potions* que se encuentra en la Sección Prohibida de la biblioteca.

Solamente había una manera de conseguir un libro de la Sección Prohibida: con el permiso por escrito de un profesor.

—Será difícil explicar para qué queremos ese libro si no es para hacer alguna de las pociones.

—Creo —dijo Hermione— que si consiguiéramos dar la impresión de que estamos interesados únicamente en la teoría, tendríamos alguna posibilidad...

—Oh, por favor... ningún profesor se va a tragar eso —dijo Ron—. Tendría que ser muy tonto...

10

La bludger loca

Después del desastroso episodio de los duendecillos de Cornualles, el profesor Lockhart no había vuelto a llevar a clase seres vivos. Por el contrario, se dedicaba a leer a los alumnos pasajes de sus libros, y en ocasiones representaba alguno de los momentos más emocionantes de su biografía. Habitualmente sacaba a Harry para que lo ayudara en aquellas reconstrucciones; hasta el momento, Harry había tenido que representar los papeles de un ingenuo pueblerino transilvano al que Lockhart había curado de una maldición que le hacía tartamudear, un yeti con resfriado y un vampiro que, cuando Lockhart acabó con él, no pudo volver a comer otra cosa que lechuga.

En la siguiente clase de Defensa Contra las Artes Oscuras sacó de nuevo a Harry, esta vez para representar a un hombre lobo. Si no hubiera tenido una razón muy importante para no enfadar a Lockhart, se habría negado.

—Aúlla fuerte, Harry (eso es...), y en aquel momento, créanme, yo salté (así) tirándolo contra el suelo (así) con una mano, y logré inmovilizarlo. Con la otra, le puse la varita en la garganta y, reuniendo las fuerzas que me quedaban, llevé a cabo el dificilísimo hechizo *Homorphus*; él emitió un gemido lastimero (vamos, Harry... más fuerte... bien) y la piel desapareció... los colmillos encogieron y... se convirtió en hombre. Sencillo y efectivo. Otro pueblo que me recordará siempre como el héroe que los libró de la terrorífica amenaza mensual de los hombres lobo.

Sonó el timbre y Lockhart se puso en pie.

—Tareas: componer un poema sobre mi victoria contra el hombre lobo Wagga Wagga. ¡El autor del mejor poema será premiado con un ejemplar firmado de *El encantador*!

Los alumnos empezaron a salir. Harry volvió al fondo de la clase, donde lo esperaban Ron y Hermione.

—¿Listos? —preguntó.

—Espera que se hayan ido todos —dijo Hermione, asustada—. Bueno, ahora.

Se acercó a la mesa de Lockhart con un trozo de papel en la mano. Harry y Ron iban detrás de ella.

—Esto... ¿Profesor Lockhart? —tartamudeó Hermione—. Yo querría... sacar este libro de la biblioteca. Sólo para una lectura preparatoria. —Le entregó el trozo de papel con mano ligeramente temblorosa—. Pero el problema es que está en la Sección Prohibida, así que necesito el permiso por escrito de un profesor. Estoy convencida de que este libro me ayudaría a comprender lo que explica usted en *Una vuelta con los espíritus malignos* sobre los venenos de efecto retardado.

—¡Ah, *Una vuelta con los espíritus malignos*! —dijo Lockhart, cogiendo la nota de Hermione y sonriéndole francamente—. Creo que es mi favorito. ¿Te gustó?

—¡Sí! —dijo Hermione, emocionada—. ¡Qué gran idea la suya de atrapar al último con el colador del té...!

—Bueno, estoy seguro de que a nadie le parecerá mal que ayude un poco a la mejor estudiante del curso —dijo Lockhart afectuosamente, sacando una pluma de pavo real—. Sí, es bonita, ¿verdad? —dijo, interpretando al revés la expresión de desagrado de Ron—. Normalmente la reservo para firmar libros.

Garabateó una florida firma sobre el papel y se lo devolvió a Hermione.

—Así que, Harry —dijo Lockhart, mientras Hermione plegaba la nota con dedos torpes y se la metía en la mochila—, mañana se juega el primer partido de quidditch de la temporada, ¿verdad? Gryffindor contra Slytherin, ¿no? He oído que eres un jugador fundamental. Yo también fui buscador. Me pidieron que entrara en la selección nacional, pero preferí dedicar mi vida a la erradicación de las Fuerzas Oscuras. De todas maneras, si necesitaras unas cuantas clases particulares de entrenamiento, no dudes en decírmelo. Siempre me satisface dejar algo de mi experiencia a jugadores menos dotados...

Harry hizo un ruido indefinido con la garganta y luego salió del aula a toda prisa, detrás de Ron y Hermione.

—Es increíble —dijo ella mientras los tres examinaban la firma en el papel—. Ni siquiera ha mirado de qué libro se trataba.

—Porque es un completo imbécil —dijo Ron—. Pero ¿a quién le importa? Ya tenemos lo que necesitábamos.

—¡No es un completo imbécil! —chilló Hermione, mientras iban hacia la biblioteca a paso ligero.

—Ya, porque ha dicho que eres la mejor estudiante del curso...

Bajaron la voz al entrar en la envolvente quietud de la biblioteca.

La señora Pince, la bibliotecaria, era una mujer delgada e irascible que parecía un buitre mal alimentado.

—¿*Moste Potente Potions?* —repitió recelosa, tratando de coger la nota de Hermione. Pero Hermione no la soltaba.

—Desearía poder guardarla —dijo la chica, aguantando la respiración.

—Vamos —dijo Ron, arrancándole la nota y entregándola a la señora Pince—. Te conseguiremos otro autógrafo. Lockhart firmará cualquier cosa que se esté quieta el tiempo suficiente.

La señora Pince levantó el papel a la luz, como dispuesta a detectar una posible falsificación, pero la nota pasó la prueba. Caminó orgullosamente por entre las elevadas estanterías y regresó unos minutos más tarde llevando con ella un libro grande de aspecto mohoso. Hermione se lo metió en la mochila con mucho cuidado, e intentó no caminar demasiado rápido ni parecer demasiado culpable.

Cinco minutos después se encontraban de nuevo refugiados en el baño fuera de servicio de Myrtle *la Llorona*. Hermione había rechazado las objeciones de Ron argumentando que aquél sería el último lugar en el que entraría nadie en su sano juicio, así que allí tenían garantizada la intimidad. Myrtle *la Llorona* lloraba estruendosamente en su escusado, pero ellos no le prestaban atención, y ella a ellos tampoco.

Hermione abrió con cuidado el *Moste Potente Potions*, y los tres se encorvaron sobre las páginas llenas de manchas de humedad. De un vistazo quedó patente por qué pertenecía a la Sección Prohibida. Algunas de las pociones tenían efectos demasiado horribles incluso para imaginarlos, y había ilustraciones monstruosas, como la de un hombre que parecía vuelto de dentro hacia fuera y una bruja con varios pares de brazos que le salían de la cabeza.

—¡Aquí está! —dijo Hermione emocionada al dar con la página que llevaba por título «La poción multijugos». Estaba decorada con dibujos de personas que iban transformándose en otras distintas. Harry imploró por que la apariencia de dolor intenso que había en los rostros de aquellas personas fuera fruto de la imaginación del artista.

»Ésta es la poción más complicada que he visto nunca —dijo Hermione, al mirar la receta—. Crisopos, sanguijuelas, *Descurainia sophia* y centinodia —murmuró, pasando el dedo por la lista de los ingredientes—. Bueno, no son difíciles de encontrar, están en el armario de los estudiantes, podemos conseguirlos. ¡Vaya, miren, polvo de cuerno de bicornio! No sé dónde vamos a encontrarlo... piel en tiras de serpiente arbórea africana... eso también será complicado... y por supuesto, algo de aquel en quien queramos convertirnos.

—Perdona —dijo Ron bruscamente—. ¿Qué quieres decir con «algo de aquel en quien queramos convertirnos»? Yo no me voy a beber nada que contenga las uñas de los pies de Crabbe.

Hermione continuó como si no lo hubiera oído.

—De momento, todavía no tenemos que preocuparnos porque esos ingredientes los echaremos al final.

Sin saber qué decir, Ron se dio la vuelta hacia Harry, que tenía otra preocupación.

—¿No te das cuenta de cuántas cosas vamos a tener que robar, Hermione? Piel de serpiente arbórea africana en tiras, desde luego eso no está en el armario de los estudiantes, ¿qué vamos a hacer? ¿Forzar los armarios privados de Snape? No sé si es buena idea...

Hermione cerró el libro con un ruido seco.

—Bueno, si van a acobardarse los dos, está bien —dijo. Tenía las mejillas coloradas y los ojos más brillantes de lo normal—. Yo no quiero saltarme las normas, ya lo saben, pero pienso que aterrorizar a los magos de familia muggle es mucho peor que elaborar un poco de poción. Sin embargo, si no tienen interés en averiguar si el heredero es Malfoy, iré derecho a la señora Pince y le devolveré el libro inmediatamente.

—No creí que fuera a verte nunca intentando persuadirnos de que incumplamos las normas —dijo Ron—. Está bien, lo haremos, pero nada de uñas de los pies, ¿bueno?

—Pero ¿cuánto nos llevará hacerlo? —preguntó Harry cuando Hermione, satisfecha, volvió a abrir el libro.

—Bueno, como hay que coger la *Descurainia sophia* con luna llena, y los crisopos han de cocerse durante veintiún días... yo diría que podríamos tenerla preparada en un mes, si podemos conseguir todos los ingredientes.

—¿Un mes? —dijo Ron—. ¡En ese tiempo, Malfoy puede atacar a la mitad de los hijos de muggles! —Hermione volvió a entornar los ojos amenazadoramente, y él añadió sin vacilar—: Pero es el mejor plan que tenemos, así que, adelante.

Sin embargo, mientras Hermione comprobaba que no había nadie a la vista para poder salir del baño, Ron susurró a Harry:

—Sería mucho más sencillo que mañana tiraras a Malfoy de la escoba.

Harry se despertó pronto el sábado por la mañana y se quedó un rato en la cama pensando en el partido de quidditch. Se ponía nervioso, sobre todo al imaginar lo que diría Wood si Gryffindor perdía, pero también al pensar que tendrían que enfrentarse a un equipo que iría montado en las escobas de carreras más veloces que había en el mercado. Nunca había tenido tantas ganas de vencer a Slytherin. Después de estar tumbado media hora con las tripas revueltas, se levantó, se vistió y bajó temprano a desayunar. Encontró al resto del equipo de Gryffindor apiñado en torno a la gran mesa vacía. Todos estaban nerviosos y apenas hablaban.

Cuando faltaba poco para las once, el colegio en pleno empezó a dirigirse hacia el estadio de quidditch. Hacía un día bochornoso que amenazaba tormenta. Cuando Harry iba hacia los vestuarios, Ron y Hermione se acercaron corriendo a desearle buena suerte. Los jugadores se vistieron con sus túnicas rojas de Gryffindor y luego se sentaron a recibir la habitual inyección de ánimo que Wood les daba antes de cada partido.

—Los de Slytherin tienen mejores escobas que nosotros —comenzó—, eso no se puede negar. Pero nosotros tenemos mejores jugadores sobre las escobas. Hemos entrenado más que ellos y hemos volado en todas las condiciones meteorológicas —«¡Muy cierto!, murmuró George Weasley, «no me he secado del todo desde agosto»—, y vamos a hacer que se arrepientan del día en que dejaron que ese pequeño canalla, Malfoy, les comprara un puesto en el equipo.

Con la respiración agitada por la emoción, Wood se volvió hacia Harry.

—Es misión tuya, Harry, demostrarles que un buscador tiene que tener algo más que un padre rico. Tienes que coger la snitch antes que Malfoy o perecer en el intento, porque hoy tenemos que ganar.

—Así que no te sientas presionado, Harry —le dijo Fred, guiñándole un ojo.

Cuando salieron al campo, fueron recibidos con gran estruendo; eran sobre todo aclamaciones de Hufflepuff y de Ravenclaw, cuyos miembros y seguidores estaban deseosos de ver derrotado al equipo de Slytherin, aunque la afición de Slytherin también hizo oír sus abucheos y silbidos. La señora Hooch, que era la profesora de quidditch, hizo que Flint y Wood se dieran la mano, y los dos contrincantes aprovecharon para dirigirse miradas desafiantes y apretar bastante más de lo necesario.

—Cuando toque el silbato —dijo la señora Hooch—: tres... dos... uno...

Animados por el bramido de la multitud que les apoyaba, los catorce jugadores se elevaron hacia el cielo plomizo. Harry ascendió más que ningún otro, aguzando la vista en busca de la snitch.

—¿Todo bien por ahí, cabeza rajada? —le gritó Malfoy, saliendo disparado por debajo de él para demostrarle la velocidad de su escoba.

Harry no tuvo tiempo de replicar. En aquel preciso instante iba hacia él una bludger negra y pesada; faltó tan poco para que lo golpeara, que al pasar lo despeinó.

—¡Por qué poco, Harry! —le dijo George, pasando por su lado como un relámpago, con el bate en la mano, listo para devolver la bludger contra Slytherin. Harry vio que George daba un fuerte golpe a la bludger dirigiéndola hacia Adrian Pucey, pero la bludger cambió de dirección en el aire y se fue directa, otra vez, contra Harry.

Harry descendió rápidamente para evitarla, y George consiguió golpearla fuerte contra Malfoy. Una vez más, la bludger viró bruscamente como si fuera un bumerán y se encaminó como una bala hacia la cabeza de Harry.

Harry aumentó la velocidad y salió zumbando hacia el otro extremo del campo. Oía a la bludger silbar a su lado. ¿Qué ocurría? Las bludgers nunca se enconaban de aquella manera contra un único jugador, su misión era derribar a todo el que pudieran...

Fred Weasley aguardaba en el otro extremo. Harry se agachó para que Fred golpeara la bludger con todas sus fuerzas.

—¡Ya está! —gritó Fred, contento, pero se equivocaba: como si fuera atraída magnéticamente por Harry, la bludger volvió a perseguirlo y Harry se vio obligado a alejarse a toda velocidad.

Había empezado a llover. Harry notaba en la cara las gruesas gotas, que chocaban contra los cristales de las gafas. No tuvo ni idea de lo que pasaba con los otros jugadores hasta que oyó la voz de Lee Jordan, que era el comentarista, diciendo: «Slytherin en cabeza por sesenta a cero.»

Estaba claro que la superioridad de las escobas de Slytherin daba sus resultados, y mientras tanto, la bludger loca hacía todo lo que podía para derribar a Harry. Fred y George se acercaban tanto a él, uno a cada lado, que Harry no podía ver otra cosa que sus brazos, que se agitaban sin cesar, y le resultaba imposible buscar la snitch, y no digamos atraparla.

—Alguien... está... manipulando... esta... bludger... —gruñó Fred, golpeándola con todas sus fuerzas para rechazar un nuevo ataque contra Harry.

—Hay que detener el juego —dijo George, intentando hacerle señas a Wood al mismo tiempo que trataba de impedir que la bludger le partiera la nariz a Harry.

Wood captó el mensaje. La señora Hooch hizo sonar el silbato y Harry, Fred y George bajaron al césped, todavía intentando evitar la bludger loca.

—¿Qué ocurre? —preguntó Wood cuando el equipo de Gryffindor se reunió, mientras la afición de Slytherin los abucheaba—. Nos están haciendo papilla. Fred, George, ¿dónde estaban cuando la bludger le impidió marcar a Angelina?

—Estábamos ocho metros por encima de ella, Oliver, para evitar que la otra bludger matara a Harry —dijo George, enfadado—. Alguien la ha manipulado... no dejará en paz a Harry, no ha ido detrás de nadie más en todo el tiempo. Los de Slytherin deben de haberle hecho algo.

—Pero las bludgers han permanecido guardadas en la oficina de la señora Hooch desde nuestro último entrenamiento, y aquel día no les pasaba nada... —dijo Wood, perplejo.

La señora Hooch iba hacia ellos. Detrás de ella, Harry veía al equipo de Slytherin que lo señalaba y se burlaba.

—Escuchen —les dijo Harry mientras ella se acercaba—, con ustedes dos volando todo el rato a mi lado, la única posibilidad que tengo de atrapar la snitch es que se me meta por la manga. Vuelvan a proteger al resto del equipo y déjenme que me las arregle solo con esa bludger loca.

—No seas tonto —dijo Fred—, te partirá en dos.

Wood tan pronto miraba a Harry como a los Weasley.

—Oliver, esto es una locura —dijo Alicia Spinnet, enfadada—, no puedes dejar que Harry se las arregle solo con la bludger. Esto hay que investigarlo.

—¡Si paramos ahora, perderemos el partido! —argumentó Harry—. ¡Y no vamos a perder frente a Slytherin sólo por una bludger loca! ¡Por favor, Oliver, diles que dejen que me las arregle yo solo!

—Esto es culpa tuya —dijo George a Wood, enfadado—. «¡Atrapa la snitch o muere en el intento!» ¡Qué idiotez decir eso!

Llegó la señora Hooch.

—¿Listos para seguir? —preguntó a Wood.

Wood contempló la expresión absolutamente segura del rostro de Harry.

—Bien —dijo—. Fred y George, ya lo han oído... dejen que se enfrente él solo a la bludger.

La lluvia volvió a arreciar. Al toque de silbato de la señora Hooch, Harry dio una patada en el suelo que lo propulsó por los aires, y enseguida oyó tras él el zumbido de la bludger. Harry ascendió más y más. Giraba, daba vueltas, se trasladaba en espiral, en zigzag, describiendo bucles. Ligeramente mareado, mantenía sin embargo los ojos completamente abiertos. La lluvia le empañaba los cristales de las gafas y se le metió en los agujeros de la nariz cuando se puso boca abajo para evitar otra violenta acometida de la bludger. Podía oír las risas de la multitud; sabía que debía de parecer idiota, pero la bludger loca pesaba mucho y no podía cambiar de dirección tan rápido como él. Inició un vuelo a lo montaña rusa por los bordes del campo, intentando vislumbrar a través de la plateada cortina de lluvia los postes de Gryffindor, donde Adrian Pucey intentaba pasar a Wood...

Un silbido en el oído indicó a Harry que la bludger había vuelto a pasarle rozando. Dio media vuelta y voló en la dirección opuesta.

—¿Haciendo prácticas de ballet, Potter? —le gritó Malfoy cuando Harry se vio obligado a hacer una ridícula maroma en el aire para evitar la bludger. Harry escapó, pero la bludger lo seguía a un metro de distancia. Y en el momento en que dirigió a Malfoy una mirada de odio, vio la dorada snitch. Volaba a tan sólo unos centímetros por encima de la oreja izquierda de Malfoy... pero Malfoy, que estaba muy ocupado riéndose de Harry, no la había visto.

Durante un angustioso instante, Harry permaneció suspendido en el aire, sin atreverse a dirigirse hacia Malfoy a toda velocidad, para que éste no mirase hacia arriba y descubriera la snitch.

¡PLAM!

Se había quedado quieto un segundo de más. La bludger lo alcanzó por fin, lo golpeó en el codo, y Harry sintió que le había roto el brazo. Débil, aturdido por el punzante dolor del brazo, desmontó a medias de la escoba empapada por la lluvia, manteniendo una rodilla todavía doblada sobre ella y su brazo derecho colgando inerte. La bludger volvió para atacarlo de nuevo, y esta vez se dirigía directa a su cara. Harry cambió bruscamente de dirección, con una idea fija en su mente aturdida: coger a Malfoy.

Ofuscado por la lluvia y el dolor, se dirigió hacia aquella cara de expresión desdeñosa, y vio que Malfoy abría los ojos aterrorizado: pensaba que Harry lo estaba atacando.

—¡¿Qué...?! —exclamó en un grito ahogado, apartándose del rumbo de Harry.

Harry se soltó finalmente de la escoba e hizo un esfuerzo para coger algo; sintió que sus dedos se cerraban en torno a la fría snitch, pero sólo se sujetaba a la escoba con las piernas, y la multitud, abajo, profirió gritos cuando Harry empezó a caer, intentando no perder el conocimiento.

Con un golpe seco chocó contra el barro y salió rodando, ya sin la escoba. El brazo le colgaba en un ángulo muy extraño. Sintiéndose morir de dolor, oyó, como si le llegaran de muy lejos, muchos silbidos y gritos. Miró la snitch que tenía en su mano buena.

—Ajá —dijo sin fuerzas—, hemos ganado.

Y se desmayó.

Cuando volvió en sí, todavía estaba tendido en el campo de juego, con la lluvia cayéndole en la cara. Alguien se inclinaba sobre él. Vio brillar unos dientes.

—¡Oh, no, usted no! —gimió.

—No sabe lo que dice —explicó Lockhart en voz alta a la expectante multitud de Gryffindor que se agolpaba alrededor—. Que nadie se preocupe: voy a inmovilizarle el brazo.

—¡No! —dijo Harry—, me gusta como está, gracias.

Intentó sentarse, pero el dolor era terrible. Oyó cerca un «¡clic!» que le resultó familiar.

—No quiero que tomes fotos, Colin —dijo alzando la voz.

—Vuelve a tenderte, Harry —dijo Lockhart, tranquilizador—. No es más que un sencillo hechizo que he empleado incontables veces.

—¿Por qué no me envían a la enfermería? —masculló Harry.

—Así debería hacerse, profesor —dijo Wood, lleno de barro y sin poder evitar sonreír aunque su buscador estuviera herido—. Fabulosa jugada, Harry, realmente espectacular, la mejor que hayas hecho nunca, yo diría.

Por entre la selva de piernas que lo rodeaba, Harry vio a Fred y a George Weasley forcejeando para meter la bludger loca en una caja. Todavía se resistía.

—Apártense —dijo Lockhart, arremangándose la túnica verde jade.

—No... ¡no! —dijo Harry débilmente, pero Lockhart estaba haciendo revolear su varita, y un instante después la apuntó hacia el brazo de Harry.

Harry notó una sensación extraña y desagradable que se le extendía desde el hombro hasta las yemas de los dedos. Sentía como si el brazo se le desinflara, pero no se atrevía a mirar qué sucedía. Había cerrado los ojos y vuelto la cara hacia el otro lado, pero vio confirmarse sus más oscuros temores cuando la gente que había alrededor ahogó un grito y Colin Creevey empezó a sacar fotos como loco. El brazo ya no le dolía... pero tampoco le daba la sensación de que fuera un brazo.

—¡Ah! —dijo Lockhart—. Sí, bueno, algunas veces ocurre esto. Pero el caso es que los huesos ya no están rotos. Eso es lo que importa. Así que, Harry, ahora debes ir a la enfermería. Ah, señor Weasley, señorita Granger, ¿pueden ayudarle? La señora Pomfrey podrá... esto... arreglarlo un poco.

Al ponerse en pie, Harry se sintió extrañamente asimétrico. Armándose de valor, miró hacia su lado derecho. Lo que vio casi le hace volver a desmayarse.

Por el extremo de la manga de la túnica asomaba lo que parecía un grueso guante de goma de color carne. Intentó mover los dedos. No le respondieron.

Lockhart no le había recompuesto los huesos: se los había quitado.

A la señora Pomfrey aquello no le hizo gracia.

—¡Tendrían que haber venido enseguida aquí! —dijo hecha una furia y levantando el triste y mustio despojo de lo que, media hora antes, había sido un brazo en perfecto estado—. Puedo recomponer los huesos en un segundo... pero hacerlos crecer de nuevo...

—Pero podrá, ¿no? —dijo Harry, desesperado.

—Desde luego que podré, pero será doloroso —dijo en tono grave la señora Pomfrey, dando una pijama a Harry—. Tendrás que pasar aquí la noche.

Hermione aguardó al otro lado de la cortina que rodeaba la cama de Harry mientras Ron lo ayudaba a vestirse. Les llevó un buen rato embutir en la manga el brazo sin huesos, que parecía de goma.

—¿Te atreves ahora a defender a Lockhart, Hermione? —le dijo Ron a través de la cortina mientras hacía pasar los dedos inanimados de Harry por el puño de la manga—. Si Harry hubiera querido que lo deshuesaran, lo habría pedido.

—Cualquiera puede cometer un error —dijo Hermione—. Y ya no duele, ¿verdad, Harry?

—No —respondió Harry—, ni duele ni sirve para nada. —Al echarse en la cama, el brazo se balanceó sin gobierno.

Hermione y la señora Pomfrey cruzaron la cortina. La señora Pomfrey llevaba una botella grande en cuya etiqueta decía «Crecehuesos».

—Vas a pasar una mala noche —dijo ella, vertiendo un líquido humeante en un vaso y entregándoselo—. Hacer que los huesos vuelvan a crecer es bastante desagradable.

Lo desagradable fue tomar el crecehuesos. Al pasar, le abrasaba la boca y la garganta, haciéndole toser y resoplar. Sin dejar de criticar los deportes peligrosos y a los profesores ineptos, la señora Pomfrey se retiró, dejando que Ron y Hermione ayudaran a Harry a beber un poco de agua.

—Pero ¡hemos ganado! —le dijo Ron, sonriendo tímidamente—. Todo gracias a tu jugada. ¡Y la cara que ha puesto Malfoy...! ¡Parecía que quería matarte!

—Me gustaría saber cómo alteró la bludger —dijo Hermione, intrigada.

—Podemos añadir ésta a la lista de preguntas que le haremos después de tomar la poción multijugos —dijo Harry, acomodándose en las almohadas—. Espero que sepa mejor que esta bazofia...

—¿Con cosas de gente de Slytherin dentro? Estás bromeando —observó Ron.

En aquel momento se abrió de golpe la puerta de la enfermería. Sucios y empapados, entraron para ver a Harry los demás jugadores del equipo de Gryffindor.

—Un vuelo increíble, Harry —le dijo George—. Acabo de ver a Marcus Flint gritando a Malfoy algo parecido a que tenía la snitch encima de la cabeza y no se daba cuenta. Malfoy no parecía muy contento.

Habían llevado pasteles, dulces y botellas de jugo de calabaza; se situaron alrededor de la cama de Harry, y ya estaban preparando lo que prometía ser una fiesta estupenda, cuando se acercó la señora Pomfrey gritando:

—¡Este chico necesita descansar, tiene que recomponer treinta y tres huesos! ¡Fuera! ¡FUERA!

Y dejaron solo a Harry, sin nadie que lo distrajera de los horribles dolores de su brazo inerte.

Horas después, Harry despertó sobresaltado en una total oscuridad, dando un breve grito de dolor: sentía como si tuviera el brazo lleno de grandes astillas. Por un instante pensó que era aquello lo que le había despertado. Pero luego se dio cuenta, con horror, de que alguien, en la oscuridad, le estaba poniendo una esponja en la frente.

—¡Fuera! —gritó, y luego, al reconocer al intruso, exclamó—: ¡Dobby!

Los ojos del tamaño de pelotas de tenis del elfo doméstico miraban desorbitados a Harry a través de la oscuridad. Una sola lágrima le bajaba por la nariz larga y afilada.

—Harry Potter ha vuelto al colegio —susurró triste—. Dobby avisó y avisó a Harry Potter. ¡Ah, señor!, ¿por qué no hizo caso a Dobby? ¿Por qué no volvió a casa Harry Potter cuando perdió el tren?

Harry se incorporó con gran esfuerzo y tiró al suelo la esponja de Dobby.

—¿Qué hace aquí? —dijo—. ¿Y cómo sabe que perdí el tren?

A Dobby le tembló un labio, y a Harry lo acometió una repentina sospecha.

—¡Fue usted! —dijo despacio—. ¡Usted impidió que la barrera nos dejara pasar!

—Sí, señor, claro —dijo Dobby, moviendo vigorosamente la cabeza de arriba abajo y agitando las orejas—. Dobby se ocultó y vigiló a Harry y cerró la entrada, y Dobby tuvo que quemarse después las manos con la plancha. —Enseñó a Harry diez largos dedos vendados—. Pero a Dobby no le importó, señor, porque pensaba que Harry Potter estaba a salvo, pero ¡no se le ocurrió que Harry Potter pudiera llegar al colegio por otro medio!

Se balanceaba hacia delante y hacia atrás, agitando su fea cabeza.

—¡Dobby se llevó semejante disgusto cuando se enteró de que Harry Potter estaba en Hogwarts, que se le quemó la cena de su señor! Dobby nunca había recibido tales azotes, señor...

Harry se desplomó de nuevo sobre las almohadas.

—Casi consigue que nos expulsen a Ron y a mí —dijo Harry con dureza—. Lo mejor es que se vaya antes de que mis huesos vuelvan a crecer, Dobby, o podría estrangularlo.

Dobby sonrió levemente.

—Dobby está acostumbrado a las amenazas, señor. Dobby las recibe en casa cinco veces al día.

Se sonó la nariz con una esquina de la sucia funda de almohada que llevaba puesta; su aspecto eran tan patético que Harry sintió que se le pasaba el enojo, aunque no quería.

—¿Por qué lleva puesto eso, Dobby? —le preguntó con curiosidad.

—¿Esto, señor? —preguntó Dobby, pellizcando la funda de almohada—. Es un símbolo de la esclavitud del elfo doméstico, señor. A Dobby sólo podrán liberarlo sus dueños un día si le dan alguna prenda. La familia tiene mucho cuidado de no pasarle a Dobby ni siquiera una media, porque entonces podría dejar la casa para siempre. —Dobby se secó los ojos saltones y dijo de repente—: ¡Harry Potter debe volver a casa! Dobby creía que su bludger bastaría para hacerlo...

—¿Su bludger? —dijo Harry, volviendo a enfurecerse—. ¿Qué quiere decir con «su bludger»? ¿Usted es el culpable de que esa bola intentara matarme?

—¡No, matarlo no, señor, nunca! —dijo Dobby, asustado—. ¡Dobby quiere salvarle la vida a Harry Potter! ¡Mejor ser enviado de vuelta a casa, gravemente herido, que permanecer aquí, señor! ¡Dobby sólo quería ocasionar a Harry Potter el daño suficiente para que lo enviaran a casa!

—Ah, ¿eso es todo? —dijo Harry, irritado—. Me imagino que no querrá decirme por qué quería enviarme de vuelta a casa hecho pedazos.

—¡Ah, si Harry Potter supiera...! —gimió Dobby mientras le caían más lágrimas en la vieja funda de almohada—. ¡Si supiera lo que significa para nosotros, los parias, los esclavizados, la escoria del mundo mágico...! Dobby recuerda cómo era todo cuando El-que-no-debe-nombrarse estaba en la cima del poder, señor. ¡A nosotros los elfos domésticos se nos trataba como a alimañas, señor! Desde luego, así es como aún tratan a Dobby, señor —admitió, secándose el rostro en su atavío—. Pero, señor, en lo principal la vida ha mejorado para los de mi especie desde que usted derrotó al Que-no-debe-ser-nombrado. Harry Potter sobrevivió, y cayó el poder del Señor Tenebroso, surgiendo un nuevo amanecer, señor, y Harry Potter brilló como un faro de esperanza para los que creíamos que nunca terminarían los días oscuros, señor... Y ahora, en Hogwarts, van a ocurrir cosas terribles, tal vez están ocurriendo ya, y Dobby no puede consentir que Harry Potter permanezca aquí ahora que la historia va a repetirse, ahora que la Cámara de los Secretos ha vuelto a abrirse...

Dobby se quedó inmóvil, aterrorizado, y luego cogió la jarra de agua de la mesita de Harry y se dio con ella en la cabeza, cayendo al suelo. Un segundo después reapareció trepando por la cama, bizqueando y murmurando:

—Dobby malo, Dobby muy malo...

—¿Así que es cierto que hay una Cámara de los Secretos? —murmuró Harry—. Y... ¿dice que se había abierto en anteriores ocasiones? ¡Hable, Dobby! —Sujetó la huesuda muñeca del elfo a tiempo de impedir que volviera a coger la jarra del agua—. Además, yo no soy de familia muggle. ¿Por qué va a suponer la cámara un peligro para mí?

—Ah, señor, no me haga más preguntas, no pregunte más al pobre Dobby —balbuceó el elfo. Los ojos le brillaban en la oscuridad—. Se están planeando acontecimientos terribles en este lugar, pero Harry Potter no debe encontrarse aquí cuando se lleven a cabo. Váyase a casa, Harry Potter. Váyase, porque no debe verse involucrado, es demasiado peligroso...

—¿Quién es, Dobby? —le preguntó Harry, manteniéndolo firmemente sujeto por la muñeca para impedirle que volviera a golpearse con la jarra del agua—. ¿Quién la ha abierto? ¿Quién la abrió la última vez?

—¡Dobby no puede hablar, señor, no puede, Dobby no debe hablar! —chilló el elfo—. ¡Váyase a casa, Harry Potter, váyase a casa!

—¡No me voy a ir a ningún lado! —dijo Harry con dureza—. ¡Mi mejor amiga es de familia muggle, y su vida está en peligro si es verdad que la cámara ha sido abierta!

—¡Harry Potter arriesga su propia vida por sus amigos! —gimió Dobby, en una especie de éxtasis de tristeza—. ¡Es tan noble, tan valiente...! Pero tiene que salvarse, tiene que hacerlo, Harry Potter no puede...

Dobby se quedó inmóvil de repente, y temblaron sus orejas de murciélago. Harry también lo oyó: eran pasos que se acercaban por el corredor.

—¡Dobby tiene que irse! —musitó el elfo, aterrorizado.

Se oyó un fuerte ruido, y el puño de Harry se cerró en el aire. Se echó de nuevo en la cama, con los ojos fijos en la puerta de la enfermería, mientras los pasos se acercaban.

Dumbledore entró en el dormitorio, vestido con un camisón largo de lana y un gorro de dormir. Acarreaba un extremo de lo que parecía una estatua. La profesora McGonagall apareció un segundo después, sosteniendo los pies. Entre uno y otra, dejaron la estatua sobre una cama.

—Traiga a la señora Pomfrey —susurró Dumbledore, y la profesora McGonagall desapareció a toda prisa pasando junto a los pies de la cama de Harry. Harry estaba inmóvil, haciéndose el dormido. Oyó voces apremiantes, y la profesora McGonagall volvió a aparecer, seguida por la señora Pomfrey, que se estaba poniendo un suéter sobre el camisón de dormir. Harry la oyó tomar aire bruscamente.

—¿Qué ha ocurrido? —preguntó la señora Pomfrey a Dumbledore en un susurro, inclinándose sobre la estatua.

—Otra agresión —explicó Dumbledore—. Minerva lo ha encontrado en las escaleras.

—Tenía a su lado un racimo de uvas —dijo la profesora McGonagall—. Suponemos que intentaba llegar hasta aquí para visitar a Potter.

A Harry le dio un vuelco el corazón. Lentamente y con cuidado, se alzó unos centímetros para poder ver la estatua que había sobre la cama. Un rayo de luna le caía sobre el rostro.

Era Colin Creevey. Tenía los ojos muy abiertos y sus manos sujetaban la cámara de fotos encima del pecho.

—¿Petrificado? —susurró la señora Pomfrey.

—Sí —dijo la profesora McGonagall—. Pero me estremezco al pensar... Si Albus no hubiera bajado por chocolate caliente, quién sabe lo que podría haber...

Los tres miraban a Colin. Dumbledore se inclinó y desprendió la cámara de fotos de las manos rígidas de Colin.

—¿Cree que pudo sacar una foto a su atacante? —le preguntó la profesora McGonagall con expectación.

Dumbledore no respondió. Abrió la cámara.

—¡Por favor! —exclamó la señora Pomfrey.

Un chorro de vapor salió de la cámara. A Harry, que se encontraba tres camas más allá, le llegó el olor agrio del plástico quemado.

—Derretido —dijo asombrada la señora Pomfrey—. Todo derretido...

—¿Qué significa esto, Albus? —preguntó apremiante la profesora McGonagall.

—Significa —contestó Dumbledore— que es verdad que han abierto de nuevo la Cámara de los Secretos.

La señora Pomfrey se llevó una mano a la boca. La profesora McGonagall miró a Dumbledore fijamente.

—Pero, Albus... ¿quién...?

—La cuestión no es quién —dijo Dumbledore, mirando a Colin—; la cuestión es cómo.

Y a juzgar por lo que Harry pudo vislumbrar de la expresión sombría de la profesora McGonagall, ella no lo comprendía mejor que él.

11

El club de duelo

Al despertar Harry la mañana del domingo, halló el dormitorio resplandeciente con la luz del sol de invierno, y su brazo
otra vez articulado, aunque muy rígido. Se sentó enseguida
y miró hacia la cama de Colin, pero estaba oculto tras las
largas cortinas que el propio Harry había corrido el día anterior. Al ver que se había despertado, la señora Pomfrey se
acercó afanosamente con la bandeja del desayuno y se puso a
flexionarle y estirarle el brazo y los dedos.

—Todo va bien —le dijo mientras él apuraba torpemente
con su mano izquierda la avena cocida—. Cuando termines
de comer, puedes irte.

Harry se vistió lo más deprisa que pudo y salió precipitadamente hacia la torre de Gryffindor, deseoso de hablar con
Ron y Hermione sobre Colin y Dobby, pero no los encontró allí.
Harry dejó de buscarlos, preguntándose adónde podían haber
ido y algo molesto de que no parecieran interesados en saber si
él había recuperado o no sus huesos.

Cuando pasó por delante de la biblioteca, Percy Weasley
precisamente salía de ella, y parecía estar de mucho mejor
humor que la última vez que lo habían encontrado.

—¡Ah, hola, Harry! —dijo—. Excelente jugada la de ayer,
realmente excelente. Gryffindor acaba de ponerse a la cabeza
de la Copa de las Casas: ¡ganaste cincuenta puntos!

—¿No has visto a Ron ni a Hermione? —preguntó Harry.

—No, no los he visto —contestó Percy, dejando de sonreír—.
Espero que Ron no esté otra vez en el baño de las chicas...

Harry forzó una sonrisa, siguió a Percy con la vista hasta que desapareció, y se fue derecho al baño de Myrtle *la Llorona*. No encontraba ningún motivo para que Ron y Hermione estuvieran allí, pero después de asegurarse de que no merodeaban por el lugar Filch ni ningún prefecto, abrió la puerta y oyó sus voces provenientes de un escusado cerrado.

—Soy yo —dijo, cerrando la puerta tras él.

Oyó un golpe metálico, luego otro como de salpicadura y un grito ahogado, y vio a Hermione mirando por el agujero de la cerradura.

—¡Harry! —dijo ella—. Vaya susto que nos has dado. Entra. ¿Cómo está tu brazo?

—Bien —dijo Harry, metiéndose en el escusado.

Habían puesto un caldero sobre la taza del inodoro, y un crepitar que provenía de dentro le indicó que habían prendido un fuego bajo el mismo. Prender fuegos transportables y sumergibles era la especialidad de Hermione.

—Pensábamos ir a verte, pero decidimos comenzar a preparar la poción multijugos —le explicó Ron, después de que Harry cerrara de nuevo la puerta—. Hemos pensado que éste es el lugar más seguro para guardarla.

Harry empezó a contarles lo de Colin, pero Hermione lo interrumpió.

—Ya lo sabemos, esta mañana oímos a la profesora McGonagall hablar con el profesor Flitwick. Por eso pensamos que era mejor darnos prisa.

—Cuanto antes le saquemos a Malfoy una declaración, mejor —gruñó Ron—. ¿No piensas igual? Se ve que después del partido de quidditch estaba tan furioso que la tomó con Colin.

—Hay alguien más —dijo Harry, contemplando a Hermione, que partía manojos de centinodia y los echaba a la poción—. Dobby vino en mitad de la noche a hacerme una visita.

Ron y Hermione levantaron la mirada, sorprendidos. Harry les contó todo lo que Dobby le había dicho... y lo que no le había querido decir. Ron y Hermione lo escucharon con la boca abierta.

—¿La Cámara de los Secretos ya ha sido abierta antes? —le preguntó Hermione.

—Es evidente —dijo Ron con voz de triunfo—. Lucius Malfoy abriría la cámara en sus tiempos de estudiante y ahora le ha explicado a su querido Draco cómo hacerlo. Está claro. Sin embargo, me gustaría que Dobby te hubiera dicho qué monstruo hay en ella. Me gustaría saber cómo es posible que nadie se lo haya encontrado merodeando por el colegio.

—Quizá pueda volverse invisible —dijo Hermione, empujando unas sanguijuelas hacia el fondo del caldero—. O quizá pueda disfrazarse, hacerse pasar por una armadura o algo así. He leído algo sobre fantasmas camaleónicos...

—Lees demasiado, Hermione —le dijo Ron, echando crisopos encima de las sanguijuelas. Arrugó la bolsa vacía de los crisopos y miró a Harry—. Así que fue Dobby el que no nos dejó coger el tren y el que te rompió el brazo... —Movió la cabeza—. ¿Sabes qué, Harry? Si no deja de intentar salvarte la vida, te va a matar.

La noticia de que habían atacado a Colin Creevey y de que éste yacía como muerto en la enfermería se extendió por todo el colegio durante la mañana del lunes. El ambiente se llenó de rumores y sospechas. Los de primer año se desplazaban por el castillo en grupos muy compactos, como si temieran que los atacaran si iban solos.

Ginny Weasley, que se sentaba junto a Colin Creevey en la clase de Encantamientos, estaba consternada, pero a Harry le parecía que Fred y George se equivocaban en la manera de animarla. Se turnaban para esconderse detrás de las estatuas, disfrazados con una piel, y asustarla cuando pasaba. Pero tuvieron que parar cuando Percy se hartó y les dijo que iba a escribir a su madre para contarle que por su culpa Ginny tenía pesadillas.

Mientras tanto, a escondidas de los profesores, se desarrollaba en el colegio un mercado de talismanes, amuletos y otros chismes protectores. Neville Longbottom había comprado una gran cebolla verde, cuyo olor decían que alejaba el mal, un cristal púrpura acabado en punta y una cola podrida de tritón antes de que los demás chicos de Gryffindor le explicaran que él no corría peligro, porque tenía la sangre limpia y por tanto no era probable que lo atacaran.

—Fueron primero por Filch —dijo Neville, con el miedo escrito en su cara redonda—, y todo el mundo sabe que yo soy casi un squib.

Durante la segunda semana de diciembre, la profesora McGonagall pasó, como de costumbre, a recoger los nombres de los que se quedarían en el colegio en Navidad. Harry, Ron y Hermione firmaron en la lista; habían oído que Malfoy se quedaba, lo cual les pareció muy sospechoso. Las vacaciones serían un momento perfecto para utilizar la poción multijugos e intentar sonsacarle una confesión.

Por desgracia, la poción estaba a medio acabar. Aún necesitaban el cuerno de bicornio y la piel de serpiente arbórea africana, y el único lugar del que podrían sacarlos era el armario privado de Snape. A Harry le parecía que preferiría enfrentarse al monstruo legendario de Slytherin a tener que soportar las iras de Snape si lo encontraba robándole en el despacho.

—Lo que tenemos que hacer —dijo animadamente Hermione cuando se acercaba la doble clase de Pociones de la tarde del jueves— es distraerlo con algo. Entonces uno de nosotros podrá entrar en la oficina de Snape y coger lo que necesitamos. —Harry y Ron la miraron nerviosos—. Creo que es mejor que me encargue yo misma del robo —continuó Hermione, como si nada—. A ustedes dos los expulsarían si los agarraran en otra, mientras que yo tengo el expediente limpio. Así que no tienen más que provocar un tumulto lo suficientemente importante para mantener ocupado a Snape unos cinco minutos.

Harry sonrió tímidamente. Provocar un tumulto en la clase de Pociones de Snape era tan arriesgado como pegarle un puño en el ojo a un dragón dormido.

Las clases de Pociones se impartían en una de las mazmorras más espaciosas. Aquella tarde de jueves, la clase se desarrollaba como siempre. Veinte calderos humeaban entre los pupitres de madera, en los que descansaban balanzas de latón y frascos con los ingredientes. Snape rondaba por entre los fuegos, haciendo comentarios envenenados sobre el trabajo de los de Gryffindor, mientras los de Slytherin se reían a cada crítica. Draco Malfoy, que era el alumno favorito de Snape, hacía burla con los ojos a Ron y Harry, que sabían que si le contestaban tardarían en ser castigados menos de lo que se tarda en decir «injusto».

A Harry la pócima infladora le salía demasiado líquida, pero en aquel momento le preocupaban otras cosas más importantes. Aguardaba una seña de Hermione, y apenas prestó atención cuando Snape se detuvo a mirar con desprecio su poción aguada. Cuando Snape se volvió y se fue a ridiculizar a Neville, Hermione captó la mirada de Harry, y le hizo con la cabeza un gesto afirmativo.

Harry se agachó y se escondió detrás de su caldero, se sacó de un bolsillo una de las bengalas del doctor Filibuster que tenía Fred, y le dio un golpe con la varita. La bengala se puso a silbar y echar chispas. Sabiendo que sólo contaba con unos segundos, Harry se levantó, apuntó y la lanzó al aire. La bengala aterrizó dentro del caldero de Goyle.

La poción de Goyle estalló, rociando a toda la clase. Los alumnos chillaban cuando los alcanzaba la pócima infladora. A Malfoy lo salpicó en toda la cara, y la nariz se le empezó a hinchar como un balón; Goyle andaba a ciegas tapándose los ojos con las manos, que se le pusieron del tamaño de platos soperos, mientras Snape trataba de restablecer la calma y de entender qué había sucedido. Harry vio a Hermione aprovechar la confusión para salir discretamente por la puerta.

—¡Silencio! ¡SILENCIO! —gritaba Snape—. Los que hayan sido salpicados por la poción, que vengan aquí para ser curados. Y cuando averigüe quién ha hecho esto...

Harry intentó contener la risa cuando vio a Malfoy apresurarse hacia la mesa del profesor, con la cabeza caída a causa del peso de la nariz, que había llegado a alcanzar el tamaño de un pequeño melón. Mientras la mitad de la clase se apretaba en torno a la mesa de Snape, unos quejándose de sus brazos del tamaño de grandes garrotes, y otros sin poder hablar debido a la hinchazón de sus labios, Harry vio que Hermione volvía a entrar en la mazmorra, con un bulto debajo de la túnica.

Cuando todo el mundo se hubo tomado un trago de antídoto y las diversas hinchazones cedieron, Snape se fue hasta el caldero de Goyle y extrajo los restos negros y retorcidos de la bengala. Se produjo un silencio repentino.

—Si averiguo quién ha arrojado esto —susurró Snape—, me aseguraré de que lo expulsen.

Harry puso una cara que esperaba que fuera de perplejidad. Snape lo miraba a él, y la campana que sonó al cabo de diez minutos no pudo ser mejor bienvenida.

—Sabe que fui yo —dijo Harry a Ron y Hermione, mientras iban deprisa al baño de Myrtle *la Llorona*—. Podría jurarlo.

Hermione echó al caldero los nuevos ingredientes y removió con brío.

—Estará lista dentro de dos semanas —dijo contenta.

—Snape no tiene ninguna prueba de que hayas sido tú —dijo Ron a Harry, tranquilizándolo—. ¿Qué puede hacer?

—Conociendo a Snape, algo terrible —dijo Harry mientras la poción levantaba borbotones y espuma.

Una semana más tarde, Harry, Ron y Hermione cruzaban el vestíbulo cuando vieron a un puñado de gente que se agolpaba delante del tablón de anuncios para leer un pergamino que acababan de colgar. Seamus Finnigan y Dean Thomas les hacían señas, entusiasmados.

—¡Van a abrir un club de duelo! —dijo Seamus—. ¡La primera sesión será esta noche! No me importaría recibir unas clases de duelo, podrían ser útiles en estos días...

—¿Por qué? ¿Acaso piensas que se va a batir el monstruo de Slytherin? —preguntó Ron, pero lo cierto es que también él leía con interés el cartel.

—Podría ser útil —les dijo a Harry y a Hermione cuando se dirigían a cenar—. ¿Vamos?

Harry y Hermione se mostraron completamente a favor, así que aquella noche, a las ocho, se dirigieron deprisa al Gran Comedor. Las grandes mesas habían desaparecido, y adosada a lo largo de una de las paredes había una tarima dorada, iluminada por miles de velas que flotaban en el aire. El techo volvía a ser negro, y la mayor parte de los alumnos parecían haberse reunido debajo de él, portando sus varitas mágicas y aparentemente entusiasmados.

—Me pregunto quién nos enseñará —dijo Hermione mientras se internaban en la alborotada multitud—. Alguien me ha dicho que Flitwick fue campeón de duelo cuando era joven, quizá sea él.

—Con tal de que no sea... —Harry empezó una frase que terminó en un gemido: Gilderoy Lockhart se encaminaba a la tarima, resplandeciente en su túnica color ciruela oscuro, y lo acompañaba nada menos que Snape, con su usual túnica negra.

Lockhart rogó silencio con un gesto del brazo y dijo:

—¡Vengan aquí, acérquense! ¿Me ve todo el mundo? ¿Me oyen todos? ¡Estupendo! El profesor Dumbledore me ha concedido permiso para abrir este modesto club de duelo, con la intención de prepararlos a todos ustedes por si algún día necesitan defenderse tal como me ha pasado a mí en incontables ocasiones (para más detalles, consulten mis obras).

»Permítanme que les presente a mi ayudante, el profesor Snape —dijo Lockhart, con una amplia sonrisa—. Él dice que sabe un poquito sobre el arte de batirse, y ha accedido desinteresadamente a ayudarme en una pequeña demostración antes de empezar. Pero no quiero que se preocupen los más jóvenes: no se quedarán sin profesor de Pociones después de esta demostración, ¡no teman!

—¿No estaría bien que se mataran el uno al otro? —susurró Ron a Harry al oído.

En el labio superior de Snape se apreciaba una especie de mueca de desprecio. Harry se preguntaba por qué Lockhart continuaba sonriendo; si Snape lo hubiera mirado como miraba a Lockhart, habría huido a todo correr en la dirección opuesta.

Lockhart y Snape se encararon y se hicieron una reverencia. O, por lo menos, la hizo Lockhart, con muchos giros de la mano, mientras Snape movía la cabeza de mal humor. Luego alzaron sus varitas mágicas frente a ellos, como si fueran espadas.

—Como ven, sostenemos nuestras varitas en la posición de combate convencional —explicó Lockhart a la silenciosa multitud—. Cuando cuente tres, haremos nuestro primer embrujo. Pero claro está que ninguno de los dos tiene intención de matar.

—Yo no estaría tan seguro —susurró Harry, viendo a Snape enseñar los dientes.

—Una... dos... y tres.

Ambos alzaron las varitas y las dirigieron a los hombros del contrincante. Snape gritó:

—¡*Expelliarmus*!

Resplandeció un destello de luz roja, y Lockhart despegó en el aire, voló hacia atrás, salió de la tarima, pegó contra el muro y cayó resbalando por él hasta quedar tendido en el suelo.

Malfoy y algunos otros de Slytherin vitorearon. Hermione se puso de puntitas.

—¿Creen que estará bien? —chilló por entre los dedos con que se tapaba la cara.

—¿A quién le preocupa? —dijeron Harry y Ron al mismo tiempo.

Lockhart se puso de pie con esfuerzo. Se le había caído el sombrero y el pelo ondulado se le había puesto de punta.

—¡Bueno, ya lo han visto! —dijo, tambaleándose al volver a la tarima—. Eso ha sido un encantamiento de desarme; como pueden ver, he perdido la varita... ¡Ah, gracias, señorita Brown! Sí, profesor Snape, ha sido una excelente idea enseñarlo a los alumnos, pero si no le importa que se lo diga, era muy evidente que iba a atacar de esa manera. Si hubiera querido impedírselo, me habría resultado muy fácil. Pero pensé que sería instructivo dejarles que vieran...

Snape parecía dispuesto a matarlo, y quizá Lockhart lo notara, porque dijo:

—¡Basta de demostración! Vamos a colocarlos por parejas. Profesor Snape, si es tan amable de ayudarme...

Se metieron entre la multitud a formar parejas. Lockhart puso a Neville con Justin Finch-Fletchley, pero Snape llegó primero hasta donde estaban Ron y Harry.

—Ya es hora de separar a este equipo ideal, creo —dijo con expresión desdeñosa—. Weasley, puedes emparejarte con Finnigan. Potter...

Harry se acercó automáticamente a Hermione.

—Me parece que no —dijo Snape, sonriendo con frialdad—. Señor Malfoy, aquí. Veamos qué puedes hacer con el famoso Potter. La señorita Granger que se ponga con la señorita Bulstrode.

Malfoy se acercó pavoneándose y sonriendo. Detrás de él iba una chica de Slytherin que le recordó a Harry una foto que había visto en *Vacaciones con las brujas*. Era alta y robusta, y su poderosa mandíbula sobresalía agresivamente. Hermione la saludó con una débil sonrisa que la otra no le devolvió.

—¡Pónganse frente a sus contrincantes —dijo Lockhart, de nuevo sobre la tarima— y hagan una inclinación!

Harry y Malfoy apenas bajaron la cabeza, mirándose fijamente.

—¡Varitas listas! —gritó Lockhart—. Cuando cuente hasta tres, ejecuten sus hechizos para desarmar al oponente. Sólo para desarmarlo; no queremos que haya ningún accidente. Una, dos y... tres.

Harry apuntó la varita hacia los hombros de Malfoy, pero éste ya había empezado a la de dos. Su conjuro le hizo el mismo efecto que si le hubieran golpeado en la cabeza con una sartén. Harry se tambaleó pero aguantó, y sin perder tiempo, dirigió contra Malfoy su varita, diciendo:

—¡*Rictusempra*!

Un chorro de luz plateada alcanzó a Malfoy en el estómago, y el chico se retorció, respirando con dificultad.

—¡He dicho sólo desarmarse! —gritó Lockhart a la combativa multitud cuando Malfoy cayó de rodillas; Harry lo había atacado con un encantamiento de cosquillas, y apenas se podía mover de la risa. Harry no volvió a atacar, porque le parecía que no era deportivo hacerle a Malfoy más encantamientos mientras estaba en el suelo, pero fue un error. Tomando aire, Malfoy apuntó la varita a las rodillas de Harry, y dijo con voz ahogada:

—¡*Tarantallegra*!

Un segundo después, a Harry las piernas se le empezaron a mover a saltos, fuera de control, como si bailaran un baile velocísimo.

—¡Alto!, ¡alto! —gritó Lockhart, pero Snape se hizo cargo de la situación.

—¡*Finite incantatem*! —gritó. Los pies de Harry dejaron de bailar, Malfoy dejó de reír y ambos pudieron levantar la vista.

Una niebla de humo verdoso se cernía sobre la sala. Tanto Neville como Justin estaban tendidos en el suelo, jadeando; Ron sostenía a Seamus, que estaba lívido, y le pedía disculpas por los efectos de su varita rota; pero Hermione y Millicent Bulstrode no se habían detenido: Millicent tenía a Hermione agarrada del cuello y la hacía gemir de dolor. Las varitas de las dos estaban en el suelo. Harry se acercó de un salto y apartó a Millicent. Fue difícil, porque era mucho más robusta que él.

—Muchachos, muchachos... —decía Lockhart, pasando por entre los estudiantes, examinando las consecuencias de los duelos—. Levántate, Macmillan... con cuidado, señorita Fawcett... pellízcalo con fuerza, Boot, y dejará de sangrar enseguida...

»Creo que será mejor que les enseñe a interceptar los hechizos indeseados —dijo Lockhart, que se había quedado quieto, con aire azorado, en medio del comedor. Miró a Snape y, al ver que le brillaban los ojos, apartó la vista de inmediato—. Necesito un par de voluntarios... Longbottom y Finch-Fletchley, ¿qué tal ustedes?

—Mala idea, profesor Lockhart —dijo Snape, deslizándose como un murciélago grande y malévolo—. Longbottom provoca catástrofes con los hechizos más simples, tendríamos que enviar a Finch-Fletchley a la enfermería en una caja de fósforos. —La cara sonrosada de Neville se puso de un rosa aún más intenso—. ¿Qué tal Malfoy y Potter? —dijo Snape con una sonrisa malvada.

—¡Excelente idea! —dijo Lockhart, haciéndoles un gesto para que se acercaran al centro del salón, al mismo tiempo que la multitud se apartaba para dejarles sitio—. Veamos, Harry —dijo Lockhart—, cuando Draco te apunte con la varita, tienes que hacer esto.

Levantó la varita, intentó un complicado movimiento, y se le cayó al suelo. Snape sonrió y Lockhart se apresuró a recogerla, diciendo:

—¡Vaya, mi varita está un poco nerviosa!

Snape se acercó a Malfoy, se inclinó y le susurró algo al oído. Malfoy también sonrió. Harry miró asustado a Lockhart y le dijo:

—Profesor, ¿me podría explicar de nuevo cómo se hace eso de interceptar?

—¿Asustado? —murmuró Malfoy, de forma que Lockhart no pudiera oírle.

—Eso quisieras tú —le respondió Harry torciendo la boca.

Lockhart dio una palmada amistosa a Harry en el hombro.

—¡Simplemente, hazlo como yo, Harry!

—¿El qué?, ¿dejar caer la varita?

Pero Lockhart no lo escuchaba.

—Tres, dos, uno, ¡ya! —gritó.

Malfoy levantó rápidamente la varita y bramó:

—¡*Serpensortia!*

Hubo un estallido en el extremo de su varita. Harry vio, aterrorizado, que de ella salía una larga serpiente negra, caía al suelo entre los dos y se erguía, lista para atacar. Todos se echaron atrás gritando y despejaron el lugar en un segundo.

—No te muevas, Potter —dijo Snape sin hacer nada, disfrutando claramente de la visión de Harry, que se había quedado inmóvil, mirando a los ojos a la furiosa serpiente—. Me encargaré de ella...

—¡Permítanme! —gritó Lockhart. Blandió su varita apuntando a la serpiente y se oyó un disparo: la serpiente, en vez de desvanecerse, se elevó en el aire unos tres metros y volvió a caer al suelo con un chasquido. Furiosa, silbando de enojo, se deslizó derecha hacia Finch-Fletchley y se irguió de nuevo, enseñando los colmillos venenosos.

Harry no supo por qué lo hizo, ni siquiera fue consciente de ello. Sólo percibió que las piernas lo impulsaban hacia delante como si fuera sobre ruedas y que gritaba absurdamente a la serpiente: «¡Déjalo!» Y milagrosa e inexplicablemente, la serpiente bajó al suelo, tan inofensiva como una gruesa manguera negra de jardín, y volvió los ojos hacia Harry. A éste se le pasó el miedo. Sabía que la serpiente ya no atacaría a nadie, aunque no habría podido explicar por qué lo sabía.

Sonriendo, miró a Justin, esperando verlo aliviado, o confuso, o agradecido, pero ciertamente no enojado y asustado.

—¿A qué crees que jugamos? —gritó, y antes de que Harry pudiera contestar, se había dado la vuelta y abandonaba el salón.

Snape se acercó, blandió la varita y la serpiente desapareció en una pequeña nube de humo negro. También él miraba a Harry de una manera rara; era una mirada astuta y calculadora que a Harry no le gustó. Fue vagamente consciente de que a su alrededor se oían unos inquietantes murmullos. A continuación, sintió que alguien lo tiraba de la túnica por detrás.

—Vamos —le dijo Ron al oído—. Vamos...

Ron lo sacó del salón, y Hermione fue con ellos. Al atravesar las puertas, los estudiantes se apartaban como si les diera miedo contagiarse. Harry no tenía ni idea de lo que pasaba, y ni Ron ni Hermione le explicaron nada hasta llegar a la sala común de Gryffindor, que estaba vacía. Entonces Ron sentó a Harry en una butaca y le dijo:

—Hablas pársel. ¿Por qué no nos lo habías dicho?

—¿Que hablo qué? —dijo Harry.

—¡Pársel! —dijo Ron—. ¡Puedes hablar con las serpientes!

—Lo sé —dijo Harry—. Quiero decir, que ésta es la segunda vez que lo hago. Una vez, accidentalmente, le eché una boa constrictor a mi primo Dudley en el zoológico... Es una larga historia... pero ella me estaba diciendo que no había estado nunca en Brasil, y yo la liberé sin proponérmelo. Fue antes de saber que era mago...

—¿Entendiste que una boa constrictor te decía que no había estado nunca en Brasil? —repitió Ron con voz débil.

—¿Y qué? —preguntó Harry—. Apuesto a que pueden hacerlo montones de personas.

—Desde luego que no —dijo Ron—. No es un don muy frecuente. Harry, eso no es bueno.

—¿Que no es bueno? —dijo Harry, comenzando a enfadarse—. ¿Qué le pasa a todo el mundo? Mira, si no le hubiera dicho a esa serpiente que no atacara a Justin...

—¿Eso es lo que le dijiste?

—¿Qué pasa? Tú estabas allí... Tú me oíste.

—Hablaste en lengua pársel —le dijo Ron—, la lengua de las serpientes. Puedes haber dicho cualquier cosa. No te sorprenda que Justin se asustara, parecía como si estuvieras incitando a la serpiente, o algo así. Ha sido escalofriante.

Harry se quedó con la boca abierta.

—¿Hablé en otra lengua? Pero no comprendo... ¿Cómo puedo hablar en una lengua sin saber que la conozco?

Ron negó con la cabeza. Por la cara que ponían tanto él como Hermione, parecía como si acabara de morir alguien. Harry no alcanzaba a comprender qué era tan terrible.

—¿Me quieres decir qué hay de malo en impedir que una serpiente grande y asquerosa arranque a Justin la cabeza de un mordisco? —preguntó—. ¿Qué importa cómo lo he hecho si he evitado que Justin tuviera que ingresar en el Club de Cazadores Sin Cabeza?

—Sí importa —dijo Hermione, hablando por fin, en un susurro—, porque Salazar Slytherin era famoso por su capacidad de hablar con las serpientes. Por eso el símbolo de la casa de Slytherin es una serpiente.

Harry se quedó boquiabierto.

—Exactamente —dijo Ron—. Y ahora todo el colegio va a pensar que eres su tatara-tatara-tatara-tataranieto o algo así.

—Pero no lo soy —dijo Harry, sintiendo un inexplicable terror.

—Te costará mucho demostrarlo —dijo Hermione—. Él vivió hace unos mil años, así que bien podrías serlo.

Aquella noche, Harry pasó varias horas despierto. Por una abertura en las cortinas del dosel de su cama, veía que la nieve empezaba a amontonarse al otro lado de la ventana de la torre, y meditaba.

¿Era posible que fuera un descendiente de Salazar Slytherin? Al fin y al cabo, no sabía nada sobre la familia de su padre. Los Dursley nunca le habían permitido hacerles preguntas sobre sus familiares magos.

En voz baja, trató de decir algo en lengua pársel, pero no encontró las palabras. Parecía que era requisito imprescindible estar delante de una serpiente.

«Pero estoy en Gryffindor —pensó Harry—. El Sombrero Seleccionador no me habría puesto en esta casa si tuviera sangre de Slytherin...»

«¡Ah! —dijo en su cerebro una voz horrible—, pero el Sombrero Seleccionador te quería enviar a Slytherin, ¿lo recuerdas?»

Harry se volvió. Al día siguiente vería a Justin en clase de Herbología y le explicaría que le había pedido a la serpiente que se apartara de él, no que lo atacara, algo (pensó enfadado, dando puñetazos a la almohada) de lo que cualquier idiota se habría dado cuenta.

• • •

A la mañana siguiente, sin embargo, la nevada que había empezado a caer por la noche se había transformado en una tormenta de nieve tan recia que se suspendió la última clase de Herbología del trimestre. La profesora Sprout quiso tapar las mandrágoras con pañuelos y medias, una operación delicada que no habría confiado a nadie, puesto que el crecimiento de las mandrágoras se había convertido en algo tan importante para revivir a la *Señora Norris* y a Colin Creevey.

Harry le daba vueltas a aquello, sentado junto a la chimenea, en la sala común de Gryffindor, mientras Ron y Hermione aprovechaban el hueco dejado por la clase de Herbología para echar una partida al ajedrez mágico.

—¡Por Dios, Harry! —dijo Hermione, exasperada, mientras uno de los alfiles de Ron tiraba al suelo al caballero de uno de sus caballos y lo sacaba a rastras del tablero—. Si es tan importante para ti, ve a buscar a Justin.

De forma que Harry se levantó y salió por el retrato, preguntándose dónde estaría Justin.

El castillo estaba más oscuro de lo normal en pleno día, a causa de la nieve espesa y gris que se arremolinaba en todas las ventanas. Tiritando, Harry pasó por las aulas en que estaban haciendo clase, vislumbrando algunas escenas de lo que ocurría dentro. La profesora McGonagall gritaba a un alumno que, a juzgar por lo que se oía, había convertido a su compañero en un tejón. Aguantándose las ganas de echar un vistazo, Harry siguió su camino, pensando que Justin podría estar aprovechando su hora libre para hacer alguna tarea pendiente, y decidió mirar antes que nada en la biblioteca.

Efectivamente, algunos de los de Hufflepuff que tenían clase de Herbología estaban en la parte de atrás de la biblioteca, pero no parecía que estudiasen. Entre las largas filas de estantes, Harry podía verlos con las cabezas casi pegadas, en lo que parecía una absorbente conversación. No podía distinguir si entre ellos se encontraba Justin. Se les estaba acercando cuando consiguió entender algo de lo que decían, y se detuvo a escuchar, oculto tras la sección de «Invisibilidad».

—Así que —decía un muchacho corpulento— le dije a Justin que se ocultara en nuestro dormitorio. Quiero decir que si Potter lo ha señalado como su próxima víctima, es mejor que se deje ver poco durante una temporada. Por supuesto, Justin se temía que algo así pudiera ocurrir desde que se le escapó decirle a Potter que era de familia muggle. Lo que Justin le dijo exactamente es que le habían reservado cupo en Eton. No es el mejor comentario que se le puede hacer al heredero de Slytherin, ¿verdad?

—¿Entonces estás convencido de que es Potter, Ernie? —preguntó asustada una chica rubia con colitas.

—Hannah —le dijo solemnemente el chico robusto—, sabe hablar pársel. Todo el mundo sabe que ésa es la marca de un mago tenebroso. ¿Sabes de alguien honrado que pueda hablar con las serpientes? Al mismo Slytherin lo llamaban «lengua de serpiente».

Esto provocó densos murmullos. Ernie prosiguió:

—¿Recuerdan lo que apareció escrito en la pared? «Teman, enemigos del heredero.» Potter estaba enemistado con Filch. A continuación, el gato de Filch resulta agredido. Ese niño de primero, Creevey, molestó a Potter en el partido de quidditch, sacándole fotos mientras estaba tendido en el barro. Y entonces aparece Creevey petrificado.

—Pero —repuso Hannah, vacilando— parece tan amable... y, bueno, fue él quien hizo desaparecer a Quien-ustedes-saben. No puede ser tan malo, ¿no creen?

Ernie bajó la voz para adoptar un tono misterioso. Los de Hufflepuff se inclinaron y se juntaron más unos a otros, y Harry tuvo que acercarse más para oír las palabras de Ernie.

—Nadie sabe cómo pudo sobrevivir al ataque de Quien-ustedes-saben. Quiero decir que era tan sólo un niño cuando ocurrió, y tendría que haber saltado en pedazos. Sólo un mago tenebroso con mucho poder podría sobrevivir a una maldición como ésa. —Bajó la voz hasta que no fue más que un susurro, y prosiguió—: Por eso seguramente es por lo que Quien-ustedes-saben quería matarlo antes que a nadie. No quería tener a otro Señor Tenebroso que le hiciera la competencia. Me pregunto qué otros poderes oculta Potter.

Harry no pudo aguantar más y salió de detrás de la estantería, carraspeando sonoramente. De no estar tan enojado, le habría parecido divertida la forma en que lo recibieron: todos parecían petrificados por su sola visión, y Ernie se puso pálido.

—Hola —dijo Harry—. Busco a Justin Finch-Fletchley.

Los peores temores de los de Hufflepuff se vieron así confirmados. Todos miraron atemorizados a Ernie.

—¿Para qué lo buscas? —le preguntó éste, con voz trémula.

—Quería explicarle lo que sucedió realmente con la serpiente en el club de duelo —dijo Harry.

Ernie se mordió los labios y luego, respirando hondo, dijo:

—Todos estábamos allí. Vimos lo que sucedió.

—Entonces te darías cuenta de que, después de lo que le dije, la serpiente retrocedió —le dijo Harry.

—Yo sólo me di cuenta —dijo Ernie tozudamente, aunque temblaba al hablar— de que hablaste en lengua pársel y le echaste la serpiente a Justin.

—¡Yo no se la eché! —dijo Harry, con la voz temblorosa por el enojo—. ¡Ni siquiera lo tocó!

—Estuvo muy cerca —dijo Ernie—. Y por si te entran dudas —añadió enseguida—, he de decirte que puedes rastrear mis antepasados hasta nueve generaciones de brujas y brujos y no encontrarás una gota de sangre muggle, así que...

—¡No me preocupa qué tipo de sangre tengas! —dijo Harry con dureza—. ¿Por qué tendría que atacar a los de familia muggle?

—He oído que odias a esos muggles con los que vives —dijo Ernie apresuradamente.

—No es posible vivir con los Dursley sin odiarlos —dijo Harry—. Me gustaría que lo intentaras.

Dio media vuelta y salió de la biblioteca, provocando una mirada reprobatoria de la señora Pince, que estaba sacando brillo a la cubierta dorada de un gran libro de hechizos. Furioso como estaba, iba dando traspiés por el corredor, sin ser consciente de adónde iba. Y al fin se dio de bruces contra una mole grande y dura que lo tiró al suelo de espaldas.

—¡Ah, hola, Hagrid! —dijo Harry, levantando la vista.

Aunque llevaba la cara completamente tapada por un pasamontañas de lana cubierto de nieve, no podía tratarse de nadie más que Hagrid, pues ocupaba casi todo el ancho del corredor con su abrigo de piel de topo. En una de sus grandes manos enguantadas llevaba un gallo muerto.

—¿Va todo bien, Harry? —preguntó Hagrid, quitándose el pasamontañas para poder hablar—. ¿Por qué no estás en clase?

—La han suspendido —contestó Harry, levantándose—. ¿Y tú, qué haces aquí?

Hagrid levantó el gallo sin vida.

—El segundo que matan este trimestre —explicó—. O son zorros o chupasangres, y necesito el permiso del director para poner un encantamiento alrededor del gallinero.

Miró a Harry más de cerca por debajo de sus cejas espesas, cubiertas de nieve.

—¿Estás seguro de que te encuentras bien? Pareces preocupado y alterado.

Harry no pudo repetir lo que decían de él Ernie y el resto de los de Hufflepuff.

—No es nada —repuso—. Mejor será que me vaya, Hagrid, después tengo Transformaciones y debo recoger los libros.

Se fue con la mente cargada con todo lo que había dicho Ernie sobre él:

«Justin se temía que algo así pudiera ocurrir desde que se le escapó decirle a Potter que era de familia muggle...»

Harry subió la escalera y volvió por otro corredor. Estaba mucho más oscuro, porque el viento fuerte y helado que penetraba por el cristal flojo de una ventana había apagado las antorchas. Iba por la mitad del corredor cuando tropezó y cayó de cabeza contra algo que había en el suelo.

Se dio la vuelta y afinó la vista para ver qué era aquello sobre lo que había caído, y sintió que el mundo se le venía encima.

Sobre el suelo, rígido y frío, con una mirada de horror en el rostro y los ojos en blanco vueltos hacia el techo, yacía Justin Finch-Fletchley. Y eso no era todo. A su lado había otra figura, componiendo la visión más extraña que Harry hubiera contemplado nunca.

Se trataba de Nick Casi Decapitado, que no era ya transparente ni de color blanco perlado, sino negro y neblinoso, y flotaba inmóvil, en posición horizontal, a un palmo del suelo. La cabeza estaba medio colgando, y en la cara tenía una expresión de horror idéntica a la de Justin.

Harry se puso de pie, con la respiración acelerada y el corazón ejecutando contra sus costillas lo que parecía un redoble de tambor. Miró enloquecido arriba y abajo del corredor desierto y vio una hilera de arañas huyendo de los cuerpos a todo correr. Lo único que se oía eran las voces amortiguadas de los profesores que daban clase a ambos lados.

Podía salir corriendo, y nadie se enteraría de que había estado allí. Pero no podía dejarlos de aquella manera... tenía que hacer algo por ellos. ¿Habría alguien que creyera que él no había tenido nada que ver?

Aún estaba allí, aterrorizado, cuando se abrió de golpe la puerta que tenía a su derecha. Peeves el poltergeist surgió de ella a toda velocidad.

—¡Vaya, si es Potter pipí en el pote! —dijo Peeves, riendo a carcajadas y ladeándole las gafas de un golpe al pasar a su lado dando saltos—. ¿Qué trama Potter? ¿Por qué acecha?

Peeves se detuvo a media voltereta. Boca abajo, vio a Justin y a Nick Casi Decapitado. Cayó de pie, llenó los pulmones y, antes de que Harry pudiera impedirlo, gritó:

—¡AGRESIÓN! ¡AGRESIÓN! ¡OTRA AGRESIÓN! ¡NINGÚN MORTAL O FANTASMA ESTÁ A SALVO! ¡SÁLVESE QUIÉN PUEDA! ¡AGRESIÓOON!

Pataplún, patapán, pataplún: una puerta tras otra, se fueron abriendo todas las que había en el corredor, y la gente empezó a salir. Durante varios minutos, hubo tal confusión que por poco no aplastan a Justin y atraviesan el cuerpo de Nick Casi Decapitado.

Los alumnos acorralaron a Harry contra la pared hasta que los profesores pidieron calma. La profesora McGonagall llegó corriendo, seguida por sus alumnos, uno de los cuales aún tenía el pelo a rayas blancas y negras. La profesora utilizó la varita mágica para provocar una sonora explosión que restaurase el silencio y ordenó a todos que volvieran a las aulas. Cuando el lugar se hubo despejado un poco, llegó corriendo Ernie, el de Hufflepuff.

—¡Te han cogido con las manos en la masa! —gritó Ernie, con la cara completamente blanca, señalando con el dedo a Harry.

—¡Ya basta, Macmillan! —dijo con severidad la profesora McGonagall.

Peeves se mecía por encima del grupo con una malvada sonrisa, escrutando la escena; le encantaba el alboroto. Mientras los profesores se inclinaban sobre Justin y Nick Casi Decapitado, examinándolos, Peeves rompió a cantar:

—¡Oh, Potter, eres un tonto, estás podrido, acabas con los estudiantes, y te parece divertido!

—¡Ya basta, Peeves! —gritó la profesora McGonagall, y Peeves escapó por el corredor, sacándole la lengua a Harry.

Los profesores Flitwick y Sinistra, del departamento de Astronomía, fueron los encargados de llevar a Justin a la enfermería, pero nadie parecía saber qué hacer con Nick Casi Decapitado. Al final, la profesora McGonagall hizo aparecer de la nada un gran abanico, y se lo dio a Ernie con instrucciones de subir a Nick Casi Decapitado por la escalera. Ernie obedeció, abanicando a Nick por el corredor para llevárselo por el aire como si se tratara de un aerodeslizador silencioso y negro. De esa forma, Harry y la profesora McGonagall se quedaron a solas.

—Por aquí, Potter —indicó ella.

—Profesora —le dijo Harry enseguida—, le juro que yo no...

—Eso se escapa de mi competencia, Potter —dijo de manera cortante la profesora McGonagall.

Caminaron en silencio, doblaron una esquina, y ella se paró ante una gárgola de piedra grande y extremadamente fea.

—¡Sorbete de limón! —dijo la profesora.

Se trataba, evidentemente, de una contraseña, porque de repente la gárgola revivió y se hizo a un lado, al tiempo que la pared que había detrás se abría en dos. Incluso aterrorizado como estaba por lo que le esperaba, Harry no pudo dejar de sorprenderse. Detrás del muro había una escalera de caracol que se movía lentamente hacia arriba, como si fuera mecánica. Al subirse él y la profesora McGonagall, la pared volvió a cerrarse tras ellos con un golpe sordo. Subieron más y más dando vueltas, hasta que al fin, ligeramente mareado, Harry vio ante él una reluciente puerta de roble, con una aldaba de bronce en forma de grifo, el animal mitológico con cuerpo de león y cabeza de águila.

Entonces supo adónde lo llevaba. Aquello debía de ser la vivienda de Dumbledore.

12

La poción multijugos

Dejaron la escalera de piedra y la profesora McGonagall llamó a la puerta. Ésta se abrió silenciosamente y entraron. La profesora McGonagall pidió a Harry que esperara y lo dejó solo.

Harry miró a su alrededor. Una cosa era segura: de todas las oficinas de profesores que había visitado aquel año, la de Dumbledore era, con mucho, la más interesante. Si no hubiera tenido tanto miedo a ser expulsado del colegio, habría disfrutado observando todo aquello.

Era una sala circular, grande y hermosa, en la que se oían multitud de leves y curiosos sonidos. Sobre las mesas de patas largas y finísimas había objetos muy extraños que hacían ruiditos y echaban pequeñas bocanadas de humo. Las paredes aparecían cubiertas de retratos de antiguos directores, hombres y mujeres, que dormitaban encerrados en los marcos. Había también un gran escritorio con pies en forma de zarpas, y detrás de él, en un estante, un sombrero de mago ajado y roto: era el Sombrero Seleccionador.

Harry dudó. Echó un cauteloso vistazo a los magos y brujas que había en las paredes. Seguramente no haría ningún mal poniéndoselo de nuevo. Sólo para ver si... sólo para asegurarse de que lo había colocado en la casa correcta.

Se acercó sigilosamente al escritorio, cogió el sombrero del estante y se lo puso despacio en la cabeza. Era demasiado grande y se le caía sobre los ojos, igual que en la anterior ocasión en que se lo había puesto. Harry esperó pero no pasó nada. Luego, una sutil voz le dijo al oído:

—¿No te lo puedes quitar de la cabeza, eh, Harry Potter?

—Hum, no —respondió Harry—. Esto... lamento molestarte, pero quería preguntarte...

—Te has estado preguntando si te había mandado a la casa correcta —dijo acertadamente el sombrero—. Sí... fuiste bastante difícil de colocar. Pero mantengo lo que dije... aunque —Harry contuvo la respiración— podrías haber ido a Slytherin.

El corazón le dio un vuelco. Cogió el sombrero por la punta y se lo quitó. Quedó colgando de su mano, mugriento y ajado. Algo mareado, lo dejó de nuevo en el estante.

—Te equivocas —dijo en voz alta al inmóvil y silencioso sombrero. Éste no se movió. Harry se separó un poco, sin dejar de mirarlo. Entonces, un ruido como de arcadas le hizo darse la vuelta completamente.

No estaba solo. Sobre una percha dorada detrás de la puerta, había un pájaro de aspecto decrépito que parecía un pavo medio desplumado. Harry lo miró, y el pájaro le devolvió una mirada torva, emitiendo de nuevo su particular ruido. Parecía muy enfermo. Tenía los ojos apagados y, mientras Harry lo miraba, se le cayeron otras dos plumas de la cola.

Estaba pensando que lo único que le faltaba era que el pájaro de Dumbledore se muriera mientras estaba con él a solas en la oficina, cuando el pájaro comenzó a arder.

Harry profirió un grito de horror y retrocedió hasta el escritorio. Buscó por si hubiera cerca un vaso con agua, pero no vio ninguno. El pájaro, mientras tanto, se había convertido en una bola de fuego; emitió un fuerte chillido, y un instante después no quedaba de él más que un montoncito humeante de cenizas en el suelo.

La puerta de la oficina se abrió. Entró Dumbledore, con aspecto sombrío.

—Profesor —dijo Harry, nervioso—, su pájaro... no he podido hacer nada... acaba de arder...

Para sorpresa de Harry, Dumbledore sonrió.

—Ya era hora —dijo—. Hace días que tenía un aspecto horroroso. Yo le decía que se diera prisa.

Se rió de la cara atónita que ponía Harry.

—*Fawkes* es un fénix, Harry. Los fénix se prenden fuego cuando les llega el momento de morir, y luego renacen de sus cenizas. Mira...

Harry dirigió la vista hacia la percha a tiempo de ver un pollito diminuto y arrugado que asomaba la cabeza por entre las cenizas. Era igual de feo que el antiguo.

—Es una lástima que lo hayas tenido que ver el día en que ha ardido —dijo Dumbledore, sentándose detrás del escritorio—. La mayor parte del tiempo es realmente precioso, con sus plumas rojas y doradas. Fascinantes criaturas, los fénix. Pueden transportar cargas muy pesadas, sus lágrimas tienen poderes curativos y son mascotas muy fieles.

Con el susto del incendio de *Fawkes*, Harry se había olvidado del motivo por el que se encontraba allí, pero lo recordó en cuanto Dumbledore se sentó en su silla de respaldo alto, detrás del escritorio, y fijó en él sus ojos penetrantes, de color azul claro.

Sin embargo, antes de que el director pudiera decir otra palabra, la puerta se abrió de improviso y Hagrid irrumpió en la oficina con expresión desesperada, el pasamontañas mal colocado sobre su pelo negro, y el gallo muerto sujeto aún en una mano.

—¡No fue Harry, profesor Dumbledore! —dijo Hagrid deprisa—. Yo hablaba con él segundos antes de que hallaran al muchacho, señor, él no tuvo tiempo...

Dumbledore trató de decir algo, pero Hagrid seguía hablando, agitando el gallo en su desesperación y esparciendo las plumas por todas partes.

—...No puede haber sido él, lo juraré ante el ministro de Magia si es necesario...

—Hagrid, yo...

—Usted se confunde de chico, yo sé que Harry nunca...

—¡Hagrid! —dijo Dumbledore con voz potente—, yo no creo que Harry atacara a esas personas.

—¿Ah, no? —dijo Hagrid, y el gallo dejó de balancearse a su lado—. Bueno, en ese caso, esperaré fuera, señor director.

Y, con cierto apuro, salió de la oficina.

—¿Usted no cree que fui yo, profesor? —repitió Harry, esperanzado, mientras Dumbledore limpiaba la mesa de plumas.

—No, Harry —dijo Dumbledore, aunque su rostro volvía a ensombrecerse—. Pero aun así quiero hablar contigo.

Harry aguardó con ansia mientras Dumbledore lo miraba, juntando las yemas de sus largos dedos.

—Quiero preguntarte, Harry, si hay algo que te gustaría contarme —dijo con amabilidad—. Lo que sea.

Harry no supo qué decir. Pensó en Malfoy gritando: «¡Los próximos serán los Sangre sucia!», y en la poción multijugos, que hervía a fuego lento en el baño de Myrtle *la Llorona*. Luego pensó en la voz que no salía de ningún sitio, oída en dos ocasiones, y recordó lo que Ron le había dicho: «Oír voces que nadie más puede oír no es buena señal, ni siquiera en el mundo de los magos.» Pensó, también, en lo que todo el mundo comentaba sobre él, y en su creciente temor a estar de alguna manera relacionado con Salazar Slytherin...

—No —respondió Harry—, no tengo nada que contarle.

La doble agresión contra Justin y Nick Casi Decapitado convirtió en auténtico pánico lo que hasta aquel momento había sido inquietud. Curiosamente, resultó ser el destino de Nick Casi Decapitado lo que preocupaba más a la gente. Se preguntaban unos a otros qué era lo que podía hacer aquello a un fantasma; qué terrible poder podía afectar a alguien que ya estaba muerto. Casi hubo una estampida para reservar sitio en el expreso de Hogwarts y así poder volver a casa en Navidad.

—Si sigue así la cosa, sólo nos quedaremos nosotros —dijo Ron a Harry y Hermione—. Nosotros, Malfoy, Crabbe y Goyle. Serán unas vacaciones deliciosas.

Crabbe y Goyle, que siempre hacían lo mismo que Malfoy, habían firmado también para quedarse en vacaciones. Pero Harry estaba contento de que la mayor parte de la gente se fuera. Estaba harto de que se hicieran a un lado cuando circulaba por los pasillos, como si fueran a salirle colmillos o a escupir veneno; harto de que a su paso los demás murmuraran, lo señalaran y hablaran en voz baja.

Fred y George, sin embargo, encontraban todo aquello muy divertido. Le salían al paso y marchaban delante de él por los corredores gritando:

—Abran paso al heredero de Slytherin, aquí llega el brujo malvado de veras...

Percy desaprobaba tajantemente este comportamiento.

—No es asunto de risa —decía con frialdad.

—Quítate del camino, Percy —decía Fred—. Harry tiene prisa.

—Sí, va a la Cámara de los Secretos a tomar el té con su colmilludo sirviente —decía George, riéndose.

Ginny tampoco lo encontraba divertido.

—¡Ah, no! —gemía cada vez que Fred preguntaba a Harry a quién planeaba atacar a continuación, o cuando, al encontrarse con Harry, George hacía como que se protegía de él con un gran diente de ajo.

A Harry no le importaba; incluso lo aliviaba que Fred y George pensaran que la idea del heredero de Slytherin era para tomársela en broma. Pero sus payasadas parecían enervar a Draco Malfoy, que se amargaba más cada vez que los veía con aquellas chanzas.

—Eso es porque está rabiando de ganas de decir que es él —dijo Ron sentenciosamente—. Ya saben cómo aborrece que se le gane en cualquier cosa, y tú te estás llevando toda la gloria de su sucio trabajo.

—No durante mucho tiempo —dijo Hermione en tono satisfecho—. La poción multijugos ya está casi lista. Cualquier día revelaremos la verdad sobre él.

Por fin concluyó el trimestre, y sobre el colegio cayó un silencio tan vasto como la nieve en los campos. Más que lúgubre, a Harry le pareció tranquilizador, y se alegró de que él, Hermione y los Weasley pudieran gobernar la torre de Gryffindor, lo que quería decir que podían jugar a los naipes explosivos dando gritos y sin molestar a nadie, o podían batirse en privado. Fred, George y Ginny habían preferido quedarse en el colegio a ir a visitar a Bill a Egipto con sus padres. Percy, que desaprobaba lo que llamaba su infantil comportamiento, no pasaba mucho tiempo en la sala común de Gryffindor. Ya les había dicho en tono presuntuoso que se quedaba en Navidad porque era el deber de un prefecto ayudar a los profesores durante los períodos difíciles.

Amaneció el día de Navidad, frío y blanco. Hermione despertó temprano a Harry y a Ron, los únicos que quedaban en aquel dormitorio. Iba ya vestida y llevaba regalos para ambos.

—¡Despierten! —dijo en voz alta, abriendo las cortinas de la ventana.

—Hermione... sabes que no puedes entrar aquí —dijo Ron, protegiéndose los ojos de la luz.

—Feliz Navidad a ti también —le dijo Hermione, arrojándole su regalo—. Me he levantado hace casi una hora para añadir más crisopos a la poción. Ya está lista.

Harry se sentó en la cama, despertando por completo de repente.

—¿Estás segura?

—Del todo —dijo Hermione, apartando a la rata *Scabbers* para poder sentarse a los pies de la cama—. Si nos decidimos a hacerlo, creo que tendría que ser esta noche.

En aquel momento, *Hedwig* aterrizó en el dormitorio, llevando en el pico un paquete muy pequeño.

—Hola —dijo contento Harry, cuando la lechuza se posó en su cama—, ¿me hablas de nuevo?

La lechuza le picó en la oreja de forma afectuosa, gesto que resultó ser mucho mejor regalo que el que le llevaba, que era de los Dursley. Éstos le enviaban un palillo y una nota en la que le pedían que averiguara si podría quedarse en Hogwarts también durante las vacaciones de verano.

El resto de los regalos de Navidad de Harry fueron bastante más generosos. Hagrid le enviaba un tarro grande de caramelos *toffee* que Harry decidió ablandar al fuego antes de comérselos; Ron le regaló un libro titulado *Volando con los Cannons*, que trataba de hechos interesantes de su equipo favorito de quidditch; y Hermione le había comprado una lujosa pluma de águila para escribir. Harry abrió el último regalo y encontró un suéter nuevo, tejido a mano por la señora Weasley, y un *plum cake*. Cogió la tarjeta con un renovado sentimiento de culpa, acordándose del auto del señor Weasley, que no habían vuelto a ver desde la colisión con el sauce boxeador, y de la cantidad de infracciones que había planeado con Ron para el futuro inmediato.

• • •

Nadie podía dejar de asistir a la comida de Navidad en Hogwarts, aunque estuviera atemorizado por tener que tomar luego la poción multijugos.

El Gran Comedor relucía por todas partes. No sólo había una docena de árboles de Navidad cubiertos de escarcha, y gruesas serpentinas de acebo y muérdago que se entrecruzaban en el techo, sino que de lo alto caía nieve mágica, cálida y seca. Cantaron villancicos, y Dumbledore los dirigió en algunos de sus favoritos. Hagrid gritaba más fuerte a cada copa de ponche que tomaba. Percy, que no se había dado cuenta de que Fred le había encantado su insignia de prefecto, en la que ahora podía leerse «Cabeza de Chorlito», no paraba de preguntar a todos de qué se reían. Harry ni siquiera se preocupaba por los insidiosos comentarios que desde la mesa de Slytherin hacía Draco Malfoy, en voz alta, sobre su nuevo suéter. Con un poco de suerte, Malfoy recibiría su merecido unas horas después.

Harry y Ron apenas habían terminado su tercer trozo de pudín de Navidad, cuando Hermione les hizo salir del salón con ella para ultimar los planes para la noche.

—Aún nos falta conseguir algo de las personas en que se van a convertir —dijo Hermione sin darle importancia, como si los enviara al supermercado a comprar detergente—. Y, desde luego, lo mejor será que puedan conseguir algo de Crabbe y de Goyle; como son los mejores amigos de Malfoy, él les contaría cualquier cosa. Y también tenemos que asegurarnos de que los verdaderos Crabbe y Goyle no aparecen mientras lo interrogamos.

»Lo tengo todo solucionado —siguió ella tranquilamente y sin hacer caso de las caras atónitas de Harry y Ron. Les enseñó dos pasteles redondos de chocolate—. Los he rellenado con una simple pócima para dormir. Todo lo que tienen que hacer es asegurarse de que Crabbe y Goyle los encuentran. Ya saben lo glotones que son; seguro que se los tragan. Cuando estén dormidos, los esconderemos en uno de los armarios de la limpieza y les arrancaremos unos pelos.

Harry y Ron se miraron incrédulos.

—Hermione, no creo...

—Podría salir muy mal...

Pero Hermione los miró con expresión severa, como la que habían visto a veces adoptar a la profesora McGonagall.

—La poción no nos servirá de nada si no tenemos unos pelos de Crabbe y Goyle —dijo muy seria—. Quieren interrogar a Malfoy, ¿no?

—De acuerdo, de acuerdo —dijo Harry—. Pero ¿y tú? ¿A quién se lo vas a arrancar tú?

—¡Yo ya tengo el mío! —dijo Hermione, alegre, sacando un frasco diminuto de un bolsillo y enseñándoles un único pelo que había dentro de él—. ¿Se acuerdan de que me batí con Millicent Bulstrode en el club de duelo? ¡Al estrangularme dejó esto en mi túnica! Y se ha ido a su casa a pasar las Navidades. Así que lo único que tengo que decirles a los de Slytherin es que he decidido volver.

Al irse Hermione corriendo para ver cómo iba la poción multijugos, Ron se volvió hacia Harry con una expresión fatídica.

—¿Habías oído alguna vez un plan en el que pudieran salir mal tantas cosas?

Pero, para sorpresa de Harry y de Ron, la primera fase de la operación resultó tan sencilla como Hermione había previsto. Se escondieron en el vacío vestíbulo después de la comida de Navidad, esperando a Crabbe y a Goyle, que se habían quedado solos en la mesa de Slytherin, terminando cuatro porciones de bizcocho. Harry había dejado los pasteles de chocolate en el extremo del pasamanos. Al ver a Crabbe y a Goyle salir del Gran Comedor, Harry y Ron se ocultaron rápidamente detrás de una armadura, junto a la puerta principal.

—¿Cuánto puede llegar uno a engordar? —susurró Ron entusiasmado al ver que Crabbe, lleno de alegría, señalaba a Goyle los pasteles y los cogía.

Sonriendo de forma estúpida, se metieron los pasteles enteros en la boca. Los masticaron glotonamente durante un momento, poniendo cara de triunfo. Luego, sin el más leve cambio en la expresión, se desplomaron de espaldas en el suelo.

Lo más difícil fue arrastrarlos hasta el armario, al otro lado del vestíbulo. En cuanto los tuvieron bien escondidos entre los cepillos y los calderos, Harry arrancó un par de pelos como cerdas, de los que Goyle tenía bien avanzada la frente, y Ron arrancó a Crabbe también algunos. Les cogieron asimismo los zapatos, porque los suyos eran demasiado pequeños para el tamaño de los pies de Crabbe y Goyle. Luego, todavía aturdidos por lo que acababan de hacer, corrieron hasta el baño de Myrtle *la Llorona*.

Apenas podían ver nada a través del espeso humo negro que salía del escusado en que Hermione estaba removiendo el caldero. Subiéndose las túnicas para taparse las caras, Harry y Ron llamaron suavemente a la puerta.

—¿Hermione?

Se oyó el chirrido del cerrojo y salió Hermione, con la cara sudorosa y una mirada inquieta. Tras ella se oía el gluglú de la poción que hervía, espesa como melaza. Sobre la taza del escusado había tres vasos de cristal ya preparados.

Harry sacó el pelo de Goyle.

—Bien. Y yo he cogido estas túnicas de la lavandería —dijo Hermione, enseñándoles una pequeña bolsa—. Necesitarán tallas mayores cuando se hayan convertido en Crabbe y Goyle.

Los tres miraron el caldero. Vista de cerca, la poción parecía barro espeso y oscuro que borboteaba lentamente.

—Estoy segura de que lo he hecho todo bien —dijo Hermione, releyendo nerviosamente la manchada página de *Moste Potente Potions*—. Parece que es tal como dice el libro... En cuanto la hayamos bebido, dispondremos de una hora antes de volver a convertirnos en nosotros mismos.

—¿Qué se hace ahora? —murmuró Ron.

—La repartimos en los tres vasos y echamos los pelos.

Hermione sirvió en cada vaso una cantidad considerable de poción. Luego, con mano temblorosa, trasladó el pelo de Millicent Bulstrode del frasquito al primero de los vasos.

La poción emitió un potente silbido, como el de una olla a presión, y empezó a salir muchísima espuma. Al cabo de un segundo, se había vuelto de un amarillo asqueroso.

—Aggg... esencia de Millicent Bulstrode —dijo Ron, mirándolo con aversión—. Apuesto a que tiene un sabor repugnante.

—Echen los suyos, vamos —les dijo Hermione.

Harry metió el pelo de Goyle en el vaso del medio, y Ron, el pelo de Crabbe en el último. Una y otra poción silbaron y echaron espuma, la de Goyle se volvió del color caqui de los mocos, y la de Crabbe, de un marrón oscuro y turbio.

—Esperen —dijo Harry, cuando Ron y Hermione cogieron sus vasos—. Será mejor que no los bebamos aquí juntos los tres: al convertirnos en Crabbe y Goyle ya no estaremos delgados. Y Millicent Bulstrode tampoco es una sílfide.

—Bien pensado —dijo Ron, abriendo la puerta—. Vayamos a escusados separados.

Con mucho cuidado para no derramar una gota de poción multijugos, Harry pasó al del medio.

—¿Listos? —preguntó.

—Listos —le contestaron las voces de Ron y Hermione.

—A la una, a las dos, a las tres...

Tapándose la nariz, Harry se bebió la poción en dos grandes tragos. Sabía a col muy cocida.

Inmediatamente, se le empezaron a retorcer las tripas como si acabara de tragarse serpientes vivas. Se encogió y temió ponerse malo. Luego, un ardor surgido del estómago se le extendió rápidamente hasta las puntas de los dedos de manos y pies. Jadeando, se puso a cuatro patas y tuvo la horrible sensación de estarse derritiendo al notar que la piel de todo el cuerpo le quemaba como cera caliente, y antes de que los ojos y las manos le empezaran a crecer, los dedos se le hincharon, las uñas se le ensancharon y los nudillos se le abultaron como tuercas. Los hombros se le separaron dolorosamente, y un picor en la frente le indicó que el pelo se le caía sobre las cejas. Se le rasgó la túnica al ensanchársele el pecho como un barril que reventara los cinchos. Los pies le dolían dentro de unos zapatos cuatro números menos de su medida...

Todo concluyó tan repentinamente como había comenzado. Harry se encontró tendido boca abajo, sobre el frío suelo de piedra, oyendo a Myrtle sollozar de tristeza al fondo del baño. Con dificultad, se desprendió de los zapatos y se puso de pie. O sea que así se sentía uno siendo Goyle. Con una gran mano temblorosa se desprendió de su antigua túnica, que le quedaba a un palmo de los tobillos, se puso la otra y se abrochó los zapatos de Goyle, que eran como barcas. Se llevó una mano a la frente para retirarse el pelo de los ojos, y se encontró sólo con unos pelos cortos, como cerdas, que le nacían en la misma frente. Entonces comprendió que las gafas le nublaban la vista, porque obviamente Goyle no las necesitaba. Se las quitó y preguntó:

—¿Están bien? —De su boca surgió la voz baja y áspera de Goyle.

—Sí —contestó, proveniente de su derecha, el gruñido de Crabbe.

Harry abrió su puerta y se acercó al espejo quebrado. Goyle le devolvió la mirada con ojos apagados y hundidos en las cuencas. Harry se rascó una oreja, tal como hacía Goyle. Se abrió la puerta de Ron. Se miraron. Salvo por estar pálido y asustado, Ron era idéntico a Crabbe en todo, desde el pelo cortado con tazón hasta los largos brazos de gorila.

—Es increíble —dijo Ron, acercándose al espejo y pinchando con el dedo la nariz chata de Crabbe—. Increíble.

—Mejor que nos vayamos —dijo Harry, aflojándose el reloj que oprimía la gruesa muñeca de Goyle—. Aún tenemos que averiguar dónde se encuentra la sala común de Slytherin. Espero que demos con alguien a quien podamos seguir hasta allí.

Ron dijo, contemplando a Harry:

—No sabes lo raro que se me hace ver a Goyle pensando.

Golpeó en la puerta de Hermione.

—Vamos, tenemos que irnos...

Una voz aguda le contestó:

—Me... me temo que no voy a poder ir. Vayan ustedes sin mí.

—Hermione, ya sabemos que Millicent Bulstrode es fea, nadie va a saber que eres tú.

—No, de verdad... no puedo ir. Dense prisa ustedes, no pierdan tiempo.

Harry miró a Ron, desconcertado.

—Pareces Goyle —dijo Ron—. Siempre pone esta cara cuando un profesor pregunta.

—Hermione, ¿estás bien? —preguntó Harry a través de la puerta.

—Sí, estoy bien... Váyanse.

Harry miró el reloj. Ya habían transcurrido cinco de sus preciosos sesenta minutos.

—Espera aquí hasta que volvamos, ¿bueno? —dijo él.

Harry y Ron abrieron con cuidado la puerta del baño, comprobaron que no había nadie a la vista y salieron.

—No muevas así los brazos —susurró Harry a Ron.

—¿Eh?

—Crabbe los mantiene rígidos...

—¿Así?

—Sí, mucho mejor.

Bajaron por la escalera de mármol. Lo que necesitaban en aquel momento era a alguien de Slytherin a quien pudieran seguir hasta la sala común, pero no había nadie por allí.

—¿Tienes alguna idea? —susurró Harry.

—Cuando los de Slytherin bajan a desayunar, creo que vienen de por allí —dijo Ron, señalando con un gesto de la cabeza la entrada de las mazmorras. Apenas había terminado de decirlo, cuando una chica de pelo largo rizado salió de la entrada.

—Perdona —le dijo Ron, yendo deprisa hacia ella—, se nos ha olvidado por dónde se va a nuestra sala común.

—Me parece que no les entiendo —dijo la chica, muy erguida—. ¿Nuestra sala común? Yo soy de Ravenclaw.

Y se alejó, volviendo recelosa la vista hacia ellos.

Harry y Ron bajaron corriendo los escalones de piedra y se internaron en la oscuridad. Sus pasos resonaban muy fuerte cuando los grandes pies de Crabbe y Goyle golpeaban contra el suelo, pero temían que la cosa no resultara tan fácil como se habían imaginado.

Los laberínticos corredores estaban desiertos. Fueron bajando más y más pisos, mirando constantemente sus relojes para comprobar el tiempo que les quedaba. Después de un cuarto de hora, cuando ya estaban empezando a desesperarse, oyeron un ruido delante.

—¡Eh! —exclamó Ron, emocionado—. ¡Uno de ellos!

La figura salía de una sala lateral. Sin embargo, después de acercarse a toda prisa, se les cayó el alma a los pies: no se trataba de nadie de Slytherin, era Percy.

—¿Qué haces aquí abajo? —le preguntó Ron, con sorpresa.

Percy lo miró ofendido.

—Eso —contestó fríamente— no es asunto de tu incumbencia. Tú eres Crabbe, ¿no?

—Eh... sí —respondió Ron.

—Bueno, vayan a sus dormitorios —dijo Percy con severidad—. En estos días no es muy prudente merodear por los corredores.

—Pues tú lo haces —señaló Ron.

—Yo —dijo Percy, dándose importancia— soy un prefecto. Nadie va a atacarme.

Repentinamente, resonó una voz detrás de Harry y Ron. Draco Malfoy caminaba hacia ellos, y por primera vez en su vida, a Harry le encantó verlo.

—Están ahí —dijo él, mirándolos—. ¿Se han pasado todo el tiempo en el Gran Comedor, poniéndose como cerdos? Los estaba buscando, quería enseñarles algo realmente divertido.

Malfoy echó una mirada fulminante a Percy.

—¿Y tú qué haces aquí abajo, Weasley? —le preguntó con aire despectivo.

Percy se ofendió aún más.

—¡Tendrías que mostrar un poco más de respeto a un prefecto! —dijo—. ¡No me gusta ese tono!

Malfoy lo miró despectivamente e indicó a Harry y a Ron que lo siguieran. A Harry casi se le escapa disculparse ante Percy, pero se dio cuenta justo a tiempo. Él y Ron salieron a toda prisa detrás de Malfoy, que les decía, mientras tomaban el siguiente corredor:

—Ese Peter Weasley...

—Percy —le corrigió automáticamente Ron.

—Como sea —dijo Malfoy—. He notado que últimamente entra y sale mucho por aquí, a hurtadillas. Y apuesto a que sé qué es lo que pasa. Cree que va a agarrar al heredero de Slytherin él solito.

Lanzó una risotada breve y burlona. Harry y Ron intercambiaron miradas de emoción.

Malfoy se detuvo ante un trecho de muro descubierto y lleno de humedad.

—¿Cuál es la nueva contraseña? —preguntó a Harry.

—Eh... —dijo éste.

—¡Ah, ya! ¡Sangre limpia! —dijo Malfoy, sin escuchar, y se abrió una puerta de piedra disimulada en la pared.

Malfoy la cruzó y Harry y Ron lo siguieron.

La sala común de Slytherin era larga, semisubterránea, con los muros y el techo de piedra basta. Varias lámparas de color verdoso colgaban del techo mediante cadenas. Enfrente de ellos, debajo de la repisa labrada de la chimenea, crepitaba la hoguera, y contra ella se recortaban las siluetas de algunos miembros de la casa de Slytherin, acomodados en sillas de estilo muy recargado.

—Esperen aquí —dijo Malfoy a Harry y Ron, indicándoles un par de sillas vacías separadas del fuego—. Voy a traerlo. Mi padre me lo acaba de enviar.

Preguntándose qué era lo que Malfoy iba a enseñarles, Harry y Ron se sentaron, intentando aparentar que se encontraban en su casa.

Malfoy volvió al cabo de un minuto con lo que parecía un recorte de periódico. Se lo puso a Ron debajo de la nariz.

—Te vas a reír con esto —dijo.

Harry vio que Ron abría los ojos, asustado. Leyó deprisa el recorte, rió muy forzadamente y le pasó el papel a Harry.

Era de *El Profeta*, y decía:

INVESTIGACIÓN EN EL MINISTERIO DE MAGIA

Arthur Weasley, director de la Oficina Contra el Uso Indebido de Artefactos Muggles, ha sido multado hoy con cincuenta galeones por embrujar un automóvil muggle.

El señor Lucius Malfoy, miembro del Consejo Escolar del Colegio Hogwarts de Magia y Hechicería, en donde el citado auto embrujado se estrelló a comienzos del presente año académico, ha pedido hoy la dimisión del señor Weasley.

«Weasley ha manchado la reputación del ministerio», declaró el señor Malfoy a nuestro enviado. «Es evidente que no es la persona adecuada para redactar nuestras leyes, y su ridícula Ley de defensa de los muggles debería ser retirada inmediatamente.»

El señor Weasley no ha querido hacer declaraciones, si bien su esposa amenazó a los periodistas diciéndoles que, si no se iban, les arrojaría el fantasma de la familia.

—¿Y bien? —dijo Malfoy, impaciente, cuando Harry le devolvió el recorte—. ¿No les parece divertido?

—Ja, ja —rió Harry lúgubremente.

—Arthur Weasley tiene tanto cariño a los muggles que debería romper su varita mágica e irse con ellos —dijo Malfoy con desdén—. Por la manera en que se comportan, nadie diría que los Weasley son de sangre limpia.

A Ron (o, más bien, a Crabbe) se le contorsionaba la cara de la rabia.

—¿Qué te pasa, Crabbe? —dijo Malfoy bruscamente.

—Me duele el estómago —gruñó Ron.

—Bueno, pues ve a la enfermería y dales a todos esos Sangre sucia una patada de mi parte —dijo Malfoy, riéndose—. ¿Saben qué? Me sorprende que *El Profeta* aún no haya dicho nada de todos esos ataques —continuó diciendo pensativamente—. Supongo que Dumbledore está tapándolo todo. Si no para la cosa pronto, tendrá que dimitir. Mi padre dice siempre que la dirección de Dumbledore es lo peor que le ha ocurrido nunca a este colegio. Le gustan los que vienen de familia muggle. Un director decente no habría admitido nunca una basura como el Creevey ese.

Malfoy empezó a sacar fotos con una cámara imaginaria, imitando a Colin, cruel pero acertadamente.

—Potter, ¿puedo sacarte una foto, Potter? ¿Me concedes un autógrafo? ¿Puedo lamerte los zapatos, Potter, por favor?

Bajó las manos y se quedó mirando a Harry y a Ron.

—¿Qué les pasa a ustedes dos?

Demasiado tarde, Harry y Ron se rieron a la fuerza; sin embargo, Malfoy pareció satisfecho. Quizá Crabbe y Goyle fueran siempre lentos para comprender las gracias.

—*San* Potter, el amigo de los Sangre sucia —dijo Malfoy lentamente—. Ése es otro de los que no tienen verdadero sentimiento de mago, de lo contrario no iría por ahí con esa Sangre sucia presuntuosa que es Granger. ¡Y creen que él es el heredero de Slytherin!

Harry y Ron estaban con el corazón en un puño; quizá a Malfoy le faltaban unos segundos para decirles que el heredero era él. Pero en aquel momento...

—Me gustaría saber quién es —dijo Malfoy, petulante—. Podría ayudarle.

A Ron se le quedó la boca abierta, de manera que la cara de Crabbe parecía aún más idiota de lo usual. Afortunadamente, Malfoy no se dio cuenta, y Harry, pensando rápido, dijo:

—Debes de tener una idea de quién hay detrás de todo esto.

—Ya sabes que no, Goyle, ¿cuántas veces tengo que decírtelo? —dijo Malfoy bruscamente—. Y mi padre tampoco quiere contarme nada sobre la última vez que se abrió la Cámara de los Secretos. Aunque sucedió hace cincuenta años, y por tanto antes de su época, él lo sabe todo sobre aquello, pero dice que la cosa se mantuvo en secreto y asegura que resultaría sospechoso si yo supiera demasiado. Pero sé algo: la última vez que se abrió la Cámara de los Secretos murió un Sangre sucia. Así que supongo que sólo es cuestión de tiempo que muera otro esta vez... Espero que sea Granger —dijo con deleite.

Ron apretaba los grandes puños de Crabbe. Dándose cuenta de que todo se echaría a perder si pegaba a Malfoy, Harry le dirigió una mirada de aviso y dijo:

—¿Sabes si cogieron al que abrió la cámara la última vez?

—Sí... Quienquiera que fuera, lo expulsaron —dijo Malfoy—. Aún debe de estar en Azkaban.

—¿En Azkaban? —preguntó Harry, sin entender.

—Claro, en Azkaban, la prisión mágica, Goyle —dijo Malfoy, mirándolo, sin dar crédito a su torpeza—. La verdad es que si fueras más lento irías para atrás.

Se movió nervioso en su silla y dijo:

—Mi padre dice que tengo que mantenerme al margen y dejar que el heredero de Slytherin haga su trabajo. Dice que el colegio tiene que librarse de toda esa infecta Sangre sucia, pero que yo no debo mezclarme. Naturalmente, él ya tiene bastantes problemas por el momento. ¿Saben que el Ministerio de Magia registró nuestra casa la semana pasada? —Harry intentó que la inexpresiva cara de Goyle mostrara algo de preocupación—. Sí... —dijo Malfoy—. Por suerte, no encontraron gran cosa. Mi padre posee algunos objetos de Artes Oscuras muy valiosos. Pero afortunadamente nosotros también tenemos nuestra propia cámara secreta debajo del suelo del salón.

—¡Ah! —exclamó Ron.

Malfoy lo miró. Harry hizo lo mismo. Ron se puso rojo, incluso el pelo se le volvió un poco rojo. También se le alargó la nariz. La hora de que disponían llegaba a su fin, de forma que Ron estaba empezando a convertirse en sí mismo, y a juzgar por la mirada de horror que dirigía a Harry, a éste le estaba sucediendo lo mismo.

Se pusieron de pie de un salto.

—Necesito algo para el estómago —gruñó Ron, y sin más preámbulos echaron a correr a lo largo de la sala común de Slytherin, lanzándose contra el muro de piedra y metiéndose por el corredor, y deseando desesperadamente que Malfoy no se hubiera dado cuenta de nada. Harry podía notarse los pies sueltos dentro de los grandes zapatos de Goyle, y tuvo que levantarse los bordes de la túnica al hacerse más pequeño. Subieron los escalones y llegaron al oscuro vestíbulo de entrada, donde se oían los sordos golpes que llegaban del armario en que habían encerrado a Crabbe y Goyle. Dejando los zapatos junto a la puerta del armario, subieron corriendo en medias hasta el baño de Myrtle *la Llorona*.

—Bueno, no ha sido completamente inútil —dijo Ron, cerrando tras ellos la puerta—. Ya sé que todavía no hemos averiguado quién ha cometido las agresiones, pero mañana voy a escribir a mi padre para decirle que miren debajo del salón de Malfoy.

Harry se miró la cara en el espejo roto. Volvía a la normalidad. Se puso las gafas mientras Ron llamaba a la puerta del escusado de Hermione.

—Hermione, sal, tenemos muchas cosas que contarte.

—¡Váyanse! —chilló Hermione.

Harry y Ron se miraron el uno al otro.

—¿Qué pasa? —dijo Ron—. Tienes que estar a punto de volver a la normalidad, nosotros ya...

Pero Myrtle *la Llorona* salió de repente atravesando la puerta del escusado. Harry nunca la había visto tan contenta.

—¡Aaaaaaaah, ya la verán! —dijo—. ¡Es horrible!

Oyeron descorrerse el cerrojo, y Hermione salió, sollozando, tapándose la cara con la túnica.

—¿Qué pasa? —preguntó Ron, vacilante—. ¿Todavía te queda la nariz de Millicent o algo así?

Hermione se descubrió la cara y Ron retrocedió hasta darse en los riñones con un lavamanos.

Tenía la cara cubierta de pelo negro. Los ojos se le habían puesto amarillos y unas orejas puntiagudas le sobresalían de la cabeza.

—¡Era un pelo de gato! —maulló—. ¡Mi... Millicent Bulstrode debe de tener un gato! ¡Y la poción no está pensada para transformarse en animal!

—¡Oh, no! —exclamó Ron.

—Todos se van a reír de ti —dijo Myrtle, muy contenta.

—No te preocupes, Hermione —se apresuró a decir Harry—. Te llevaremos a la enfermería. La señora Pomfrey no hace nunca demasiadas preguntas...

Les costó mucho trabajo convencer a Hermione de que saliera del baño. Myrtle *la Llorona* los siguió riéndose con ganas.

—¡Pues ya verás cuando todos se enteren de que tienes cola!

13

El diario secretísimo

Hermione pasó varias semanas en la enfermería. Corrieron rumores sobre su desaparición cuando el resto del colegio regresó a Hogwarts al terminar las vacaciones de Navidad, porque naturalmente todos creyeron que la habían atacado. Eran tantos los alumnos que se daban una vuelta por la enfermería tratando de echarle un vistazo, que la señora Pomfrey quitó las cortinas de su propia cama y las puso en la de Hermione para ahorrarle la vergüenza de que la vieran con la cara peluda.

Harry y Ron iban a visitarla todas las noches. Cuando empezó el nuevo trimestre, le llevaban cada día las tareas.

—Si a mí me hubieran salido bigotes de gato, aprovecharía para descansar —le dijo Ron una noche, dejando un montón de libros en la mesita que tenía Hermione junto a la cama.

—No seas tonto, Ron, tengo que mantenerme al día —replicó Hermione rotundamente. Estaba de mucho mejor humor porque ya le había desaparecido el pelo de la cara, y los ojos, poco a poco, recuperaban su habitual color marrón—. ¿Tienen alguna pista nueva? —añadió en un susurro, para que la señora Pomfrey no pudiera oírla.

—Nada —dijo Harry con tristeza.

—Estaba tan convencido de que era Malfoy... —dijo Ron por centésima vez.

—¿Qué es eso? —preguntó Harry, señalando algo dorado que sobresalía debajo de la almohada de Hermione.

—Nada, una tarjeta para desearme que me ponga bien —dijo Hermione a toda prisa, intentando esconderla, pero Ron fue más rápido que ella. La sacó, la abrió y leyó en voz alta:

A la señorita Granger, deseándole que se recupere muy pronto, de su preocupado profesor Gilderoy Lock-hart, Caballero de tercera clase de la Orden de Mer-lín, Miembro Honorario de la Liga para la Defensa Contra las Fuerzas Oscuras y cinco veces ganador del Premio a la Sonrisa más Encantadora, otorgado por la revista Corazón de Bruja.

Ron miró a Hermione con disgusto.

—¿Duermes con esto debajo de la almohada?

Pero Hermione no necesitó responder, porque la señora Pomfrey llegó con la medicina de la noche.

—¿A que Lockhart es el tipo más tonto que has conocido en tu vida? —dijo Ron a Harry al abandonar la enfermería y empezar a subir hacia la torre de Gryffindor. Snape les había mandado tantas tareas, que a Harry le parecía que no las terminaría antes de llegar al sexto año. Precisamente Ron estaba diciendo que tenía que haber preguntado a Hermione cuántas colas de rata había que echar a una poción crece-pelo, cuando llegó hasta sus oídos un arranque de cólera que provenía del piso superior.

—Es Filch —susurró Harry, y subieron deprisa las escaleras y se detuvieron a escuchar donde no podía verlos.

—Espero que no hayan atacado a nadie más —dijo Ron, alarmado.

Se quedaron inmóviles, con la cabeza inclinada hacia la voz de Filch, que parecía completamente histérico.

—...aún más trabajo para mí. ¡Limpiar toda la noche, como si no tuviera otra cosa que hacer! No, ésta es la gota que colma el vaso, me voy a ver a Dumbledore.

Sus pasos se fueron distanciando, y oyeron un portazo a lo lejos.

Asomaron la cabeza por la esquina. Evidentemente, Filch había estado cubriendo su habitual puesto de vigía; se encontraban de nuevo en el punto en que habían atacado a la *Señora Norris*. Buscaron lo que había motivado los gritos de

Filch. Un charco grande de agua cubría la mitad del corredor, y parecía que continuaba saliendo agua de debajo de la puerta del baño de Myrtle *la Llorona*. Ahora que los gritos de Filch habían cesado, podían oír los gemidos de Myrtle resonando a través de las paredes del baño.

—¿Qué le pasará ahora? —preguntó Ron.

—Vamos a ver —propuso Harry, y levantándose la túnica por encima de los tobillos, se metieron en el charco chapoteando, llegaron a la puerta que exhibía el letrero de «No funciona» y, haciendo caso omiso de la advertencia, como de costumbre, entraron.

Myrtle *la Llorona* estaba llorando, si cabía, con más ganas y más sonoramente que nunca. Parecía estar metida en su escusado habitual. El baño estaba a oscuras porque las velas se habían apagado con la enorme cantidad de agua que había dejado el suelo y las paredes empapados.

—¿Qué pasa, Myrtle? —inquirió Harry.

—¿Quién es? —preguntó Myrtle, con la voz quebrada—. ¿Vienes a arrojarme alguna otra cosa?

Harry fue hacia el inodoro y le preguntó:

—¿Por qué tendría que hacerlo?

—¡No sé! —gritó Myrtle, provocando al salir del inodoro una nueva oleada de agua que cayó al suelo ya mojado—. Aquí estoy, intentando sobrellevar mis propios problemas, y todavía hay quien piensa que es divertido arrojarme un libro...

—Pero si alguien te arroja algo, a ti no te puede doler —razonó Harry—. Quiero decir, que simplemente te atravesará, ¿no?

Acababa de meter la pata. Myrtle se sintió ofendida y chilló:

—¡Vamos a arrojarle libros a Myrtle, que no puede sentirlo! ¡Diez puntos al que se lo pase por el estómago! ¡Cincuenta puntos al que le traspase la cabeza! ¡Bien, ja, ja, ja! Qué juego tan divertido... ¡pues para mí no lo es!

—Pero ¿quién te lo arrojó? —le preguntó Harry.

—No lo sé... Estaba sentada en el sifón, pensando en la muerte, y me dio en la cabeza —dijo Myrtle, mirándolos—. Está ahí, empapado.

Harry y Ron miraron debajo del lavamanos, donde señalaba Myrtle. Había allí un libro pequeño y delgado. Tenía las tapas muy gastadas, de color negro, y estaba tan humedecido como el resto de las cosas que había en el baño. Harry se acercó para cogerlo, pero Ron lo detuvo con el brazo.

—¿Qué pasa? —preguntó Harry.

—¿Estás loco? —dijo Ron—. Podría resultar peligroso.

—¿Peligroso? —dijo Harry, riendo—. Por favor, ¿cómo va a resultar peligroso?

—Te sorprendería saber —dijo Ron, asustado, mirando el librito— que entre los libros que el ministerio ha confiscado había uno que les quemó los ojos. Me lo ha dicho mi padre. Y todos los que han leído *Sonetos del hechicero* han hablado en cuartetos y tercetos el resto de su vida. ¡Y una bruja vieja de Bath tenía un libro que no se podía parar nunca de leer! Uno tenía que andar por todas partes con el libro delante, intentando hacer las cosas con una sola mano. Y...

—Para, ya lo he entendido —dijo Harry. El librito seguía en el suelo, empapado y misterioso—. Bueno, pero si no le echamos un vistazo, no lo averiguaremos —dijo y, esquivando a Ron, lo recogió del suelo.

Harry vio al instante que se trataba de un diario, y la desvaída fecha de la cubierta le indicó que tenía cincuenta años de antigüedad. Lo abrió intrigado. En la primera página podía leerse, con tinta emborronada, «T.S. Ryddle».

—Espera —dijo Ron, que se había acercado con cuidado y miraba por encima del hombro de Harry—, ese nombre me suena... T.S. Ryddle ganó un premio hace cincuenta años por Servicios Especiales al Colegio.

—¿Y cómo sabes eso? —preguntó Harry, sorprendido.

—Lo sé porque Filch me hizo limpiar su placa unas cincuenta veces cuando nos castigaron —dijo Ron con resentimiento—. Precisamente fue encima de esta placa donde vomité una babosa. Si te hubieras pasado una hora limpiando un nombre, tú también te acordarías de él.

Harry separó las páginas humedecidas. Estaban en blanco. No había en ellas el más leve resto de escritura, ni siquiera «cumpleaños de tía Mabel» o «dentista a las tres y media».

—No llegó a escribir nada —dijo Harry, decepcionado.

—Me pregunto por qué querría alguien tirarlo al inodoro —dijo Ron con curiosidad.

Harry volvió a mirar las tapas del cuaderno y vio impreso el nombre de un quiosco de la calle Vauxhall, en Londres.

—Debió de ser de familia muggle —dijo Harry, especulando—, ya que compró el diario en la calle Vauxhall...

—Bueno, eso da igual —dijo Ron. Luego añadió en voz muy baja—. Cincuenta puntos si lo pasas por la nariz de Myrtle.

Harry, sin embargo, se lo guardó en el bolsillo.

Hermione salió de la enfermería, sin bigotes, sin cola y sin pelaje, a comienzos de febrero. La primera noche que pasó en la torre de Gryffindor, Harry le enseñó el diario de T.S. Ryddle y le contó cómo lo habían encontrado.

—¡Aaah, podría tener poderes ocultos! —dijo con entusiasmo Hermione, cogiendo el diario y mirándolo de cerca.

—Si los tiene, los oculta muy bien —repuso Ron—. A lo mejor es tímido. No sé por qué lo guardas, Harry.

—Lo que me gustaría saber es por qué alguien intentó tirarlo —dijo Harry—. Y también me gustaría saber cómo consiguió Ryddle el Premio por Servicios Especiales.

—Por cualquier cosa —dijo Ron—. A lo mejor acumuló treinta matrículas de honor en Brujería o salvó a un profesor de los tentáculos de un calamar gigante. Quizá asesinó a Myrtle, y todo el mundo lo consideró un gran servicio...

Pero Harry estaba seguro, por la cara de interés que ponía Hermione, de que ella estaba pensando lo mismo que él.

—¿Qué pasa? —dijo Ron, mirando a uno y a otro.

—Bueno, la Cámara de los Secretos se abrió hace cincuenta años, ¿no? —explicó Harry—. Al menos, eso nos dijo Malfoy.

—Sí... —admitió Ron.

—Y este diario tiene cincuenta años —dijo Hermione, golpeándolo, emocionada, con el dedo.

—¿Y?

—Vamos, Ron, despierta ya —dijo Hermione bruscamente—. Sabemos que la persona que abrió la cámara la última vez fue expulsada hace cincuenta años. Sabemos que a T.S. Ryddle le dieron un premio hace cincuenta años por Servicios Especiales al Colegio. Bueno, ¿y si a Ryddle le dieron el premio por atrapar al heredero de Slytherin? En su diario seguramente estará todo explicado: dónde está la cámara, cómo se abre y qué clase de criatura vive en ella. La persona que haya cometido las agresiones en esta ocasión no querría que el diario anduviera por ahí, ¿no?

—Es una teoría brillante, Hermione —dijo Ron—, pero tiene un pequeño defecto: que no hay nada escrito en el diario.

Pero Hermione sacó su varita mágica de la bolsa.

—¡Podría ser tinta invisible! —susurró.

Y dio tres golpecitos al cuaderno, diciendo:

—¡*Aparecium!*

Pero no ocurrió nada. Impertérrita, volvió a meter la mano en la bolsa y sacó lo que parecía una goma de borrar de color rojo.

—Es un *revelador*, lo compré en el callejón Diagon —dijo ella.

Frotó con fuerza donde decía «1 de enero». Siguió sin pasar nada.

—Ya te lo decía yo; no hay nada que encontrar aquí —dijo Ron—. Simplemente, a Ryddle le regalaron un diario en Navidad, pero no se molestó en llenarlo.

Harry no podría haber explicado, ni siquiera a sí mismo, por qué no tiraba a la basura el diario de Ryddle. El caso es que aunque sabía que el diario estaba en blanco, pasaba las páginas atrás y adelante, concentrado en ellas, como si contaran una historia que quisiera acabar de leer. Y, aunque estaba seguro de no haber oído antes el nombre de T.S. Ryddle, le parecía que ese nombre le decía algo, como si se tratara de un amigo olvidado de la más remota infancia. Pero era absurdo: no había tenido amigos antes de llegar a Hogwarts, Dudley se había encargado de eso.

Sin embargo, Harry estaba determinado a averiguar algo más sobre Ryddle, así que al día siguiente, en el recreo, se dirigió a la sala de trofeos para examinar el premio especial de Ryddle, acompañado por una Hermione rebosante de interés y un Ron muy reticente, que les decía que había visto el premio lo suficiente para recordarlo toda la vida.

La placa de oro bruñido de Ryddle estaba guardada en un armario esquinero. No decía nada de por qué se lo habían concedido.

—Menos mal —dijo Ron—, porque si lo dijera, la placa sería más grande, y a día de hoy aún no habría acabado de sacarle brillo.

Sin embargo, encontraron el nombre de Ryddle en una vieja Medalla al Mérito Mágico y en una lista de antiguos alumnos que habían sido delegados.

—Me recuerda a Percy —dijo Ron, arrugando con disgusto la nariz—: prefecto, delegado... supongo que sería el primero de la clase.

—Lo dices como si fuera algo vergonzoso —señaló Hermione, algo herida.

El sol había vuelto a brillar débilmente sobre Hogwarts. Dentro del castillo, la gente parecía más optimista. No había vuelto a haber ataques después del cometido contra Justin y Nick Casi Decapitado, y a la señora Pomfrey le encantó anunciar que las mandrágoras se estaban volviendo taciturnas y reservadas, lo que quería decir que rápidamente dejarían atrás la infancia. Una tarde, Harry oyó que la señora Pomfrey decía a Filch amablemente:

—Cuando se les haya ido el acné, estarán listas para volver a ser trasplantadas. Y entonces, las cortaremos y las coceremos inmediatamente. Dentro de poco tendrá a la *Señora Norris* con usted otra vez.

Harry pensaba que tal vez el heredero de Slytherin se había acobardado. Cada vez debía de resultar más arriesgado abrir la Cámara de los Secretos, con el colegio tan alerta y todo el mundo tan receloso. Tal vez el monstruo, fuera lo que fuera, se disponía a hibernar durante otros cincuenta años.

Ernie Macmillan, de Hufflepuff, no era tan optimista. Seguía convencido de que Harry era el culpable y que se había delatado en el club de duelo. Peeves no era precisamente una ayuda, pues iba por los abarrotados corredores saltando y cantando: «¡Oh, Potter, eres un tonto, estás podrido...!», pero ahora además interpretaba un baile al ritmo de la canción.

Gilderoy Lockhart estaba convencido de que era él quien había puesto freno a los ataques. Harry le oyó exponerlo así ante la profesora McGonagall mientras los de Gryffindor marchaban en hilera hacia la clase de Transformaciones.

—No creo que volvamos a tener problemas, Minerva —dijo, guiñando un ojo y dándose golpecitos en la nariz con el dedo, con aire de experto—. Creo que esta vez la cámara ha quedado bien cerrada. Los culpables se han dado cuenta de que en cualquier momento yo podía agarrarlos y han sido lo bastante sensatos para detenerse ahora, antes de que cayera sobre ellos... Lo que ahora necesita el colegio es una inyección de moral, ¡para barrer los recuerdos del trimestre anterior! No te digo nada más, pero creo que sé qué es exactamente lo que...

De nuevo se tocó la nariz en prueba de su buen olfato y se alejó con paso decidido.

La idea que tenía Lockhart de una inyección de moral se hizo patente durante el desayuno del día 14 de febrero. Harry no había dormido mucho a causa del entrenamiento de quidditch de la noche anterior y llegó al Gran Comedor corriendo, algo retrasado. Pensó, por un momento, que se había equivocado de puerta.

Las paredes estaban cubiertas de flores grandes de un rosa chillón. Y, aún peor, del techo de color azul pálido caían confetis en forma de corazones. Harry se fue a la mesa de Gryffindor, en la que estaban Ron, con aire asqueado, y Hermione, que se reía tontamente.

—¿Qué ocurre? —les preguntó Harry, sentándose y quitándose de encima el confeti.

Ron, que parecía estar demasiado enojado para hablar, señaló la mesa de los profesores. Lockhart, que llevaba una túnica de un vivo color rosa que combinaba con la decoración, reclamaba silencio con las manos. Los profesores que tenía a ambos lados lo miraban estupefactos. Desde su asiento, Harry pudo ver a la profesora McGonagall con un tic en la mejilla. Snape tenía el mismo aspecto que si se hubiera bebido un gran vaso de crecehuesos.

—¡Feliz día de San Valentín! —gritó Lockhart—. ¡Y quiero también dar las gracias a las cuarenta y seis personas que me han enviado tarjetas! Sí, me he tomado la libertad de preparar esta pequeña sorpresa para todos ustedes... ¡y no acaba aquí la cosa!

Lockhart dio una palmada, y por la puerta del vestíbulo entraron una docena de enanos de aspecto hosco. Pero no enanos así, tal cual; Lockhart les había puesto alas doradas y además llevaban arpas.

—¡Mis amorosos cupidos portadores de tarjetas! —sonrió Lockhart—. ¡Durante todo el día de hoy recorrerán el colegio ofreciéndoles felicitaciones de San Valentín! ¡Y la diversión no acaba aquí! Estoy seguro de que mis colegas querrán compartir el espíritu de este día. ¿Por qué no piden al profesor Snape que les enseñe a preparar un filtro amoroso? ¡Aunque el profesor Flitwick, el muy pícaro, sabe más sobre encantamientos de ese tipo que ningún otro mago que haya conocido!

El profesor Flitwick se tapó la cara con las manos. Snape parecía dispuesto a envenenar a la primera persona que se atreviera a pedirle un filtro amoroso.

—Por favor, Hermione, dime que no has sido una de las cuarenta y seis —le dijo Ron cuando abandonaban el Gran Comedor para acudir a la primera clase.

Pero a Hermione de repente le entró la urgencia de buscar el horario en la mochila, y no respondió.

Los enanos se pasaron el día interrumpiendo las clases para repartir tarjetas, ante la irritación de los profesores, y al final de la tarde, cuando los de Gryffindor subían hacia el aula de Encantamientos, uno de ellos alcanzó a Harry.

—¡Eh, tú! ¡Harry Potter! —gritó un enano de aspecto particularmente malhumorado, abriéndose camino a codazos para llegar a donde estaba Harry.

Ruborizándose al pensar que le iba a ofrecer una felicitación de San Valentín delante de una fila de alumnos de primero, entre los cuales estaba Ginny Weasley, Harry intentó escabullirse. El enano, sin embargo, se abrió camino a base de patadas en las espinillas y lo alcanzó antes de que diera dos pasos.

—Tengo un mensaje musical para entregar a Harry Potter en persona —dijo, rasgando el arpa de manera pavorosa.

—¡Aquí no! —dijo Harry, enfadado, tratando de escapar.

—¡Para! —gruñó el enano, aferrando a Harry por la mochila para detenerlo.

—¡Suéltame! —gritó Harry, tirando fuerte.

Tanto tiraron que la mochila se partió en dos. Los libros, la varita mágica, el pergamino y la pluma se desparramaron por el suelo, y la botellita de tinta se rompió encima de todas las demás cosas.

Harry intentó recogerlo todo antes de que el enano comenzara a cantar ocasionando un atasco en el corredor.

—¿Qué pasa ahí? —Era la voz fría de Draco Malfoy, que hablaba arrastrando las palabras.

Harry intentó febrilmente meterlo todo en la mochila rota, desesperado por alejarse antes de que Malfoy pudiera oír su felicitación musical de San Valentín.

—¿Por qué toda esta conmoción? —dijo otra voz familiar, la de Percy Weasley, que se acercaba.

A la desesperada, Harry intentó escapar corriendo, pero el enano se le echó a las rodillas y lo derribó.

—Bien —dijo, sentándose sobre los tobillos de Harry—, ésta es tu canción de San Valentín:

Tiene los ojos verdes como un sapo en escabeche
y el pelo negro como una pizarra cuando anochece.
Quisiera que fuera mío, porque es glorioso,
el héroe que venció al Señor Tenebroso.

Harry habría dado todo el oro de Gringotts por desvanecerse en aquel momento. Intentando reírse con todos los demás, se levantó, con los pies entumecidos por el peso del enano, mientras Percy Weasley hacía lo que podía para dispersar al montón de niños, algunos de los cuales estaban llorando de risa.

—¡Fuera de aquí, fuera! La campana ha sonado hace cinco minutos, a clase todos ahora mismo —decía, empujando a algunos de los más pequeños—. Tú también, Malfoy.

Harry vio que Malfoy se agachaba y cogía algo, y con una mirada burlona se lo enseñaba a Crabbe y Goyle. Harry comprendió que lo que había recogido era el diario de Ryddle.

—¡Devuélveme eso! —le dijo Harry en voz baja.

—¿Qué habrá escrito aquí Potter? —dijo Malfoy, que obviamente no había visto la fecha en la cubierta y pensaba que era el diario del propio Harry. Los espectadores se quedaron en silencio. Ginny miraba alternativamente a Harry y al diario, aterrorizada.

—Devuélvelo, Malfoy —dijo Percy con severidad.

—Cuando le haya echado un vistazo —dijo Malfoy, burlándose de Harry.

Percy dijo:

—Como prefecto del colegio...

Pero Harry estaba fuera de sus casillas. Sacó su varita mágica y gritó:

—¡*Expelliarmus!*

Y tal como Snape había desarmado a Lockhart, así Malfoy vio que el diario se le escapaba de las manos y salía volando. Ron, sonriendo, lo atrapó.

—¡Harry! —dijo Percy en voz alta—. No se puede hacer magia en los pasillos. ¡Tendré que informar de esto!

Pero Harry no se preocupó. Le había ganado una a Malfoy, y eso bien valía cinco puntos de Gryffindor. Malfoy estaba furioso, y cuando Ginny pasó por su lado para entrar en el aula, le gritó despechado:

—¡Me parece que a Potter no le ha gustado mucho tu felicitación de San Valentín!

Ginny se tapó la cara con las manos y entró en clase corriendo. Dando un gruñido, Ron sacó también su varita mágica, pero Harry se la quitó de un tirón. Ron no tenía necesidad de pasarse la clase de Encantamientos vomitando babosas.

Harry no se dio cuenta de que algo raro había ocurrido en el diario de Ryddle hasta que llegaron a la clase del profesor Flitwick. Todos los demás libros estaban empapados de tinta roja. El diario, sin embargo, estaba tan limpio como antes de que la botellita de tinta se hubiera roto. Intentó hacérselo ver a Ron, pero éste volvía a tener problemas con su varita mágica: de la punta salían burbujas de color púrpura, y él no prestaba atención a nada más.

Aquella noche, Harry fue el primero de su dormitorio en irse a dormir. En parte porque no creía poder soportar a Fred y George cantando: «Tiene los ojos verdes como un sapo en escabeche» una vez más, y también porque quería examinar de nuevo el diario de Ryddle, y sabía que Ron opinaba que eso era una pérdida de tiempo.

Se sentó en la cama y hojeó las páginas en blanco; ninguna tenía la más ligera mancha de tinta roja. Luego sacó una nueva botellita de tinta del cajón de la mesita, mojó en ella su pluma y dejó caer una gota en la primera página del diario.

La tinta brilló intensamente sobre el papel durante un segundo y luego, como si la hubieran absorbido desde el interior de la página, se desvaneció. Emocionado, Harry mojó de nuevo la pluma y escribió:

«Mi nombre es Harry Potter.»

Las palabras brillaron un instante en la página y desaparecieron también sin dejar huella. Entonces ocurrió algo.

Rezumando de la página, en la misma tinta que había utilizado él, aparecieron unas palabras que Harry no había escrito:

«Hola, Harry Potter. Mi nombre es Tom Ryddle. ¿Cómo ha llegado a tus manos mi diario?»

Estas palabras también se desvanecieron, pero no antes de que Harry comenzara de nuevo a escribir:

«Alguien intentó tirarlo por el inodoro.»

Aguardó con impaciencia la respuesta de Ryddle.

«Menos mal que registré mis memorias en algo más duradero que la tinta. Siempre supe que habría gente que no querría que mi diario fuera leído.»

«¿Qué quieres decir?», escribió Harry, emborronando la página debido a los nervios.

«Quiero decir que este diario da fe de cosas horribles; cosas que fueron ocultadas; cosas que sucedieron en el Colegio Hogwarts de Magia y Hechicería.»

«Es donde estoy yo ahora», escribió Harry apresuradamente. «Estoy en Hogwarts, y también suceden cosas horribles. ¿Sabes algo sobre la Cámara de los Secretos?»

El corazón le latía violentamente. La réplica de Ryddle no se hizo esperar, pero la letra se volvió menos clara, como si tuviera prisa por consignar todo cuanto sabía.

«¡Por supuesto que sé algo sobre la Cámara de los Secretos! En mi época nos decían que era sólo una leyenda, que no existía realmente. Pero no era cierto. Cuando yo estaba en quinto, la cámara se abrió, el monstruo atacó a varios estudiantes y finalmente mató a uno. Yo atrapé a la persona que había abierto la cámara, y lo expulsaron. Pero el director, el profesor Dippet, avergonzado de que hubiera sucedido tal cosa en Hogwarts, me prohibió decir la verdad. Inventaron la historia de que la muchacha había muerto en un espantoso accidente. A mí me entregaron por mi actuación un trofeo muy bonito y muy brillante, con unas palabras grabadas, y me recomendaron que mantuviera la boca cerrada. Pero yo sabía que podía volver a ocurrir. El monstruo sobrevivió, y el que tenía el poder de liberarlo no fue encarcelado.»

En su precipitación por escribir, Harry casi vuelca el frasco de la tinta.

«Ha vuelto a suceder. Ha habido tres ataques y nadie parece saber quién está detrás. ¿Quién fue en aquella ocasión?» «Te lo puedo mostrar si quieres», contestó Ryddle. «No necesitas leer mis palabras. Podrás ver dentro de mi memoria lo que ocurrió la noche en que lo capturé.»

Harry dudó, y la pluma se detuvo encima del diario. ¿Qué quería decir Ryddle? ¿Cómo podía alguien introducirse en la memoria de otro? Miró asustado la puerta del dormitorio; iba oscureciendo. Cuando retornó la vista al diario, vio que aparecían unas palabras nuevas:

«Deja que te lo enseñe.»

Harry meditó durante una fracción de segundo, y luego escribió una sola palabra:

«Bueno.»

Las páginas del diario comenzaron a pasar, como si estuviera soplando un fuerte viento, y se detuvieron a mediados del mes de junio. Con la boca abierta, Harry vio que el pequeño cuadrado asignado al día 13 de junio se convertía en algo parecido a una minúscula pantalla de televisión. Las manos le temblaban ligeramente. Levantó el cuaderno para acercar un ojo a la ventanita, y antes de que comprendiera lo que sucedía, se estaba inclinando hacia delante. La ventana se ensanchaba, y sintió que su cuerpo dejaba la cama y era absorbido por la abertura de la página en un remolino de colores y sombras.

Notó que pisaba tierra firme y se quedó temblando, mientras las formas borrosas que lo rodeaban se iban definiendo rápidamente.

Enseguida se dio cuenta de dónde estaba. Aquella sala circular con los retratos de gente dormida era la oficina de Dumbledore, pero no era Dumbledore quien estaba sentado detrás del escritorio. Un mago de aspecto delicado, con muchas arrugas y calvo, excepto por algunos pelos blancos, leía una carta a la luz de una vela. Harry no había visto nunca a aquel hombre.

—Lo siento —dijo con voz trémula—. No quería molestarle...

Pero el mago no levantó la vista. Siguió leyendo, frunciendo el entrecejo levemente. Harry se acercó más al escritorio y balbució:

—¿Me... me voy?

El mago siguió sin prestarle atención. Ni siquiera parecía que le hubiera oído. Pensando que tal vez estuviera sordo, Harry levantó la voz.

—Lamento molestarlo, me iré ahora mismo —dijo casi a gritos.

Con un suspiro, el mago dobló la carta, se levantó, pasó por delante de Harry sin mirarlo y fue hasta la ventana a descorrer las cortinas.

El cielo, al otro lado de la ventana, estaba de un color rojo rubí; parecía el atardecer. El mago volvió al escritorio, se sentó y, mirando a la puerta, se puso a juguetear con los pulgares.

Harry contempló la oficina. No estaba *Fawkes*, el fénix, ni los artilugios metálicos que hacían ruiditos. Aquello era Hogwarts tal como debía ser en los tiempos de Ryddle, y aquel mago desconocido tenía que ser el director de entonces, no Dumbledore, y él, Harry, era una especie de fantasma, completamente invisible para la gente de hacía cincuenta años.

Llamaron a la puerta.

—Entre —dijo el viejo mago con una voz débil.

Un muchacho de unos dieciséis años entró quitándose el sombrero puntiagudo. En el pecho le brillaba una insignia plateada de prefecto. Era mucho más alto que Harry pero tenía, como él, el pelo de un negro azabache.

—Ah, Ryddle —dijo el director.

—¿Quería verme, profesor Dippet? —preguntó Ryddle. Parecía azorado.

—Siéntese —indicó Dippet—. Acabo de leer la carta que me envió.

—¡Ah! —exclamó Ryddle, y se sentó, cogiéndose las manos fuertemente.

—Muchacho —dijo Dippet con aire bondadoso—, me temo que no puedo permitirle quedarse en el colegio durante el verano. Supongo que querrá ir a casa para pasar las vacaciones...

—No —respondió Ryddle enseguida—, preferiría quedarme en Hogwarts a regresar a ese... a ese...

—Según creo, pasa las vacaciones en un orfanato muggle, ¿verdad? —preguntó Dippet con curiosidad.

—Sí, señor —respondió Ryddle, ruborizándose ligeramente.

—¿Es usted de familia muggle?

—A medias, señor —respondió Ryddle—. De padre muggle y de madre bruja.

—¿Y tanto uno como otro están...?

—Mi madre murió al nacer yo, señor. En el orfanato me dijeron que había vivido sólo lo suficiente para ponerme nombre: Tom por mi padre, y Sorvolo por mi abuelo.

Dippet chasqueó la lengua en señal de compasión.

—La cuestión es, Tom —suspiró—, que se podría haber hecho con usted una excepción, pero en las actuales circunstancias...

—¿Se refiere a los ataques, señor? —dijo Ryddle, y a Harry el corazón le dio un brinco. Se acercó, porque no quería perderse ni una sílaba de lo que allí se dijera.

—Exactamente —dijo el director—. Muchacho, tiene que darse cuenta de lo irresponsable que sería que yo le permitiera quedarse en el castillo al término del trimestre. Sobre todo después de la tragedia... la muerte de esa pobre muchacha... Usted estará muchísimo más seguro en el orfanato. De hecho, el Ministerio de Magia se está planteando cerrar el colegio. No creo que vayamos a poder localizar al... descubrir el origen de estos sucesos tan desagradables...

Ryddle abrió más los ojos.

—Señor, si esa persona fuera capturada... Si todo terminara...

—¿Qué quiere decir? —preguntó Dippet, soltando un gallo. Se incorporó en el asiento—. Ryddle, ¿sabe usted algo sobre esas agresiones?

—No, señor —respondió Ryddle con presteza.

Pero Harry estaba seguro de que aquel «no» era del mismo tipo que el que él mismo había dado a Dumbledore.

Dippet volvió a hundirse en el asiento, ligeramente decepcionado.

—Puede irse, Tom.

Ryddle se levantó del asiento y salió de la habitación pisando fuerte. Harry fue tras él.

Bajaron por la escalera de caracol que se movía sola y salieron al corredor, que ya iba quedando en penumbra, junto a la gárgola. Ryddle se detuvo y Harry hizo lo mismo, mirándolo. Le pareció que Ryddle estaba concentrado: se mordía los labios y tenía la frente fruncida.

Luego, como si hubiera tomado una decisión repentina, salió precipitadamente, y Harry lo siguió en silencio. No vieron a nadie hasta llegar al vestíbulo, cuando un mago de gran estatura, con el cabello largo y ondulado de color castaño rojizo y con barba, llamó a Ryddle desde la escalera de mármol.

—¿Qué hace paseando por aquí tan tarde, Tom?

Harry miró sorprendido al mago. No era otro que Dumbledore, con cincuenta años menos.

—Tenía que ver al director, señor —respondió Ryddle.

—Bien, pues váyase enseguida a la cama —le dijo Dumbledore, dirigiéndole a Ryddle la misma mirada penetrante que Harry conocía tan bien—. Es mejor no andar por los pasillos durante estos días, desde que...

Suspiró hondo, dio las buenas noches a Ryddle y se fue con paso decidido. Ryddle esperó que se fuera y a continuación, con rapidez, tomó el camino de las escaleras de piedra que bajaban a las mazmorras, seguido por Harry.

Pero, para su decepción, Ryddle no lo condujo a un pasadizo oculto ni a un túnel secreto, sino a la misma mazmorra en que Snape les daba clase. Como las antorchas no estaban encendidas y Ryddle había cerrado casi completamente la puerta, lo único que Harry veía era a Ryddle, que, inmóvil tras la puerta, vigilaba el corredor que había al otro lado.

A Harry le pareció que permanecían allí al menos una hora. Seguía viendo únicamente la figura de Ryddle en la puerta, mirando por la rendija, aguardando inmóvil. Y cuando Harry dejó de sentirse expectante y tenso, y empezaron a entrarle ganas de volver al presente, oyó que se movía algo al otro lado de la puerta.

Alguien caminaba por el corredor sigilosamente. Quienquiera que fuese, pasó ante la mazmorra en la que estaban ocultos él y Ryddle. Éste, silencioso como una sombra, cruzó la puerta y lo siguió, con Harry detrás, que se ponía de puntitas, sin recordar que no lo podían oír.

Persiguieron los pasos del desconocido durante unos cinco minutos, cuando de improviso Ryddle se detuvo, inclinando la cabeza hacia el lugar del que provenían unos ruidos. Harry oyó el chirrido de una puerta y luego a alguien que hablaba en un ronco susurro.

—Vamos... voy a sacarte de aquí ahora... a la caja...

Algo le resultaba conocido en aquella voz.

De repente, Ryddle dobló la esquina de un salto. Harry lo siguió y pudo ver la silueta de un muchacho alto como un gigante que estaba en cuclillas delante de una puerta abierta, junto a una caja muy grande.

—Hola, Rubeus —dijo Ryddle con voz seria.

El muchacho cerró la puerta de golpe y se levantó.

—¿Qué haces aquí, Tom?

Ryddle se le acercó.

—Todo ha terminado —dijo—. Voy a tener que entregarte, Rubeus. Dicen que cerrarán Hogwarts si los ataques no cesan.

—¿Que vas a...?

—No creo que quisieras matar a nadie. Pero los monstruos no son buenas mascotas. Me imagino que lo dejaste salir para que le diera el aire y...

—¡No ha matado a nadie! —interrumpió el muchachote, retrocediendo contra la puerta cerrada. Harry oía unos curiosos chasquidos y crujidos procedentes del otro lado de la puerta.

—Vamos, Rubeus —dijo Ryddle, acercándose aún más—. Los padres de la chica muerta llegarán mañana. Lo menos que puede hacer Hogwarts es asegurarse de que lo que mató a su hija sea sacrificado...

—¡No fue él! —gritó el muchacho. Su voz resonaba en el oscuro corredor—. ¡No sería capaz! ¡Nunca!

—Hazte a un lado —dijo Ryddle, sacando su varita mágica.

Su conjuro iluminó el corredor con un resplandor repentino. La puerta que había detrás del muchacho se abrió con tal fuerza que golpeó contra el muro que había enfrente. Por el hueco salió algo que hizo a Harry proferir un grito que nadie sino él pareció oír.

Un cuerpo grande, peludo, casi a ras de suelo, y una maraña de patas negras, varios ojos resplandecientes y unas pinzas afiladas como navajas... Ryddle levantó de nuevo la varita, pero fue demasiado tarde. El monstruo lo derribó al escabullirse, enfilando a toda velocidad por el corredor y perdiéndose de vista. Ryddle se incorporó, buscando la varita. Consiguió cogerla, pero el muchacho se lanzó sobre él, se la arrancó de las manos y lo tiró de espaldas contra el suelo, al tiempo que gritaba: ¡NOOOOOOOO!

Todo empezó a dar vueltas y la oscuridad se hizo completa. Harry sintió que caía y aterrizó de golpe con los brazos y las piernas extendidos sobre su cama en el dormitorio de Gryffindor, y con el diario de Ryddle abierto sobre el abdomen.

Antes de que pudiera recuperar el aliento, se abrió la puerta del dormitorio y entró Ron.

—¡Estás aquí! —dijo.

Harry se sentó. Estaba sudoroso y temblaba.

—¿Qué pasa? —dijo Ron, preocupado.

—Fue Hagrid, Ron. Hagrid abrió la Cámara de los Secretos hace cincuenta años.

14

Cornelius Fudge

Harry, Ron y Hermione siempre habían sabido que Hagrid sentía una desgraciada afición por las criaturas grandes y monstruosas. Durante el año anterior en Hogwarts había intentado criar un dragón en su pequeña cabaña de madera, y pasaría mucho tiempo antes de que pudieran olvidar al perro gigante de tres cabezas al que había puesto por nombre *Fluffy*. Harry estaba seguro de que si, de niño, Hagrid se enteró de que había un monstruo oculto en algún lugar del castillo, hizo lo imposible por echarle un vistazo. Seguro que le parecía inhumano haber tenido encerrado al monstruo tanto tiempo y debía de pensar que el pobre tenía derecho a estirar un poco sus numerosas piernas. Podía imaginarse perfectamente a Hagrid, con trece años, intentando ponerle un collar y una correa. Pero también estaba seguro de que él nunca había tenido intención de matar a nadie.

Harry casi habría preferido no haber averiguado el funcionamiento del diario de Ryddle. Ron y Hermione le pedían constantemente que les contase una y otra vez todo lo que había visto, hasta que se cansaba de tanto hablar y de las largas conversaciones que seguían a su relato y que no conducían a ninguna parte.

—A lo mejor Ryddle se equivocó de culpable —decía Hermione—. A lo mejor el que atacaba a la gente era otro monstruo...

—¿Cuántos monstruos crees que puede albergar este castillo? —le preguntó Ron, aburrido.

—Ya sabíamos que a Hagrid lo habían expulsado —dijo Harry, apenado—. Y supongo que entonces los ataques cesaron. Si no hubiera sido así, a Ryddle no le habrían dado ningún premio.

Ron intentó verlo de otro modo.

—Ryddle me recuerda a Percy. Pero ¿por qué tuvo que delatar a Hagrid?

—El monstruo había matado a una persona, Ron —contestó Hermione.

—Y Ryddle habría tenido que volver al orfanato muggle si hubieran cerrado Hogwarts —dijo Harry—. No lo culpo por querer quedarse aquí.

Ron se mordió un labio y luego vaciló al decir:

—Tú te encontraste a Hagrid en el callejón Knockturn, ¿verdad, Harry?

—Dijo que había ido a comprar un repelente contra las babosas carnívoras —dijo Harry con prontitud.

Se quedaron en silencio. Tras una pausa prolongada, Hermione tuvo una idea elemental.

—¿Por qué no vamos y le preguntamos a Hagrid?

—Sería una visita muy cortés —dijo Ron—. Hola, Hagrid, dinos, ¿has estado últimamente dejando en libertad por el castillo a una cosa furiosa y peluda?

Al final, decidieron no decir nada a Hagrid si no había otro ataque, y como los días se sucedieron sin siquiera un susurro de la voz que no salía de ningún sitio, albergaban la esperanza de no tener que hablar con él sobre el motivo de su expulsión. Ya habían pasado casi cuatro meses desde que petrificaron a Justin y a Nick Casi Decapitado, y parecía que todo el mundo creía que el agresor, quienquiera que fuese, se había retirado, afortunadamente. Peeves se había cansado por fin de su canción *¡Oh, Potter, eres un tonto!*; Ernie Macmillan, un día, en la clase de Herbología, le pidió cortésmente a Harry que le pasara un cubo de hongos saltarines, y en marzo algunas mandrágoras montaron una escandalosa fiesta en el Invernadero 3. Esto puso muy contenta a la profesora Sprout.

—En cuanto empiecen a querer cambiarse unas a las macetas de otras, sabremos que han alcanzado la madurez —dijo a Harry—. Entonces podremos revivir a esos pobrecitos de la enfermería.

· · ·

Durante las vacaciones de Semana Santa, los de segundo tuvieron algo nuevo en que pensar. Había llegado el momento de escoger electivas para el año siguiente, decisión que al menos Hermione se tomó muy en serio.

—Podría afectar a todo nuestro futuro —dijo a Harry y a Ron mientras repasaban minuciosamente la lista de las nuevas materias, señalándolas.

—Lo único que quiero es no tener Pociones —dijo Harry.

—Imposible —dijo Ron con tristeza—. Seguiremos con todas las materias que tenemos ahora. Si no, yo me libraría de Defensa Contra las Artes Oscuras.

—Pero ¡si ésa es muy importante! —dijo Hermione, sorprendida.

—No tal como la imparte Lockhart —repuso Ron—. Lo único que me ha enseñado es que no hay que dejar sueltos a los duendecillos.

Neville Longbottom había recibido carta de todos los magos y brujas de su familia, y cada uno le aconsejaba materias distintas. Confundido y preocupado, se sentó a leer la lista de las materias y les preguntaba a todos si pensaban que Aritmancia era más difícil que Adivinación Antigua. Dean Thomas, que, como Harry, se había criado con muggles, terminó cerrando los ojos y apuntando a la lista con la varita mágica, y escogió las materias que había tocado al azar. Hermione no siguió el consejo de nadie y las escogió todas.

Harry sonrió tristemente al imaginar lo que habrían dicho tío Vernon y tía Petunia si les consultara sobre su futuro de mago. Pero alguien lo ayudó: Percy Weasley se desvivía por hacerle partícipe de su experiencia.

—Depende de adónde quieras llegar, Harry —le dijo—. Nunca es demasiado pronto para pensar en el futuro, así que yo te recomendaría Adivinación. La gente dice que los estudios muggles son la salida más fácil, pero personalmente creo que los magos deberíamos tener completos conocimientos de la comunidad no mágica, especialmente si queremos trabajar en estrecho contacto con ellos. Mira a mi padre, tiene que tratar todo el tiempo con muggles. A mi hermano Charlie siempre le ha gustado el trabajo al aire libre, así que escogió Cuidado de Criaturas Mágicas. Escoge aquello para lo que seas bueno, Harry.

Pero lo único que a Harry le parecía que se le daba realmente bien era el quidditch. Terminó escogiendo las mismas electivas que Ron, pensando que si era muy malo en ellas, al menos contaría con alguien que podría ayudarlo.

A Gryffindor le tocaba jugar el siguiente partido de quidditch contra Hufflepuff. Wood los machacaba con entrenamientos en equipo cada noche después de cenar, de forma que Harry no tenía tiempo para nada más que para el quidditch y para hacer las tareas. Sin embargo, los entrenamientos iban mejor, y la noche anterior al partido del sábado se fue a la cama pensando que Gryffindor nunca había tenido más posibilidades de ganar la copa.

Pero su alegría no duró mucho. Al final de las escaleras que conducían al dormitorio se encontró con Neville Longbottom, que lo miraba desesperado.

—Harry, no sé quién lo ha hecho. Yo me lo encontré...

Mirando a Harry aterrorizado, Neville abrió la puerta.

El contenido del baúl de Harry estaba esparcido por todas partes. Su capa estaba en el suelo, rasgada. Le habían levantado las sábanas y las mantas de la cama, y habían sacado el cajón de la mesita y el contenido estaba desparramado sobre el colchón.

Harry fue hacia la cama, pisando algunas páginas sueltas de *Recorridos con los trols*. No podía creer lo que había sucedido.

En el momento en que Neville y él tendían la cama, entraron Ron, Dean y Seamus. Dean gritó:

—¿Qué ha sucedido, Harry?

—No tengo ni idea —contestó. Ron examinaba la túnica de Harry. Habían dado la vuelta a todos los bolsillos.

—Alguien ha estado buscando algo —dijo Ron—. ¿Qué te falta?

Harry empezó a coger sus cosas y a dejarlas en el baúl. Hasta que hubo separado el último libro de Lockhart, no se dio cuenta de qué era lo que faltaba.

—Se han llevado el diario de Ryddle —dijo a Ron en voz baja.

—¿Qué?

Harry señaló con la cabeza hacia la puerta del dormitorio, y Ron lo siguió. Bajaron corriendo hasta la sala común de Gryffindor, que estaba medio vacía, y encontraron a Hermione, sentada, sola, leyendo un libro titulado *La adivinación antigua al alcance de todos*.

A Hermione la noticia la dejó aterrorizada.

—Pero... sólo puede haber sido alguien de Gryffindor. Nadie más conoce la contraseña.

—En efecto —confirmó Harry.

Despertaron al día siguiente con un sol intenso y una brisa ligera y refrescante.

—¡Perfectas condiciones para jugar al quidditch! —dijo Wood, emocionado, a los de la mesa de Gryffindor, llevando los platos con los huevos revueltos—. ¡Harry, levanta el ánimo, necesitas un buen desayuno!

Harry había estado observando la mesa abarrotada de Gryffindor, preguntándose si tendría delante de las narices al nuevo poseedor del diario de Ryddle. Hermione intentaba convencerlo de que notificara el robo, pero a Harry no le gustaba la idea. Tendría que contar todo lo referente al diario a algún profesor, ¿y cuánta gente sabía por qué habían expulsado a Hagrid hacía cincuenta años? No quería ser él quien lo sacara de nuevo a la luz.

Al abandonar el Gran Comedor con Ron y Hermione para ir a recoger su equipo de quidditch, otro motivo de preocupación se añadió a la creciente lista de Harry. Acababa de poner los pies en la escalera de mármol cuando oyó de nuevo aquella voz:

—*Matar esta vez... Déjame desgarrar... Despedazar...*

Harry dio un grito, y Ron y Hermione se separaron de él asustados.

—¡La voz! —dijo Harry, mirando a un lado—. Acabo de oírla de nuevo, ¿ustedes no?

Ron, con los ojos muy abiertos, negó con la cabeza. Hermione, sin embargo, se llevó una mano a la frente.

—¡Harry, creo que acabo de comprender algo! ¡Tengo que ir a la biblioteca!

Y se fue corriendo por las escaleras.

—¿Qué habrá comprendido? —dijo Harry distraídamente, mirando alrededor, intentando averiguar de dónde podía provenir la voz.

—Muchas más cosas que yo —respondió Ron, negando con la cabeza.

—Pero ¿por qué habrá tenido que irse a la biblioteca?

—Porque eso es lo que Hermione hace siempre —contestó Ron, encogiéndose de hombros—. Cuando le entra alguna duda, ¡a la biblioteca!

Harry se quedó indeciso, intentando volver a captar la voz, pero los alumnos empezaron a salir del Gran Comedor hablando alto, hacia la puerta principal. Iban al campo de quidditch.

—Será mejor que te muevas —dijo Ron—. Son casi las once... el partido.

Harry subió a la carrera la torre de Gryffindor, cogió su Nimbus 2000 y se mezcló con la gente que se dirigía hacia el campo de juego. Pero su mente se había quedado en el castillo, donde sonaba la voz que no salía de ningún sitio, y mientras se ponía su túnica de juego en los vestuarios, su único consuelo era saber que todos estaban allí para ver el partido.

Los equipos saltaron al campo de juego en medio del clamor del público. Oliver Wood despegó para hacer un vuelo de calentamiento alrededor de los postes, y la señora Hooch sacó las bolas. Los de Hufflepuff, que jugaban de color amarillo canario, se habían reunido para repasar la táctica en el último minuto.

Harry acababa de montarse en la escoba cuando la profesora McGonagall llegó corriendo al campo, llevando consigo un megáfono de color púrpura.

—¡El partido acaba de ser suspendido! —gritó por el megáfono la profesora, dirigiéndose al estadio abarrotado. Hubo gritos y silbidos.

Oliver Wood, con aspecto desolado, aterrizó y fue corriendo a donde estaba la profesora McGonagall sin desmontar de la escoba.

—Pero ¡profesora! —chilló—. Tenemos que jugar... la Copa... Gryffindor...

La profesora McGonagall no le hizo caso y continuó gritando por el megáfono:

—Todos los estudiantes tienen que volver a sus respectivas salas comunes, donde les informarán los jefes de sus casas. ¡Vayan lo más deprisa que puedan, por favor!

Luego bajó el megáfono e hizo una seña a Harry para que se acercara.

—Potter, creo que será mejor que vengas conmigo.

Preguntándose por qué sospecharía de él en aquella ocasión, Harry vio que Ron se separaba de la multitud descontenta y se unía a ellos corriendo para volver al castillo. Para sorpresa de Harry, la profesora McGonagall no se opuso.

—Sí, quizá sea mejor que tú también vengas, Weasley.

Algunos de los estudiantes que había a su alrededor rezongaban por la suspensión del partido, y otros parecían preocupados. Harry y Ron siguieron a la profesora McGonagall y, al llegar al castillo, subieron con ella la escalera de mármol. Pero esta vez no se dirigían a ninguna oficina.

—Esto les resultará un poco sorprendente —dijo la profesora McGonagall con voz amable cuando se acercaban a la enfermería—. Ha habido otro ataque... Un ataque doble.

A Harry le dio un brinco el corazón. La profesora McGonagall abrió la puerta y entraron en la enfermería.

La señora Pomfrey atendía a una muchacha de sexto año con el pelo largo y rizado. Harry reconoció en ella a la chica de Ravenclaw a la que por error habían preguntado cómo se iba a la sala común de Slytherin. Y en la cama de al lado estaba...

—¡Hermione! —gimió Ron.

Hermione yacía completamente inmóvil, con los ojos abiertos y vidriosos.

—Las encontraron junto a la biblioteca —dijo la profesora McGonagall—. Supongo que no pueden explicarlo. Esto estaba en el suelo, junto a ellas...

Levantó un pequeño espejo redondo.

Harry y Ron negaron con la cabeza, mirando a Hermione.

—Los acompañaré a la torre de Gryffindor —dijo con seriedad la profesora· McGonagall—. De cualquier manera, tengo que hablar a los estudiantes.

• • •

—Todos los alumnos estarán de vuelta en sus respectivas salas comunes a las seis en punto de la tarde. Ningún alumno podrá dejar los dormitorios después de esa hora. Un profesor los acompañará siempre al aula. Ningún alumno podrá entrar en los servicios sin ir acompañado por un profesor. Se posponen todos los partidos y entrenamientos de quidditch. No habrá más actividades extraescolares.

Los alumnos de Gryffindor, que abarrotaban la sala común, escuchaban en silencio a la profesora McGonagall, quien al final enrolló el pergamino que había estado leyendo y dijo con la voz entrecortada por la impresión:

—No necesito añadir que rara vez me he sentido tan consternada. Es probable que se cierre el colegio si no se captura al agresor. Si alguno de ustedes sabe de alguien que pueda tener una pista, le ruego que lo diga.

La profesora salió por el agujero del retrato con cierta torpeza, e inmediatamente los alumnos de Gryffindor rompieron el silencio.

—Han caído dos de Gryffindor, sin contar al fantasma, que también es de Gryffindor, uno de Ravenclaw y otro de Hufflepuff —dijo Lee Jordan, el amigo de los gemelos Weasley, contando con los dedos—. ¿No se ha dado cuenta ningún profesor de que los de Slytherin parecen estar a salvo? ¿No es evidente que todo esto proviene de Slytherin? El heredero de Slytherin, el monstruo de Slytherin... ¿Por qué no expulsan a todos los de Slytherin? —preguntó con fiereza. Hubo alumnos que asintieron y se oyeron algunos aplausos aislados.

Percy Weasley estaba sentado en una silla, detrás de Lee, pero por una vez no parecía interesado en exponer sus puntos de vista. Estaba pálido y parecía ausente.

—Percy está asustado —dijo George a Harry en voz baja—. Esa chica de Ravenclaw... Penelope Clearwater... es prefecta. Supongo que Percy creía que el monstruo no se atrevería a atacar a un prefecto.

Pero Harry sólo escuchaba a medias. No parecía poder olvidar la imagen de Hermione, inmóvil sobre la cama de la enfermería, como esculpida en piedra. Y si no agarraban pronto al culpable, él tendría que pasar el resto de su vida con los Dursley. Tom Ryddle había delatado a Hagrid ante la perspectiva del orfanato muggle si se cerraba el colegio. Harry entendía perfectamente cómo se había sentido.

—¿Qué vamos a hacer? —preguntó Ron a Harry al oído—. ¿Crees que sospechan de Hagrid?

—Tenemos que ir a hablar con él —dijo Harry, decidido—. No creo que esta vez sea él, pero si fue el que lo liberó la última vez, también sabrá llegar hasta la Cámara de los Secretos, y algo es algo.

—Pero McGonagall nos ha dicho que tenemos que permanecer en nuestras torres cuando no estemos en clase...

—Creo —dijo Harry, en voz todavía más baja— que ha llegado ya el momento de volver a sacar la vieja capa de mi padre.

Harry sólo había heredado una cosa de su padre: una capa larga y plateada para hacerse invisible. Era su única posibilidad para salir a hurtadillas del colegio y visitar a Hagrid sin que nadie se enterara. Fueron a la cama a la hora habitual, esperaron a que Neville, Dean y Seamus hubieran dejado de hablar sobre la Cámara de los Secretos y se durmieran, y entonces se levantaron, volvieron a vestirse y se cubrieron con la capa.

El recorrido por los corredores oscuros del castillo no fue en absoluto agradable. Harry, que ya en ocasiones anteriores había caminado por allí de noche, no lo había visto nunca, tras la puesta del sol, tan lleno de gente: profesores, prefectos y fantasmas circulaban por los corredores en parejas, buscando cualquier detalle sospechoso. Como, a pesar de llevar la capa invisible, hacían el mismo ruido de siempre, hubo un instante especialmente tenso cuando Ron se dio un golpe en un dedo del pie y estaban muy cerca del lugar en que Snape montaba guardia. Afortunadamente, Snape estornudó en el momento preciso en que Ron gritó. Cuando finalmente alcanzaron la puerta principal de roble y la abrieron con cuidado, suspiraron aliviados.

Era una noche clara y estrellada. Avanzaron con rapidez guiándose por la luz de las ventanas de la cabaña de Hagrid, y no se desprendieron de la capa hasta que hubieron llegado ante la puerta.

Unos segundos después de llamar, Hagrid les abrió. Les apuntaba con una ballesta, y *Fang*, el perro jabalinero, ladraba furiosamente detrás de él.

—¡Ah! —dijo, bajando el arma y mirándolos—. ¿Qué hacen aquí los dos?

—¿Para qué es eso? —preguntó Harry, señalando la ballesta al entrar.

—Nada, nada... —susurró Hagrid—. Estaba esperando... No importa... Siéntense, prepararé té.

Parecía que apenas sabía lo que hacía. Casi apagó el fuego al derramar agua de la tetera metálica, y luego rompió la de cerámica de puros nervios al golpearla con la mano.

—¿Estás bien, Hagrid? —dijo Harry—. ¿Has oído lo de Hermione?

—¡Ah, sí, claro que lo he oído! —dijo Hagrid con la voz entrecortada.

Miró por la ventana, nervioso. Les sirvió sendos tazones llenos sólo de agua hirviendo (se le había olvidado poner las bolsitas de té). Cuando les estaba poniendo en un plato un trozo de pastel de frutas, golpearon la puerta.

Se le cayó el pastel. Harry y Ron intercambiaron miradas de pánico, se echaron encima la capa para hacerse invisibles y se retiraron a un rincón oculto. Tras asegurarse de que no se les veía, Hagrid cogió la ballesta y fue otra vez a abrir la puerta.

—Buenas noches, Hagrid.

Era Dumbledore. Entró, muy serio, seguido por otro individuo de aspecto muy raro.

El desconocido era un hombre bajo y corpulento, con el pelo gris alborotado y expresión nerviosa. Llevaba una extraña combinación de ropa: traje de raya diplomática, corbata roja, capa negra larga y botas púrpura acabadas en punta. Sujetaba bajo el brazo un sombrero hongo verde limón.

—¡Es el jefe de mi padre! —musitó Ron—. ¡Cornelius Fudge, el ministro de Magia!

Harry dio un codazo a Ron para que se callara.

Hagrid estaba pálido y sudoroso. Se dejó caer abatido en una de las sillas y miró a Dumbledore y luego a Cornelius Fudge.

—¡Feo asunto, Hagrid! —dijo Fudge, telegráficamente—. Muy feo. He tenido que venir. Cuatro ataques contra hijos de muggles. El ministerio tiene que intervenir.

—Yo nunca... —dijo Hagrid, mirando implorante a Dumbledore—. Usted sabe que yo nunca, profesor Dumbledore, señor...

—Quiero que quede claro, Cornelius, que Hagrid cuenta con mi plena confianza —dijo Dumbledore, mirando a Fudge con el entrecejo fruncido.

—Mira, Albus —dijo Fudge, incómodo—. Hagrid tiene antecedentes. El ministerio tiene que hacer algo... El consejo escolar se ha puesto en contacto...

—Aun así, Cornelius, insisto en que echar a Hagrid no va a solucionar nada —dijo Dumbledore. Los ojos azules le brillaban de una manera que Harry no había visto nunca.

—Míralo desde mi punto de vista —dijo Fudge, cogiendo el sombrero y haciéndolo girar entre las manos—. Me están presionando. Tengo que acreditar que hacemos algo. Si se demuestra que no fue Hagrid, regresará y no habrá más que decir. Pero tengo que llevármelo. Tengo que hacerlo. Si no, no estaría cumpliendo con mi deber...

—¿Llevarme? —dijo Hagrid, temblando—. ¿Llevarme adónde?

—Sólo por poco tiempo —dijo Fudge, evitando los ojos de Hagrid—. No se trata de un castigo, Hagrid, sino más bien de una precaución. Si atrapamos al culpable, a usted se le dejará salir con una disculpa en toda regla.

—¿No será a Azkaban? —preguntó Hagrid con voz ronca.

Antes de que Fudge pudiera responder, llamaron con fuerza a la puerta.

Abrió Dumbledore. Ahora fue Harry quien recibió un codazo en las costillas, porque había dejado escapar un grito ahogado bien audible.

El señor Lucius Malfoy entró en la cabaña de Hagrid con paso decidido, envuelto en una capa de viaje negra y con una gélida sonrisa de satisfacción. *Fang* se puso a aullar.

—¡Ah, ya está aquí, Fudge! —dijo complacido al entrar—. Bien, bien...

—¿Qué hace usted aquí? —le dijo Hagrid, furioso—. ¡Salga de mi casa!

—Créame, buen hombre, que no me produce ningún placer entrar en esta... ¿la ha llamado casa? —repuso Lucius Malfoy contemplando la cabaña con desprecio—. Simplemente, he ido al colegio y me han dicho que el director estaba aquí.

—¿Y qué es lo que quiere de mí, exactamente, Lucius? —dijo Dumbledore. Hablaba cortésmente, pero aún tenía los ojos azules llenos de furia.

—Es lamentable, Dumbledore —dijo perezosamente el señor Malfoy, sacando un rollo de pergamino—, pero el consejo escolar ha pensado que es hora de que usted abandone. Aquí traigo una orden de cese, y aquí están las doce firmas. Me temo que este asunto se le ha escapado de las manos. ¿Cuántos ataques ha habido ya? Otros dos esta tarde, ¿no es cierto? A este ritmo, no quedarán en Hogwarts alumnos de familia muggle, y todos sabemos el gran perjuicio que ello supondría para el colegio.

—¿Qué? ¡Vaya, Lucius! —dijo Fudge, alarmado—, Dumbledore, destituido... No, no... lo último que querría, precisamente ahora...

—El nombramiento y el cese del director son competencia del consejo escolar, Fudge —dijo con suavidad el señor Malfoy—. Y como Dumbledore no ha logrado detener las agresiones...

—Pero, Lucius, si Dumbledore no ha logrado detenerlas —dijo Fudge, que tenía el labio superior empapado en sudor—, ¿quién va a poder?

—Ya se verá —respondió el señor Malfoy con una desagradable sonrisa—. Pero como los doce hemos votado...

Hagrid se levantó de un salto, y su enredada cabellera negra rozó el techo.

—¿Y a cuántos ha tenido que amenazar y chantajear para que accedieran, eh, Malfoy? —preguntó.

—Muchacho, muchacho, por Dios, este temperamento suyo le dará un disgusto un día de éstos —dijo Malfoy—. Me permito aconsejarle que no grite de esta manera a los carceleros de Azkaban. No creo que se lo tomen a bien.

—¡Puede retirar a Dumbledore! —chilló Hagrid, y *Fang*, el perro jabalinero, se encogió y gimoteó en su cesta—. ¡Lléveselo, y los alumnos de familia muggle no tendrán ni una oportunidad! ¡Y habrá más asesinatos!

—Cálmate, Hagrid —le dijo bruscamente Dumbledore. Luego se dirigió a Lucius Malfoy—. Si el consejo escolar quiere mi renuncia, Lucius, me iré.

—Pero... —tartamudeó Fudge.

—¡No! —gimió Hagrid.

Dumbledore no había apartado sus vivos ojos azules de los ojos fríos y grises de Malfoy.

—Sin embargo —dijo Dumbledore, hablando muy claro y despacio, para que todos entendieran cada una de sus palabras—, sólo abandonaré de verdad el colegio cuando no me quede nadie fiel. Y Hogwarts siempre ayudará al que lo pida.

Durante un instante, Harry estuvo convencido de que Dumbledore les había guiñado un ojo, mirando hacia el rincón donde Ron y él estaban ocultos.

—Admirables sentimientos —dijo Malfoy, haciendo una inclinación—. Todos echaremos de menos su personalísima forma de dirigir el centro, Albus, y sólo espero que su sucesor consiga evitar los... asesinatos.

Se dirigió con paso decidido a la puerta de la cabaña, la abrió, saludó a Dumbledore con una inclinación y le indicó que saliera. Fudge esperaba, sin dejar de manosear su sombrero, a que Hagrid pasara delante, pero Hagrid no se movió, sino que respiró hondo y dijo pausadamente:

—Si alguien quisiera desentrañar este embrollo, lo único que tendría que hacer es seguir a las arañas. Ellas lo conducirían. Eso es todo lo que tengo que decir. —Fudge lo miró extrañado—. De acuerdo, ya voy —añadió, poniéndose el abrigo de piel de topo. Cuando estaba a punto de seguir a Fudge por la puerta, se detuvo y dijo en voz alta—: Y alguien tendrá que darle de comer a *Fang* mientras estoy fuera.

La puerta se cerró de un golpe y Ron se quitó la capa invisible.

—En tamaño embrollo estamos metidos —dijo con voz ronca—. Sin Dumbledore. Podrían cerrar el colegio esta misma noche. Habrá un ataque cada día cuando él no esté.

Fang se puso a aullar, arañando la puerta.

15

Aragog

El verano estaba a punto de llegar a los campos que rodeaban el castillo. El cielo y el lago se volvieron del mismo azul claro y en los invernaderos brotaron flores como repollos. Pero sin poder ver a Hagrid desde las ventanas del castillo, cruzando el campo a grandes zancadas con *Fang* detrás, a Harry aquel paisaje no le gustaba; y lo mismo podía decirse del interior del castillo, donde las cosas iban de mal en peor.

Harry y Ron habían intentado visitar a Hermione, pero incluso las visitas a la enfermería estaban prohibidas.

—No podemos correr más riesgos —les dijo severamente la señora Pomfrey a través de la puerta entreabierta—. No, lo siento, hay demasiado peligro de que pueda volver el agresor para acabar con esta gente.

Ahora que Dumbledore no estaba, el miedo se había extendido más aún, y el sol que calentaba los muros del castillo parecía detenerse en las ventanas con parteluz. Apenas se veía en el colegio un rostro que no expresara tensión y preocupación, y si sonaba alguna risa en los corredores, parecía estridente y antinatural, y enseguida era reprimida.

Harry se repetía constantemente las últimas palabras de Dumbledore: «Sólo abandonaré de verdad el colegio cuando no me quede nadie fiel. Y Hogwarts siempre ayudará al que lo pida.» Pero ¿con qué finalidad había dicho aquellas palabras? ¿A quién iban a pedir ayuda, cuando todo el mundo estaba tan confundido y asustado como ellos?

La indicación de Hagrid sobre las arañas era bastante más fácil de comprender. El problema era que no parecía haber quedado en el castillo ni una sola araña a la que seguir. Harry las buscaba adondequiera que iba, y Ron lo ayudaba a regañadientes. Además, se añadía la dificultad de que no los dejaban ir solos a ningún lado, sino que tenían que desplazarse siempre en grupo con los alumnos de Gryffindor. La mayoría de los estudiantes parecían agradecer que los profesores los acompañaran siempre de clase en clase, pero a Harry le resultaba muy fastidioso.

Había una persona, sin embargo, que parecía disfrutar plenamente de aquella atmósfera de terror y recelo. Draco Malfoy se pavoneaba por el colegio como si acabaran de elegirlo delegado. Harry no comprendió por qué Malfoy se sentía tan a gusto hasta que, unos quince días después de que se hubieran ido Dumbledore y Hagrid, estando sentado detrás de él en clase de Pociones, lo oyó regodearse de la situación ante Crabbe y Goyle:

—Siempre pensé que mi padre sería el que echara a Dumbledore —dijo, sin preocuparse de hablar en voz baja—. Ya les dije que él opina que Dumbledore ha sido el peor director que ha tenido nunca el colegio. Quizá ahora tengamos un director decente, alguien que no quiera que se cierre la Cámara de los Secretos. McGonagall no durará mucho, sólo está de forma provisional...

Snape pasó al lado de Harry sin hacer ningún comentario sobre el asiento y el caldero solitarios de Hermione.

—Señor —dijo Malfoy en voz alta—, señor, ¿por qué no solicita usted el puesto de director?

—Vamos, vamos, Malfoy —dijo Snape, aunque no pudo evitar sonreír con sus finos labios—. El profesor Dumbledore sólo ha sido suspendido de sus funciones por el consejo escolar. Me atrevería a decir que volverá a estar con nosotros muy pronto.

—Ya —dijo Malfoy, con una sonrisa de complicidad—. Espero que mi padre vote por usted, señor, si solicita el puesto. Le diré que usted es el mejor profesor del colegio, señor.

Snape paseaba sonriente por la mazmorra, afortunadamente sin ver a Seamus Finnigan, que hacía como que vomitaba sobre el caldero.

—Me sorprende que los Sangre sucia no hayan hecho ya todos las maletas —prosiguió Malfoy—. Apuesto cinco galeones a que el próximo muere. Qué lástima que no sea Granger...

La campana sonó en aquel momento, y fue una suerte, porque al oír las últimas palabras, Ron había saltado del asiento para abalanzarse sobre Malfoy, aunque con el barullo de recoger libros y mochilas, su intento pasó inadvertido.

—Déjenme —protestó Ron cuando lo sujetaron entre Harry y Dean—. No me preocupa, no necesito mi varita mágica, lo voy a matar con las manos...

—Dense prisa, voy a llevarlos a Herbología —les gritó Snape, y salieron en doble hilera, con Harry, Ron y Dean en la cola, el segundo intentando todavía liberarse.

Sólo lo soltaron cuando Snape se quedó en la puerta del castillo y ellos continuaron por la huerta hacia los invernaderos.

La clase de Herbología resultó triste, porque había dos alumnos menos: Justin y Hermione.

La profesora Sprout los puso a todos a podar las higueras de Abisinia, que daban higos secos. Harry fue a tirar un brazado de tallos secos al montón del abono y se encontró de frente con Ernie Mcmillan. Ernie respiró hondo y dijo, muy formalmente:

—Sólo quiero que sepas, Harry, que lamento haber sospechado de ti. Sé que nunca atacarías a Hermione Granger y te quiero pedir disculpas por todo lo que dije. Ahora estamos en el mismo barco y... bueno...

Avanzó una mano regordeta y Harry la estrechó.

Ernie y su amiga Hannah se pusieron a trabajar en la misma higuera que Ron y Harry.

—Ese tal Draco Malfoy —dijo Ernie mientras cortaba las ramas secas— parece haberse puesto muy contento con todo esto, ¿verdad? ¿Saben?, creo que él podría ser el heredero de Slytherin.

—Esto demuestra que eres inteligente, Ernie —dijo Ron, que no parecía haber perdonado a Ernie tan fácilmente como Harry.

—¿Crees que es Malfoy, Harry? —preguntó Ernie.

—No —respondió Harry con tal firmeza que Ernie y Hannah se lo quedaron mirando.

Un instante después, Harry vio algo y lo señaló dándole a Ron en la mano con sus tijeras de podar.

—¡Ah! ¿Qué estás...?

Harry señaló al suelo, a un metro de distancia. Varias arañas grandes correteaban por la tierra.

—¡Anda! —dijo Ron, intentando, sin éxito, hacer como que se alegraba—. Pero no podemos seguirlas ahora...

Ernie y Hannah escuchaban llenos de curiosidad. Harry contempló a las arañas que se alejaban.

—Parece que se dirigen al Bosque Prohibido...

Y a Ron aquello aún le hizo menos gracia.

Al acabar la clase, la profesora Sprout acompañó a los alumnos al aula de Defensa Contra las Artes Oscuras. Harry y Ron se rezagaron un poco para hablar sin que los oyeran.

—Tenemos que recurrir otra vez a la capa para hacernos invisibles —dijo Harry a Ron—. Podemos llevar con nosotros a *Fang*. Hagrid lo lleva con él al bosque, así que podría sernos de ayuda.

—De acuerdo —dijo Ron, que movía su varita mágica nerviosamente entre los dedos—. Pero... ¿no hay... no hay hombres lobo en el bosque? —añadió, mientras ocupaban sus puestos habituales al final del aula de Lockhart.

Prefiriendo no responder a aquella pregunta, Harry dijo:

—También hay allí cosas buenas. Los centauros son buenos, y los unicornios también.

Ron no había estado nunca en el Bosque Prohibido. Harry había penetrado en él en una ocasión, y deseaba no tener que volver a hacerlo.

Lockhart entró en el aula dando un salto, y la clase se lo quedó mirando. Todos los demás profesores del colegio parecían más serios de lo habitual, pero Lockhart estaba tan alegre como siempre.

—¡Acaben ya! —exclamó, sonriéndoles a todos—, ¿por qué ponen esas caras tan largas?

Los alumnos intercambiaron miradas de exasperación, pero no contestó nadie.

—¿Es que no comprenden —les decía Lockhart, hablándoles muy despacio, como si fueran tontos— que el peligro ya ha pasado? Se han llevado al culpable.

—¿A quién dice? —preguntó Dean Thomas en voz alta.

—Mi querido muchacho, el ministro de Magia no se habría llevado a Hagrid si no hubiera estado completamente seguro de que era el culpable —dijo Lockhart, en el tono que emplearía cualquiera para explicar que uno y uno son dos.

—Ya lo creo que se lo llevaría —dijo Ron, alzando la voz más que Dean.

—Me atrevería a suponer que sé más sobre el arresto de Hagrid que usted, señor Weasley —dijo Lockhart empleando un tono de satisfacción.

Ron comenzó a decir que él no era de la misma opinión, pero se paró en mitad de la frase cuando Harry le dio una patada por debajo del pupitre.

—Nosotros no estábamos allí, ¿recuerdas? —le susurró Harry.

Pero la desagradable alegría de Lockhart, las sospechas que siempre había tenido de que Hagrid no era bueno, su confianza en que todo el asunto ya había tocado a su fin, irritaron tanto a Harry, que sintió deseos de tirarle *Una vuelta con los espíritus malignos* a su cara de idiota. Pero en lugar de eso se conformó con garabatearle a Ron una nota: «Lo haremos esta noche.»

Ron leyó el mensaje, tragó saliva con esfuerzo y miró a su lado, al asiento habitualmente ocupado por Hermione. Entonces parecieron disiparse sus dudas, y asintió con la cabeza.

Aquellos días, la sala común de Gryffindor estaba siempre abarrotada porque, a partir de las seis, los de Gryffindor no tenían otro lugar adonde ir. También tenían mucho de que hablar, así que la sala no se vaciaba hasta pasada la medianoche.

Después de cenar, Harry sacó del baúl su capa para hacerse invisible y pasó la noche sentado encima de ella, esperando que la sala se despejara. Fred y George los retaron a jugar a los naipes explosivos y Ginny se sentó a contemplarlos, muy retraída y ocupando el asiento habitual de Hermione. Harry y Ron perdieron a propósito, intentando acabar pronto, pero incluso así, era bien pasada la medianoche cuando Fred, George y Ginny se fueron por fin a la cama.

Harry y Ron esperaron a oír cerrarse las puertas de los dos dormitorios antes de coger la capa, echársela encima y salir por el agujero del retrato.

Este recorrido por el castillo también fue difícil, porque tenían que ir esquivando a los profesores. Al fin llegaron al vestíbulo, descorrieron el pasador de la puerta principal y se colaron por ella, intentando evitar que hiciera ruido, y salieron a los campos iluminados por la luz de la luna.

—Naturalmente —dijo Ron de pronto, mientras cruzaban a grandes zancadas el negro césped—, cuando lleguemos al bosque podría ser que no tuviéramos nada que seguir. A lo mejor las arañas no iban en aquella dirección. Parecía que sí, pero...

Su voz se fue apagando, pero conservaba un aire de esperanza.

Llegaron a la cabaña de Hagrid, que parecía muy triste con las ventanas tapadas. Cuando Harry abrió la puerta, *Fang* enloqueció de alegría al verlos. Temiendo que despertara a todo el castillo con sus potentes ladridos, se apresuraron a darle de comer caramelos *toffee* que había en una lata sobre la chimenea, de tal manera que consiguieron pegarle los dientes de arriba a los de abajo.

Harry dejó la capa sobre la mesa de Hagrid. No la necesitarían en el bosque completamente oscuro.

—Ven, *Fang*, vamos a dar una vuelta —le dijo Harry, dándole unas palmaditas en la pata, y *Fang* salió de la cabaña detrás de ellos, muy contento, fue corriendo hasta el bosque y levantó la pata al pie de un gran árbol.

Harry sacó la varita, murmuró: «¡*Lumos!*», y en su extremo apareció una lucecita diminuta, suficiente para permitirles buscar indicios de las arañas por el camino.

—Bien pensado —dijo Ron—. Yo haría lo mismo con la mía, pero ya sabes... seguramente estallaría o algo parecido...

Harry le puso una mano en el hombro y le señaló la hierba. Dos arañas solitarias huían de la luz de la varita para protegerse en la sombra de los árboles.

—De acuerdo —suspiró Ron, como resignándose a lo peor—. Estoy dispuesto. Vamos.

De esta forma penetraron en el bosque, con *Fang* correteando a su lado, olfateando las hojas y las raíces de los árboles. A la luz de la varita mágica de Harry, siguieron la hilera ininterrumpida de arañas que circulaban por el camino.

Caminaron unos veinte minutos, sin hablar, con el oído atento a otros ruidos que no fueran los de ramas al romperse o el susurro de las hojas. Más adelante, cuando el bosque se volvió tan espeso que ya no se veían las estrellas del cielo y la única luz provenía de la varita de Harry, vieron que las arañas se salían del camino.

Harry se detuvo y miró hacia donde se dirigían las arañas, pero, fuera del pequeño círculo de luz de la varita, todo era oscuridad impenetrable. Nunca se había internado tanto en el bosque. Podía recordar vívidamente que Hagrid, una vez que había entrado con él, le advirtió que no se saliera del camino. Pero ahora Hagrid se hallaba a kilómetros de distancia, probablemente en una celda en Azkaban, y les había indicado que siguieran a las arañas.

Harry notó en la mano el contacto de algo húmedo, dio un salto hacia atrás y pisó a Ron en el pie, pero sólo había sido el hocico de *Fang*.

—¿Qué te parece? —preguntó Harry a Ron, de quien sólo veía los ojos, que reflejaban la luz de la varita mágica.

—Ya que hemos llegado hasta aquí... —dijo Ron.

De forma que siguieron a las arañas que se internaban en la espesura. No podían avanzar muy rápido, porque había tocones y raíces de árboles en su ruta, apenas visibles en la oscuridad. Harry notaba en la mano el cálido aliento de *Fang*. Tuvieron que detenerse más de una vez para que, en cuclillas, a la luz de la varita, Harry pudiera volver a encontrar el rastro de las arañas.

Caminaron durante una media hora por lo menos. Las túnicas se les enganchaban en las ramas bajas y en las zarzas. Al cabo de un rato notaron que el terreno descendía, aunque el bosque seguía igual de espeso.

De repente, *Fang* dejó escapar un ladrido potente, resonante, dándoles un susto tremendo.

—¿Qué pasa? —preguntó Ron en voz alta, mirando en la oscuridad y agarrándose con fuerza al hombro de Harry.

—Algo se mueve por ahí —musitó Harry—. Escucha... Parece de gran tamaño.

Escucharon. A cierta distancia, a su derecha, aquella cosa de gran tamaño se abría camino entre los árboles quebrando las ramas a su paso.

—¡Ah, no! —exclamó Ron—, ¡ah, no, no, no...!

—Calla —dijo Harry, desesperado—. Te oirá.

—¿Oírme? —dijo Ron en un tono elevado y poco natural—. Pero ¡si ya ha oído a *Fang*!

La oscuridad parecía presionarles los ojos mientras aguardaban aterrorizados. Oyeron un extraño ruido sordo, y luego, silencio.

—¿Qué crees que está haciendo? —preguntó Harry.

—Seguramente se está preparando para saltar —contestó Ron.

Aguardaron, temblando, sin atreverse apenas a moverse.

—¿Crees que se ha ido? —susurró Harry.

—No sé...

Entonces vieron a su derecha un resplandor que brilló tanto en la oscuridad que los dos tuvieron que protegerse los ojos con las manos. *Fang* soltó un aullido y echó a correr, pero se enredó en unos espinos y volvió a aullar aún más fuerte.

—¡Harry! —gritó Ron, tan aliviado que la voz apenas le salía—. ¡Harry, es nuestro auto!

—¿Qué?

—¡Vamos!

Harry siguió a Ron en dirección a la luz, dando tumbos y traspiés, y al cabo de un instante salieron a un claro.

El auto del padre de Ron estaba abandonado en medio de un círculo de gruesos árboles y bajo un espeso tejido de ramas, con las luces encendidas. Ron caminó hacia él, boquiabierto, y el auto se le acercó despacio, como si fuera un perro que saludase a su amo. Un perro de color turquesa.

—¡Ha estado aquí todo el tiempo! —dijo Ron emocionado, contemplando el auto—. Míralo: el bosque lo ha vuelto salvaje...

Los guardabarros del vehículo estaban arañados y embadurnados de barro. Daba la impresión de que el auto había conseguido llegar hasta allí él solo. A *Fang* no parecía hacerle ninguna gracia, y se mantenía pegado a Harry, temblando. Mientras su respiración se acompasaba, guardó la varita bajo la túnica.

—¡Y creíamos que era un monstruo que nos iba a atacar! —dijo Ron, inclinándose sobre el auto y dándole unas palmadas—. ¡Me preguntaba adónde habría ido!

Harry aguzó la vista en busca de arañas en el suelo iluminado, pero todas habían huido de la luz de los focos.

—Hemos perdido el rastro —dijo—. Tendremos que buscarlo de nuevo.

Ron no habló ni se movió. Tenía los ojos clavados en un punto que se hallaba a unos tres metros del suelo, justo detrás de Harry. Estaba pálido de terror.

Harry ni siquiera tuvo tiempo de darse la vuelta. Se oyó un fuerte chasquido, y de repente sintió que algo largo y peludo lo agarraba por la cintura y lo levantaba en el aire, de cara al suelo. Mientras forcejeaba, aterrorizado, oyó más chasquidos, y vio que las piernas de Ron se despegaban del suelo, y oyó a *Fang* aullar y gimotear... y sintió que lo arrastraban por entre los negros árboles.

Levantando como pudo la cabeza, Harry vio que la bestia que lo sujetaba caminaba sobre seis patas inmensamente largas y peludas, y que, encima de las dos delanteras que lo aferraban, tenía unas pinzas también negras. Tras él podía oír a otro animal similar, que sin duda era el que había cogido a Ron. Se encaminaban hacia el corazón del bosque. Harry pudo ver a *Fang*, que forcejeaba intentando liberarse de un tercer monstruo, aullando con fuerza, pero él no habría podido gritar aunque hubiera querido: parecía como si la voz se le hubiese quedado junto al auto, en el claro.

Nunca supo cuánto tiempo pasó en las garras del animal, sólo que de repente hubo la suficiente claridad para ver que el suelo, antes cubierto de hojas, estaba infestado de arañas. Estaban en el borde de una vasta hondonada en la que los árboles habían sido talados y las estrellas brillaban iluminando el paisaje más terrorífico que se pueda imaginar.

Arañas. No arañas diminutas como aquellas a las que habían seguido por el camino de hojarasca, sino arañas del tamaño de caballos, con ocho ojos y ocho patas negras, peludas y gigantescas. El ejemplar que transportaba a Harry se abría camino, bajando por la brusca pendiente, hacia una telaraña nebulosa en forma de cúpula que había en el centro de la hondonada, mientras sus compañeras se acercaban por todas partes chasqueando sus pinzas, emocionadas a la vista de su presa.

La araña soltó a Harry, y éste cayó al suelo apoyándose en sus brazos y piernas. A su lado, con un ruido sordo, cayeron

Ron y *Fang*. El perro ya no aullaba; se quedó encogido y en silencio en el mismo punto en que había caído. Ron parecía encontrarse tan mal como Harry había supuesto. Su boca se había alargado en una especie de grito mudo y los ojos se le salían de las órbitas.

De pronto Harry se dio cuenta de que la araña que lo había dejado caer estaba hablando. No era fácil darse cuenta de ello, porque chascaba sus pinzas a cada palabra que decía.

—¡Aragog! —llamaba—, ¡Aragog!

Y del medio de la gran tela de araña salió, muy despacio, una araña del tamaño de un elefante pequeño. El negro de su cuerpo y sus piernas estaba manchado de gris, y los ocho ojos que tenía en su cabeza horrenda y llena de pinzas eran de un blanco lechoso. Era ciega.

—¿Qué hay? —dijo, chascando muy deprisa sus pinzas.

—Hombres —dijo la araña que había llevado a Harry.

—¿Es Hagrid? —Aragog se acercó, moviendo vagamente sus múltiples ojos lechosos.

—Desconocidos —respondió la araña que había llevado a Ron.

—Mátenlos —ordenó Aragog con fastidio—. Estaba durmiendo...

—Somos amigos de Hagrid —gritó Harry.

Sentía como si el corazón se le hubiera escapado del pecho y estuviera retumbando en su garganta.

—Clic, clic, clic —hicieron las pinzas de todas las arañas en la hondonada.

Aragog se detuvo.

—Hagrid nunca ha enviado hombres a nuestra hondonada —dijo despacio.

—Hagrid está metido en un grave problema —dijo Harry, respirando muy deprisa—. Por eso hemos venido nosotros.

—¿En un grave problema? —dijo la vieja araña, en un tono que a Harry se le antojó de preocupación—. Pero ¿por qué los ha enviado?

Harry quiso levantarse, pero decidió no hacerlo; no creía que las piernas lo pudieran sostener. Así que habló desde el suelo, lo más tranquilamente que pudo.

—En el colegio piensan que Hagrid se ha metido en... en... algo con los estudiantes. Se lo han llevado a Azkaban.

Aragog chascó sus pinzas enojado, y el resto de las arañas de la hondonada hizo lo mismo: era como si aplaudiesen, sólo que los aplausos no solían aterrorizar a Harry.

—Pero aquello fue hace años —dijo Aragog con fastidio—. Hace un montón de años. Lo recuerdo bien. Por eso lo echaron del colegio. Creyeron que yo era el monstruo que vivía en lo que ellos llaman la Cámara de los Secretos. Creyeron que Hagrid había abierto la cámara y me había liberado.

—Y tú... ¿tú no saliste de la Cámara de los Secretos? —dijo Harry, notando un sudor frío en la frente.

—¡Yo! —dijo Aragog, chascando de enfado—. Yo no nací en el castillo. Vine de una tierra lejana. Un viajero me regaló a Hagrid cuando yo estaba en el huevo. Hagrid sólo era un niño, pero me cuidó, me escondió en un armario del castillo, me alimentó con sobras de la mesa. Hagrid es un gran amigo mío, y un gran hombre. Cuando me descubrieron y me culparon de la muerte de una muchacha, él me protegió. Desde entonces, he vivido siempre en el bosque, donde Hagrid aún viene a verme. Hasta me encontró una esposa, Mosag, y ya ven cómo ha crecido mi familia, gracias a la bondad de Hagrid...

Harry reunió todo el valor que le quedaba.

—¿Así que tú nunca... nunca has atacado a nadie?

—Nunca —dijo la vieja araña con voz ronca—. Mi instinto me habría empujado a ello, pero, por consideración a Hagrid, nunca he hecho daño a un ser humano. El cuerpo de la muchacha asesinada fue descubierto en un baño. Yo nunca vi nada del castillo salvo el armario en que crecí. A nuestra especie le gusta la oscuridad y el silencio.

—Pero entonces... ¿sabes qué es lo que mató a la chica? —preguntó Harry—. Porque, sea lo que sea, ha vuelto a atacar a la gente...

Los chasquidos y el ruido de muchas patas que se movían de enojo ahogaron sus palabras. Al mismo tiempo, grandes figuras negras parecían crecer a su alrededor.

—Lo que habita en el castillo —dijo Aragog— es una antigua criatura a la que las arañas tememos más que a ninguna otra cosa. Recuerdo bien que le rogué a Hagrid que me dejara ir cuando me di cuenta de que la bestia rondaba por el castillo.

—¿Qué es? —dijo Harry enseguida.

Las pinzas chascaron más fuerte. Parecía que las arañas se acercaban.

—¡No hablamos de eso! —dijo con furia Aragog—. ¡No lo nombramos! Ni siquiera a Hagrid le dije nunca el nombre de esa horrible criatura, aunque me preguntó varias veces.

Harry no quiso insistir, y menos con las arañas que se acercaban cada vez más por todos lados. Aragog parecía cansada de hablar. Iba retrocediendo despacio hacia su tela, pero las demás arañas seguían acercándose, poco a poco, a Harry y Ron.

—En ese caso, ya nos vamos —dijo Harry desesperadamente a Aragog, al oír los crujidos muy cerca.

—¿Irse? —dijo Aragog despacio—. Creo que no...

—Pero, pero...

—Mis hijos e hijas no hacen daño a Hagrid, ésa es mi orden. Pero no puedo negarles un poco de carne fresca cuando se nos pone delante voluntariamente. Adiós, amigo de Hagrid.

Harry miró a todos lados. A muy poca distancia, mucho más alto que él, había un frente de arañas, como un muro macizo, chascando sus pinzas y con sus múltiples ojos brillando en las horribles cabezas negras.

Al coger su varita, Harry sabía que no le iba a servir, que había demasiadas arañas, pero estaba decidido a hacerles frente, dispuesto a morir luchando. Pero en aquel instante se oyó un ruido fuerte, y un destello de luz iluminó la hondonada.

El auto del padre de Ron rugía bajando la cuesta, con las luces encendidas, tocando la bocina, apartando a las arañas al chocar con ellas. Algunas caían del revés y se quedaban agitando sus largas patas en el aire. El vehículo se detuvo con un chirrido delante de Harry y Ron, y abrió las puertas.

—¡Coge a *Fang*! —gritó Harry, metiéndose por la puerta delantera.

Ron cogió al perro, que no paraba de aullar, por la barriga y lo metió en los asientos de atrás. Las puertas se cerraron de un portazo. Ni Ron puso el pie en el acelerador ni falta que hizo. El motor dio un rugido, y el auto salió atropellando arañas. Subieron la cuesta a toda velocidad, salieron de la hondonada y enseguida se internaron en el bosque chocando contra todo lo que se les ponía por delante, con las ramas golpeando las ventanillas, mientras el auto se abría camino hábilmente a través de los espacios más amplios, siguiendo un camino que obviamente conocía.

Harry miró a Ron. En la boca aún conservaba la mueca del grito mudo, pero sus ojos ya no estaban desorbitados.

—¿Estás bien?

Ron miraba fijamente hacia delante, incapaz de hablar.

Se abrieron camino a través de la maleza, con *Fang* aullando sonoramente en el asiento de atrás. Harry vio cómo al rozar un árbol arrancaba de cuajo el retrovisor exterior. Después de diez minutos de ruido y tambaleo, el bosque se aclaró y Harry vio de nuevo algunos trozos de cielo.

El auto frenó tan bruscamente que casi salen por el parabrisas. Habían llegado al final del bosque. *Fang* se abalanzó contra la ventanilla en su impaciencia por salir, y cuando Harry le abrió la puerta, corrió por entre los árboles, con la cola entre las piernas, hasta la cabaña de Hagrid. Harry también salió y, al cabo de un rato, Ron lo siguió, recuperado ya el movimiento en sus miembros, pero aún con el cuello rígido y los ojos fijos. Harry dio al auto una palmada de agradecimiento, y éste volvió a internarse en el bosque y desapareció de la vista.

Harry entró en la cabaña de Hagrid a recoger la capa invisible. *Fang* se había acurrucado en su cesta, temblando debajo de la manta. Cuando Harry volvió a salir, vio a Ron vomitando en el cultivo de las calabazas.

—Sigan a las arañas —dijo Ron sin fuerzas, limpiándose la boca con la manga—. Nunca perdonaré a Hagrid. Estamos vivos de milagro.

—Apuesto a que no pensaba que Aragog pudiera hacer daño a sus amigos —dijo Harry.

—¡Ése es exactamente el problema de Hagrid! —exclamó Ron, golpeando la pared de la cabaña—. ¡Siempre cree que los monstruos no son tan malos como parecen, y mira adónde lo ha llevado esa creencia: a una celda en Azkaban! —No podía dejar de temblar—. ¿Qué pretendía enviándonos allá? Me gustaría saber qué es lo que hemos averiguado.

—Que Hagrid no abrió nunca la Cámara de los Secretos —contestó Harry, echando la capa sobre Ron y empujándolo por el brazo para hacerlo andar—. Es inocente.

Ron dio un fuerte resoplido. Evidentemente, criar a Aragog en un armario no era su idea de la inocencia.

Al aproximarse al castillo, Harry enderezó la capa para asegurarse de que no se les veían los pies, luego empujó despacio la puerta principal, para que no chirriara, sólo hasta dejarla entreabierta. Cruzaron con cuidado el vestíbulo y subieron la escalera de mármol, conteniendo la respiración al encontrarse con los centinelas que vigilaban los corredores. Por fin llegaron a la sala común de Gryffindor, donde el fuego se había convertido en cenizas y unas pocas brasas. Al hallarse en lugar seguro, se desprendieron de la capa y ascendieron por la escalera circular hasta el dormitorio.

Ron cayó en la cama sin preocuparse de desvestirse. Harry, por el contrario, no tenía mucho sueño. Se sentó en el borde de la cama, pensando en todo lo que había dicho Aragog.

La criatura que merodeaba por algún lugar del castillo, pensó, se parecía a Voldemort, incluso en el hecho de que otros monstruos no quisieran mencionar su nombre. Pero Ron y él no se encontraban más cerca de averiguar qué era aquello ni cómo había petrificado a sus víctimas. Ni siquiera Hagrid había sabido nunca qué se escondía en la Cámara de los Secretos.

Harry subió las piernas a la cama y se reclinó contra las almohadas, contemplando la luna que destellaba para él a través de la ventana de la torre.

No comprendía qué otra cosa podía hacer. Nada de lo que habían intentado hasta el momento les había llevado a ninguna parte. Ryddle había atrapado al que no era, el heredero de Slytherin había escapado y nadie sabía si sería o no la misma persona que había vuelto a abrir la cámara. No quedaba nadie a quien preguntar. Harry se tumbó, sin dejar de pensar en lo que había dicho Aragog.

Estaba adormeciéndose cuando se le ocurrió algo que podía ser su última esperanza, y se incorporó de repente.

—Ron —susurró en la oscuridad—, ¡Ron!

Ron despertó con un aullido como los de *Fang*, abrió unos ojos desorbitados y miró a Harry.

—Ron: la chica que murió. Aragog dijo que fue hallada en unos baños —dijo Harry, sin hacer caso de los ronquidos de

Neville que venían del rincón—. ¿Y si no hubiera abandonado nunca el baño? ¿Y si todavía estuviera allí?

Bajo la luz de la luna, Ron se frotó los ojos y arrugó la frente. Y entonces comprendió.

—¿No pensarás... en Myrtle *la Llorona*?

16

La Cámara de los Secretos

—Con la cantidad de veces que hemos estado cerca de ella en el baño —dijo Ron con amargura durante el desayuno del día siguiente—, y no se nos ocurrió preguntarle, y ahora ya ves...

La aventura de seguir a las arañas había sido muy dura. Pero ahora, burlar a los profesores para poder meterse en un baño de chicas, pero no uno cualquiera, sino el que estaba junto al lugar en que había ocurrido el primer ataque, les parecía prácticamente imposible.

En la primera clase que tuvieron, Transformaciones, sin embargo, sucedió algo que por primera vez en varias semanas les hizo olvidar la Cámara de los Secretos. A los diez minutos de empezada la clase, la profesora McGonagall les dijo que los exámenes comenzarían el 1 de junio, y sólo faltaba una semana.

—¿Exámenes? —aulló Seamus Finnigan—. ¿Vamos a tener exámenes a pesar de todo?

Sonó un fuerte golpe detrás de Harry. A Neville Longbottom se le había caído la varita mágica, haciendo desaparecer una de las patas del pupitre. La profesora McGonagall volvió a hacerla aparecer con un movimiento de su varita y se volvió hacia Seamus con el entrecejo fruncido.

—El único propósito de mantener el colegio en funcionamiento en estas circunstancias es el de darles una educación —dijo con severidad—. Los exámenes, por lo tanto, tendrán lugar como de costumbre, y confío en que estén todos estudiando duro.

¡Estudiando duro! Nunca se le ocurrió a Harry que pudiera haber exámenes con el castillo en aquel estado. Se oyeron murmullos de inconformidad en toda el aula, lo que provocó que la profesora McGonagall frunciera el entrecejo aún más.

—Las instrucciones del profesor Dumbledore fueron que el colegio prosiguiera su marcha con toda la normalidad posible —dijo ella—. Y eso, no necesito explicarlo, incluye comprobar cuánto han aprendido en este año.

Harry contempló el par de conejos blancos que tenía que convertir en pantuflas. ¿Qué había aprendido durante aquel año? No le venía a la cabeza ni una sola cosa que pudiera resultar útil en un examen.

En cuanto a Ron, parecía como si le acabaran de decir que tenía que irse a vivir al Bosque Prohibido.

—¿Te parece que puedo hacer los exámenes con esto? —preguntó a Harry, levantando su varita, que se había puesto a pitar.

Tres días antes del primer examen, durante el desayuno, la profesora McGonagall hizo otro anuncio a la clase.

—Tengo buenas noticias —dijo, y el Gran Comedor, en lugar de quedar en silencio, estalló en alborozo.

—¡Vuelve Dumbledore! —dijeron varios, entusiasmados.

—¡Han atrapado al heredero de Slytherin! —gritó una chica desde la mesa de Ravenclaw.

—¡Vuelven los partidos de quidditch! —rugió Wood, emocionado.

Cuando se calmó el alboroto, dijo la profesora McGonagall:

—La profesora Sprout me ha informado que las mandrágoras ya están listas para ser cortadas. Esta noche podremos revivir a las personas petrificadas. Creo que no hace falta recordarles que alguno de ellos quizá pueda decirnos quién, o qué, los atacó. Tengo la esperanza de que este horroroso año acabe con la captura del culpable.

Hubo una explosión de alegría. Harry miró a la mesa de Slytherin y no le sorprendió ver que Draco Malfoy no participaba de ella. Ron, sin embargo, parecía más feliz que en ningún otro momento de los últimos días.

—¡Siendo así, no tendremos que preguntarle a Myrtle! —dijo a Harry—. ¡Hermione tendrá la respuesta cuando la despierten! Aunque se volverá loca cuando se entere de que sólo quedan tres días para el comienzo de los exámenes. No ha podido estudiar. Sería más amable por nuestra parte dejarla como está hasta que hayan terminado.

En aquel mismo instante, Ginny Weasley se acercó y se sentó junto a Ron. Parecía tensa y nerviosa, y Harry vio que se retorcía las manos en el regazo.

—¿Qué pasa? —le preguntó Ron, sirviéndose más hojuelas de avena.

Ginny no dijo nada, pero miró la mesa de Gryffindor de un lado a otro con una expresión asustada que a Harry le recordaba a alguien, aunque no sabía a quién.

—Suéltalo ya —le dijo Ron, mirándola.

Harry comprendió entonces a quién le recordaba Ginny. Se balanceaba ligeramente hacia atrás y hacia delante en la silla, exactamente igual que lo hacía Dobby cuando estaba a punto de revelar información prohibida.

—Tengo algo que decirles —masculló Ginny, evitando mirar directamente a Harry.

—¿Qué es? —preguntó Harry.

Parecía como si Ginny no pudiera encontrar las palabras adecuadas.

—¿Qué? —apremió Ron.

Ginny abrió la boca, pero no salió de ella ningún sonido. Harry se inclinó hacia delante y habló en voz baja, para que sólo la pudieran oír Ron y Ginny.

—¿Tiene que ver con la Cámara de los Secretos? ¿Has visto algo o a alguien haciendo cosas sospechosas?

Ginny tomó aire, y en aquel preciso momento apareció Percy Weasley, pálido y fatigado.

—Si has acabado de comer, me sentaré en tu sitio, Ginny. Estoy muerto de hambre. Acabo de terminar la ronda.

Ginny saltó de la silla como si la hubiera cogido la corriente, echó a Percy una mirada breve y aterrorizada, y salió corriendo. Percy se sentó y cogió una jarra del centro de la mesa.

—¡Percy! —dijo Ron, enfadado—. ¡Estaba a punto de contarnos algo importante!

Percy se atragantó en medio de un sorbo de té.

—¿Sobre qué? —preguntó, tosiendo.

—Yo le acababa de preguntar si había visto algo raro, y ella se disponía a decir...

—¡Ah, eso! No tiene nada que ver con la Cámara de los Secretos —dijo Percy.

—¿Cómo lo sabes? —dijo Ron, arqueando las cejas.

—Bueno, si es imprescindible que te lo diga... Ginny, esto... me encontró el otro día cuando yo estaba... Bueno, no importa, el caso es que... ella me vio hacer algo y yo, hum, le pedí que no se lo dijera a nadie. Yo creía que mantendría su palabra. No es nada, de verdad, pero preferiría...

Harry nunca había visto a Percy pasando semejante apuro.

—¿Qué hacías, Percy? —preguntó Ron, sonriendo—. Vamos, dínoslo, no nos reiremos.

Percy no devolvió la sonrisa.

—Pásame esos panes, Harry, me muero de hambre.

Harry sabía que todo el misterio podría resolverse al día siguiente sin la ayuda de Myrtle, pero, si se presentaba, no dejaría escapar la oportunidad de hablar con ella. Y afortunadamente se presentó, a media mañana, cuando Gilderoy Lockhart los conducía al aula de Historia de la Magia.

Lockhart, que tan a menudo les había asegurado que todo el peligro ya había pasado, sólo para que se demostrara enseguida que estaba equivocado, estaba ahora plenamente convencido de que no valía la pena acompañar a los alumnos por los pasillos. No llevaba el pelo tan acicalado como de costumbre, y parecía como si hubiera estado levantado casi toda la noche, haciendo guardia en el cuarto piso.

—Recuerden mis palabras —dijo, doblando con ellos una esquina—: lo primero que dirán las bocas de esos pobres petrificados será: «Fue Hagrid.» Francamente, me asombra que la profesora McGonagall juzgue necesarias todas estas medidas de seguridad.

—Estoy de acuerdo, señor —dijo Harry, y a Ron se le cayeron los libros, de la sorpresa.

—Gracias, Harry —dijo Lockhart cortésmente mientras esperaban que acabara de pasar una larga hilera de alumnos de Hufflepuff—. Nosotros los profesores tenemos cosas mucho más importantes que hacer que acompañar a los alumnos por los pasillos y quedarnos de guardia toda la noche...

—Es verdad —dijo Ron, comprensivo—. ¿Por qué no nos deja aquí, señor? Sólo nos queda este pasillo.

—¿Sabes, Weasley? Creo que tienes razón —respondió Lockhart—. La verdad es que debería ir a preparar mi próxima clase.

Y salió apresuradamente.

—A preparar su próxima clase —dijo Ron con sorna—. A ondularse el cabello, más bien.

Dejaron que el resto de la clase pasara delante y luego enfilaron por un pasillo lateral y corrieron hacia el baño de Myrtle *la Llorona*. Pero cuando ya se felicitaban uno al otro por su brillante idea...

—¡Potter! ¡Weasley! ¿Qué están haciendo?

Era la profesora McGonagall, y tenía los labios más apretados que nunca.

—Estábamos... estábamos... —balbució Ron—. Íbamos a ver...

—A Hermione —dijo Harry. Tanto Ron como la profesora McGonagall lo miraron—. Hace mucho que no la vemos, profesora —continuó Harry, hablando deprisa y pisando a Ron en el pie—, y pretendíamos colarnos en la enfermería, ya sabe, y decirle que las mandrágoras ya están casi listas y, bueno, que no se preocupara.

La profesora McGonagall seguía mirándolo y, por un momento, Harry pensó que iba a estallar de furia, pero cuando habló lo hizo con una voz ronca, poco habitual en ella.

—Naturalmente —dijo, y Harry vio, sorprendido, que brillaba una lágrima en uno de sus ojos, redondos y vivos—. Naturalmente, comprendo que todo esto ha sido más duro para los amigos de los que están... Lo comprendo perfectamente. Sí, Potter, claro que pueden ver a la señorita Granger. Informaré al profesor Binns de dónde han ido. Díganle a la señora Pomfrey que les he dado permiso.

Harry y Ron se alejaron, sin atreverse a creer que se hubieran librado del castigo. Al doblar la esquina, oyeron claramente a la profesora McGonagall sonarse la nariz.

—Ésa —dijo Ron, emocionado— ha sido la mejor historia que has inventado nunca.

No tenían otra opción que ir a la enfermería y decir a la señora Pomfrey que la profesora McGonagall les había dado permiso para visitar a Hermione.

La señora Pomfrey los dejó entrar, pero a regañadientes.

—No sirve de nada hablar a alguien petrificado —les dijo, y ellos, al sentarse al lado de Hermione, tuvieron que admitir que tenía razón. Era evidente que Hermione no tenía la más remota idea de que tenía visitas, y que lo mismo daría que lo de que no se preocupara se lo dijeran a la mesita de noche.

—¿Vería al atacante? —preguntó Ron, mirando con tristeza el rostro rígido de Hermione—. Porque si se apareció sigilosamente, quizá no viera a nadie...

Pero Harry no miraba el rostro de Hermione, porque se había fijado en que su mano derecha, apretada encima de las mantas, aferraba en el puño un trozo de papel estrujado.

Asegurándose de que la señora Pomfrey no estaba cerca, se lo señaló a Ron.

—Intenta sacárselo —susurró Ron, corriendo su silla para ocultar a Harry de la vista de la señora Pomfrey.

No fue una tarea fácil. La mano de Hermione apretaba con tal fuerza el papel que Harry creía que al tirar se rompería. Mientras Ron lo cubría, él tiraba y forcejeaba, y, al fin, después de varios minutos de tensión, el papel salió.

Era una página arrancada de un libro muy viejo. Harry la alisó con emoción y Ron se inclinó para leerla también.

De las muchas bestias pavorosas y monstruos terribles que vagan por nuestra tierra, no hay ninguna más sorprendente ni más letal que el basilisco, conocido como el rey de las serpientes. Esta serpiente, que puede alcanzar un tamaño gigantesco y cuya vida dura varios siglos, nace de un huevo de gallina empollado por un sapo. Sus métodos de matar son de lo más extraordinario, pues además de sus colmillos mortalmente venenosos, el basilisco mata con la mirada, y todos cuantos fijaren su vista en el brillo de sus ojos han de sufrir instantánea muerte. Las arañas huyen del basilisco, pues es éste su mortal enemigo,

y el basilisco huye sólo del canto del gallo, que para
él es mortal.

Y debajo de esto había escrita una sola palabra, con una letra que Harry reconoció como la de Hermione: «Cañerías.»

Fue como si alguien hubiera encendido la luz de repente en su cerebro.

—Ron —musitó—. ¡Esto es! Aquí está la respuesta. El monstruo de la cámara es un basilisco, ¡una serpiente gigante! Por eso he oído a veces esa voz por todo el colegio y nadie más la ha oído: porque yo comprendo la lengua pársel...

Harry miró las camas que había a su alrededor.

—El basilisco mata a la gente con la mirada. Pero no ha muerto nadie. Porque ninguno de ellos lo miró directo a los ojos. Colin lo vio a través de su cámara de fotos. El basilisco quemó todo el rollo que había dentro, pero a Colin sólo lo petrificó. Justin... ¡Justin debe de haber visto al basilisco a través de Nick Casi Decapitado! Nick lo vería perfectamente, pero no podía morir otra vez... Y a Hermione y la prefecta de Ravenclaw las hallaron con aquel espejo al lado. Hermione acababa de enterarse de que el monstruo era un basilisco. ¡Apostaría lo que fuera a que ella le advirtió a la primera persona a la que encontró que mirara por un espejo antes de doblar las esquinas! Y entonces sacó el espejo y...

Ron se había quedado con la boca abierta.

—¿Y la *Señora Norris*? —susurró con interés.

Harry hizo un gran esfuerzo para concentrarse, recordando la imagen de la noche de Halloween.

—El agua... la inundación que venía del baño de Myrtle *la Llorona*. Seguro que la *Señora Norris* sólo vio el reflejo...

Con impaciencia, examinó la hoja que tenía en la mano. Cuanto más la miraba, más sentido le hallaba.

—*¡El basilisco sólo huye del canto del gallo, que para él es mortal!* —leyó en voz alta—. ¡Mató a los gallos de Hagrid! El heredero de Slytherin no quería que hubiera ninguno cuando se abriera la Cámara de los Secretos. *¡Las arañas huyen del basilisco!* ¡Todo encaja!

—Pero ¿cómo se mueve el basilisco por el castillo? —dijo Ron—. Una serpiente asquerosa... alguien tendría que verla...

Harry, sin embargo, le señaló la palabra que Hermione había garabateado al pie de la página.

—Cañerías —leyó—. Cañerías... Ha estado usando las cañerías, Ron. Y yo he oído esa voz dentro de las paredes...

De pronto, Ron cogió a Harry del brazo.

—¡La entrada de la Cámara de los Secretos! —dijo con la voz quebrada—. ¿Y si es uno de los escusados? ¿Y si estuviera en...?

—...el baño de Myrtle *la Llorona* —terminó Harry.

Durante un rato se quedaron inmóviles, embargados por la emoción, sin poder creérselo apenas.

—Esto quiere decir —añadió Harry— que no debo de ser el único que habla pársel en el colegio. El heredero de Slytherin también lo hace. De esa forma domina al basilisco.

—¿Qué hacemos? ¿Vamos directamente a hablar con McGonagall?

—Vamos a la sala de profesores —dijo Harry, levantándose de un salto—. Irá allí dentro de diez minutos, ya es casi el recreo.

Bajaron las escaleras corriendo. Como no querían que volvieran a encontrarlos merodeando por otro pasillo, fueron directamente a la sala de profesores, que estaba desierta. Era una sala amplia con una gran mesa y muchas sillas alrededor. Harry y Ron caminaron por ella, pero estaban demasiado nerviosos para sentarse.

Pero la campana que señalaba el comienzo del recreo no sonó. En su lugar se oyó la voz de la profesora McGonagall, amplificada por medios mágicos.

—Todos los alumnos volverán inmediatamente a los dormitorios de sus respectivas casas. Los profesores deben dirigirse a la sala de profesores. Les ruego que se den prisa.

Harry se dio la vuelta hacia Ron.

—¿Habrá habido otro ataque? ¿Precisamente ahora?

—¿Qué hacemos? —dijo Ron, aterrorizado—. ¿Regresamos al dormitorio?

—No —dijo Harry, mirando alrededor. Había una especie de clóset a su izquierda, lleno de capas de profesores—. Si nos escondemos aquí, podremos enterarnos de qué ha pasado. Luego les diremos lo que hemos averiguado.

Se ocultaron dentro del armario. Oían el ruido de cientos de personas que pasaban por el corredor. La puerta de la sala de profesores se abrió de golpe. Por entre los pliegues de las capas, que olían a humedad, vieron a los profesores que iban entrando en la sala. Algunos parecían desconcertados; otros, claramente preocupados. Al final llegó la profesora McGonagall.

—Ha sucedido —dijo a la sala, que la escuchaba en silencio—. Una alumna ha sido raptada por el monstruo. Se la ha llevado a la cámara.

El profesor Flitwick dejó escapar un grito. La profesora Sprout se tapó la boca con las manos. Snape se cogió con fuerza al respaldo de una silla y preguntó:

—¿Está usted segura?

—El heredero de Slytherin —dijo la profesora McGonagall, que estaba pálida— ha dejado un nuevo mensaje, debajo del primero: «Sus huesos reposarán en la cámara por siempre.»

El profesor Flitwick derramó unas cuantas lágrimas.

—¿Quién ha sido? —preguntó la señora Hooch, que se había sentado en una silla porque las rodillas no la sostenían—. ¿Qué alumna?

—Ginny Weasley —dijo la profesora McGonagall.

Harry notó que Ron se dejaba caer en silencio y se quedaba agachado sobre el suelo del armario.

—Tendremos que enviar a todos los estudiantes a casa mañana —dijo la profesora McGonagall—. Éste es el fin de Hogwarts. Dumbledore siempre ha dicho...

La puerta de la sala de profesores se abrió bruscamente. Por un momento, Harry estuvo convencido de que era Dumbledore. Pero era Lockhart, y llegaba sonriendo.

—Lo lamento... me quedé dormido... ¿Me he perdido algo importante?

No parecía darse cuenta de que los demás profesores lo miraban con una expresión bastante cercana al odio. Snape dio un paso hacia delante.

—He aquí el hombre —dijo—. El hombre adecuado. El monstruo ha raptado a una chica, Lockhart. Se la ha llevado a la Cámara de los Secretos. Por fin ha llegado tu oportunidad.

Lockhart palideció.

—Así es, Gilderoy —intervino la profesora Sprout—. ¿No decías anoche que sabías dónde estaba la entrada a la Cámara de los Secretos?

—Yo... bueno, yo... —resopló Lockhart.

—Sí, ¿y no me dijiste que sabías con seguridad qué era lo que había dentro? —añadió el profesor Flitwick.

—¿Yo...? No recuerdo...

—Ciertamente, yo sí recuerdo que lamentabas no haber tenido una oportunidad de enfrentarte al monstruo antes de que arrestaran a Hagrid —dijo Snape—. ¿No decías que el asunto se había llevado mal, y que deberíamos haberlo dejado todo en tus manos desde el principio?

Lockhart miró los rostros pétreos de sus colegas.

—Yo... yo nunca realmente... Deben de haberme interpretado mal...

—Lo dejaremos todo en tus manos, Gilderoy —dijo la profesora McGonagall—. Esta noche será una ocasión excelente para llevarlo a cabo. Nos aseguraremos de que nadie te moleste. Podrás enfrentarte al monstruo tú mismo. Por fin está en tus manos.

Lockhart miró a su alrededor, desesperado, pero nadie acudió en su auxilio. Ya no resultaba tan atractivo. Le temblaba el labio, y en ausencia de su sonrisa radiante, parecía flojo y debilucho.

—Mu... muy bien —dijo—. Estaré en mi oficina, pre... preparándome.

Y salió de la sala.

—Bien —dijo la profesora McGonagall, resoplando—, eso nos lo quitará de delante. Los jefes de las casas deberían ir ahora a informar a los alumnos de lo ocurrido. Díganles que el expreso de Hogwarts los conducirá a sus hogares mañana a primera hora. A los demás les ruego que se encarguen de asegurarse de que no haya ningún alumno fuera de los dormitorios.

Los profesores se levantaron y fueron saliendo de uno en uno.

Aquél fue, seguramente, el peor día de la vida de Harry. Él, Ron, Fred y George se sentaron juntos en un rincón de la sala común de Gryffindor, incapaces de pronunciar palabra. Percy no estaba con ellos. Había enviado un búho a sus padres y luego se había encerrado en su dormitorio.

Ninguna tarde había sido tan larga como aquélla, y nunca la torre de Gryffindor había estado tan llena de gente y tan silenciosa a la vez. Cuando faltaba poco para la puesta de sol, Fred y George se fueron a la cama, incapaces de permanecer allí sentados más tiempo.

—Ella sabía algo, Harry —dijo Ron, hablando por primera vez desde que entraran en el armario de la sala de profesores—. Por eso la han raptado. No se trataba de ninguna estupidez sobre Percy; había averiguado algo sobre la Cámara de los Secretos. Debe de ser por eso, porque ella era... —Ron se frotó los ojos frenético—. Quiero decir, que es de sangre limpia. No puede haber otra razón.

Harry veía el sol, rojo como la sangre, hundirse en el horizonte. Nunca se había sentido tan mal. Si pudiera hacer algo... cualquier cosa...

—Harry —dijo Ron—, ¿crees que existe alguna posibilidad de que ella no esté...? Ya sabes a lo que me refiero. —Harry no supo qué contestar. No creía que Ginny pudiera seguir viva—. ¿Sabes qué? —añadió Ron—. Deberíamos ir a ver a Lockhart para decirle lo que sabemos. Va a intentar entrar en la cámara. Podemos decirle dónde sospechamos que está la entrada y explicarle que lo que hay dentro es un basilisco.

Harry se mostró de acuerdo, porque no se le ocurría nada mejor y quería hacer algo. Los demás alumnos de Gryffindor estaban tan tristes y sentían tanta lástima por los Weasley, que nadie trató de detenerlos cuando se levantaron, cruzaron la sala y salieron por el agujero del retrato.

Oscurecía mientras se acercaban a la oficina de Lockhart. Les dio la impresión de que dentro había gran actividad: podían oír sonido de roces, golpes y pasos apresurados.

Harry llamó. Dentro se hizo un repentino silencio. Luego la puerta se entreabrió y Lockhart asomó un ojo por la rendija.

—¡Ah...! Señor Potter, señor Weasley... —dijo, abriendo la puerta un poco más—. En este momento estaba muy ocupado. Si se dan prisa...

—Profesor, tenemos información para usted —dijo Harry—. Creemos que le será útil.

—Ah... bueno... no es muy... —Lockhart parecía encontrarse muy incómodo, a juzgar por el trozo de cara que veían—. Quiero decir, bueno, bien.

Abrió la puerta y entraron.

La oficina estaba casi completamente vacía. En el suelo había dos grandes baúles abiertos. Uno contenía túnicas de color verde jade, lila y azul medianoche, dobladas con precipitación; el otro, libros mezclados desordenadamente. Las fotografías que habían cubierto las paredes estaban ahora guardadas en cajas encima de la mesa.

—¿Se va a algún lado? —preguntó Harry.

—Esto... bueno, sí... —admitió Lockhart, arrancando un afiche de sí mismo de tamaño natural y comenzando a enrollarlo—. Una llamada urgente... insoslayable... me tengo que ir...

—¿Y mi hermana? —preguntó Ron con voz entrecortada.

—Bueno, en cuanto a eso... es ciertamente lamentable —dijo Lockhart, evitando mirarlo a los ojos mientras sacaba un cajón y empezaba a vaciar el contenido en una bolsa—. Nadie lo lamenta más que yo...

—¡Usted es el profesor de Defensa Contra las Artes Oscuras! —dijo Harry—. ¡No puede irse ahora! ¡Con todas las cosas oscuras que están pasando!

—Bueno, he de decir que... cuando acepté el empleo... —murmuró Lockhart, amontonando medias sobre las túnicas— no constaba nada en el contrato... Yo no esperaba...

—¿Quiere decir que va a salir corriendo? —dijo Harry sin poder creérselo—. ¿Después de todo lo que cuenta en sus libros?

—Los libros pueden ser engañosos —repuso Lockhart con sutileza.

—¡Usted los ha escrito! —gritó Harry.

—Muchacho —dijo Lockhart, irguiéndose y mirando a Harry con el entrecejo fruncido—, usa el sentido común. No habría vendido mis libros ni la mitad de bien si la gente no se hubiera creído que yo hice todas esas cosas. A nadie le interesa la historia de un mago armenio feo y viejo, aunque librara de los hombres lobo a un pueblo. Habría quedado horrible en la portada. No tenía ningún gusto vistiendo. Y la bruja que echó a la banshee que presagiaba la muerte tenía pelos en la barbilla. Quiero decir... bueno, que...

—¿Así que usted se ha estado llevando la gloria de lo que ha hecho otra gente? —dijo Harry, que no daba crédito a lo que oía.

—Harry, Harry —dijo Lockhart, negando con la cabeza—, no es tan simple. Tuve que hacer un gran trabajo. Tuve que encontrar a esas personas, preguntarles cómo lo habían hecho exactamente y encantarlas con el embrujo desmemorizante para que no pudieran recordar nada. Si hay algo que me llena de orgullo son mis embrujos desmemorizantes. Ah... me ha llevado mucho esfuerzo, Harry. No todo consiste en firmar libros y fotos publicitarias. Si quieres ser famoso, tienes que estar dispuesto a trabajar duro.

Cerró las tapas de los baúles y les echó la llave.

—Veamos —dijo—. Creo que eso es todo. Sí. Sólo queda un detalle.

Sacó su varita mágica y se dio la vuelta hacia ellos.

—Lo lamento profundamente, muchachos, pero ahora les tengo que echar uno de mis embrujos desmemorizantes. No puedo permitir que revelen a todo el mundo mis secretos. No volvería a vender ni un solo libro...

Harry sacó su varita justo a tiempo. Lockhart apenas había alzado la suya cuando Harry gritó:

—¡*Expelliarmus!*

Lockhart salió despedido hacia atrás y cayó sobre uno de los baúles. La varita voló por el aire. Ron la cogió y la tiró por la ventana.

—No debería haber permitido que el profesor Snape nos enseñara esto —dijo Harry, furioso, apartando el baúl a un lado de una patada. Lockhart lo miraba, otra vez con aspecto desvalido. Harry le apuntaba con la varita.

—¿Qué quieren que haga yo? —dijo Lockhart con voz débil—. No sé dónde está la Cámara de los Secretos. No puedo hacer nada.

—Tiene suerte —dijo Harry, obligándolo a levantarse a punta de varita—. Creo que nosotros sí sabemos dónde está. Y qué es lo que hay dentro. Vamos.

Hicieron salir a Lockhart de su oficina, descendieron por las escaleras más cercanas y fueron por el largo corredor de los mensajes en la pared, hasta la puerta del baño de Myrtle *la Llorona*.

Hicieron pasar a Lockhart delante. A Harry le hizo gracia que temblara.

Myrtle *la Llorona* estaba sentada sobre la cisterna del último escusado.

—¡Ah, eres tú! —dijo al ver a Harry—. ¿Qué quieres esta vez?

—Preguntarte cómo moriste —dijo Harry.

El aspecto de Myrtle cambió de repente. Parecía como si nunca hubiera oído una pregunta que la halagara tanto.

—¡Oooooooh, fue horrible! —dijo encantada—. Sucedió aquí mismo. Morí en este mismo escusado. Lo recuerdo perfectamente. Me había escondido porque Olive Hornby se reía de mis gafas. La puerta estaba cerrada y yo lloraba, y entonces oí que entraba alguien. Decían algo raro. Pienso que debían de estar hablando en una lengua extraña. De cualquier manera, lo que de verdad me llamó la atención es que era un chico el que hablaba. Así que abrí la puerta para decirle que se fuera y utilizara su baño, pero entonces... —Myrtle estaba henchida de orgullo, el rostro iluminado— me morí.

—¿Cómo? —preguntó Harry.

—Ni idea —dijo Myrtle en voz muy baja—. Sólo recuerdo haber visto unos grandes ojos amarillos. Todo mi cuerpo quedó como paralizado, y luego me fui flotando... —dirigió a Harry una mirada ensoñadora—. Y luego regresé. Estaba decidida a hacerle un embrujo a Olive Hornby. Ah, pero ella estaba arrepentida de haberse reído de mis gafas.

—¿Exactamente dónde viste los ojos? —preguntó Harry.

—Por ahí —contestó Myrtle, señalando vagamente hacia el lavamanos que había enfrente de su escusado.

Harry y Ron se acercaron a toda prisa. Lockhart se quedó atrás, con una mirada de profundo terror en el rostro.

Parecía un lavamanos normal. Examinaron cada centímetro de su superficie, por dentro y por fuera, incluyendo las cañerías de debajo. Y entonces Harry lo vio: había una diminuta serpiente grabada en un lado de uno de los grifos de cobre.

—Ese grifo no ha funcionado nunca —dijo Myrtle con alegría cuando intentaron accionarlo.

—Harry —dijo Ron—, di algo. Algo en lengua pársel.

—Pero... —Harry hizo un esfuerzo. Las únicas ocasiones en que había logrado hablar en lengua pársel estaba delante de una verdadera serpiente. Se concentró en la diminuta figura, intentando imaginar que era una serpiente de verdad—. Ábrete —dijo.

Miró a Ron, que negaba con la cabeza.

—Lo has dicho en nuestra lengua —explicó.

Harry volvió a mirar a la serpiente, intentando imaginarse que estaba viva. Si movía la cabeza, la luz de la vela producía la sensación de que la serpiente se movía.

—Ábrete —repitió.

Pero ya no había pronunciado palabras, sino que había salido de él un extraño silbido, y de repente el grifo brilló con una luz blanca y comenzó a girar. Al cabo de un segundo, el lavamanos empezó a moverse. El lavamanos, de hecho, se hundió, desapareció, dejando a la vista una tubería grande, lo bastante ancha para meter un hombre dentro.

Harry oyó que Ron exhalaba un grito ahogado y levantó la vista. Estaba planeando qué era lo que había que hacer.

—Bajaré por aquí —dijo.

No podía echarse atrás, ahora que habían encontrado la entrada de la cámara. No podía desistir si existía la más ligera, la más remota posibilidad de que Ginny estuviera viva.

—Yo también —dijo Ron.

Hubo una pausa.

—Bien, creo que no les hago falta —dijo Lockhart, con una reminiscencia de su antigua sonrisa—. Así que me...

Puso la mano en el pomo de la puerta, pero tanto Ron como Harry le apuntaron con sus varitas.

—Usted bajará delante —gruñó Ron.

Con la cara completamente blanca y desprovisto de varita, Lockhart se acercó a la abertura.

—Muchachos —dijo con voz débil—, muchachos, ¿de qué va a servir?

Harry le pegó en la espalda con su varita. Lockhart metió las piernas en la tubería.

—No creo realmente... —empezó a decir, pero Ron le dio un empujón, y se hundió tubería abajo. Harry se apresuró a seguirlo. Se metió en la tubería y se dejó caer.

Era como tirarse por un tobogán interminable, viscoso y oscuro. Podía ver otras tuberías que surgían como ramas en todas las direcciones, pero ninguna era tan larga como aquella por la que iban, que se curvaba y retorcía, descendiendo súbitamente. Calculaba que ya estaban por debajo incluso de las mazmorras del castillo. Detrás de él podía oír a Ron, que hacía un ruido sordo al doblar las curvas.

Y entonces, cuando se empezaba a preguntar qué sucedería cuando llegara al final, la tubería tomó una dirección horizontal, y él cayó del extremo del tubo al húmedo suelo de un oscuro túnel de piedra, lo bastante alto para poder estar de pie. Lockhart se estaba incorporando un poco más allá, cubierto de barro y blanco como un fantasma. Harry se hizo a un lado y Ron salió también del tubo como una bala.

—Debemos encontrarnos a kilómetros de distancia del colegio —dijo Harry, y su voz resonaba en el negro túnel.

—Y debajo del lago, quizá —dijo Ron, afinando la vista para vislumbrar los muros negruzcos y llenos de barro.

Los tres intentaron ver en la oscuridad lo que había delante.

—¡*Lumos!* —ordenó Harry a su varita, y la lucecita se encendió de nuevo—. Vamos —dijo a Ron y a Lockhart, y empezaron a andar. Sus pasos retumbaban en el húmedo suelo.

El túnel estaba tan oscuro que sólo podían ver a corta distancia. Sus sombras, proyectadas en las húmedas paredes por la luz de la varita, parecían figuras monstruosas.

—Recuerden —dijo Harry en voz baja, mientras caminaban con cautela—: al menor signo de movimiento, hay que cerrar los ojos inmediatamente.

Pero el túnel estaba tranquilo como una tumba, y el primer sonido inesperado que oyeron fue cuando Ron pisó el cráneo de una rata. Harry bajó la varita para alumbrar el suelo y vio que estaba repleto de huesos de pequeños animales. Haciendo un esfuerzo para no imaginarse el aspecto que podría presentar Ginny si la encontraban, Harry fue marcándoles el camino. Doblaron una oscura curva.

—Harry, ahí hay algo... —dijo Ron con la voz ronca, cogiendo a Harry por el hombro.

Se quedaron quietos, mirando. Harry podía ver tan sólo la silueta de una cosa grande y encorvada que yacía de un lado a otro del túnel. No se movía.

—Quizá esté dormido —musitó, volviéndose a mirar a los otros dos. Lockhart se tapaba los ojos con las manos. Harry volvió a mirar aquello; el corazón le palpitaba con tanta rapidez que le dolía.

Muy despacio, abriendo los ojos sólo lo justo para ver, Harry avanzó con la varita en alto.

La luz iluminó la piel de una serpiente gigantesca, una piel de un verde intenso, ponzoñoso, que yacía atravesada en el suelo del túnel, retorcida y vacía. El animal que había dejado allí su muda debía de medir al menos siete metros.

—¡Caray! —exclamó Ron con voz débil.

Algo se movió de pronto detrás de ellos. Gilderoy Lockhart se había caído de rodillas.

—Levántese —le dijo Ron con brusquedad, apuntando a Lockhart con su varita.

Lockhart se puso de pie, pero se abalanzó sobre Ron y lo derribó al suelo de un golpe.

Harry saltó hacia delante, pero ya era demasiado tarde. Lockhart se incorporaba, jadeando, con la varita de Ron en la mano y su sonrisa esplendorosa de nuevo en la cara.

—¡Aquí termina la aventura, muchachos! —dijo—. Cogeré un trozo de esta piel y volveré al colegio, diré que era demasiado tarde para salvar a la niña y que ustedes dos perdieron el conocimiento al ver su cuerpo destrozado. ¡Despídanse de sus memorias!

Levantó en el aire la varita mágica de Ron, recompuesta con cinta adhesiva, y gritó:

—¡*Obliviate!*

La varita estalló con la fuerza de una pequeña bomba. Harry se cubrió la cabeza con las manos y echó a correr hacia la piel de serpiente, escapando de los grandes trozos de techo que se desplomaban contra el suelo. Enseguida vio que se había quedado aislado y tenía ante sí una sólida pared formada por las piedras desprendidas.

—¡Ron! —gritó—, ¿estás bien? ¡Ron!

—¡Estoy aquí! —La voz de Ron llegaba apagada, desde el otro lado de las piedras caídas—. Estoy bien. Pero este idiota no. La varita se ha vuelto contra él.

Escuchó un ruido sordo y un fuerte «¡Ay!», como si Ron le acabara de dar una patada en la espinilla a Lockhart.

—¿Y ahora qué? —dijo la voz de Ron, con desespero—. No podemos pasar. Nos llevaría una eternidad...

Harry miró al techo del túnel. Habían aparecido en él unas grietas considerables. Nunca había intentado mover por medio de la magia algo tan pesado como todo aquel montón de piedras, y aquél no parecía un buen momento para intentarlo. ¿Y si se derrumbaba todo el túnel?

Hubo otro ruido sordo y otro «¡Ay!» provenientes del otro lado de la pared. Estaban malgastando el tiempo. Ginny ya llevaba horas en la Cámara de los Secretos. Harry sabía que sólo se podía hacer una cosa.

—Espera aquí —indicó a Ron—. Espera con Lockhart. Iré yo. Si dentro de una hora no he vuelto...

Hubo una pausa muy elocuente.

—Intentaré quitar algunas piedras —dijo Ron, que parecía hacer esfuerzos para que su voz sonara segura—. Para que puedas... para que puedas cruzar al volver. Y...

—¡Hasta dentro de un rato! —dijo Harry, tratando de dar a su voz temblorosa un tono de confianza.

Y partió él solo cruzando la piel de la serpiente gigante.

Enseguida dejó de oír el distante jadeo de Ron al esforzarse para quitar las piedras. El túnel serpenteaba continuamente. Harry sentía la incomodidad de cada uno de sus músculos en tensión. Quería llegar al final del túnel y al mismo tiempo le aterrorizaba lo que pudiera encontrar en él. Y entonces, al fin, al doblar sigilosamente otra curva, vio delante de él una gruesa pared en la que estaban talladas las figuras de dos serpientes enlazadas, con grandes y brillantes esmeraldas en los ojos.

Harry se acercó a la pared. Tenía la garganta muy seca. No tuvo que hacer un gran esfuerzo para imaginarse que aquellas serpientes eran de verdad, porque sus ojos parecían extrañamente vivos.

Tenía que intuir lo que debía hacer. Se aclaró la garganta, y le pareció que los ojos de las serpientes parpadeaban.

—¡Ábrete! —dijo Harry con un silbido bajo, desmayado.

Las serpientes se separaron al abrirse el muro. Las dos mitades de éste se deslizaron a los lados hasta quedar ocultas, y Harry, temblando de la cabeza a los pies, entró.

17

El heredero de Slytherin

Se hallaba en el extremo de una sala muy grande, apenas iluminada. Altísimas columnas de piedra talladas con serpientes enlazadas se elevaban para sostener un techo que se perdía en la oscuridad, proyectando largas sombras negras sobre la extraña penumbra verdosa que reinaba en la estancia. Con el corazón latiéndole muy rápido, Harry escuchó aquel silencio de ultratumba. ¿Estaría el basilisco acechando en algún rincón oscuro, detrás de una columna? ¿Y dónde estaría Ginny?

Sacó su varita y avanzó por entre las columnas decoradas con serpientes. Sus pasos resonaban en los muros sombríos. Iba con los ojos entornados, dispuesto a cerrarlos completamente al menor indicio de movimiento. Le parecía que las serpientes de piedra lo vigilaban desde las cuencas vacías de sus ojos. Más de una vez, el corazón le dio un vuelco al creer que alguna se movía.

Al llegar al último par de columnas, vio una estatua, tan alta como la misma cámara, que surgía imponente, adosada al muro del fondo.

Harry tuvo que echar atrás la cabeza para poder ver el rostro gigantesco que la coronaba: era un rostro antiguo y simiesco, con una barba larga y fina que le llegaba casi hasta el final de la amplia túnica de mago, donde unos enormes pies de color gris se asentaban sobre el liso suelo. Y entre los pies, boca abajo, vio una pequeña figura con túnica negra y el cabello de un rojo encendido.

—¡Ginny! —susurró Harry, corriendo hacia ella e hincándose de rodillas—. ¡Ginny! ¡No estés muerta! ¡Por favor, no estés muerta!

Dejó la varita a un lado, cogió a Ginny por los hombros y le dio la vuelta. Tenía la cara tan blanca y fría como el mármol, aunque los ojos estaban cerrados, así que no estaba petrificada. Pero entonces tenía que estar...

—Ginny, por favor, despierta —susurró Harry sin esperanza, agitándola.

La cabeza de Ginny se movió, inanimada, de un lado a otro.

—No despertará —dijo una voz suave.

Harry se enderezó de un salto.

Un muchacho alto, de pelo negro, estaba apoyado contra la columna más cercana, mirándolo. Tenía los contornos borrosos, como si Harry lo estuviera mirando a través de un cristal empañado. Pero no había dudas sobre quién era.

—Tom... ¿Tom Ryddle?

Ryddle asintió con la cabeza, sin apartar los ojos del rostro de Harry.

—¿Qué quieres decir? ¿Por qué no despertará? —dijo Harry, desesperado—. ¿Ella no está... no está...?

—Todavía está viva —contestó Ryddle—, pero por muy poco tiempo.

Harry lo miró detenidamente. Tom Ryddle había estudiado en Hogwarts hacía cincuenta años, y sin embargo allí, bajo aquella luz rara, neblinosa y brillante, aparentaba tener dieciséis años, ni un día más.

—¿Eres un fantasma? —preguntó Harry, dubitativo.

—Soy un recuerdo —respondió Ryddle tranquilamente—. Guardado en un diario durante cincuenta años.

Ryddle señaló hacia los gigantescos dedos de los pies de la estatua. Allí se encontraba, abierto, el pequeño diario negro que Harry había hallado en el baño de Myrtle *la Llorona*. Durante un segundo, Harry se preguntó cómo habría llegado hasta allí. Pero tenía asuntos más importantes en los que pensar.

—Tienes que ayudarme, Tom —dijo Harry, volviendo a levantar la cabeza de Ginny—. Tenemos que sacarla de aquí. Hay un basilisco... No sé dónde está, pero podría llegar en cualquier momento. Por favor, ayúdame...

Ryddle no se movió. Harry, sudando, logró levantar a medias a Ginny del suelo, y se inclinó a recoger su varita.

Pero la varita ya no estaba.

—¿Has visto...?

Levantó los ojos. Ryddle seguía mirándolo... y jugueteaba con la varita de Harry entre los dedos.

—Gracias —dijo Harry, tendiendo la mano para que el muchacho se la devolviera.

Una sonrisa curvó las comisuras de la boca de Ryddle. Siguió mirando a Harry, jugando indolente con la varita.

—Escucha —dijo Harry con impaciencia. Las rodillas se le doblaban bajo el peso muerto de Ginny—. ¡Tenemos que huir! Si aparece el basilisco...

—No vendrá si no es llamado —dijo Ryddle con toda tranquilidad.

Harry volvió a posar a Ginny en el suelo, incapaz de sostenerla.

—¿Qué quieres decir? —preguntó—. Mira, dame la varita, podría necesitarla.

La sonrisa de Ryddle se hizo más evidente.

—No la necesitarás —repuso.

Harry lo miró.

—¿A qué te refieres?, yo no...

—He esperado este momento durante mucho tiempo, Harry Potter —dijo Ryddle—. Quería verte. Y hablarte.

—Mira —dijo Harry, perdiendo la paciencia—, me parece que no lo has entendido: estamos en la Cámara de los Secretos. Ya tendremos tiempo de hablar luego.

—Vamos a hablar ahora —dijo Ryddle, sin dejar de sonreír, y se guardó en el bolsillo la varita de Harry.

Harry lo miró. Allí sucedía algo muy raro.

—¿Cómo ha llegado Ginny a este estado? —preguntó, hablando despacio.

—Bueno, ésa es una cuestión interesante —dijo Ryddle, con agrado—. Es una larga historia. Supongo que el verdadero motivo por el que Ginny está así es que le abrió el corazón y le reveló todos sus secretos a un extraño invisible.

—¿De qué hablas? —dijo Harry.

—Del diario —respondió Ryddle—. De mi diario. La pequeña Ginny ha estado escribiendo en él durante muchos meses, contándome todas sus penas y congojas: que sus hermanos se burlaban de ella, que tenía que venir al colegio con túnica y libros de segunda mano, que... —a Ryddle le brillaron los ojos— pensaba que el famoso, el bueno, el gran Harry Potter no llegaría nunca a quererla...

Mientras hablaba, Ryddle mantenía los ojos fijos en Harry. Había en ellos una mirada casi ávida.

—Es una lata tener que oír las tonterías de una niña de once años —siguió—. Pero me armé de paciencia. Le contesté por escrito. Fui comprensivo, fui bondadoso. Ginny, simplemente, me adoraba: «Nadie me ha comprendido nunca como tú, Tom... Estoy tan contenta de poder confiar en este diario... Es como tener un amigo que se puede llevar en el bolsillo...»

Ryddle se rió con una risa potente y fría que parecía ajena. A Harry se le erizaron los pelos de la nuca.

—Si es necesario que yo lo diga, Harry, la verdad es que siempre he fascinado a la gente que me ha convenido. Así que Ginny me abrió su alma, y era precisamente su alma lo que yo quería. Me hice cada vez más fuerte alimentándome de sus temores y de sus profundos secretos. Me hice más poderoso, mucho más que la pequeña señorita Weasley. Lo bastante poderoso para empezar a alimentar a la señorita Weasley con algunos de mis propios secretos, para empezar a darle un poco de mi alma...

—¿Qué quieres decir? —preguntó Harry, con la boca completamente seca.

—¿Todavía no lo adivinas, Harry Potter? —dijo sin inmutarse Ryddle—. Ginny Weasley abrió la Cámara de los Secretos. Ella retorció el pescuezo a los gallos del colegio y pintarrajeó pavorosos mensajes en las paredes. Ella echó la serpiente de Slytherin contra los cuatro Sangre sucia y el gato del squib.

—No —susurró Harry.

—Sí —dijo Ryddle con calma—. Por supuesto, al principio ella no sabía lo que hacía. Fue muy divertido. Me gustaría que hubieras podido ver las anotaciones que escribía en el diario... Se volvieron mucho más interesantes... «Querido Tom —recitó, contemplando la horrorizada cara de Harry—, creo que estoy perdiendo la memoria. He encontrado plumas de gallo en mi túnica y no sé por qué están ahí. Querido Tom, no recuerdo lo que hice la noche de Halloween, pero han atacado a un gato y yo tengo manchas de pintura en la túnica. Querido Tom, Percy me sigue diciendo que estoy pálida y que no parezco yo. Creo que sospecha de mí... Hoy ha habido otro ataque y no sé dónde me encontraba en aquel momento. ¿Qué voy a hacer, Tom? Creo que me estoy volviendo loca. ¡Me parece que soy yo la que ataca a todo el mundo, Tom!»

Harry tenía los puños apretados y se clavaba las uñas en las palmas.

—Le llevó mucho tiempo a esa tonta de Ginny dejar de confiar en su diario —explicó Ryddle—. Pero al final sospechó e intentó deshacerse de él. Y entonces apareciste tú, Harry. Tú lo encontraste, y nada podría haberme hecho tan feliz. De todos los que podrían haberlo cogido, fuiste tú, la persona a la que yo tenía más ganas de conocer...

—¿Y por qué querías conocerme? —preguntó Harry. La ira lo embargaba y tenía que hacer un gran esfuerzo para mantener firme la voz.

—Bueno, verás, Ginny me lo contó todo sobre ti, Harry —dijo Ryddle—. Toda tu fascinante historia. —Sus ojos vagaron por la cicatriz en forma de rayo que Harry tenía en la frente, y su expresión se volvió más ávida—. Quería averiguar más sobre ti, hablar contigo, conocerte si era posible, así que decidí mostrarte mi famosa captura de ese zopenco, Hagrid, para ganarme tu confianza.

—Hagrid es mi amigo —dijo Harry, con voz temblorosa—. Y tú lo acusaste, ¿no? Creí que habías cometido un error, pero...

Ryddle volvió a reírse con su risa sonora.

—Era mi palabra contra la de Hagrid. Bueno, ya te puedes imaginar lo que pensaría el viejo Armando Dippet. Por un lado, Tom Ryddle, pobre pero muy inteligente, sin padres pero muy valeroso, prefecto del colegio, estudiante modelo; por el otro lado, el grandulón e idiota de Hagrid, que tenía problemas cada dos por tres, que intentaba criar cachorros de hombre lobo debajo de la cama, que se escapaba al Bosque Prohibido para luchar con los trols. Pero admito que incluso yo me sorprendí de lo bien que funcionó mi plan. Creía que alguien al fin comprendería que Hagrid no podía ser el heredero de Slytherin. Me había llevado cinco años averiguarlo todo sobre la Cámara de los Secretos y descubrir la entrada oculta... ¡como si Hagrid tuviera la inteligencia o el poder necesarios!

»Sólo el profesor de Transformaciones, Dumbledore, creía en la inocencia de Hagrid. Convenció a Dippet para que retuviera a Hagrid y le enseñara el oficio de guarda. Sí, creo que Dumbledore podría haberlo adivinado. A Dumbledore nunca le caí tan bien como a los otros profesores...

—Apuesto lo que sea a que Dumbledore descubrió tus intenciones —dijo Harry, rechinando los dientes.

—Bueno, es verdad que él me vigiló mucho más después de la expulsión de Hagrid, me fastidió bastante —dijo Ryddle sin darle importancia—. Me di cuenta de que no sería prudente volver a abrir la cámara mientras siguiera estudiando en el colegio. Pero no iba a desperdiciar todos los años que había pasado buscándola. Decidí dejar un diario, conservándome cn sus páginas con mis dieciséis años de entonces, para que algún día, con un poco de suerte, sirviese de guía para que otro siguiera mis pasos y completara la noble tarea de Salazar Slytherin.

—Bueno, pues no la has completado —dijo Harry en tono triunfante—. Nadie ha muerto esta vez, ni siquiera el gato. Dentro de unas pocas horas la pócima de mandrágora estará lista y todos los petrificados volverán a la normalidad.

—¿No te he dicho todavía —dijo Ryddle con suavidad— quo ya no me preocupa matar a los Sangre sucia? Desde hace meses mi nuevo objetivo has sido... tú. —Harry lo miró—. Imagina mi disgusto cuando alguien volvió a abrir mi diario, y ya no eras tú quien me escribía, sino Ginny. Ella te vio con el diario y se puso muy nerviosa. ¿Y si averiguabas cómo funcionaba, y el diario te contaba todos sus secretos? ¿Y si, lo que aún era peor, te decía quién había retorcido el pescuezo a los pollos? Así que esa mocosa esperó a que tu dormitorio quedara vacío y te lo robó. Pero yo ya sabía lo que tenía que hacer. Era evidente que tú ibas detrás del heredero de Slytherin. Por todo lo que Ginny me había dicho sobre ti, yo sabía que irías al fin del mundo para resolver el misterio... y más si atacaban a uno de tus mejores amigos. Y Ginny me había dicho que todo el colegio era un hervidero de rumores porque te habían oído hablar pársel...

»Así que hice que Ginny escribiera en la pared su propia despedida y bajara a esperarte. Luchó y gritó y se puso muy pesada. Pero ya casi no le quedaba vida: había puesto demasiado en el diario, en mí. Lo suficiente para que yo pudiera salir al fin de las páginas. He estado esperándote desde que llegamos. Sabía que vendrías. Tengo muchas preguntas que hacerte, Harry Potter.

—¿Como cuál? —soltó Harry, con los puños todavía apretados.

—Bueno —dijo Ryddle, sonriendo—, ¿cómo es que un bebé sin un talento mágico extraordinario derrota al mago más grande de todos los tiempos? ¿Cómo escapaste sin más daño que una cicatriz, mientras que lord Voldemort perdió sus poderes?

En aquel momento apareció un extraño brillo rojo en su mirada.

—¿Por qué te preocupa cómo me libré? —dijo Harry despacio—. Voldemort fue posterior a ti.

—Voldemort —dijo Ryddle imperturbable— es mi pasado, mi presente y mi futuro, Harry Potter...

Sacó del bolsillo la varita de Harry y escribió en el aire con ella tres resplandecientes palabras:

TOM SORVOLO RYDDLE

Luego volvió a agitar la varita, y las letras cambiaron de lugar:

SOY LORD VOLDEMORT

—¿Ves? —susurró—. Es un nombre que yo ya usaba en Hogwarts, aunque sólo entre mis amigos más íntimos, claro. ¿Crees que iba a usar siempre mi sucio nombre muggle? ¿Yo, que soy descendiente del mismísimo Salazar Slytherin, por parte de madre? ¿Conservar yo el nombre de un vulgar muggle que me abandonó antes de que yo naciera, sólo porque se enteró de que su mujer era bruja? No, Harry. Me di un nuevo nombre, un nombre que sabía que un día temerían pronunciar todos los magos, ¡cuando yo llegara a ser el hechicero más grande del mundo!

A Harry pareció bloqueársele el cerebro. Miraba como atontado a Ryddle, al huérfano que se convirtió en el asesino de sus padres, y de otra mucha gente... Al final hizo un esfuerzo por hablar.

—No lo eres —dijo. Su voz aparentemente calmada estaba llena de odio.

—¿No soy qué? —preguntó Ryddle bruscamente.

—No eres el hechicero más grande del mundo —dijo Harry, con la respiración agitada—. Lamento decepcionarte, pero el mejor mago del mundo es Albus Dumbledore. Todos lo dicen. Ni siquiera cuando eras fuerte te atreviste a apoderarte de Hogwarts. Dumbledore te descubrió cuando estabas en el colegio y todavía le tienes miedo, te escondas donde te escondas.

De la cara de Ryddle había desaparecido la sonrisa, y había ocupado su lugar una mirada de desprecio absoluto.

—¡A Dumbledore lo han echado del castillo gracias a mi simple recuerdo! —dijo Ryddle, irritado.

—No está tan lejos como crees —replicó Harry.

Hablaba casi sin pensar, con la intención de asustar a Ryddle y deseando, más que creyendo, que lo que afirmaba fuese verdad.

Ryddle abrió la boca, pero no dijo nada.

Llegaba música de algún lugar. Ryddle se dio la vuelta para comprobar que en la cámara no había nadie más. Pero aquella música sonaba cada vez más y más fuerte. Era inquietante, estremecedora, sobrenatural. A Harry le puso los pelos de punta y le pareció que el corazón iba a salírsele del pecho. Luego, cuando la música alcanzó tal fuerza que Harry la sentía vibrar en su interior, surgieron llamas de la columna más cercana a él.

Apareció de repente un pájaro carmesí del tamaño de un cisne, que entonaba hacia el techo abovedado su rara música. Tenía una cola dorada y brillante, tan larga como la de un pavo real, y brillantes garras doradas, con las que sujetaba un fardo de harapos.

El pájaro se encaminó derecho a Harry, dejó caer el fardo a sus pies y se le posó en el hombro. Cuando plegó las grandes alas, Harry levantó la mirada y vio que tenía el pico dorado y afilado y los ojos redondos y brillantes.

El pájaro dejó de cantar y acercó su cuerpo cálido a la mejilla de Harry, sin dejar de mirar fijamente a Ryddle.

—Es un fénix —dijo Ryddle, devolviéndole una mirada perspicaz.

—¿*Fawkes*? —musitó Harry, sintiendo la suave presión de las garras doradas.

—Y eso —dijo Ryddle, mirando el fardo que *Fawkes* había dejado caer—, eso no es más que el viejo Sombrero Seleccionador del colegio.

Así era. Remendado, deshilachado y sucio, el sombrero yacía inmóvil a los pies de Harry.

Ryddle volvió a reír. Rió tan fuerte que su risa se multiplicó en la oscura cámara, como si estuvieran riendo diez Ryddles al mismo tiempo.

—¡Eso es lo que Dumbledore envía a su defensor: un pájaro cantor y un sombrero viejo! ¿Te sientes más seguro, Harry Potter? ¿Te sientes a salvo?

Harry no respondió. No veía la utilidad de *Fawkes* ni del viejo sombrero, pero ya no se sentía solo, y aguardó con creciente valor a que Ryddle dejara de reír.

—A lo que íbamos, Harry —dijo Ryddle, sonriendo todavía con ganas—. En dos ocasiones, en tu pasado, en mi futuro, nos hemos encontrado. Han sido dos ocasiones en que no he logrado matarte. ¿Cómo sobreviviste? Cuéntamelo todo. Cuanto más hables —añadió con voz suave—, más tardarás en morir.

Harry pensó deprisa, sopesando sus posibilidades. Ryddle tenía la varita; él tenía a *Fawkes* y el Sombrero Seleccionador, que no resultarían de gran utilidad en un duelo. No prometían mucho, la verdad. Pero cuanto más tiempo permaneciera Ryddle allí, menos vida le quedaría a Ginny... Harry percibió algo de pronto: en el tiempo que llevaban en la cámara, los contornos de la imagen de Ryddle se habían vuelto más claros, más corpóreos. Si Ryddle y él tenían que luchar, mejor que fuera pronto.

—Nadie sabe por qué perdiste tus poderes al atacarme —dijo bruscamente Harry—. Yo tampoco. Pero sé por qué no pudiste matarme: porque mi madre murió para salvarme. Mi vulgar madre de origen muggle —añadió, temblando de rabia—; ella evitó que me mataras. Y yo te he visto de verdad, te vi el año pasado. Eres una ruina. Apenas estás vivo. A esto te ha llevado todo tu poder. Te ocultas. ¡Eres horrible, inmundo!

Ryddle tenía el rostro contorsionado. Forzó una horrible sonrisa.

—O sea que tu madre murió para salvarte. Sí, ése es un potente contrahechizo. Tenía curiosidad, ¿sabes? Porque existe una extraña afinidad entre nosotros, Harry Potter. Incluso tú lo habrás notado. Los dos somos de sangre mezclada, los dos huérfanos, los dos criados por muggles. Tal vez somos los dos únicos hablantes de pársel que ha habido en Hogwarts después de Slytherin. Incluso nos parecemos físicamente... Pero, después de todo, sólo fue suerte lo que te salvó de mí. Eso es lo que quería saber.

Harry permaneció quieto, tenso, aguardando que Ryddle levantara su varita. Pero Ryddle se limitaba a exagerar más su sonrisa contrahecha.

—Ahora, Harry, voy a darte una pequeña lección. Enfrentemos los poderes de lord Voldemort, heredero de Salazar Slytherin, contra el famoso Harry Potter, que tiene de su parte las mejores armas de Dumbledore.

Ryddle dirigió una mirada socarrona a *Fawkes* y al Sombrero Seleccionador, y luego anduvo unos pasos en dirección opuesta. Harry, notando que el miedo se le extendía por las entumecidas piernas, vio que Ryddle se detenía entre las altas columnas y dirigía la mirada al rostro de Slytherin, que se elevaba sobre él en la oscuridad. Ryddle abrió la boca y silbó... pero Harry comprendió lo que decía.

—Háblame, Slytherin, el más grande de los Cuatro de Hogwarts.

Harry se dio la vuelta hacia la estatua. *Fawkes* se balanceaba sobre su hombro.

El gigantesco rostro de piedra de la estatua de Slytherin se movió y Harry vio, horrorizado, que abría la boca, más y más, hasta convertirla en un gran agujero.

Algo se movía dentro de la boca de la estatua. Algo que salía de su interior.

Harry retrocedió hasta dar de espaldas contra la pared de la cámara y cerró fuertemente los ojos. Sintió que el ala de *Fawkes* le rozaba el rostro al emprender el vuelo. Harry quiso gritar: «¡No me dejes!» Pero ¿de qué le podía valer un fénix contra el rey de las serpientes?

Una gran mole golpeó contra el suelo de piedra de la cámara, y Harry notó que toda la estancia temblaba. Sabía lo que estaba ocurriendo, podía sentirlo, podía ver sin abrir los ojos la gran serpiente desenroscándose de la boca de Slytherin. Entonces oyó una voz silbante.

—*Mátalo*.

El basilisco se movía hacia Harry, éste podía oír su pesado cuerpo deslizándose lentamente por el polvoriento suelo. Con los ojos cerrados, Harry empezó a moverse a ciegas hacia un lado, palpando con las manos el camino. Ryddle reía...

Harry tropezó. Cayó contra la piedra y notó el sabor de la sangre. La serpiente se encontraba a un metro escaso de él, y Harry la oía acercarse.

De repente oyó un ruido fuerte, como un estallido, justo encima de él, y algo pesado lo golpeó con tanta fuerza que lo tiró contra el muro. Esperando que la serpiente le hincara los colmillos, oyó más silbidos enloquecidos y algo que azotaba las columnas.

No pudo evitarlo. Abrió los ojos lo suficiente para vislumbrar qué sucedía.

La serpiente, de un verde brillante y gruesa como el tronco de un roble, se había alzado en el aire y su gran cabeza roma zigzagueaba como borracha entre las columnas. Temblando, Harry se preparó a cerrar los ojos en cuanto el monstruo hiciera ademán de volverse, y entonces vio qué era lo que había enloquecido a la serpiente.

Fawkes planeaba alrededor de su cabeza, y el basilisco le lanzaba furiosos mordiscos con sus colmillos largos y afilados como sables.

Entonces *Fawkes* descendió. Su largo pico de oro se hundió en la carne del monstruo y un chorro de sangre negruzca salpicó el suelo. La cola de la serpiente golpeaba muy cerca de Harry, y antes de que pudiera cerrar los párpados, el basilisco se dio la vuelta. Harry miró de frente a su cabeza y se dio cuenta de que el fénix lo había picado en los ojos, aquellos grandes y prominentes ojos amarillos. La sangre resbalaba hasta el suelo y la serpiente escupía agonizando.

—¡No! —oyó Harry gritar a Ryddle—. *¡Deja al pájaro!*
¡Deja al pájaro! ¡El chico está detrás de ti! ¡Puedes olerlo!
¡Mátalo!

La serpiente ciega se balanceaba desorientada, herida de muerte. *Fawkes* describía círculos alrededor de su cabeza, silbando su inquietante canción, picando aquí y allá en el morro lleno de escamas del basilisco mientras brotaba la sangre de sus ojos heridos.

—¡Ayuda, ayuda! —pedía Harry, enloquecido—. ¡Que alguien me ayude!

La cola de la serpiente volvió a golpear contra el suelo. Harry se agachó. Un objeto blando lo golpeó en la cara.

El basilisco había lanzado en su furia el Sombrero Seleccionador sobre Harry, y éste lo cogió. Era cuanto le quedaba, su última oportunidad. Se lo caló en la cabeza y se echó al suelo antes de que la serpiente sacudiera la cola de nuevo.

—Ayúdame... ayúdame... —pensó Harry, apretando los ojos bajo el sombrero—, ¡ayúdame, por favor!

No hubo una voz que le respondiera. En su lugar, el sombrero encogió, como si una mano invisible lo estrujara.

Algo muy duro y pesado golpeó a Harry en lo alto de la cabeza, dejándolo casi sin sentido. Viendo todavía parpadear estrellas en los ojos, cogió el sombrero para quitárselo y notó que debajo había algo largo y duro.

Se trataba de una espada plateada y brillante, con la empuñadura llena de fulgurantes rubíes del tamaño de huevos.

—*¡Mata al chico! ¡Deja al pájaro! ¡El chico está detrás de ti! Olfatea... ¡Huélelo!*

Harry empuñó la espada, dispuesto a defenderse. El basilisco bajó la cabeza, retorció el cuerpo, golpeando contra las columnas, y se dio la vuelta para enfrentarse a Harry. Pudo verle las cuencas de los ojos llenas de sangre, y la boca que se abría. Una boca lo bastante grande para tragarlo entero, bordeada de colmillos tan largos como su espada, delgados, brillantes, venenosos...

La bestia arremetió a ciegas. Harry, al esquivarla, dio contra la pared de la cámara. El monstruo arremetió de nuevo, y su lengua bífida azotó un costado de Harry. Entonces levantó la espada con ambas manos.

El basilisco atacó de nuevo, pero esta vez fue directo a Harry, que hincó la espada con todas sus fuerzas, hundiéndola hasta la empuñadura en el velo del paladar de la serpiente.

Pero mientras la cálida sangre le empapaba los brazos, sintió un agudo dolor encima del codo. Un colmillo largo y venenoso se le estaba hundiendo más y más en el brazo, y se partió cuando el monstruo volvió la cabeza a un lado y con un estremecimiento se desplomó en el suelo.

Harry, apoyado en la pared, se dejó resbalar hasta quedar sentado en el suelo. Agarró el colmillo envenenado y se lo arrancó. Pero sabía que ya era demasiado tarde. El veneno había penetrado. La herida le producía un dolor candente que se le extendía lenta pero regularmente por todo el cuerpo. Al extraer el colmillo y ver su propia sangre que le empapaba la túnica, se le nubló la vista. La cámara se disolvió en un remolino de colores apagados.

Una mancha roja pasó a su lado y Harry oyó un ruido de garras.

—*Fawkes* —dijo con dificultad—. Eres estupendo, *Fawkes...* —Sintió que el pájaro posaba su hermosa cabeza en el brazo, donde la serpiente lo había herido.

Oyó unos pasos que resonaban en la cámara, y luego vio una negra sombra delante de él.

—Estás muerto, Harry Potter —dijo sobre él la voz de Ryddle—. Muerto. Hasta el pájaro de Dumbledore lo sabe. ¿Ves lo que hace, Potter? Está llorando.

Harry parpadeó. Sólo un instante vio con claridad la cabeza de *Fawkes*. Por las brillantes plumas le corrían unas lágrimas gruesas como perlas.

—Me voy a sentar aquí a esperar que mueras, Harry Potter. Tómate todo el tiempo que quieras. No tengo prisa.

Harry cayó en un profundo sopor. Todo le daba vueltas.

—Éste es el fin del famoso Harry Potter —dijo la voz distante de Ryddle—. Solo en la Cámara de los Secretos, abandonado por sus amigos, derrotado al fin por el Señor Tenebroso al que él tan imprudentemente se enfrentó. Volverás con tu querida madre Sangre sucia, Harry... Ella compró con su vida doce años de tiempo para ti... pero al final te ha vencido lord Voldemort. Sabías que sucedería.

Si aquello era morirse, pensó Harry, no era tan desagradable. Incluso el dolor se iba...

Pero ¿de verdad era aquello la muerte? En lugar de oscurecerse, la cámara se volvía más clara. Harry movió un poco la cabeza, y allí estaba *Fawkes*, apoyando todavía la suya en el brazo. Un charquito de lágrimas brillaba en torno a la herida... Sólo que ya no había herida.

—Vete, pájaro —dijo de pronto la voz de Ryddle—. Sepárate de él. ¡He dicho que te vayas!

Harry levantó la cabeza. Ryddle apuntaba a *Fawkes* con la varita de Harry. Sonó como un disparo y *Fawkes* emprendió el vuelo en un remolino de rojo y oro.

—Lágrimas de fénix... —dijo Ryddle en voz baja, contemplando el brazo de Harry—. Naturalmente... Poderes curativos... me había olvidado... —Miró a Harry a la cara—. Pero igual da. De hecho, lo prefiero así. Solos tú y yo, Harry Potter... tú y yo...

Levantó la varita.

Entonces, con un batir de alas, *Fawkes* pasó de nuevo por encima de sus cabezas y dejó caer algo en el regazo de Harry: el diario.

Lo miraron los dos durante una fracción de segundo, Ryddle con la varita levantada. Luego, sin pensar, sin meditar, como si todo aquel tiempo hubiera esperado para hacerlo, Harry cogió el colmillo de basilisco del suelo y lo clavó en el cuaderno.

Se oyó un grito largo, horrible, desgarrado. La tinta salió a chorros del diario, vertiéndose sobre las manos de Harry e inundando el suelo. Ryddle se retorcía, gritando, y entonces...

Desapareció. Se oyó caer al suelo la varita de Harry y luego se hizo el silencio, sólo roto por el goteo de la tinta que aún manaba del diario. El veneno del basilisco había abierto un agujero incandescente en el cuaderno.

Harry se levantó temblando. La cabeza le daba vueltas, como si hubiera recorrido kilómetros con los polvos flu. Recogió la varita y el sombrero y, de un fuerte tirón, extrajo la brillante espada del paladar del basilisco.

Le llegó un débil gemido del fondo de la cámara. Ginny se movía. Mientras Harry corría hacia ella, la muchacha se sentó, y sus ojos desconcertados pasaron del inmenso cuerpo del basilisco a Harry, con la túnica empapada de sangre, y luego al cuaderno que éste llevaba en la mano. Profirió un grito estremecido y se echó a llorar.

—Harry... ah, Harry, intenté decírtelo en el desayuno, pero delante de Percy no fui capaz. Era yo, Harry, pero te juro que no quería... Ryddle me obligaba a hacerlo, se apoderó de mí y... ¿cómo lo has matado? ¿Dónde está Ryddle? Lo último que recuerdo es que salió del diario.

—Ha terminado todo bien —dijo Harry, cogiendo el diario para enseñarle a Ginny el agujero hecho por el colmillo—. Ryddle ya no existe. ¡Mira! Ni él ni el basilisco. Vamos, Ginny, salgamos...

—¡Me van a expulsar! —se lamentó Ginny, incorporándose torpemente con la ayuda de Harry—. Siempre quise estudiar en Hogwarts, desde que vino Bill, y ahora tendré que irme y... ¿qué pensarán mis padres?

Fawkes los estaba esperando, revoloteando en la entrada de la cámara. Harry apremió a Ginny. Dejaron atrás el cuerpo retorcido e inanimado del basilisco, y a través de la penumbra resonante regresaron al túnel. Harry oyó cerrarse las puertas tras ellos con un suave silbido.

Tras unos minutos de andar por el oscuro túnel, a los oídos de Harry llegó un distante ruido de piedras.

—¡Ron! —gritó Harry, apresurándose—. ¡Ginny está bien! ¡La traigo conmigo!

Oyó que Ron daba un grito ahogado de alegría, y al doblar la última curva vieron su cara angustiada que asomaba por el agujero que había logrado abrir en el montón de piedras.

—¡Ginny! —Ron sacó un brazo por el agujero para ayudarla a pasar—. ¡Estás viva! ¡No lo puedo creer! ¿Qué ocurrió?

Intentó abrazarla, pero Ginny se apartó, sollozando.

—Al menos estás bien, Ginny —dijo Ron, sonriéndole—. Todo ha pasado. ¿De dónde ha salido ese pájaro?

Fawkes había pasado por el agujero después de Ginny.

—Es de Dumbledore —dijo Harry, encogiéndose para pasar.

—¿Y cómo has conseguido esa espada? —dijo Ron, mirando con la boca abierta el arma que brillaba en la mano de Harry.

—Te lo explicaré cuando salgamos —dijo Harry, mirando a Ginny de soslayo.

—Pero...

—Más tarde —insistió Harry. No creía que fuera buena idea decirle en aquel momento quién había abierto la cámara, y menos delante de Ginny—. ¿Dónde está Lockhart?

—Volvió atrás —dijo Ron, sonriendo y señalando con la cabeza hacia el principio del túnel—. No está bien. Ya verán.

Guiados por *Fawkes*, cuyas alas rojas emitían en la oscuridad reflejos dorados, desanduvieron el camino hasta la tubería. Gilderoy Lockhart estaba allí sentado, tarareando plácidamente.

—Ha perdido la memoria —dijo Ron—. El embrujo desmemorizante le ha salido por la culata. Le ha dado a él. No tiene ni idea de quién es, ni de dónde está, ni de quiénes somos. Le dije que se quedara aquí y nos esperara. Es un peligro para sí mismo.

Lockhart los miró a todos afablemente.

—Hola —dijo—. Qué sitio tan curioso, ¿verdad? ¿Viven aquí?

—No —respondió Ron, mirando a Harry y arqueando las cejas.

Harry se inclinó y miró la larga y oscura tubería.

—¿Has pensado cómo vamos a subir? —preguntó a Ron.

Ron negó con la cabeza, pero *Fawkes* ya había pasado delante de Harry y se hallaba revoloteando delante de él. Los ojos redondos del ave brillaban en la oscuridad mientras agitaba sus alas doradas. Harry lo miró, dubitativo.

—Parece como si quisiera que te agarraras a él... —dijo Ron, perplejo—. Pero pesas demasiado para que un pájaro te suba.

—*Fawkes* —aclaró Harry— no es un pájaro normal. —Se dio la vuelta inmediatamente hacia los otros—. Vamos a darnos la mano. Ginny, coge la de Ron. Profesor Lockhart...

—Se refiere a usted —aclaró Ron a Lockhart.

—Coja la otra mano de Ginny.

Harry se metió la espada y el Sombrero Seleccionador en el cinto. Ron se agarró a los bajos de la túnica de Harry, y Harry, a las plumas de la cola de *Fawkes*, que resultaban curiosamente cálidas al tacto.

Una extraordinaria luminosidad pareció extenderse por todo el cuerpo del ave, y en un segundo se encontraron subiendo por la tubería a toda velocidad. Harry podía oír a Lockhart que decía:

—¡Asombroso, asombroso! ¡Parece cosa de magia!

El aire helado azotaba el pelo de Harry, y cuando empezaba a disfrutar del paseo, el viaje por la tubería terminó. Los cuatro fueron saltando al suelo mojado del cuarto de baño de Myrtle *la Llorona*, y mientras Lockhart se arreglaba el sombrero, el lavamanos que ocultaba la tubería volvió a su lugar cerrando la abertura.

Myrtle los miraba con ojos desorbitados.

—Estás vivo —dijo a Harry sin comprender.

—Pareces muy decepcionada —respondió serio, limpiándose las motas de sangre y de barro que tenía en las gafas.

—No, es que... había estado pensando. Si hubieras muerto, aquí serías bienvenido. Te dejaría compartir mi inodoro —le dijo Myrtle, ruborizándose de color plata.

—¡Uf! —dijo Ron cuando salieron del baño al corredor oscuro y desierto—. ¡Harry, creo que le gustas a Myrtle! ¡Ginny, tienes una rival!

Pero por el rostro de Ginny seguían resbalando unas lágrimas silenciosas.

—¿Adónde vamos? —preguntó Ron, mirando a Ginny con impaciencia. Harry señaló hacia delante.

Fawkes iluminaba el camino por el corredor, con su destello de oro. Lo siguieron a grandes zancadas, y en un instante se hallaron ante la oficina de la profesora McGonagall.

Harry llamó y abrió la puerta.

18

La recompensa de Dobby

Hubo un momento de silencio cuando Harry, Ron, Ginny y Lockhart aparecieron en la puerta, llenos de barro, suciedad y, en el caso de Harry, sangre. Luego alguien gritó:

—¡Ginny!

Era la señora Weasley, que estaba llorando delante de la chimenea. Se puso en pie de un salto, seguida por su marido, y se abalanzaron sobre su hija.

Harry, sin embargo, miraba detrás de ellos. El profesor Dumbledore estaba ante la repisa de la chimenea, sonriendo, junto a la profesora McGonagall, que respiraba con dificultad y se llevaba una mano al pecho. *Fawkes* pasó zumbando cerca de Harry para posarse en el hombro de Dumbledore. Sin apenas darse cuenta, Harry y Ron se encontraron atrapados en el abrazo de la señora Weasley.

—¡La han salvado! ¡La han salvado! ¿Cómo lo han hecho?

—Creo que a todos nos encantaría enterarnos —dijo con un hilo de voz la profesora McGonagall.

La señora Weasley soltó a Harry, que dudó un instante, luego se acercó a la mesa y depositó encima el Sombrero Seleccionador, la espada con rubíes incrustados y lo que quedaba del diario de Ryddle.

Harry empezó a contarlo todo. Habló durante casi un cuarto de hora, mientras los demás lo escuchaban absortos y en silencio. Contó lo de la voz que no salía de ningún sitio; que Hermione había comprendido que lo que él oía era un basilisco que se movía por las tuberías; que él y Ron siguieron a las arañas por el bosque; que Aragog les había dicho dónde había matado a su víctima el basilisco; que había adivinado que Myrtle *la Llorona* había sido la víctima y que la entrada a la Cámara de los Secretos podía encontrarse en el baño...

—Muy bien —señaló la profesora McGonagall, cuando Harry hizo una pausa—, así que averiguaron dónde estaba la entrada, quebrantando un centenar de normas, añadiría yo. Pero ¿cómo demonios consiguieron salir con vida, Potter?

Así que Harry, con la voz ronca de tanto hablar, les relató la oportuna llegada de *Fawkes* y del Sombrero Seleccionador, que le proporcionó la espada. Pero luego titubeó. Había evitado hablar sobre la relación entre el diario de Ryddle y Ginny. Ella apoyaba la cabeza en el hombro de su madre, y seguía derramando silenciosas lágrimas por las mejillas. ¿Y si la expulsaban?, pensó Harry, aterrorizado. El diario de Ryddle no serviría ya como prueba, pues había quedado inservible... ¿cómo podrían demostrar que era el causante de todo?

Instintivamente, Harry miró a Dumbledore, y éste esbozó una leve sonrisa. La hoguera de la chimenea hacía brillar sus lentes de media luna.

—Lo que más me intriga —dijo Dumbledore amablemente—, es cómo se las arregló lord Voldemort para embrujar a Ginny, cuando mis fuentes me indican que actualmente se halla oculto en los bosques de Albania.

Harry se sintió maravillosamente aliviado.

—¿Qué... qué? —preguntó el señor Weasley con voz atónita—. ¿Sabe qui... quién? ¿Ginny, embrujada? Pero Ginny no ha... Ginny no ha sido... ¿verdad?

—Fue el diario —dijo inmediatamente Harry, cogiéndolo y enseñándoselo a Dumbledore—. Ryddle lo escribió cuando tenía dieciséis años.

Dumbledore cogió el diario que sostenía Harry y examinó minuciosamente sus páginas quemadas y mojadas.

—Soberbio —dijo con suavidad—. Por supuesto, él ha sido probablemente el alumno más inteligente que ha tenido nunca Hogwarts. —Se dio la vuelta hacia los Weasley, que lo miraban perplejos—. Muy pocos saben que lord Voldemort se llamó antes Tom Ryddle. Yo mismo le di clase, hace cincuenta años, en Hogwarts. Desapareció tras abandonar el colegio... Recorrió el mundo... profundizó en las Artes Oscuras, tuvo trato con los peores de entre los nuestros, acometió peligros, transformaciones mágicas, hasta tal punto que cuando resurgió como lord Voldemort resultaba irreconocible. Prácticamente nadie relacionó a lord Voldemort con el muchacho inteligente y encantador que fue delegado.

—Pero Ginny... —dijo la señora Weasley—. ¿Qué tiene que ver nuestra Ginny con él?

—¡Su... su diario! —dijo Ginny entre sollozos—. He estado escribiendo en él, y me ha estado contestando durante todo el curso...

—¡Ginny! —exclamó su padre, atónito—. ¿No te he enseñado una cosa? ¿Qué te he dicho siempre? No confíes en cosas que tengan la capacidad de pensar pero de las cuales no sepas dónde tienen el cerebro. ¿Por qué no me enseñaste el diario a mí o a tu madre? Un objeto tan sospechoso como ése ¡tenía que ser cosa de magia oscura!

—No... no lo sabía —sollozó Ginny—. Lo encontré dentro de uno de los libros que me había comprado mamá. Pensé que alguien lo había dejado allí y se le había olvidado...

—La señorita Weasley debería ir directamente a la enfermería —terció Dumbledore con voz firme—. Para ella ha sido una experiencia terrible. No habrá castigo. Lord Voldemort ha engañado a magos más viejos y más sabios. —Fue a abrir la puerta—. Reposo en cama y tal vez un tazón de chocolate caliente. A mí siempre me anima —añadió, guiñándole un ojo bondadosamente—. La señora Pomfrey estará todavía despierta. Debe de estar dando jugo de mandrágora a las víctimas del basilisco. Seguramente despertarán de un momento a otro.

—¡Así que Hermione está bien! —dijo Ron con alegría.

—No les han causado un daño irreversible —dijo Dumbledore.

La señora Weasley salió con Ginny, y el padre iba detrás, todavía muy impresionado.

—¿Sabes, Minerva? —dijo pensativamente el profesor Dumbledore a la profesora McGonagall—, creo que esto se merece un buen banquete. ¿Te puedo pedir que vayas a avisar a los de la cocina?

—Bien —dijo resueltamente la profesora McGonagall, encaminándose también hacia la puerta—, te dejaré para que ajustes cuentas con Potter y Weasley.

—Eso es —dijo Dumbledore.

Salió, y Harry y Ron miraron a Dumbledore dubitativos. ¿Qué había querido decir exactamente la profesora McGonagall con aquello de «ajustar cuentas»? ¿Acaso los iban a castigar?

—Creo recordar que les dije que tendría que expulsarlos si volvían a quebrantar alguna norma del colegio —dijo Dumbledore.

Ron abrió la boca horrorizado.

—Lo cual demuestra que todos tenemos que tragarnos nuestras palabras alguna vez —prosiguió Dumbledore, sonriendo—. Recibirán ambos el Premio por Servicios Especiales al Colegio y... veamos... sí, creo que doscientos puntos para Gryffindor por cada uno.

Ron se puso tan sonrosado como las flores de San Valentín de Lockhart, y volvió a cerrar la boca.

—Pero hay alguien que parece que no dice nada sobre su participación en la peligrosa aventura —añadió Dumbledore—. ¿Por qué esa modestia, Gilderoy?

Harry dio un respingo. Se había olvidado por completo de Lockhart. Se dio la vuelta y vio que estaba en un rincón de la oficina, con una vaga sonrisa en el rostro. Cuando Dumbledore se dirigió a él, Lockhart miró con indiferencia para ver quién le hablaba.

—Profesor Dumbledore —dijo Ron enseguida—, hubo un accidente en la Cámara de los Secretos. El profesor Lockhart...

—¿Soy profesor? —preguntó sorprendido—. ¡Dios mío! Supongo que seré un inútil, ¿no?

—...intentó hacer un embrujo desmemorizante y el tiro le salió por la culata —explicó Ron a Dumbledore tranquilamente.

—Hay que ver —dijo Dumbledore, moviendo la cabeza de forma que le temblaba el largo bigote plateado—, ¡herido con su propia espada, Gilderoy!

—¿Espada? —dijo Lockhart con voz tenue—. No, no tengo espada. Pero este chico sí tiene una. —Señaló a Harry—. Él se la podrá prestar.

—¿Te importaría llevar también al profesor Lockhart a la enfermería? —dijo Dumbledore a Ron—. Quisiera tener unas palabras con Harry.

Lockhart salió. Ron miró con curiosidad a Harry y Dumbledore mientras cerraba la puerta.

Dumbledore fue hacia una de las sillas que había junto al fuego.

—Siéntate, Harry —dijo, y Harry tomó asiento, incomprensiblemente azorado—. Antes que nada, Harry, quiero darte las gracias —dijo Dumbledore, parpadeando de nuevo—. Debes de haber demostrado verdadera lealtad hacia mí en la cámara. Sólo eso puede hacer que acuda *Fawkes*.

Acarició al fénix, que agitaba las alas posado sobre una de sus rodillas. Harry sonrió con apuro cuando Dumbledore lo miró directamente a los ojos.

—Así que has conocido a Tom Ryddle —dijo Dumbledore, pensativo—. Imagino que tendría mucho interés en verte.

De pronto, Harry mencionó algo que lo carcomía:

—Profesor Dumbledore... Ryddle dijo que yo soy como él. Una extraña afinidad, dijo...

—¿De verdad? —preguntó Dumbledore, mirando a un Harry pensativo por debajo de sus espesas cejas plateadas—. ¿Y a ti qué te parece, Harry?

—¡Me parece que no soy como él! —contestó Harry, más alto de lo que pretendía—. Quiero decir que yo... yo soy de Gryffindor, yo soy...

Pero calló. Resurgía una duda que lo acechaba.

—Profesor —añadió después de un instante—, el Sombrero Seleccionador me dijo que yo... haría un buen papel en Slytherin. Todos creyeron un tiempo que yo era el heredero de Slytherin, porque sé hablar pársel...

—Tú sabes hablar pársel, Harry —dijo tranquilamente Dumbledore—, porque lord Voldemort, que es el último descendiente de Salazar Slytherin, habla pársel. Si no estoy muy equivocado, él te transfirió algunos de sus poderes la noche en que te hizo esa cicatriz. No era su intención, seguro...

—¿Voldemort puso algo de él en mí? —preguntó Harry, atónito.

—Eso parece.

—Así que yo debería estar en Slytherin —dijo Harry, mirando con desesperación a Dumbledore—. El Sombrero Seleccionador distinguió en mí poderes de Slytherin y...

—Te puso en Gryffindor —dijo Dumbledore reposadamente—. Escúchame, Harry. Resulta que tú tienes muchas de las cualidades que Slytherin apreciaba en sus alumnos, que eran cuidadosamente escogidos: su propio y rarísimo don, la lengua pársel... inventiva... determinación... cierto desdén por las normas —añadió mientras volvía a temblarle el bigote—. Pero aun así, el sombrero te colocó en Gryffindor. Y tú sabes por qué. Piensa.

—Me colocó en Gryffindor —dijo Harry con voz de derrota— solamente porque yo le pedí no ir a Slytherin...

—Exacto —dijo Dumbledore, volviendo a sonreír—. Eso es lo que te diferencia de Tom Ryddle. Son nuestras elecciones, Harry, las que muestran lo que somos, mucho más que nuestras habilidades. —Harry estaba en su silla, atónito e inmóvil—. Si quieres una prueba de que perteneces a Gryffindor, te sugiero que mires esto con mayor detenimiento.

Dumbledore se acercó al escritorio de la profesora McGonagall, cogió la espada ensangrentada y se la pasó a Harry. Sin mucho ánimo, Harry le dio la vuelta y vio brillar los rubíes a la luz del fuego. Y luego vio el nombre grabado debajo de la empuñadura: *Godric Gryffindor*.

—Sólo un verdadero miembro de Gryffindor podría haber sacado esto del sombrero, Harry —dijo simplemente Dumbledore.

Durante un minuto, ninguno de los dos dijo nada. Luego Dumbledore abrió uno de los cajones del escritorio de la profesora McGonagall y sacó de él una pluma y un tintero.

—Lo que necesitas, Harry, es comer algo y dormir. Te sugiero que bajes al banquete, mientras escribo a Azkaban: necesitamos que vuelva nuestro guardia. Y tengo que redactar un anuncio para *El Profeta*, además —añadió pensativo—. Necesitamos un nuevo profesor de Defensa Contra las Artes Oscuras. Vaya, parece que no nos duran nada, ¿verdad?

Harry se levantó y se dispuso a salir. Pero apenas tocó el pomo de la puerta, ésta se abrió tan bruscamente que pegó contra la pared y rebotó.

Lucius Malfoy estaba allí, con el semblante furioso; y también Dobby, encogido de miedo y cubierto de vendas.

—Buenas noches, Lucius —dijo Dumbledore amablemente.

El señor Malfoy casi derriba a Harry al entrar en la oficina. Dobby lo seguía, pegado a su capa, con una expresión de terror.

—¡Vaya! —dijo Lucius Malfoy, fijos en Dumbledore sus fríos ojos—. Ha vuelto. El consejo escolar lo ha suspendido de sus funciones, pero aun así, usted ha considerado conveniente volver.

—Bueno, Lucius, verá —dijo Dumbledore, sonriendo serenamente—, he recibido una petición de los otros once representantes. Aquello parecía un criadero de búhos, para serle sincero. Cuando recibieron la noticia de que la hija de Arthur Weasley había sido asesinada, me pidieron que volviera inmediatamente. Pensaron que, a pesar de todo, yo era el hombre más adecuado para el cargo. Además, me contaron cosas muy curiosas. Algunos incluso decían que usted los había amenazado con echar una maldición sobre sus familias si no accedían a destituirme.

El señor Malfoy se puso aún más pálido de lo habitual, pero seguía con los ojos cargados de furia.

—¿Así que... ha puesto fin a los ataques? —dijo con aire despectivo—. ¿Ha encontrado al culpable?

—Lo hemos encontrado —contestó Dumbledore, con una sonrisa.

—¿Y bien? —preguntó bruscamente Malfoy—. ¿Quién es?

—El mismo que la última vez, Lucius —dijo Dumbledore—. Pero esta vez lord Voldemort actuaba a través de otra persona, por medio de este diario.

Levantó el cuaderno negro agujereado en el centro, y miró a Malfoy atentamente. Harry, por el contrario, no apartaba los ojos de Dobby.

El elfo hacía cosas muy raras. Miraba fijamente a Harry, señalando el diario, y luego al señor Malfoy. A continuación se daba puñetazos en la cabeza.

—Ya veo... —dijo despacio Malfoy a Dumbledore.

—Un plan inteligente —dijo Dumbledore con voz desapasionada, sin dejar de mirar a Malfoy directamente a los ojos—.

Porque si Harry, aquí presente —el señor Malfoy dirigió a Harry una incisiva mirada de soslayo—, y su amigo Ron no hubieran descubierto este cuaderno... Ginny Weasley habría aparecido como culpable. Nadie habría podido demostrar que ella no había actuado libremente... El señor Malfoy no dijo nada. Su cara se había vuelto de repente como de piedra.

—E imagine —prosiguió Dumbledore— lo que podría haber ocurrido entonces... Los Weasley son una de las familias de sangre limpia más distinguidas. Imagine el efecto que habría tenido sobre Arthur Weasley y su Ley de defensa de los muggles que se descubriera que su propia hija había atacado y asesinado a personas de origen muggle. Afortunadamente apareció el diario, con los recuerdos de Ryddle borrados de él. Quién sabe lo que podría haber pasado si no hubiera sido así.

El señor Malfoy hizo un esfuerzo por hablar.

—Ha sido una suerte —dijo fríamente.

Pero Dobby seguía, a su espalda, señalando primero al diario, después a Lucius Malfoy y luego pegándose en la cabeza.

Y Harry comprendió de pronto. Hizo un gesto a Dobby con la cabeza, y éste se retiró a un rincón, retorciéndose las orejas para castigarse.

—¿Sabe cómo llegó ese diario a Ginny, señor Malfoy? —le preguntó Harry.

Lucius Malfoy se volvió hacia él.

—¿Por qué iba a saber yo de dónde lo cogió esa tonta? —preguntó.

—Porque usted se lo dio —respondió Harry—. En Flourish y Blotts. Usted le cogió su libro de Transformaciones y metió el diario dentro, ¿verdad?

Vio que el señor Malfoy abría y cerraba las manos.

—Demuéstralo —dijo, furioso.

—Nadie puede demostrarlo —dijo Dumbledore, y sonrió a Harry—, puesto que ha desaparecido del libro todo rastro de Ryddle. Por otro lado, le aconsejo, Lucius, que deje de repartir viejos recuerdos escolares de lord Voldemort. Si algún otro cayera en manos inocentes, Arthur Weasley se asegurará de que le sea devuelto a usted...

Lucius Malfoy se quedó un momento quieto, y Harry vio claramente que su mano derecha se agitaba como si quisiera empuñar la varita. Pero en vez de hacerlo, se dio la vuelta hacia su elfo doméstico.

—¡Nos vamos, Dobby!

Tiró de la puerta, y cuando el elfo se acercó corriendo, le dio una patada que lo envió fuera. Oyeron a Dobby gritar de dolor por todo el pasillo. Harry reflexionó un momento, y entonces tuvo una idea.

—Profesor Dumbledore —dijo deprisa—, ¿me permite que le devuelva el diario al señor Malfoy?

—Claro, Harry —dijo Dumbledore con calma—. Pero date prisa. Recuerda el banquete.

Harry cogió el diario y salió de la oficina corriendo. Aún se oían alejándose los gritos de dolor de Dobby, que ya había doblado la esquina del corredor. Rápidamente, preguntándose si sería posible que su plan tuviera éxito, Harry se quitó un zapato, se sacó la media sucia y embarrada, y metió el diario dentro. Luego se puso a correr por el oscuro corredor.

Los alcanzó al pie de las escaleras.

—Señor Malfoy —dijo jadeando y patinando al detenerse—, tengo algo para usted.

Y le puso a Lucius Malfoy en la mano la media maloliente.

—¿Qué diablos...?

El señor Malfoy extrajo el diario de la media, tiró ésta al suelo y luego pasó la vista, furioso, del diario a Harry.

—Harry Potter, vas a terminar como tus padres uno de estos días —dijo bajando la voz—. También ellos eran unos idiotas entrometidos. —Y se dio la vuelta para irse—. Ven, Dobby. ¡He dicho que vengas!

Pero Dobby no se movió. Sostenía la media sucia y embarrada de Harry, contemplándola como si fuera un tesoro de valor incalculable.

—Mi amo le ha dado a Dobby una media —dijo el elfo asombrado—. Mi amo se lo ha dado a Dobby.

—¿Qué? —escupió el señor Malfoy—. ¿Qué has dicho?

—Dobby tiene una media —dijo Dobby aún sin poder creérselo—. Mi amo la tiró, y Dobby la cogió, y ahora Dobby... Dobby es libre.

Lucius Malfoy se quedó de piedra, mirando al elfo. Luego embistió a Harry.

—¡Por tu culpa he perdido a mi criado, mocoso!

Pero Dobby gritó:

—¡Usted no hará daño a Harry Potter!

Se oyó un fuerte golpe, y el señor Malfoy cayó de espaldas. Bajó las escaleras de tres en tres y aterrizó hecho una masa de arrugas. Se levantó, lívido, y sacó la varita, pero Dobby le levantó un dedo amenazador.

—Usted se va a ir ahora —dijo con fiereza, señalando al señor Malfoy—. Usted no tocará a Harry Potter. Váyase ahora mismo.

Lucius Malfoy no tuvo elección. Dirigiéndoles una última mirada de odio, se cubrió por completo con la capa y salió apresuradamente.

—¡Harry Potter ha liberado a Dobby! —chilló el elfo, mirando a Harry. La luz de la luna se reflejaba, a través de una ventana cercana, en sus ojos esféricos—. ¡Harry Potter ha liberado a Dobby!

—Es lo menos que podía hacer, Dobby —dijo Harry, sonriendo—. Pero prométame que no volverá a intentar salvarme la vida.

Una sonrisa amplia, con todos los dientes a la vista, cruzó la fea cara cetrina del elfo.

—Sólo tengo una pregunta, Dobby —dijo Harry mientras éste se ponía la media de Harry con manos temblorosas—. Usted me dijo que esto no tenía nada que ver con El-que-no-debe-ser-nombrado, ¿recuerda? Bueno...

—Era una pista, señor —dijo Dobby, con los ojos muy abiertos, como si resultara obvio—. Dobby le daba una pista. Antes de que cambiara de nombre, el Señor Tenebroso podía ser nombrado tranquilamente, ¿se da cuenta?

—Bien —dijo Harry con voz débil—. Será mejor que me vaya. Hay un banquete, y mi amiga Hermione ya se habrá recuperado...

Dobby le echó los brazos a la cintura a Harry y lo abrazó con fuerza.

—¡Harry Potter es mucho más grande de lo que Dobby suponía! —sollozó—. ¡Adiós, Harry Potter!

Y dando un sonoro chasquido, Dobby desapareció.

•   •   •

Harry había estado presente en varios banquetes de Hogwarts, pero en ninguno como aquél. Todos iban en pijama, y la celebración duró toda la noche. Harry no sabía si lo mejor había sido cuando Hermione corrió hacia él gritando: «¡Lo has conseguido! ¡Lo has conseguido!»; o cuando Justin se levantó de la mesa de Hufflepuff y se le acercó veloz para estrecharle la mano y disculparse infinitamente por haber sospechado de él; o cuando Hagrid llegó, a las tres y media, y dio a Harry y a Ron unas palmadas tan fuertes en los hombros que los tiró contra el postre; o cuando dieron a Gryffindor los cuatrocientos puntos ganados por él y Ron, con lo que se aseguraron la Copa de las Casas por segundo año consecutivo; o cuando la profesora McGonagall se levantó para anunciar que el colegio, como obsequio a los alumnos, había decidido prescindir de los exámenes («¡Oh, no!», exclamó Hermione); o cuando Dumbledore anunció que, por desgracia, el profesor Lockhart no podría volver el año siguiente, debido a que tenía que ingresar en un sanatorio para recuperar la memoria. Algunos de los profesores se unieron al grito de júbilo con el que los alumnos recibieron estas noticias.

—¡Qué lástima! —dijo Ron, cogiendo una rosquilla rellena de mermelada—. Estaba empezando a caerme bien.

El resto del último trimestre transcurrió bajo un sol radiante y abrasador. Hogwarts había vuelto a la normalidad, con sólo unas pequeñas diferencias: las clases de Defensa Contra las Artes Oscuras se habían suspendido («pero hemos hecho muchas prácticas», dijo Ron a una contrariada Hermione) y Lucius Malfoy había sido expulsado del consejo escolar. Draco ya no se pavoneaba por el colegio como si fuera el dueño. Por el contrario, parecía resentido y enfurruñado. Y Ginny Weasley volvía a ser completamente feliz.

Muy pronto llegó el momento de volver a casa en el expreso de Hogwarts. Harry, Ron, Hermione, Fred, George y Ginny tuvieron todo un compartimento para ellos. Aprovecharon al máximo las últimas horas en que les estaba permitido hacer magia antes de que comenzaran las vacaciones. Jugaron a los naipes explosivos, encendieron las últimas bengalas del doctor Filibuster de George y Fred, y jugaron a desarmarse unos a otros mediante la magia. Harry estaba adquiriendo en esto gran habilidad.

Estaban llegando a King's Cross cuando Harry recordó algo.

—Ginny... ¿qué es lo que le viste hacer a Percy, que no quería que se lo dijeras a nadie?

—¡Ah, eso! —dijo Ginny con una risita—. Bueno, es que Percy tiene novia.

A Fred se le cayeron los libros que llevaba en el brazo.

—¿Qué?

—Es esa prefecta de Ravenclaw, Penelope Clearwater —dijo Ginny—. Es a ella a quien estuvo escribiendo todo el verano pasado. Se han estado viendo en secreto por todo el colegio. Un día los descubrí besándose en un aula vacía. Le afectó mucho cuando ella fue... ya saben... atacada. No se reirán de él, ¿verdad? —añadió.

—Ni se me pasaría por la cabeza —dijo Fred, que hacía una cara como si faltase muy poco para su cumpleaños.

—Por supuesto que no —corroboró George con una risita.

El expreso de Hogwarts aminoró la marcha y al final se detuvo.

Harry sacó la pluma y un trozo de pergamino y se dio la vuelta hacia Ron y Hermione.

—Esto es lo que se llama un número de teléfono —dijo Harry, escribiéndolo dos veces y partiendo el pergamino en dos para darles un número a cada uno—. Tu padre ya sabe cómo se usa el teléfono, porque el verano pasado se lo expliqué. Llámenme a casa de los Dursley, ¿bueno? No podría aguantar otros dos meses sin hablar con nadie más que con Dudley...

—Pero tus tíos estarán muy orgullosos de ti, ¿no? —dijo Hermione cuando salían del tren y se metían entre la multitud que iba en tropel hacia la barrera encantada—. ¿Y cuando se enteren de lo que has hecho este curso?

—¿Orgullosos? —dijo Harry—. ¿Estás loca? ¿Con todas las oportunidades que tuve de morir, y no lo logré? Estarán furiosos...

Y juntos atravesaron la verja hacia el mundo muggle.

Nota del editor

Ésta es una edición revisada y corregida. Se ha decidido marcar las diferencias entre las distintas aves rapaces nocturnas que hallamos en el original inglés. Así pues, distinguimos entre lechuzas, búhos, lechuzas blancas, búhos reales, mochuelos, autillos y cárabos.